KB176381

검 은 하 늘

정치 사회의 적폐,
법치와 정의는 사라졌나

　　선거에서 당선된 정무직 공무원, 권력기관에서 근무하는 직업 공무원, 그 외 교육 및 행정기관에서 근무하는 직업 공무원이 헌법 제7조 제1항 공무원은 국민 전체에 대한 봉사자이며, 국민에 대하여 책임을 진다.라는 헌법 이념을 한 번쯤 생각해 볼 기회가 되기를 바라는 마음으로, 국민이 대한민국의 주인으로 거듭나는 계기가 되기를 희망하는 마음으로, 세상이 순리에 의해 운영되고 사람이 순수로 인간적인 정 나누며 살 수 있게 되기를 갈망하는 마음으로, 이 책을 출판합니다.

목 차

~제1장~

어둠 속의 빛

[민선 1, 2기]

제1장

어둠 속의 빛
(민선 1, 2기)

    농촌에서 태어난 나는 파란 하늘과 들녘의 품에서 푸른 물감에 몸과 마음이 채색되어 천방지축 뛰어다니며 성장했다. 때로는 놀며 때로는 농사일을 도우면서 늘 땀에 젖어 있었다. 내가 보고 느끼는 것은 오로지 있는 그대로의 자연에서 오는 순수가 전부였으며 부정한 방법으로 무엇인가를 얻기 위하여 계산하고 잔머리 굴리는 것은 아예 알지도 못했다. 노력한 만큼 그 대가를 얻으면 된다는 것을 누가 가르쳐 주지 않아도 스스로 인식하며 성장했다. 타의 존재들과 조화를 이루는 순리와 살아가면서 사람을 대하는 순수가 자연스럽게 형성되었다.

    순박한 시골 청년인 나는 세상에 나와 보니 자신의 사회적 위치는 너무도 작았고 이를 극복하기란 그 벽이 너무 크다는 걸 절실히 실감했다. 그래서 신림동 고시촌에서 조금이나마 나은 위치에 서고자 공부에 몰두했다. 같이 공부하는 사람들과 신림동 앞 하천가 포장마차에서 밤새 술을 마시며 가난과 조금 더 나은 사회적 위치에 서고자 하는 애환을 토로하며 자신을 달랬다. 늙은 농부인 부모님이 보내주는 돈의 액수는 적었지만 귀한 돈이었다. 그 돈을 쓰는 것은 죄송한 일이었고 빨리 독립해야 한다는 중압감도 컸지만, 그게 그리 쉬운 일이 아니었다. 고시원의 좁은 공간과 매일 똑같은 일상들은 나를 무기력증에 빠지게 하기도 했다. 그래도 고시촌 뒷산을 산책하고 그곳에 설치된 운동기구를 활용하면서 나름 버티고 있었다. 그런데 형제 중 한 명이 불운하게 사망했고 부모님은 내가 취업하기를 원했다. 자식을 먼저 보낸 부모님의 마음은 참담했을 것이다. 이 상황에서 부모님에게 무한정 의지하는 생활을 하는 건 무리였다. 나는 행정공무원 시험에 합격해 율도국시청에 취직했다. 율도국시는 도농복합도시로서 인구는 약 이십만 명 정도였고 지역사회는 혈연과 학연으로 많이 얽혀있었다. 지역 주요 생산품은 농축산물, 공산품 등이었다.

전에 하던 일에 대한 미련으로 현실에 마음을 주기가 쉽지 않았다. 그렇지만 율도국시청에서 최선을 다하여 근무하고자 노력했다. 나는 공무원이 된 후 1년째 되던 때에 한시적 조직에서 김지아라는 여직원과 3개월 동안 근무했는데 그때 그녀를 처음 알았다. 그녀의 나이가 23세였고 나는 29세였다. 근무 기간도 짧았고 그땐 그녀가 여자로 보이지 않았었다. 그 후 4년 만에 농산물유통과에서 같이 근무하게 되었다. 김지아가 근무하고 있는 곳에 내가 배치됐다. 팀장 1명과 팀원 2명이 근무하고 있었다. 나는 지아 옆자리에 앉게 되었다. 대략 아침 8시에 출근하여 오후 7시에 퇴근하니 하루 대부분을 같이 일하고 대화하며 근무했다. 김지아는 우리 지역에 있는 농산물 직판장 3개소를 관리하고 있었는데 그중 1개소를 철거하고 새롭게 신축하는 업무를 내가 맡게 됐다.

출장 갈 때도 사무실에서도 늘 같이 있었고 비록 단거리 출장이지만 때로는 점심 식사를 위해 인근 맛집에도 다니고 볼만한 구경거리가 있으면 퇴근 후 잠깐씩 시간을 내어 다녔다. 나는 전 부서에서 있었던 일의 후유증으로 가끔 먼 곳에 시선을 두곤 했었다. 아무런 말도 어떤 행위도 하지 않는 단순한 습관적인 모습이었다. 이런 내 모습에 대해서 지아가 질문했다.

"장혁준 씨, 뭘 생각해? 그리고 소문에 혁준 씨가 우리 부서로 배치되기 전에 시장님이 장혁준 씨를 철저히 조사해서 문책하라고 했고 감사과에서 일주일이나 조사를 받았다던데 무슨 일이야?"

"응, 내게 무슨 잘못이 있었다면 징계처분을 받았겠지. 그런데 징계는 없고 팀원에 불과한 내가 시장한테 찍혔다는 소문이 났을 거야."

"장혁준 씨, 소문이 좋지 않아. 자기 관리에 신경 좀 써!"

지아는 틈날 때마다 내게 주변 관리 잘하라고 충고했다. 그러면서 나에 대한 측은지심인지 또 다른 이유가 있는 것인지는 몰라도 내게 사소한 것이라 해도 잔정을 주고 관심을 기울였다. 직장 동료 그 이상으로 신경 쓰는 모습이 보였다. 어느 날 출장 중에 그녀가 내게 조심스럽게 말을 꺼냈다.

"장혁준 씨! 어제 우리 과 박정기 주무 팀장님이 내게 혁준 씨와 너무 가깝게 지내지 말라고 했어. 아마도 다른 사람들 눈에 내가 혁준 씨에게 신경 쓰는 것이 표시 났나 봐요. 하지만 상관없어. 내가 뭐 좋아서 챙겨주는 것이고 그것을 다른 사람들이 관여할 일은 아니잖아. 그런데 그렇게 말하는 의미는 뭐지?"

"네가 관심을 보이기는 했지만, 그것이 직장 동료의 측면이라고 생각했는데 그걸 달리 보았나 보다. 그리고 내 이미지가 좋지 않으니 그랬다는 생각도 들고."

내 말을 들은 지아가 뭔가 멈칫거리는 모습을 보이며 나를 살폈다. 그런데 나는 지아가 왜 그러는지를 깊게 생각하지 못하고 가볍게 넘겼다. 다만 전에는 지아를 마냥 어리게만 봤는데 최근엔 제법 여성스럽게 보였고 내가 남자의 눈으로 지아를 보고 있었다. 정규인사가 아닌 5월에 나 한 사람만의 전보 인사로 이 부서에 온 후 어느덧 무더운 여름이 되었는데 장마는 없고 덥기만 했다. 지아는 현장에 가야 할 일이 있어도 안 가고 미루고 있다가 내가 현장 갈 때 같이 가자고 했다. 나는 항상 먼저 주차장에 가서 차에 에어컨을 켜고 시원하게 한 후 지아에게 나오라고 했다. 지아는 차에 타자마자 농담하곤 했다.

"장 기사 덕분에 시원하게 출장 가네."

"김지아 주무관님, 편안하게 현장으로 모시겠습니다."

항상 웃음으로 시작하여 즐겁게 업무를 진행했다. 현장으로 가는 도중에 지아가 손으로 부채질을 했다. 나는 지아의 팔을 잡으며 그게 더 덥겠다. 그러면서 에어컨 온도를 더 낮추었다. 순간 옆에 앉은 지아는 모든 게 정지된 것처럼 아무 말도 아무 움직임도 없이 조용히 앉아만 있었다. 그런 지아를 보며 혹시 내가 실수했는지 걱정했다. 돌발적이었지만 처음 하는 그녀와 신체적 접촉이었다. 감촉이 부드럽고 가냘프단 생각이 들었다. 지아는 한참 동안 조용히 있더니 말했다.

"혁준 씨가 내 팔을 잡으니까 더 더워. 그렇게 뜨거운 손으로 잡으면 어떡해! 깜짝 놀랐어."

나는 당장은 그 말이 무슨 뜻인지를 몰랐다. 잠시 침묵이 흘렀다. 침묵을 깬 건 나였다.

"좋게 생각해줘서 고마워!"

지아는 창밖만을 바라보고 있었다. 우리는 현장에 도착했다. 율도국시 고속도로 휴게소에 있는 농특산물 판매점이다. 상행선과 하행선에 하나씩 있었다. 먼저 상행선에 있는 판매점에 가서 운영상황을 점검하고 하행선 판매점으로 이동했다. 고속도로를 가로지르는 지하 통로가 있는데 높이 3m, 폭 4m 정도였다. 이곳은 휴게소 관계자만 아는 통로였다. 우리는 하행선에서 농산물 판매점 일을 마치고 냉커피를 들고 그늘에 앉아 잠시 더위를 식혔다. 커피를 마시며 시계를 봤더니 어느새 퇴근 시간이 지났다. 한여름이라서 그런지 퇴근 시간이 지났어도 어두워지지 않았다. 우리는 돌아오기 위하여 다시 지하 통로에 들어섰다. 나는 용기를 내어 지아 손을 잡았다. 아무도 없는 곳이기도 했고 지하 통로라 시원하기도 했다. 지아는 불편해하면서도 내 손을 받아들였다. 나중에는 지아가 내 손을 잡은 듯했다. 지아의 태도에 나는 기분이 좋았고 온몸에서 생기가 일어났다. 나는 용기를 내어 지아의 볼에 살짝 키스했다. 지아 얼굴이 불그스레하게 달아올랐다.

지아는 부끄러워하며 고개를 숙인 채 말했다.

"누가 보면 어쩌려고요."

"이곳이 마치 우리 둘의 비밀 공간 같다. 그리고 에어컨을 켠 것보다 더 시원해. 아마도 지하 공간이라서 자연적인 시원함 때문인가보다. 그리고 피부 감촉도 좋다."

"나도 좋아요. 그리고 사실 요즘에는 연인들이 다른 사람들이 보는 곳에서도 스킨십을 자연스럽게 하긴 해."

손을 잡고 마주 보며 대화하는 우리가 마치 오랜 세월 동안 묵은 연인과도 같았다. 대화 도중에도 지아는 내게서 손을 빼지 않았다. 나는 손으로 지아의 목을 당겨서 내 입술을 지아의 입술에 댔다. 키스라고 할 것끼지는 없었지만, 서로 입술을 마주 대는 정도에 불과했지만, 우리 둘은 사랑이란 마음의 소리를 듣고 있었다. 무더운 날씨에 얇고 짧은 원피스를 입은 지아의 몸의 굴곡, 그 곡선이 내 눈에 확 들어왔다. 어떤 느낌이 강하게 나를 자극했다. 온몸에 뜨거운 활력이 솟구쳤다. 지아를 불끈 들어 올리고 싶은 욕망이 내 안에서 출렁거렸다. 나는 길게 호흡하고 가볍게 지아를 끌어안았다. 지아는 두 손으로 내 등을 잡고 나를 받아들였다. 가벼운 포옹이었다. 이것은 지독하리만큼 진하여 내가 빠져나올 수 없는 사랑의 시작이었다.

지상으로 올라오는 계단에 앉아서 지아를 무릎에 앉혔다. 지아가 상체를 내 얼굴에 붙이자 지아의 두 젖가슴에 나의 시선은 묻혀버렸고 다른 것은 아예 볼 수도 생각할 수도 없도록 무력화되어버렸다. 지아는 자신의 젖가슴에 내 얼굴을 안았다. 이렇게 한동안 조용히 있던 지아는 얼굴이 빨개지더니 내려와 옆자리에 앉아서 숨는 듯 얼굴을 내 어깨에 기댔다. 아직도 지아 얼굴은 붉게 상기되어 있었다. 지아는 고개를 들어 나를 바라보더니 입꼬리를 삐죽거리며 빙그레 웃으며 말했다.

"혁준 씨, 아무 곳이나 바람 쐬러 가면 좋겠어. 그래 줄 거야?"

"그래, 퇴근 시간도 지났고 괜찮겠다."

우리는 지하 통로에서 계단을 타고 밖으로 나왔다. 지아는 부끄러워하면서도 오히려 나를 이끄는 것처럼 내 얼굴을 살피듯 바라보며 활짝 웃었다. 나는 사전에 어떤 의도나 계획도 없이 지아에게 빠져들고 있었다. 우린 고속도로에 진입했다. 왼손으로 핸들을 잡고 오른손으로 지아의 손을 잡았다. 손에서 따뜻함이 물씬 밀려왔다. 이것은 더위에 의한 것이거나 단순한 체온의 느낌이 아니었다. 사랑이 내게 오는 기쁨이었다.

지아는 나를 바라보며 말했다.

"어디 가요?"

"응, 그냥 아무 곳이든 비교적 가깝고 낯선 곳에 가보자! 그리고 내가 갑자기 애정 표현을 해서 불편하지 않았어?"

"실은 몇 년 전에 잠깐 같이 근무할 때 혁준 씨를 좋아했었고 이번에 같이 근무하면서도 나 혼자만 마음속으로 좋아하고 있었어요."

"나도 좋아하는 감정이 있었는데 조심스러웠어."

짧은 대화를 마치고 지아가 내 손을 잡고 애정 표현을 하는 분위기를 유지하며 말없이 운전했다. 달리는 자동차들 틈을 무심코 비켜 가며 시속 90km 정도에 2차선으로 서행했다. 눈에 들어온 주변 풍경이 뒤로 지나가면 또 다른 풍경을 맞이하며 가고 있었다. 우리는 음악을 듣고 있었으며 대화는 없었다. 있다면 오로지 손에서 손으로 오고 가는 감촉의 대화만이 존재했다. 지아 손은 뼈가 없는 것처럼 나긋나긋한 부드러움의 진미 그 자체였다. 지아가 내 손을 만지며 무엇인가를 표현하고 있었다. 손으로 이어지는 지아의 애정이 내 손에 찐하게 전해 왔다. 끝없이 펼쳐진 삭막한 사막을 헤매다가 만난 신기루와 같았고 예전엔 몰랐던 새로운 세상에 빠져들었다.

시작은 갑자기 이루어졌지만, 그동안 직장생활을 하면서 이미 마음 속에 형성된 사랑이었는가 보다. 평소 내게 관심을 기울이는 지아에게 고맙다는 생각만 했었는데 지아가 내게 마음을 주고 있다는 생각이 들어서인지 옆에 앉아 있는 지아가 더욱 소중하게 보였다. 지아는 환하게 빛나는 얼굴을 마치 접시에 담아서 내게 바치듯 고개를 들어서 나를 빤히 바라보며 말했다.

"혁준 씨, 라디오에서 슬픈 노래가 나오니까 싫어. 자기가 침울하니까 나까지 처져. 난 지금 장혁준이라는 남자와 이렇게 사랑하는 사이가 되는 것이 좋아. 그러니까 밝은 노래 듣고 싶어."

나는 라디오 방송 채널을 바꾸었다. 그리고 우리의 사랑을 기쁘게 생각하고 있다는 말이 더욱 가슴 깊이 파고들었다.

"혁준 씨, 우리 저녁 먹으러 가요."

"고속도로 휴게소는 어때?"

"그건 싫어요. 이런 분위기로 처음 식사하는데 일반 음식점으로 가서 조용히 마주 보면서 먹고 싶어요."

첫 번째로 맞이하는 톨게이트를 빠져나와 음식점을 찾았다. 우리 지역에서 여기까지 약 1시간 정도 왔다. 우리 지역과 도시의 규모가 비슷했고 전에 몇 번 와봤지만 생소했다. 여름철이라 해가 길어서인지 저녁 시간이 되었는데도 음식점에 손님이 별로 없었다.

"혁준 씨, 삼겹살 먹고 싶어요."

"그래, 나는 반주로 소주 3잔만 할게."

"술 먹으면 음주운전이잖아요. 다음에 마셔요."

나는 평소에도 지아 의견에 따랐고 지아가 원하는 걸 말하지 않으면 지아 의견을 물어봐서 하곤 했다. 직장에서 일하면서 업무적으로나 그 외 것들에 대하여 항상 공유하며 대화하는 지아가 어느새 나의 삶 중심에 서고 있었다. 지아는 항상 나보다 더 적극적이었다. 불과 몇 년의 직장생활에 불과했지만, 율도국시청에서 나의 피로감은 컸었다. 이런 내게 지아가 적극성을 보이고 어찌 보면 당돌하다고도 볼 수 있는 행동을 할 때마다 그런 지아가 좋았다. 지아가 오늘 내게 애정 표현을 해서인지 평소와는 달리 여성스럽게 행동했다. 이런 지아를 유심히 바라보다가 혼자만의 미소를 지었다.

지아가 나를 빤히 바라보더니 눈을 크게 뜨고 말했다.

"뭐야! 혼자 웃고. 왜?"

"지아가 오늘 유달리 예뻐 보인다. 우리가 애정 표현을 해서일까?"

"원래 예쁜 게 아니고?"

"원래 예쁜데 좋아하는 관계라고 생각하니 더욱 예뻐졌단 말이지."

지아는 옆눈으로 나를 한 번 쳐다보고 앞으로 흘러내린 긴 머리를 한 손으로 귀 뒤로 넘기며 미소 짓는다. 예전에 자주 하지 않는 행동들이었다.

음식점에 들어갔는데 지아가 까칠까칠한 여름 방석에 앉았다. 나는 일반 방석을 가져와 지아에게 주며 앉게 했다.

"자기, 난 시원한 방석이 좋은데."

"지아, 짧은 원피스를 입어서 다리에 자국나고 아프잖아."

"진작부터 그렇게 신경 좀 쓰지. 내 속도 모르고 바보같이!"

"미안, 내가 눈치가 좀 없어서."

• • • • •

"괜찮아! 혁준 씨가 이제라도 나를 여자로 생각해줘서 좋아."

지아는 내게 밝고 쾌활한 모습을 보였다. 잘 익은 삼겹살은 먹음직스럽게 빛을 냈고 구수한 냄새가 났다. 지아는 삼겹살을 내 앞 접시에 놓아주며 쑥스러운 표정을 지었다. 지아의 마음이 내게 밀물처럼 밀려왔다. 식사 후 지아는 내 팔을 잡고 걸었다. 반 팔 상의를 입은 우리의 맨살 접촉이 계속되었다. 사랑에 빠지니 지나치는 환경과 사람들이 평소보다 환하게 보였다. 그리고 사람들이 붙어 걷는 모습을 볼 때마다 부끄럽지도 않나? 남의 시선도 생각해야지! 이렇게 생각했었는데 내가 그렇게 걷고 있었다.

주변엔 3층이나 5층 정도의 건물들이 도롯가에 진열된 듯했다. 막 어두워지는 상황에서 사람들이 조금씩 이동하는 모습이 보이고 상가에 사람들이 서성거렸다. 음식점들은 이제 손님들로 붐비는 모습이었다. 식사를 일찍 마친 우리는 한가롭게 걸었다. 어느새 팔짱 끼는 것이 자연스럽다. 얼떨결에 나의 시선이 지아의 허벅지에 닿았다. 조금 폭이 넓어 약간 퍼지고 부드러운 느낌을 주는 옷감으로 옷이 몸에 밀착되었다. 걸을 때마다 몸의 곡선과 윤곽이 표출되고 있었다. 지아의 엷은 노란색 단색으로 된 짧은 원피스에 눈길이 갔다. 스타킹을 신지 않은 맨살에 적당한 높이의 힐을 신은 지아의 하체가 갑자기 확 눈에 들어왔다. 마치 옷을 입지 않은 모습을 보는 듯했다. 옷과 몸이 하나가 되어 어깨에서부터 발끝까지 들어갈 곳과 나온 곳 그리고 그 부드러움과 함께하는 몸의 곡선이 그대로 드러났다. 나는 정말 짙은 아름다움과 여성미에 포박되어 끌려갔다.

"자기, 왜 내 몸을 살피듯 봐! 지금 남자의 눈길을 보낸 거지?"

• • • • •

지아의 몸을 이렇게 유심히 바라본 적이 없었다. 나는 금단의 아름다움을 몰래 훔쳐보다 들킨 것처럼 순간 당황했다.

"아니, 그게, 마치 유치원생하고 같이 걷는 것 같아서!"

지아는 눈을 흘기며 나를 바라봤다. 마치 화사한 꽃이 나 어때? 하며 아리따운 자연산 보석의 자태를 내게 한껏 뽐내고 있었다.

"자기, 나 예쁘지 않아? 솔직히 나 요즘 자기하고 사무실에서 같이 근무할 때나 출장 다닐 때 옷차림이나 화장에 신경 많이 쓴다. 그래서 아침에 출근 준비가 좀 길어졌어. 머리도 신경 쓰고. 나 이상해졌지? 내가 별말을 다 하네. 다른 부서의 여직원들이 나보고 요즘 외모에 신경 많이 쓰는 것 같다고 말해. 자기는 나 어디가 좋아?"

"지아, 사실 그동안 말을 못 했는데 네게서 나는 향기가 좋아."

"정말? 그게 뭐야?"

"응, 가슴이 패인 상의로 드러나는 속살, 짧은 원피스 아래 하얀 허벅지, 미끈하게 내려오며 곡선이진 종아리, 작고 앙증맞은 발들 바로 네 몸에서 상큼한 향기가 난다. 야하다는 생각보다는 귀하고 소중하다는 생각이 들어. 그리고 네가 나를 빤히 바라볼 때 해바라기처럼 환하게 웃는 너의 얼굴과 눈에서 나오는 순수미 가득한 마음의 향기가 강하게 나를 끌어당기고 있어."

"내가 자기한테 소중한 사람이 됐나 봐. 그래서 자기가 나를 그렇게 느끼는 것 같아. 내가 외모가 뛰어난 것도 아니고, 전문직 여자들처럼 지적인 것도 아니고, 무슨 악기나 스포츠를 잘하지도 못하는데 말이야. 그런데도 자기가 내게서 시선을 떼지 않고 나를 소중하게 대하니 내가 다시 태어난 여자 같아."

　지아가 말을 끝내고 조용히 걷더니 갑자기 걸음이 빨라졌다. 나는 그런 지아를 바라보며 보조를 맞추어 걸었다. 지아는 갑자기 걸음을 멈추고 팔을 풀고 정면으로 나를 바라보며 섰다. 나는 놀라서 눈을 크게 뜨고 바라봤다.

　"장혁준! 나 적당히 데리고 놀고, 상처 주는 것 아니지?"

　"그 생각하면서 그렇게 성색하며 빠른 걸음으로 걸었어?"

　"내가 원하기는 했지만, 막상 장혁준이라는 남자에게 나를 허락한다고 생각하니까 무섭기도 하고 불안해. 나 혼자만의 생각일 때와는 다르게 혁준 씨가 나를 좋아하니까. 혹시 나를 가볍게 여기고 사탕발림 하는 것 아닌가! 이런 생각도 들어. 나 어떡해?"

　지아는 근심 어린 표정과 기대감이 섞인 눈빛으로 나를 바라보며 대답을 기다리는데 사뭇 긴장감이 감 돌았다.

　누군가? 이 여인은! 선한 바람결에 실려 온 깊이를 알 수 없는 여인의 사랑이 다가오니 나는 벗어날 수 없는 운명의 포로가 되어가고 있다. 무슨 말을 해야 할지 몰라서, 흔한 말로 대답할 수 없어서 당황했고 지나치는 행인들 사이에서 눈만 깜박거리며 서 있기만 했다. 나는 지아의 두 손을 힘주어 잡았다. 지아의 손은 연하고 가늘었는데 손가락이 마치 녹은 엿가락처럼 부드럽고 낭창거렸다. 나는 손으로 나의 진실한 마음을 전할 뿐이었다. 지아는 다시 팔짱을 끼었고 우린 아무 일이 없었다는 듯이 걸었다. 팔에 닿았다가 떨어지는 지아의 젖가슴의 물컹거리는 부드러운 감촉이 왔다. 강함의 충격보다 그 부드러움의 충격이 더욱 크게 나의 뇌리에 박혔다. 출렁거리며 내 팔에 닿았다 떨어질 때는 그 아쉬움이 크기만 했다. 비록 일부의 신체 접촉이었으나 지아는 자신을 내게 준 것이었고 나는 덥석 받았다. 아니, 내가 받은 것이 아니라 내게 와서 나의 혼을 흔들어 몽땅 되가져간 것이었다.

이렇게 내가 지아의 포로가 되어 가고 있었는데 지아는 걷다가 멈추더니 동그란 눈망울로 나를 보았다. 나는 지아를 바라보며 눈 맞춤을 했다. 우린 서로의 눈동자 속으로 빨려 들어갔다. 마치 백두산 천지에서, 한라산 백록담에서 커다란 바위가 주변의 사물들과 부딪치며 굴러 떨어지는 것처럼 서로의 눈빛에서 나오는 사랑에 빠지는 소리가 쾅쾅거리며 심장을 때리는데 그 울림은 크고도 컸다.

"지아! 내가 너에게서 탈출할 수 없다는 예감이 든다. 너의 육향과 심향에 빠져들어 나의 전부가 털리게 될 것 같아. 내게 던지는 너를 받으며 기쁨이 가득하기만 한데 한편으론 걱정스럽기도 해. 내게 묶여있던 나의 영혼이 마치 끈 떨어진 연처럼 너에게로 끝도 없이 날아가 버린 것 같고, 되돌아올 수 없는 그 어딘가에 빠져버린 것 같아!"

"내가 좋고 자기가 좋으면 그것으로 된 거야."

지아는 대답한 후 내게 몸을 더 가까이 붙이며 경쾌하게 걸었다. 지아에게서 짧은 치마에 노출이 있어도 순수미가 그려지는 모습과 계산하며 사는 모습이 아닌 정직함이 느껴졌다. 내가 통째로 흔들려 지아에게 쏟아져버렸다. 지아와 둘이 거리를 걸으니 낯선 상황에서 우리 둘만의 존재감이 더욱 컸다. 이 순간에 우리 둘만이 주연이었고 나머지는 모두 들러리였다.

지아가 갑자기 말을 꺼냈고 분위기가 바뀌었다.

"자기, 저기 커피숍 있다. 들어가자."

"그래, 시원한 커피 마시자."

커피숍에 들어서니 10여 개의 테이블에 반 정도 손님들이 있었다. 우리는 창가의 테이블에 나란히 앉아 창밖을 바라보며 커피를 마셨다. 지아는 내게 애정 표현을 거리낌 없이 했다. 사랑의 세계로 들어서게 된 기쁨, 여인을 얻은 설렘이 내 머릿속에 가득했다. 지아는 사랑의 꽃을 피워놓고 나 어떡해! 하며 눈을 동그랗게 뜨며 깜짝 놀라는 것과도 같은 모습을 보이기도 했다. 일상에 찌들어 일그러진 내게 지아는 순하고 맑은 산소였고 아름다운 꽃으로 다가와 환한 빛이 되었다. 이 여인의 정체는 바로 꽃송이였고 나는 꽃받침이었다. 이전 2개 부서를 거치면서 3년 동안 외톨이 직장인의 생활을 겪었다. 고난의 시간을 견딘 후에는 언젠가 밝은 삶을 성취하게 될 것이니 서두르지 말고 견뎌보자고 했었다. 그런데 지금 지아가 내 곁에 있는 상황만으로도 나의 표정은 밝아지고 있었다.

상념에 잠겨 창밖을 응시하고 있었는데 지아가 내 손을 잡았다. 상체를 내게 기울이고 내 얼굴을 빤히 바라보며 말했다.

"자기, 그러고 있지 말고 무슨 말이라도 해봐요. 참, 이전부서에서 있었던 일들에 대해서 말해줘."

"지아, 그때가 민선 1기 시장 임기 말부터 시장이 연임에 성공하여 계속 시장으로 재임하던 시절이었지. 율도국시 지역 이미지와 전통에 맞는 주제를 선정하여 환조 및 부조 조각 작품을 제작 및 설치하는 사업이 있었어. 시청에서 본 주제와 부합하는 작품을 공모하면 전국에서 작가들이 작품 모형과 서류를 접수하고 그 후 시청에서는 심사위원회를 구성하고 심의하여 당선 작품을 선정해. 그 후에 계약하고 설치하는 것이잖아."

"당연히 그렇지."

"그런데 상사들은 내게 정상적인 절차를 진행한 것처럼 허위문서를 만들어서 시장이 원하는 작가의 작품을 선정하라는 것이었는데 그 작가는 시장 선거 때 선거캠프에 몸담고 선거운동을 한 김기선이라는 사람의 아들이었어."

"그래, 시장을 선거해서 뽑아놓으니까 선거 브로커들이 너무 설치며 이권에 개입한다는 말들이 돌고 있더라. 그런데 그렇게 허위문서까지 만들라고 강요하며 불법적으로 이권에 개입하는 짓은 너무해."

"시장이 내게 직접 지시한 것은 아니었고 우리 율도국시청 간부 공무원들이 방법까지 친절하게 가르쳐주며 지시했어."

"어떻게?"

"그때는 전자 입찰이 아닌 시기였어. 그래서 신문과 관보에 공고하는 시절이었는데 그거와 똑같은 글씨체와 크기로 워드를 쳐서 신문과 관보에 붙인 후 그걸 다시 복사해서 공모공고를 한 것처럼 하고 그것을 첨부하라는 거야."

"뭐야! 어이가 없네."

"그리고 다른 작가들도 공모에 응한 것처럼 해야 하는데 다른 작가들의 응모 작품 모형은 미리 내정한 작가에게 몇 개 만들어 오게 하고 서류는 도장을 파서 찍으라는 거야. 그 후 심사위원회는 몇몇 인사를 선정해서 심의 조서에 사인을 받으면 된다는 것이지. 물론 지시 문서 없이 구두로 그랬어."

"정말 너무한다. 누가 시켰어?"

"팀장, 과장, 국장이 그랬어."

"그래서 어떻게 했어? 싸운 거야?"

"아니, 나는 이렇게 말했어. 여기서 나더러 형사처벌 받고 파면당하라는 것입니까? 너무 그렇게 강요하지 마십시오. 그리고 대한민국 모든 조각 작가들이 이 사업에 대해서 공모에 응할 기회를 형평성 있게 부여해야지 허위문서까지 만들어서 특정인에게 특혜를 주는 건 아닙니다. 이렇게 말했어. 상사들에게 찍혀버린 것이지."

"완전히 썩은 사람들이네. 옆에서 도와주는 직원들은 없었어?"

"누가 도와줄 수 있겠어! 덤으로 찍혀버릴 텐데. 그리고 축제 업무로 총무과장에게 협조 결재받으러 갔었는데 총무과장이 하는 말이 그렇게 고집부리며 근무하면 승진이고 나발이고 없어 이 사람아. 그러는 거야. 다른 직원들에게 다 들리도록 큰 소리로."

"또 다른 간부들은?"

"응, 예산집행 하기 위해 회계과장에게 협조받으러 갔는데 내게 하는 말이 자네 팀장은 고생하느라 입술도 터졌던데 자네는 말도 안 듣고 그렇게 하면 윗사람들로부터 좋은 소리 들을 수 있겠어? 그러면서 어떻게 할 거야? 큰소리치며 강요하는 거야."

"자기, 왜 그렇게 이상하게 꼬였어? 속상해."

"지아, 시장이 한번 당선되면 4년 임기가 보장된 거잖아. 게다가 우리 지역정당 소속이며 현직 프리미엄이 있잖아. 그러니 다음 선거에서 또 당선될 가능성이 크니까 간부 공무원들이 시장과 측근들에게 줄 서는 것이지."

"그럼 나중에 일이 잘못되면 어떻게 하려고 그러는 거야?"

“그러면 팀원이 결재서류 가져와서 사인했을 뿐이라고 하면 되니까 그 사람들은 후유증을 걱정하지 않는 것이지. 시장에게 잘만 보이면 되는 것이지. 팀원은 죽든 말든!”

“양심이 고장 난 사람들이야. 자기, 얼마나 힘들었어? 거기서 근무한 기간이 얼마였어?”

“1년 6개월 근무했는데 상사들로부터 외면당하고 동료 직원들로부터 왕따 당하는 생활이 어떠했겠어? 그래도 참고 근무했어.”

“왕따를 어떻게 해?”

“한 번은 과 회식이 있었는데 내가 팀장에게 술을 따르려고 소주잔을 내밀었어. 팀장이 나를 보며 자네 술 안 받고 싶어. 그렇게 말하고는 옆 사람과 대화해 버리는 거야. 그 후에 과장에게 갔는데 내가 과장에게 소주잔을 내밀었더니 내 얼굴을 한번 쳐다보고 고개 돌려버리는 거야. 그러니까 원래 회식 자리가 시끌벅적하잖아. 팀장과 과장이 그러니까 갑자기 조용해지는 거야. 내 손이 부끄러웠고 창피했어? 그러니까 직원들이 나를 피하더라.”

“정말 너무해! 그럼 개선해 보려고 노력은 해 봤어?”

“하도 견디기 어려워서 편지를 써서 과장 책상 위에 올려놓았어.”

“뭐라고 썼는데?”

“형사입건 대상이 될 수 있는데 내가 여기서 파면당하면 좋겠냐? 그리고 법을 지켜서 국내 모든 조각 작가들이 공평하게 입찰에 응할 기회가 되어야 한다. 그러니 이 건은 내가 도저히 할 수 없는 일이다. 그렇게 정중하게 했어.”

“무슨 효과 있었어?”

"아니, 오히려 더 안 좋아졌어. 어떻게든 내게 압박을 가해서 하도록 하려 했는데 내가 할 수 없다는 의사표시를 공식적으로 표명한 것이잖아. 더 노골적으로 나를 외면하고 견딜 수 없도록 하더라."

"그 후에 별일은 없었어?"

"한번은 점심 먹고 사무실에 들어왔는데 나를 불러서 다른 업무로 계속 질책하는 거야. 트집 잡는다는 느낌 있잖아. 그래서 사무실을 나와 편의점에 가서 달랑 소주 두 병을 샀어. 차를 타고 가다 보니 무지개 공원 저수지가 나왔어. 저수지 둑에 앉아서 소주를 마셨어. 술잔도 안주도 같이 마시는 사람도 없이 저수지만을 바라보고 있었어. 차 볼륨을 최고로 틀고 차 문을 열어놓았어. 그래야 음악이라도 들리지. 그렇게 소주 두 병을 다 마셨어. 빈속에 안주도 없이 스트레스받는 상황에서 술을 마셔서인지 인사불성이 되었어."

"자기, 어떡하려고 그랬어!"

"지아, 그냥 모든 것이 싫었어. 주변에서 나를 도와주는 사람이 아무도 없었고 외로웠지."

"그래서 어떻게 됐어?"

"그때 공원 파출소에서 순찰하던 경찰이 이상하게 생각했는지 내게 다가왔어. 파출소로 나를 데려갔고 차도 경찰이 파출소로 가져왔어."

"그건 음주운전은 아니지?"

"응, 내 신분증을 보고 내 직장을 알아냈어. 왜 그러냐고 질문했는데도 내가 대답하지 않았대. 취중에서도 경찰에게 말하면 곤란하다는 생각을 한 모양이야. 시간이 지나니까 더 취기가 올라와 몸도 못 가누고 소통도 어려웠나 봐. 경찰은 나를 위험한 행동을 할 상태로 보았나 봐.

택시를 불러서 나를 보내주었어."

"경찰관에게 고맙다고는 했어?"

"아니, 그때는 어리둥절한 상태로 고맙다는 행위를 하지도 못했어. 고마움도 모르는 사람이 되어버렸어. 사실 경찰관들이 알게 모르게 고생을 많이 하는데*!*"

"그 뒤로 어떻게 됐어?"

"나의 이런 행동이 우리 율도국시청에 통보되었나 봐. 다음 인사 때 좌천되었어."

"그래, 맞아 그때 사람들이 자기가 무슨 잘못을 하고 문책성 좌천됐다고 소문났었어."

"지아도 알다시피 소문은 마약 같은 거야. 사실 여부를 알고 싶지도 않지. 율도국시청 내에서 힘 있는 간부들이 나쁘게 말하니까 일반 직원들은 다 그렇게 아는 것이지. 이러니 내 입지가 어떠했겠어?"

"자기가 그래서 뭔가 고민이 있는 사람처럼 보였구나."

"지아, 간혹 사람들이 말하기를 그렇게 힘들면 그냥 해 버리지. 안 걸리고 넘어갈 수도 있잖아. 이런 말을 들을 때마다 나는 대답했었어. 내가 당사자로서 괴롭힘을 당하고 있는데 그런 생각 안 해 봤겠어? 그렇지만 난 그런 짓은 절대 하지 않는다. 이렇게 말이야."

"맞아. 나중에 사건화되면 변호사도 자기가 돈 들여서 선임해야 하고 또 온갖 스트레스를 다 받아야 하잖아. 더군다나 형사처벌 받고 파면될 것이고 또 그런 일을 하는 것은 나쁜 짓이기도 하고."

"출근하는 것이 싫었고 퇴근할 때까지 숨도 못 쉬며 근무했어."

"그렇게 근무하면서 얼마나 힘들었어? 내게 연락 좀 하지 그랬어.

해결은 못 해주더라도 위로라도 해주었을 텐데. 다른 사람들한테 사실은 소문과는 다르다고 내가 설명해 줄 수도 있었잖아. 사업소로 좌천된 뒤로는 어떻게 됐어?"

"뭔가 잘못해서 쫓겨난 모양새가 된 게 아주 기분 나빴어. 그렇지만 시달림을 안 받게 되었으니 차라리 잘됐다고 생각했어."

"세상에, 어쩌면 그럴 수가 있어. 시장과 선거 브로커들의 횡포야."

"그게 그 사람들 수법이지, 내가 그동안 경험해보니 시장이나 간부 공무원이 하위직 공무원에게 부당한 것을 시키고 이를 거부하면 다른 것들을 트집 잡아서 괴롭히고 다른 사람들에게는 그 직원이 마치 무슨 여러 가지 잘못이 있는 양 만들어 버리지."

"자기, 나 눈물 나! 그런 상황을 전혀 몰랐어."

한동안 침묵이 흘렀고 그때 당시 다른 사건을 지아에게 말했다.

"지아, 그즈음에 녹지과 양기영 주무관에 관한 소식 들어봤어?"

"유치장에 2개월 동안 구속되었다가 석방되었다는 말만 들었고 자세한 것은 몰라."

"성음면에 있는 임야 3,000㎡에서 흙을 채취하는 허가를 받은 건설업체가 있었는데 당초에 면적을 초과하여 약 6,500㎡에서 흙을 채취한 거야. 처음에 해당 마을에 일천만 원 기부금을 냈었어. 그런데 허가 면적 외 추가로 흙을 채취하니까 마을에서 추가로 기부금을 요구했는데 건설업체에서 거절했어. 그 후 마을에서 불법 토석 채취에 대해서 경찰서에 진정서를 접수해 버렸어."

"추가면적에 대해서 허가를 받으면 됐을 텐데 왜 그랬지?"

"그건 나도 모르겠어. 여하튼 경찰서에서 건설업자와 시청 관련자를 전부 압수 수색했는데 건설업체에서 시장 측근 이인규라는 사람에게 뇌물을 준 장부가 나왔어. 그래서 건설업체 사람들하고 시청 담당자 양기영을 구속했지."

"뇌물은 시장 측근이 받았는데 경찰은 왜 시청 담당자 양기영 주무관을 구속했어?"

"양기영 주무관은 알다시피 엄청 착한 사람이잖아. 그런데 간부들이 지시하니까 그 불법행위를 합법적인 것처럼 허위문서를 만들었나 봐. 그렇게 됐는데도 간부들은 모르는 일이라고 거짓으로 진술했어. 그래서 양기영 주무관이 혼자 뒤집어쓰게 된 것이지."

"결국 모든 집안사람과 선후배가 총동원되어서 탄원서를 썼는데 지금까지 한 번도 위법한 생활을 한 적이 없는 사람이라고 선처를 요청했고 검찰이 기소유예 처분해서 석방된 거야."

"고생한 건 그렇다 치고 인간적인 배신감 같은 것이 있었겠다."

"그 사람은 나와 정반대의 길을 선택했어. 어떤 선택이 더 나았다고 볼 수 있을까?"

"희생양 될 처지라는 것은 비교 대상이 될 수 있지만, 내용적인 측면은 아닌 것 같아. 자기는 단순히 불법인 경우가 아니라 불특정 다수가 공개 경쟁을 할 수 있도록 하는 사회정의 또는 공정한 행정행위 뭐 그런 것이잖아. 그런 차원에서 다르다고 봐. 그리고 양쪽 다 너무 힘든 선택이야. 어떤 게 더 나은 방법인지를 모르겠어."

"우리 같은 하위직 공무원들은 이런 일에 안 엮이는 게 최선이지. 만약에 어쩔 수 없이 또 엮인다면 나는 양기영 주무관과 같은 선택은 하지 않을 거야. 비록 직장에서 외톨이가 된다 해도 말이야."

"자기의 상황도 그렇지만 양기영 주무관 상황도 너무 안타까워."

"지아, 그것뿐만 아니야. 그때 당시 시장은 온통 비리의 온상이었어. 그즈음에 시장 선거캠프의 핵심 인물이던 오영규라는 사람이 하청공사와 관련하여 뇌물수수죄로 징역형을 선고받았고 또 시장 부인이 인사 관련 뇌물수수죄로 징역형을 선고받았고 시장은 다음 시장 선거에서 낙신했지. 세상이 어찌 되려고 이러는지 모르겠어."

잠깐 한숨을 쉬며 창밖을 바라보던 나는 말을 이어갔다.

"그 후 내게 계속 어려움이 있었단다. 지금 민선 3기 시장이 새롭게 당선되면서 내가 사업소에서 맡은 업무가 갬블링 사업이었어. 그 사업은 경마장, 경륜장과 유사한 사업이었지. 그 사업을 하기 위하여 건설회사 등 6개 회사가 컨소시엄을 구성해서 사업추진 방향이 결정되었어. 그런데 컨소시엄 구성회사들이 내가 모르는 상황에서 바뀌기 시작했어. 물론 나 정도의 팀원 위치에서 그것을 깊게 알 수는 없는 일이었지. 자금이 확보되어 토지를 매입하고자 토지 주인들과 협의를 끝냈었다. 약 1년 동안 계획부터 토지 매입까지 컨소시엄 구성회사들이 몇 번 바뀌기는 했지만 그래도 순조롭게 진행되었는데 갑자기 사업이 전면 취소됐어."

"그럼 관련된 사람들이 항의했을 것이잖아."

"이 사업은 사업권을 가진 단체와 자본을 투자하는 기업들이 각각의 지분을 가지고 있는데 사업권을 가진 단체에서는 강력하게 항의를 해 왔어. 단체에서는 최종적으로 일부 자금을 투자했었거든. 기업이 아닌 개인들로 구성된 이 단체는 재력이 약한 사람들이기 때문에 이 사업이 중단되면 큰 타격을 받게 되는 상황이었어."

・ ・ ・ ・ ・ ・

"자기는 왜 그렇게 됐는지 몰랐어?"

"지아, 나는 그 이유를 알 수가 없었어. 그런데 그 단체는 계속 율도 국시청에 항의했고 물리적 충돌까지 발생하는 등 후유증이 계속 이어 졌어. 그들은 내게 항의 하지는 않았어. 팀원 선에서 결정될 사항들이 아니었기 때문이지. 이때 시장은 간부 회의에서 내 이름 장혁준을 거론하며 철저히 조사해서 문책하도록 지시했어."

"뭐야! 시장은 왜 그래? 자기가 뭐 잘못한 것은 없잖아."

"당연하지. 나는 감사과에서 1주일 동안 조사를 받았어. 그동안 해온 일 중에서 조금이라도 흠이 나오면 무조건 나의 잘못으로 분류되 었어. 사람들은 내게 말했었지. 또 무슨 잘못을 했는가? 이런 말을 들을 때마다 나는 쓸쓸한 미소를 지으며 아무런 말도 없이 돌아서곤 했어. 부시장은 나를 징계처분 해서 책임을 묻겠다고 시장에게 보고토록 감사과에 지시했었어. 그런데 시장은 그렇게 하지 말고 지금의 농산물 유통과에 배치하도록 지시했단다."

"그럼, 뭐야?"

"시장, 부시장, 감사과 사람들의 생각과 그들의 이해관계에 대해서는 잘 모르겠어. 그런데 그 과정에서 결과적이기는 하지만 이렇게 지아를 만나게 되었으니 불행 중 다행이다."

"그런 말이 어딨어! 나 마음 아파!"

지아는 내 손을 꼭 잡고 또랑또랑한 눈망울로 나를 바라보았다.

"자기, 앞으로 내가 많이 위로해줄게요."

이런 지아 행동에 나는 순간 마음이 따뜻해지면서 가슴이 먹먹해졌 다. 외톨이 직장인의 아픈 마음이 해체되는 듯 풀어져 내렸다. 지금껏 누구도 이 여인과 같은 눈빛과 음성 그리고 관심 어린 표정을 내게 준 적이 없었다. 나는 고마운 마음에 지아 손을 꼭 잡으며 말했다.

"지아, 나는 늘 신경을 곤두세운 고슴도치와 같이 살았어. 또 누가 나를 괴롭히는 건지, 누가 말도 안 되는 시비를 걸어오는 건지 촉각을 곤두세우며 살았단다. 밤이 되면 빈 술병들이 쌓이고 술에 취할수록 내가 공무원으로서 잘못을 저지른 경우가 아니니 견뎌내야 한다는 생각뿐이었어. 어떻게 하면 오늘 하루도 억울한 꼴 안 당하고 무사히 하루를 지낼까! 이런 생각을 하면서 근무했어."

"우리 앞으로 여행도 다니고 같이 있는 시간을 늘리자. 그렇게 해서 조금이라도 나은 생활을 해."

이렇게 지아는 내 삶에 들어왔다. 그리고 소리 없는 침묵 속에서 눈물을 글썽이며 나를 바라보았다. 이런 지아에게 나는 공무원이 된 후 바보가 되어버린 약해 빠진 사나이의 단순한 웃음을 지어 보였다. 이 순간 지아는 캄캄한 밤하늘에 샛별처럼 내게 쏟아진 빛이었다. 왜소해 졌던 내게 지아의 사랑이 차곡차곡 채워지니 불꽃 같은 삶을 살 수 있을 것이라는 희망이 생겼다. 나는 가지런히 놓인 지아 손을 잡으며 말했다.

"지아, 내가 대학에서 영문학을 전공했는데 재학시절에 취업 공부를 하지 않은 대신 학교에서 제시하는 정도의 전공 공부는 했었어. 요즘에 그때의 책을 한 번씩 보곤 해. 사람이 한번 인생을 살고 나면 다시 과거로 돌아갈 수 없잖아. 그래서 문학작품을 통해서 다른 방식의 삶을 보면서 어떻게 살아야 할지를 생각해보곤 했어."

"그렇게 했단 사람이 이렇게 살아요?"

"내가 정말 어쩔 수 없는 상황에 빠졌구나."

"나름 노력했는데도 잘 안 되는 거지요?"

"지아, 난 요즘 베토벤의 운명 교향곡을 자주 들어. 음악을 잘 알지는 못하지만 그래도 그 음악을 듣고 있으면 박진감 넘치고 강렬한 느낌에 스트레스가 조금은 풀리는 것 같아서 말이야."

"자기, 그런 상태로 살면 어떡해. 이제는 내가 옆에 있을 거고 앞으로는 모든 게 다 잘 될 거야. 그러니 웃으며 살아. 이제, 그만 가자."

나는 오늘 지아와 함께 시간을 보내며 우리가 사랑하며 행복해질 수 있겠다는 기대감에 들떴다. 고속도로에서 어둠을 헤치며 나아가듯 우리 사랑의 불꽃으로 나의 공무원 생활에 있어서 어둠을 뒤로 보낼 수 있겠다고 생각하며 달렸다. 이렇게 내 인생에 환한 빛이 내려앉았던 하루를 끝냈다.

아침에 출근하니 나보다 먼저 출근한 지아가 밝은 모습으로 나를 맞이했다. 지아는 내게 직장 동료이자 활짝 핀 한 송이 꽃이었다.

"장혁준 주무관님, 잘 쉬었어요?"

"그래, 김지아 주무관도 잘 쉬었지?"

짧은 대화에 이어 업무를 시작했다. 팀장을 중심으로 지아와 내가 나란히 앉고 앞에 나보다 연배인 직원이 앉아 있었다. 이렇게 근무하는 동안 나는 공무원이 된 이후 처음으로 사람다운 대접을 받으며 직장생활을 하고 있었다. 봄에 이곳에 왔는데 벌써 가을이다. 나를 챙겨주는 여인이 있어 더욱 시간이 빨리 갔는지도 모른다. 사무실에서나 출장 과정에서나 나는 지아의 업무를 도와주고 지아도 역시 나를 챙기고 있었으며 일하면서도 우리는 늘 데이트 중이었다. 우리는 퇴근 후 둘만의 시간을 가질 땐 조금씩 스킨십이 있긴 했으나 육체적인 측면에서 진도가 더 나가지는 않았다. 그렇지만 심리적으로는 이미 지아가 내 안에 있었고 나 또한 지아 안에 있었다. 지아의 얼굴과 몸짓은 늘 웃음과 활기가 넘쳤고 나 또한 밝은 모습의 얼굴색이 돌아왔다. 평상시에는 잘 몰랐는데 최근에 찍은 사진을 보니 바뀐 얼굴색을 알 수 있었다. 심리적 변화가 사진에 나타난다는 것을 처음 알았다. 내가 지아로부터 돈이나 어떤 물리적 가치로 그 크기를 산정할 수 없을 만큼 큰 선물을 받고 있었다. 낮에는 사무실에서 밤에는 둘만의 공간에서 서로에게서 떨어질 줄 몰랐다. 이런 우리는 직장 동료로서의 생활을 계속했다.

하루는 농촌 일손 돕기를 하기 위해서 각 팀에서 1명만 남고 전 인원이 참여해야 했다. 우리 팀에서는 나보다 나이가 많은 선배 직원이 남고 팀장, 나, 지아 이렇게 3명이 참여하기로 했다. 감나무 과수원에서 감 따기 작업이었다. 2인 1조로 작업이 진행되었다. 1개 조가 감나무 한 줄을 맡았다. 당연히 지아와 나는 같은 조였다.

"장혁준 주무관님은 높은 곳에서 따. 나는 낮은 곳에서 할게."

"나뭇가지에 다치지 않게 조심해서 일해."

우린 감을 따서 프라스틱 박스에 담았다. 그 후 다 찬 박스를 길가로 옮겨야 했다. 난 혼자 들었고 지아는 내 뒤를 따라서 걸어왔다. 옆줄 작업조인 김동필 팀장이 한마디 했다.

"김지아! 너는 일꾼 고용했니? 장혁준이가 박스를 옮기는데 너는 따라다니기만 하잖아. 그리고 장혁준이는 감을 열심히 따는데 너는 감을 따는 것인지 장혁준이가 딴 감을 다시 붙이는 것인지 구분이 없을 정도로 일하는 게 형편없네."

"김동필 팀장님, 그래도 우리가 팀장님네 조보다 더 앞서가네요. 열심히 좀 하시죠. 남 하는 일 간섭 말고요."

다들 듣고 웃었다. 지아와 함께 노동일을 하는 것은 처음이었는데 마치 시골 부부 농부처럼 일하는 우리 모습이 내심 좋았다. 오전 일과가 끝나고 점심시간이 되었다. 도시락 업체에서 배달이 오자 옹기종기 모여 앉아서 도시락을 먹었다. 지아와 나는 나란히 앉아서 도시락을 먹었는데 지아가 자기 밥이 많다며 내게 덜어주었다. 이것을 김동필 팀장이 보고 또 놀렸다.

"김지아 너는 밥 먹을 때도 장혁준 옆에서 먹냐? 그리고 밥도 장혁준이에게만 덜어주고 너는 장혁준 외에 보이는 게 없냐?"

"샘나요? 그럼 우리 팀장님 하세요. 그럼 내가 신경 써줄게요."

시끌시끌한 점심 식사 중에 과장이 말을 이어갔다.

"오전에 일하느라 고생이 많았습니다. 오후 일손 돕기를 끝내고 회식을 하겠습니다. 오후에도 수고해 줘요."

오후 일손 돕기와 회식이 끝나고 모두 헤어졌다. 지아와 나는 편의점에서 캔 커피를 사서 우리 지역 가운데를 가로지르는 하천가에 앉았다. 하천 주변은 달빛으로 환했다. 앉아서 물이 흐르는 모습을 바라보았다. 하늘에서 내리는 달빛 조명이 하천 바닥의 돌에 걸려서 이는 잔물결에 부분적으로 반사되었다. 운치 있는 모습이었다. 늘 지나치면서도 이렇게 하천가에서 여유를 부려 보지 못했었다. 지아는 내 어깨에 얼굴을 기대고 있었다. 나는 바람에 날려 산발 된 지아 머리를 손으로 단정하게 정리해주며 보살폈다. 이렇게 잠깐의 여유 있는 시간을 보내고 하루를 끝냈다.

아침에 출근해 지아와 같이 커피를 마시는데 좁은 공간에서 노출이 심한 옷차림으로 움직이는 지아 모습이 거슬렸다.

"이제 추워지니까 스타킹을 착용하고 옷도 따뜻하게 입어야지."

"알았어. 사실은 자기에게 예뻐 보이려고 더 그런 거야. 자기가 우리 과에 발령받았을 때부터 그랬어. 이게 다 자기 때문이야. 자기가 없었다면 내가 이렇게 외모에 신경 쓰지 않았어."

"직장여성이 노출을 많이 하고 너무 예쁘게 하면 다른 남자 동료들이 어떻게 생각하겠어? 화장도 좀 약하게 해!"

지아는 나의 근심이 무엇인지를 탐색이라도 하는 듯 나를 빤히 바라보았다. 약간 불편한 분위기로 커피타임을 마치고 삐진 지아를 달래며 근무를 시작했다. 우린 다른 동료와 다를 바 없이 근무했다. 그러나 겉모습이 같다고 해서 그 안에 담긴 게 같지는 않았다. 똑같이 생긴 항아리라도 그 속의 내용물이 다르듯 우리 영혼과 사고의 깊이는 우리 둘만의 특별한 사랑 이야기였다.

하늘 아래 세상 모든 것이 자신의 존재감을 뽐내기만 하는 가을이 깊어가는데, 비록 일하는 중이라 할지라도 돌아다보면, 그냥 앉아만 있어도 고운 여인이 옆에 있었다. 서로에게 열려버린 마음과 육체는 사랑을 불꽃처럼 뿜어내며 아름다움을 흘러내리니 직장에서 회의감도 잠시나마 벗어날 수 있었다.

제 2 장

새로운 세상에
대한 도전

[민선 3기]

제2장

새로운 세상에 대한 도전
(민선 3기)

민선 3기 시장이 취임한 지도 어느새 1년이 넘고 있었다. 나는 특별한 일 없이 통상적인 직장생활을 이어갔다. 팀원이 3명인데 내가 일을 더 맡아서 바빴다. 잠깐 쉴 겸, 지아와 대화하고 있었는데 과장이 나를 찾았다.

"어이, 장혁준!"

김용훈 과장은 나이가 지긋하고 점잖은 사람으로서 큰소리를 치거나 화를 내진 않지만 할 말은 또박또박 분명하게 하는 성격이었다.

"장혁준, 우리 지역 농특산물에 대해서 홍보, 판매 사업을 하라는 지시가 떨어졌는데 다른 팀장들이나 팀원들 모두 못 하겠다고 한다. 그래서 자네가 이 사업을 했으면 하는데 어떻게 생각하는가?"

"과장님, 유통사업을 직접 할 수 있을까요? 시청에서 지원하는 쪽으로 생각하는 게 좋을 것 같습니다."

• • • • •

"이 사람아! 그걸 누가 몰라?"

좀 무리한 지시이긴 했으나 과장이 불법이나 사익을 위해 이권 개입을 하는 게 아니었고 지역 농민을 위한 지시이기에 나는 받아들였고 자리로 돌아와 팀장과 상의했다. 그런데 팀장은 결사반대였다.

"장혁준, 자네가 이 일을 어떻게 하겠다는 거야. 못한다고 해. 다른 지역 상품들이 이미 시장을 점유하고 있고 특히 쌀의 경우 공급은 넘쳐나고 수요는 적은데 이런 일은 유통전문가도 어려운 일이잖아."

과장은 의견대립 중인 우리 두 사람을 불렀다.

"장혁준, 내가 과장으로서 정상적인 업무지시를 하는 것이니까 그렇게 해. 그리고 자네는 시장이나 간부들한테 찍힌 사람이잖아. 그러니 이 일을 열심히 해서 복구하면 좋잖아."

"과장님, 상사의 부당한 지시를 이행하지 않은 것인데 그렇게 왜곡해서 말씀하시는 것은 아닙니다. 어떻게 그럴 수 있습니까?"

"좋아. 내가 취소하지. 자네는 바로 업무를 시작하도록 하게."

"알겠습니다. 먼저 이 사업에 대하여 상황을 파악해 보겠습니다."

나는 자리에 돌아와 고민에 들어갔다. 공무원으로만 직장생활을 했던 내가 이런 판매 사업을 하는 것이 어려운 일이기도 했지만, 더 큰 문제는 판매 점포를 차려 놓고 손님을 기다리는 게 아니라 전국을 돌아다니며 홍보하고 대형매장, 백화점 등에 납품해서 판매해야 한다는 것이었다. 나는 몇 날 며칠을 고심한 끝에 결심을 굳혔다. 그리고 전문가들로부터 도움을 받아 사업계획서를 만들었다. 우선 1단계로 전국 대도시에서 추진하는 지역축제 및 행사에 참여하여 홍보하는 것이었다. 2단계로 언론과 SNS를 통하여 홍보해서 주문 판매하는 것이었다.

3단계는 대형매장이나 백화점에 입점하여 판매하는 것이었다. 이렇게 해서 우리 농산물을 홍보하고 판매를 통해서 유명 브랜드로 만든다는 계획이었다. 우선 쌀로 시작했으며 그 외 농특산물은 향후 같은 브랜드로 추가하는 것이었다. 이 사업은 내게 미지의 세계였고 현실적으로 내가 해내기에 정말 벅찬 일이기도 했다. 그렇지만 이왕지사 한번 마음먹은 것이니 제대로 해보기로 했다.

그런데 먼저 해결하여야 할 사항이 있었다. 바로 쌀의 질이었다. 다른 지역의 유명 브랜드 쌀은 생산의 방식, 보관의 형태, 가공시설들이 현대식 시설로 정비되어 있었다. 그렇게 해서 상품의 질을 최상으로 유지했다. 그러나 우리는 모든 게 재래식이었다. 같은 품종이라 해도 그 질이 완전히 달랐다. 상품의 질을 좋은 수준으로 유지하기 위해서는 예산의 투자가 필요했다. 생산과정의 개선은 물론이거니와 시설현대화를 추진하고 그런 다음에 내가 홍보 및 판매를 수행하는 계획안에 대하여 보고했다. 결재과정에서 하나같이 비슷한 말을 했다.

"어려운 일이야. 쉽지 않아. 더군다나 전국적으로 지방자치단체가 직접 주체가 되고 공무원이 현장을 뛰는 일은 없어. 그리고 가장 큰 어려움은 공무원이 유통사업을 할 능력이 안 된다는 것이지."

이런 의견을 내고 있었다. 최종적으로 시장의 결심을 받기 위해 갔다. 보고를 받은 시장은 한숨을 쉰다. 제1회 추경예산 중 약 20%를 쌀의 생산, 보관, 가공사업에 투자하여야 하기 때문이다. 열악한 기초지방자치단체에서 다른 분야에서도 해야 할 일이 태산 같은데 말이다. 결제는 몇 명이 자리에 앉아 대기하면서 차례차례 하는 방식이었다. 시장은 나더러 잠시 옆자리에 앉아 있으라고 했다. 다른 사람들 결재가 다 끝나고 나를 찾았다.

"장 주무관, 이 일을 결정하기가 쉽지 않군요. 쌀의 고급브랜드화를 성공적으로 추진할 수 있겠습니까?"

"시장님, 하나의 상품을 만들고 전국을 누비며 홍보하고 판매해서 유명 브랜드로 만든다는 건 불가능에 가까운 일입니다. 쉽지 않은 사업입니다. 그렇지만 최선을 다하겠습니다."

"최선을 다하겠다는 말이죠?"

"예, 또한 저는 전문 영업사원이 아닙니다. 처음 하는 유통사업입니다. 성공할 수도 있지만 그렇지 못할 수도 있음을 참고해 주십시오."

시장은 자리에서 일어나 창밖을 본다. 그리고는 자리에 돌아왔다.

"좋습니다. 하세요. 예산을 투입하겠습니다. 관련 부서와 긴밀히 협의해서 추진하세요."

"시장님, 제가 지금 7급 직원입니다. 이 문서를 가지고 제가 각부서의 팀장, 과장, 국장들과 어떻게 협의할 수 있겠습니까?"

"그럼 내가 어떻게 해주면 되겠습니까?"

"이 사업의 중요성이 바로 우리 지역 쌀을 고급브랜드로 만들고 향후 다른 농산물로까지 확대하고자 하는 것 아닙니까? 그러니 첫째로 우수 농가를 선별하고 생산 방식에 대하여 교육해야 합니다. 그리고 가을에 수확한 이 상품은 봄이 되면 씨앗이 움트고 여름에 변질이 되기 때문에 대형 사일로에 저온저장을 해서 보관해야 합니다. 다음은 가공과정에서 각종 시설이 있습니다. 색채 선별기, 완전미기 등의 설치 및 운영입니다. 그 후에 홍보, 판매를 시도해야 할 것으로 생각합니다. 이런 내용이 보고서에 있습니다. 시장님이 간부 회의에서 분야별로 국장들에게 직접 하나하나 지시해 주십시오.”

“부속실에 복사해서 두고 가세요.”

각 부서에서 전화가 빗발쳤다. 사업계획서를 내가 만들었기 때문이었다. 시장의 지시이고 국장의 지시이니 하긴 해야겠는데 불편함을 드러냈다. 그러나 나는 개의치 않았다. 쌀의 질 문제가 해결되고 난 후 나는 유통사업을 하면 되는 것이었다. 결국 시장의 뜻대로 각각의 일들이 순조롭게 추진되었다.

쌀의 품질에 대한 문제가 해결되고 막상 내 차례가 된 현실에 직면하니 눈앞이 캄캄했다. 홍보와 판매를 통한 고급브랜드화 사업의 성과가 미미할 경우 내게 쏟아질 질책과 따가운 시선이 두려웠다. 그렇지만 사람이 하는 일에 못 할 일이 뭐가 있겠냐는 각오로 두 눈을 부릅뜨고 두 주먹을 불끈 쥐었다. 시작도 하기 전에 실패를 걱정하지 않기로 했다. 새로운 세상에 대한 도전이었다.

1단계 계획을 시작했다. 전국의 대규모 축제 등 행사장을 찾았다. 실제 홍보 기간은 2박 3일 정도였고 사전 준비와 사후 정리까지 하면 1회 행사에 1주일의 기간이 소요됐다. 모든 행사에 다 나갈 수 없어서 상황에 따라 추진했다. 4인 가족 시식용 500g짜리 홍보용 쌀을 준비했다. 그리고 스텐드, 회전판, 손으로 던지는 화살을 제작했다. 회전판에는 꽝, 3개, 5개로 구분했다. 나는 회전판을 돌리고 몰려든 사람들은 화살을 회전판에 던지고 나는 홍보용품을 배부했다. 관광객들은 화살을 던지는 재미와 홍보용품을 무료로 받는 재미로 줄을 서서 참여했다. 화살이 꽝에 꽂히면 웃고 떠드는 상황에서 안 줄 수는 없으니 홍보용 쌀 1개를 증정했다. 나는 홍보용 쌀의 포장재에 주문 전화, 인터

· · · · · ·

넷 주소, 팩스 번호 그리고 쌀의 특징, 가격도 같이 인쇄했다. 가격 대비 품질이 다른 지역 상품보다 우수함을 홍보했다.

마치 야바위꾼처럼 전국 대도시 행사장에 참여했다. 처음에는 어색함이 말로는 다할 수 없을 정도였다. 그렇지만 횟수가 거듭될수록 능숙해지고 자연스러워졌다. 승용차에 1주일 동안 필요한 개인 생활용품, 홍보용 쌀, 기디 관련 물품들을 싣고 다녔다. 혼자 다니며 이런 일을 한다는 게 만만한 일이 아니었다. 2명이 1개 조가 되어서 해야 했지만, 나는 어쩔 수 없이 혼자서 여러 사람의 몫을 해야만 했다. 간혹 상품의 내용 설명을 원하는 사람들이 있었다. 그럴 때마다 바쁜 상황에서도 나는 성의를 다하여 응대했다. 부족한 부분은 홍보용 쌀 포장재에 설명이 있으니 추가로 확인하기를 안내하고 더 구체적인 것은 율도국시청과 농협 홈페이지에서 확인할 수 있음을 안내했다.

어느 행사장이나 구조상 사람들의 흐름이 있었다. 소리를 질러 사람들을 모았다. 일단 몇 사람이라도 모이기만 하면 다음부터는 호기심에 사람들이 자동으로 모였다. 왔다 간 사람이 일행을 데리고 다시 오기도 한다. 그래도 반갑게 맞이했다. 홍보용 쌀이 4인용이기에 여러 개를 가지고 돌아가면 지인들과 나눌 것이기에 그분들이 나의 홍보를 도와주는 것이라고도 생각했다. 때로는 관광지에서 탁자에 홍보용 쌀을 쌓아놓고 무료로 배부하기도 했다. 공무원이 왜 공짜로 주느냐? 라며 사람들이 궁금해하기도 했다. 나는 그럴 때마다 위생 상태의 안정성을 설명하고 상품의 소유자는 농협이나 기초지방자치단체가 인증하고 공무원이 이렇게 직접 홍보 활동을 하는 것이니, 우리 지역 '농부애 쌀'의 질과 가격을 다른 상품과 비교해보고 향후 애용하도록 홍보하는 것임을 설명했다.

시청에서 행정업무를 추진할 때는 나도 모르는 사이에 표정이 굳어지는 경우가 허다했다. 그러나 이 업무를 추진하면서 나는 항상 모든 이를 웃는 모습으로 반갑게 맞이했다. 나중에는 이런 태도가 자연스럽게 이루어졌다. 적극적인 모습으로 사람을 대함으로써 고객들에게 편안함과 기분 좋은 생각이 들게 했다. 고객들에게 우리 쌀에 대한 이미지를 높이고 고객들이 소비자로서 좋은 접대를 받고 있다는 생각이 들도록 노력했다. 이렇게 한 사람 한 사람 고객을 확보해 나갔다. 이런 과정에서 '농부 애 쌀'이라는 하나의 브랜드가 전국 소비자들에게 차근차근 인식되어갔다. 막고 푸는 방식이었지만 성공할 수 있다는 가능성을 느꼈다.

처음에는 홀로 뛰는 객지 생활의 고달픔이 있기도 했지만, 시청에 주문 전화가 오고 택배 배송이 시작되면서 나름대로 성취감이 있었다. 드디어 전국에 하나의 브랜드로 판매가 시작된 것이다. 주문은 홍보용 쌀 포장재에 새겨진 우리 부서의 전화번호, 팩스, 인터넷 주소로 왔다. 입금이 확인되면 농협에 명단을 보내 처리했다. 그런데 나는 늘 출장 중이었다. 이 상품을 사는 연령층이 연세가 드신 분들이다 보니 전화 주문이 많았다. 전화를 받으면 성명, 주소, 계좌번호의 전달이 이루어져야 했기 때문에 한 번의 주문 전화도 긴 시간이 소요되었다. 간혹 상품 설명도 필요했다. 사무실에서 주문 전화를 제대로 처리하지 못해 시행착오가 일부 있기도 했지만, 가격 대비 품질이 우수하다는 것이 전국 대도시로 홍보되어 판매가 확대되어갔다.

내가 이렇게 판매하는 양이 재고량 전체를 책임지지는 못했지만, 홍보 및 판매를 위하여 전국을 떠돌며 노력하는 나의 헌신과 쌀의 질과 가격의 정직함이 소비자의 관심을 끌었다. '농부 애 쌀'이 하나의 브랜드로 탄생 되어 고급브랜드가 되어가는 시작점이었다.

이 과정에서 나는 고객과 일부 거래처에 많은 명함을 사용했다. 그만큼 내가 통화해야 할 대상이 많아졌다는 것이기도 했다. 정신없이 바쁜 삶의 시작이었다. 나는 주로 대도시에 출장 중이었고 전화를 수없이 많이 받아야 했다. 거래처와 통화는 물론이고 소비자와 어떤 다툼이 있으면 농협이든 시청이든 모두 내게 전화를 연결했다. 특히 이 상품이 2개 지역농협에서 생산, 보관, 가공한 것인데 둘 다 우수한 상품이다. 다만 약간의 특징이 달랐다. 한 명의 고객에게 다른 농협의 쌀이 배송되지 않도록 했다. 그런데 간혹 이 사항이 지켜지지 않아서 상품을 속이고 배송했다는 항의 전화를 받을 때가 제일 어려웠다. 나는 즉시 농협에 연락하여 새 상품을 당초에 배송된 해당 농협의 쌀이 재배송 되도록 했다. 물론 추가 비용은 받지 않았다. 고객에게 연락하여 전후 사정을 설명하고 다음부터는 이런 일이 발생하지 않을 것이라는 믿음을 주었다. 이렇게 안 하면 언제 고객이 떨어져 나갈지 모르기 때문이다. 어렵게 확보한 고객을 놓칠 수는 없는 일이었다.

고객이 모든 부분에서 최우선이었다. 상품을 판매하는 것도 중요했지만, 사후관리도 그에 못지않게 중요했다. 비록 직업이 공무원이고 유통사업을 처음 하지만 이것이 지켜졌을 때 고객이 유지되고 그 고객을 통하여 또 다른 고객이 자동으로 확보될 수 있음을 판매 현장에서 직접 부딪히며 터득한 것이었다. 여기에서 걸림돌이 되는 일이 있으면 내가 비록 7급 공무원일 뿐이지만 나는 단호하게 조치했다. 내겐 오로지 설정된 그 목표만이 존재하는 것이었다. 이것은 내 업무에 대한 자존심이었다. 내가 계획하고 추진한 일이 잘못되게 할 수는 없었다. 나는 승용차에 내 옷가지들과 홍보용 쌀 그리고 홍보물을 시청에서 출발할 때 가득히 채웠고 현지에서 모두 소모하고 부족하면 택배로 현지에서 받기도 했으며 모든 물건을 소모하고 시청에 돌아올 때는 뿌듯했다.

　행사는 주로 금요일부터 일요일까지였기에 휴일은 아예 없는 것이었다. 일정한 근무지가 아닌 불특정 지역에서의 노동 그리고 낯선 사람과의 부대낌은 직장인의 구속된 삶에서 잠시나마 벗어난 것이기도 했다. 또한 고정된 주거지가 아닌 전국 각지에서의 숙박과 음식들을 접하는 것은 직장인의 측면에서 봤을 때 조금은 자유로운 모습이기도 했다. 다른 한편으로는 내가 살던 지역의 사회구성원에서 제외된 나그네가 되었다는 것과 외로운 삶이라는 의미이기도 했다. 이런 생활을 하며 떠도는 건 내 인생을 되돌아보는 계기가 되기도 했다.

　이렇게 주말을 전후로 하여 1주일의 일정을 마치고 귀향을 하거나 일정이 빡빡하면 다음 행사장으로 바로 이동하기도 했다. 겉옷은 며칠씩 입었고 속옷은 모텔에서 손빨래하여 재사용했다. 그런데 밤이 되면 문제가 있었다. 수도권 지역에서는 일부 모텔들이 연속해서 숙박을 허용하지 않았다. 매일매일 방값을 계산하고 사용하게 했다. 금요일과 토요일은 밤 11시 이후에 숙박이 허용됐다. 그리고 평일이라 할지라도 비가 내리는 날과 눈이 내리는 날은 밤 11시가 넘어서야 숙박이 가능할 때가 있었다. 그 이전에는 모텔에서 시간 손님을 받아야 하기 때문이었다. 반주와 함께 늦은 식사를 마치고 바로 숙소로 갈 수 있는 날엔 지칠 대로 지친 내가 편안하게 쉴 수 있는 날이었다. 그러나 모텔방을 구할 수 없는 날엔 키가 큰 나는 차 속에서 잠을 자는데 몸은 한없이 불편하기만 했다. 비 오는 날이면 더욱 심란했다. 승용차 지붕에 떨어지는 빗소리를 들으며 차 안에서 몸을 웅크리고 앉거나 의자를 뒤로 넘기고 누워도 마냥 불편하기만 했다. 분위기는 축축하고 우울하기까지 했다. 샤워기에서 쏟아져 나오는 시원한 물줄기에 나를 달래며 쉬고 싶은 마음이 간절했다.

그러다가 11시가 넘어 모텔에 들어가면 그대로 쓰러져 잠이 들었다. 떠돌이 생활의 아픔은 있을지언정 이렇게라도 쉴 수 있다는 것 자체가 감사한 일이었다. 수도권 등 전국에서 사람들이 모여와 사는 곳은 음식이 다양하고 선택의 폭이 넓었다. 식사에 불편함이 없었다. 그러나 인구이동이 많지 않은 지역에서는 음식이 입에 맞지 않아 불편했다. 학창 시절 하숙을 많이 해서 음식을 가리지 않는 나였지만 몸이 지치고 홀로라는 외로움에 더욱 그랬는지 모르겠다. 하여튼 여러 가지 어려움 속에서도 성과를 올렸다.

나는 이어서 2단계 사업을 준비했다. 언론 홍보를 통한 판매와 고급 브랜드화를 전국적으로 추진하는 일이었다. 나는 방송국의 문을 두드렸다. VJ특공대, 6시 내 고향, 여명이라는 프로그램의 방송을 의뢰했다. 나의 셋째 형님 지인의 동생이 방송국에서 근무하고 있었기에 가능했다. 그분은 방송국에서 근무하는 송희수라는 동생에게 말했는데 적극적으로 도와주겠다고 했다. 촬영하고 방송이 나가면서 전국적으로 홍보가 되었다. 주문은 대폭 증가했다. 언론의 힘은 컸다.

가지 많은 나무에 바람 잘 날 없다고 상품의 하자나 불편함을 호소

하거나 거래에 대한 복잡한 조건, 대량 거래에 대한 조건, 외상거래 등 민감한 내용은 모두 내게 전화가 연결됐다. 여유가 있을 때는 과장에게 사전에 보고하기도 했지만, 대부분 즉시 내가 결정해야 하는 상황들이 많았다. 항상 다른 지역에 출장 중인 나는 기안해서 결재 올리고 지시받고 상품의 소유자인 농협과 상의하는 과정을 거칠 겨를이 없었다. 최근에는 대형 음식점과 구내식당들을 상대하고 있었는데 거래가 성사되기보다는 실패하는 경우가 많았다. 유통 이윤 없이 공급하고 있음에도 더 낮은 가격을 요구하기 때문이었다. 유통업을 처음 하는 내가 세상살이의 험난함을 체감하는 것이기도 했다.

또한 나의 홍보, 판매 활동의 성과가 커질수록 시청에서 주문, 배송, 사후관리를 확실하게 해야 했는데 제대로 이루어지지 않는 경우가 일부 있었다. 이런 상황에서도 다행히 판매는 잘 이루어지고 있었다. 택배비는 월별 사천만 원 정도가 소요될 정도였다. 그렇지만 진정한 고급브랜드화가 이루어지기 위해서는 수도권 대형매장이나 백화점에서 판매가 되어야 한다고 생각했다. 마지막 단계에 진입했다. 대형매장과 백화점에 입점하여 판매하는 것을 시도했다. 이 또한 미지의 세계였다.

공무원이 장사꾼으로 변신하여 일한 기간이 어느새 2년째였다. 다소간의 어려움이 있었어도 강한 의지가 나를 이 사업에 몰입하게 했다. 그러나 오프라인 판매는 또 다른 뭔가 있겠다는 생각이 들었다. 나는 아무런 경험이 없기에 지인으로부터 조언을 듣기로 했다. 농산물 도매업을 하다가 지금은 자동차 영업사원을 하는 긴경유라는 대하 선배가 있는데 사회 경험이 많았다. 나는 지도를 받기 위해 선배와 함께 식사 자리를 만들었다.

"혁준 후배, 상품을 대형매장이나 백화점에 납품하는 것에는 몇 가지 어려움이 있다네. 첫째로 외상거래다. 예를 들면, 일억 원의 상품을 납품하면 일천만 원 정도를 외상으로 하는 경향이 있다. 외상이 있으니 다음에 또 상품 주문이 들어오면 납품하고 그만큼 외상거래의 금액도 늘어난다. 그러다 보면 미수금이 눈덩이처럼 불어나지. 공급은 많고 수요가 적은 상품의 경우에 이런 현상이 생긴다네."

"경유 선배님, 그럼 어떻게 해야 하지요?"

"둘 중 하나다. 시청이나 농협에서 그 외상을 인정해주거나 영업사원이 외상을 주지 말아야 한다."

"시청이나 농협에서 외상을 인정할 리가 없습니다. 그럼 나는 외상거래 없이 장사해야 하니, 결국 거래처 확보가 더욱 어려워진다는 말이 되는군요."

"그렇지. 다음으로 대형매장, 백화점은 아무 상품이나 납품을 받지도 않지만 납품하는 과정에서 구매담당자를 어떻게 상대하고 납품해야 하는가를 생각해야 한다. 지금까지 각종 홍보 행사와 언론 홍보를 통하여 소비자를 확보했던 것과는 달리 납품하는 공급자와 구매담당자 간에 인적 관계가 형성되어야 한다는 것이 중요하다. 그래서 구매담당자와 같이 식사하면서 술도 한 잔씩 하고 싶지. 그렇지만 그들이 납품하려는 자와 함께 술이나 식사를 하지 않으려고 해. 부담되니까. 그렇지만 어떻게든 가까워져야 하지. 그러다 보면 영업비용 문제도 심각해지지."

"일반 여비 문제만으로도 마이너스인데 그런 영업비용까지 감당해야 한다니 참으로 난감한 일이군요."

"단순한 홍보 판매가 아니라 본격적인 판매의 영역으로 들어가는 것이지. 평생 이 분야에서 잔뼈가 굵은 사람들도 어려운 일인데 자네 같은 초보자가 어떻게 헤쳐나갈 것인지 걱정되네."

"경유 선배님, 제가 계획을 수립해서 추진한 사업입니다. 내 업무에 대한 자존심이 있습니다. 중도 포기는 있을 수 없는 일입니다. 지금까지 험난한 도전이었습니다. 앞으로도 무에서 유를 창출한다는 마음으로 새로운 세상에 대한 도전이라 생각하고 열심히 해보렵니다."

"도전정신, 좋지! 그럼, 어떤 방식으로 시작할 텐가?"

"내가 쌀 포대 들고 서울, 경기 수도권에 있는 대형매장, 백화점에 가봐야 누가 쳐다보기라도 하겠습니까? 그렇지만 한 번 해보렵니다. 마치 태평양 망망대해 한가운데에서 혼자 애쓰는 꼴이겠지만요."

나는 술잔을 기울이고 또 기울였다. 미지의 세계에 대해 도전하는 현실이 나를 긴장되게 했다. 다음 날 아침에 김경유 선배에게서 전화가 왔다. 얼큰한 국물에 속풀이 하기로 했다.

"장혁준, 자네 술을 마시는 게 아니라 아예 입에 부었어. 그렇게 마시면 몸 상해. 이 사람아! 걱정되어서 보자고 했어."

"경유 선배님, 어떻게 해야 할지 걱정돼서 부담이 컸나 봐요."

"스트레스가 많은 게지."

"젊은 사람이 한번 목표를 설정했으면 어떻게 해서든 목표를 달성하겠다는 포부를 가지는 것도 필요하다고 봅니다. 또한 평생 사무실 책상 앞에서 컴퓨터와 일하고 상사와 부대끼며 살아가는 모습에서 잠시나마 벗어나는 기회이기도 합니다."

"혼자 이렇게 모든 것을 해나가는 자네 모습을 보니 대견스럽기도 하고 안쓰럽다는 생각도 드네."

"선배님! 직장인으로서 힘겹게 살아왔습니다. 앞으로 어떤 결과가 나올지는 모르겠지만, 할 수 있는 데까지 최선을 다하렵니다."

"자네가 그렇게 긍정적으로 생각하니 그나마 다행이네."

"선배님 외로운 생활이었습니다. 여러 가지 어려움이 많지만, 진정으로 힘든 부분은 바로 홀로라는 것이었습니다. 그런데 선배님의 조언이 고맙고 그래도 누군가 내 옆에 있다는 것에 힘이 납니다."

나는 김경유 선배와 만남 이후 고민을 많이 했다. 수도권 대형매장에 납품하고자 하는 지역 쌀이 많을 텐데. 내가 이루어낼 수 있을지 걱정이었다. 경쟁이 치열한 상황인데 어떻게 대형매장을 뚫을 것인가가 관건이었다. 이것이 쉬웠다면 우리 지역에서 지금까지 못 했겠냐는 생각도 들었다. 먼저 승용차에 홍보 서류와 홍보용 쌀을 가득 싣고 움직였다. 성과가 있든 없든 어디든지 갔다. 대형매장에 직접 찾아가서 도전도 했으나 역시 모두 실패였다. 세상에 나 홀로 뚝 떨어져 있는 모습이었다. 유통사업은 총과 칼을 들지 않았을 뿐이지 전쟁이라는 생각이 들었다.

나는 다시 언론사에서 근무하는 송희수 선배를 만나 방법을 찾아보기로 했다. 음식점에서 마주 앉았다.

"장혁준이라고 했지?"

"예, 선배님, 먼저 고맙다는 인사부터 하겠습니다. 지난번에 VJ특공대, 6시 내 고향, 여명 프로그램 방송이 엄청나게 도움이 됐습니다. 그런데 염치없이 또 부탁드리고자 찾아뵙게 되었습니다."

"자네 형님이 우리 형이 어려울 때 많이 도와주었다고 들었네. 내가 도움이 되도록 노력해 보겠네. 전화로만 대화하다가 이렇게 직접 보니 반갑네. 그런데 왜 이리 어려운 일을 시작했는가? 그것도 공무원 직업과는 분야가 다른데 말이야. 그리고 영업 뛰는 것이 그렇게 호락호락한 게 아닌데!"

나는 어려움을 겪었던 지난날의 공무원 생활을 간단히 말하고 앞으로의 상황에 대하여 설명했더니 송희수 선배가 말했다.

"자네의 과거 공무원 생활을 들어보니 정말 한심한 일이었다는 생각이 드네. 하긴 사람 사는 사회에서 그런 일이 없을 수는 없겠지. 그렇지만 자네가 너무 당하고만 살았네. 한 번쯤 찾아오지 그랬는가? 조금은 힘이 되어줄 수도 있었을 텐데."

"선배님, 제가 잘못하는 경우는 아니지만 그래도 힘들어하는 모습을 지인들에게 보이고 싶지 않았어요. 제가 못난 사람처럼 보일 것 같아서요."

"사람 참! 이보게 장혁준. 앞으로 힘써 줄 테니 열심히 해보게."

송희수 선배는 농협중앙회 자회사인 농협유통에서 운영하는 하나로농산물유통센터가 수도권에 10여 개가 있으니 일단 그중 한곳으로 가보라고 했다. 그곳 점장과 잘 아는 사이이니 인사드리라고 했다. 그리고는 오늘은 자기가 한잔 살 테니 먹고 싶은 만큼 먹고 스트레스를 조금이나마 풀라고 했다. 객지에서 나를 위로해주는 존재가 있어서 기대고 싶었는지 나는 김경유 선배에 이어 경계심 없이 편하게 식사했다. 이 험난한 세상에 그래도 내 편은 있었다. 나는 지쳐있었지만, 선배가 도와주겠다고 하니 힘이 났다. 헤어지면서 밝은 웃음으로 선배에게 인사했다. 나를 두고 돌아서던 선배는 다시 나를 바라보고 빠른 걸음으로 갔다. 나의 형님과 그분의 형님으로 인하여 맺은 인연이고 전화 통화에 이어 처음 대면했는데 마치 오래전부터 맺어온 지인처럼 느껴졌다. 나를 도와주는 것이 너무나 고마웠고 내가 이 유통사업을 하면서 그분으로부터 유일하게 실질적인 지원을 받았다. 지금의 상태에서 내가 비빌 언덕은 이 선배뿐이있다.

잡상인 신세가 되어버렸고 누구도 반기지 않는 현실에서 나는 간만에 자신감으로 충만했다. 적당히 마신 술에 좋은 만남으로 정말 달콤한 잠을 잤다. 아침에 일어나자마자 움직였다. 나는 두 어깨가 펴졌고 발걸음도 가벼워졌다. 수도권 지역에 있는 농협유통 하나로마트에 쌀을 공급하기 위한 경쟁이 치열했다. 다행히 선배의 도움으로 시작이라도 할 수 있었다. 농협유통이라서 외상으로 인한 미수금 문제도 없었다. 이렇다 할 성과가 없어서 어찌할 바를 모르던 상태였다. 나는 기대감에 부풀었다.

과거에 서울에서 운전할 엄두가 나지 않았었다. 늘 전철을 이용했다. 그러나 '농부 애 쌀' 장사를 하면서 홍보용품과 옷을 가지고 다녀야 하는 처지라 승용차를 이용할 수밖에 없었다. 네비게이션이 있음에도 길을 잘못 찾아 목적지의 주변을 돌다가 겨우 선배가 소개한 장소에 도착했다. 매장에 들어가서 한운중 점장을 만나기 위해 2층 점장실로 갔다. 이곳 점장은 나를 반갑게 맞이했다. 그리고 언론사 송희수 선배와 둘이서 적극적으로 지원하겠다고 약속했다. 개인 장사라면 도와주기가 좀 불편하나, 공무원이 공적인 측면에서 지역 쌀을 판매하고 브랜드화를 통해서 그 가치를 올리고자 하는 일이니, 주변 매장에 부탁하기도 수월하다고 했다. 대화를 나누다가 점장과 같이 저녁 식사를 했는데 육류나 생선 반찬이 없었다. 채식 위주의 식사였다. 된장찌개에 밥을 먹으며 매운 고추를 고추장에 찍어서 먹는다. 좀 특이했다. 처음 보는 사람과 둘이 하는 식사지만 크게 불편하지는 않았다. 목표를 달성하기 위해서는 어떤 경우나 상황들에 크게 개의치 않는 스타일이 되어가고 있었다.

한운중 점장은 연락해 놓을 테니 양재점을 방문하여 도움을 청하라 했다. 매장이 크고 매출이 많은 곳이라고 했다. 나는 담당 팀장에게 찾아가 최대한 정중히 인사드렸다. 담당 팀장인 서상로 팀장과 자판기 커피를 마시며 명함을 주고받았다.

"그런데 장혁준 주무관님은 어쩌다가 이런 고생을 하게 됐습니까?"

"예, 서 팀장님, 홍보, 판매에 대한 지시를 받은 후 상품의 질에 문제가 있어서 보고했더니 많은 예산을 투입해서 생산, 보관, 가공의 과정을 현대화했어요. 이런 상황에서 내가 적당히 할 수는 없잖아요. 최선을 다해야지요. 일단 시작은 했는데 일하는 과정에서 성취감도 있었습니다."

"장 주무관님, 이렇게 수도 없이 상품을 납품하고자 사람들이 찾아옵니다. 마음 같아서는 다 들어 주고 싶어요. 그렇지만 상품 진열에 한계가 있어서 들어줄 수 없으니 안타까울 때가 많습니다."

서상로 팀장은 쌀의 입점 과정과 현실을 설명했다. 우리는 얼굴을 마주 대하고 대화하는 과정에서 조금은 친밀감이 생겼다. 이렇게 지인들이 다리를 놓아 주었다. 그렇지만 그 다리를 건너는 것은 내 몫이었다. 나는 어떻게든 입점하여 판매가 이루어지도록 해야 했다. 나는 저녁 식사를 제안했는데 서 팀장은 응하지 않았다.

"장 주무관님, 납품 업체에서 식사 제의를 많이 합니다. 그렇지만 자리에 가지 않습니다. 이해해주십시오."

"서 팀장님, 우리 율도국 시청 직원들이 다른 지역 지인들과 직거래를 일부 했고 제가 홍보, 판매 등의 활동을 통하여 2년째 고급브랜드화를 추진해 왔습니다. 앞으로는 대형매장이나 백화점에서 판매를 통하여 우리 쌀을 유명 브랜드로 만들고 싶습니다. 도와주십시오."

나는 고집을 부렸다. 인간관계를 맺기 위해서 어쩔 수 없었다. 서상로 팀장은 다행히 저녁 식사에 응해주었다.

"장 주무관님, 공무원이 쌀 판매를 한다고 하니 궁금하기도 하고 돕고 싶은 마음도 있어서 식사 자리에 나왔습니다."

"서 팀장님, 지금까지 우리 지역에서 생산한 농산물에 대하여 단 한 번도 고급브랜드화에 성공한 적이 없었습니다. 그런데 이번에 지역 농가를 위하여 이렇게 행정공무원인 제가 시작했습니다."

"그러면 이 상품을 농협에서 수매하여 소유하고 있는데 농협이나 농가 법인에서 이 일을 해야 맞지 않나요?"

"농협에선 기존 방식으로 원료곡 및 일반미로 판매를 하고 있어요. 그와는 달리 저는 일단 쌀을 '농부 애 쌀'로 고급브랜드화하고 향후 다른 품목에까지 확대 적용할 계획입니다. 그리고 시청에서 예산을 투입하다 보니 행정이 주체가 되어버렸어요. 게다가 제가 직접 유통사업을 했는데 효과가 있었어요. 그래서 행정공무원이 홍보, 납품 그리고 매장에서 직접 판매도 하고 상품에 대한 사후 서비스까지 하는 1인 4역을 하게 되었습니다."

"그렇습니까? 혼자서 모든 것을 다 감당한다는 게 그리 쉬운 일이 아닐 텐데, 그것도 전문가도 아니면서! 어쨌든 좋습니다. 장혁준 주무관님이 양재 매장에서 특판행사를 하도록 도와 드리겠습니다. 공무원이 와서 공익을 위하여 장사하겠다고 하니 점장님께 보고해서 하는 쪽으로 해보겠습니다."

"수도권 하나로 유통센터 중 10개 점 정도에 입전을 회망하고 있습니다. 부탁드립니다."

"제가 이 자리에 와서 특판행사 제의하는 것만으로도 큰 배려입니다. 더는 곤란합니다. 단, 통상적으로 1주일 하도록 하는데 2주간 하도록 해드리고 만약에 소비자 반응이 좋으면 입점도 고려하도록 점장님께 보고하겠습니다."

"서 팀장님, 고맙습니다. 정말 감사합니다."

"장 주무관님, 만약에 특판행사 후 입점이 되면 매장에서 판매가 어떤 식으로 이루어지는지 아십니까? 일단 진열대에 다른 지역 상품과 나란히 진열될 겁니다. 상품에 가공 일자가 찍혀 있잖아요. 제때 팔리지 않으면 아무도 안 사 갑니다. 그러면 그 상품은 진열대에서 제외됩니다. 가공 일자가 어느 정도 지나면 와서 사은품을 묶어야 합니다. 마트에서 1+1 상품 보셨지요? 그것은 누가 할 겁니까? 장혁준 주무관님이 할 겁니까? 그것도 손님이 거의 없는 시기인 밤 9시 이후에 해야 하는데요."

"기회만 주신다면 제가 하겠습니다."

"거래처가 여기에만 있는 게 아니고 다른 곳에서도 홍보와 판매를 해야 하잖아요. 혼자서 다 하는 것은 불가능한데! 일단 알겠습니다."

"고맙습니다. 귀사에도 도움이 될 수 있도록 열심히 하겠습니다."

"내일 뵙겠습니다. 점심은 제가 대접하겠습니다."

이렇게 대형매장 입점을 위한 첫발을 디뎠다. 다음날 서상로 팀장은 속풀이도 할 겸 얼큰한 동태탕을 먹자고 했다. 일행이 더 있었다. 서 팀장은 정대후 팀원과 김형요 팀상을 데리고 왔다. 나는 더 많은 관계자를 만나는 것이 앞으로 상황을 생각할 때 좋은 일이라고 봤다. 점심식사 도중 그들은 밝은 톤으로 음식 이야기하면서 식사를 시작했다. 그들의 밝은 모습에 나에게도 좋은 결과가 있을 것이란 생각이 들어 기분이 좋았다.

"장 주무관님, 특판행사를 할 수 있게 되었습니다."

"서 팀장님, 고맙습니다. 최선을 다하겠습니다."

매장에서 처음 하는 특판행사로 잘 할 수 있을지 걱정되었지만, 나는 기대감에 들떴다. 서상로 팀장이 특판행사 때 같이 일할 2명의 여사원과 시식용 떡과 기타 물품을 준비했다. 나는 비용만을 지급했다. 모든 준비를 마치고 행사를 시작했다. 오전에 점장을 비롯한 간부진이 와서 나와 여사원의 특판행사 장면을 보고 갔다. 그리고 30분 후 서상로 팀장이 나를 만나러 왔다. 밖에서 잠깐 보자는 것이었다.

"장 주무관님, 특판행사는 우리 판매점의 이미지 그리고 매출실적과도 관계가 있습니다."

"서 팀장님, 무슨 문제가 있습니까?"

"몇 가지만 말씀드릴게요. 첫째로 태도입니다. 여기에 오신 손님에게는 최대한 정중하고 친절해야 하며 피곤한 기색을 보이지 말고 밝은 모습을 보여야 합니다. 두 번째는 짝다리로 서 있거나 뒷짐 진 자세를 하지 말아야 합니다. 이렇게 말하는 이유는 이곳이 고객을 최우선으로 하는 곳이기 때문입니다. 그리고 매장을 둘러보면 시간과 상황에 따라서 손님들의 흐름이 있습니다. 가는 흐름이 아닌 오는 흐름을 향하여 소리도 지르고 손뼉도 쳐서 손님들을 끌어모아야 합니다. 그리고 판촉 여사원 두 명은 시식 코너에 집중하면서 상품 설명을 해야 합니다. 이런 사항을 기본으로 하고 상황에 따라서 적절하게 행동해야 합니다."

"아! 그렇군요. 몰랐습니다."

"이 사항은 여기서 뿐만 아니라 다른 곳에서도 마찬가지이고 특히 백화점에서는 더 철저히 지켜야 할 겁니다."

"사실 제가 이런 유통시설 매장에서 직접 판매하는 것은 처음입니다. 게다가 동적이기보단 정적인 성격이기도 하고요."

"그래도 이런 곳에서는 고객이 중심이고 여기서 판매하는 모든 사람은 점원 바로 판매사원입니다. 그 외의 다른 의미는 없는 것입니다. 그리고 아침 9시부터 밤 9시까지는 자리를 꼭 지켜야 합니다."

"잘 알겠습니다. 고객을 잘 모시는 모습을 보이겠습니다."

"피곤하게 보이고 힘들어하는 모습이 제 눈에도 보입니다. 그렇지만 어쩔 수 없습니다."

내게 남아있는 모든 정력을 끌어모아서 투입했다. 어떻게 하루를 끝냈는지 모르겠다. 체력도 체력이지만 판촉 행사를 하는 것이 너무 어설펐기 때문이기도 했다. 모텔로 돌아와 바로 쓰러졌다. 아침에 일어나니 몸 상태가 좀 나아졌다. 제대로 해보자고 다짐했다. 나는 공무원증을 목에 걸고 손님의 흐름에 맞추어 소리를 지르고 때로는 손뼉을 쳐서 사람들을 모았다. 내가 언제 이런 일을 해봤던가! TV에서나 보던 그런 모습이었다. 여사원 2명은 무료 시식 코너를 운영하며 손님들을 최대한 끌어모았다. 행사는 잘 이루어졌다. 특판행사는 매일 12시간 강행군이었다. 처음 이틀 정도는 괜찮았는데 날이 갈수록 허리가 아프고 목도 아프고 피로감이 높아만 갔다. 보통의 경우 이런 행사는 젊은 사람들이 교대로 한다고 했다. 그러나 나는 혼자서 꼬박 전부를 해야 했다. 일하는 과정에서 불편함이 크고 힘들었지만, 고객을 대함에 성심성의껏 임했다. 손님들에게 반응이 좋아 매출이 높았다. 정신없이 일하다 보면 어느새 끝나는 시간이 되곤 했다.

한번은 기혼여성 같은데 젊은 여자 2명이 서성이고 있었다. 통상적으로 물건을 살펴보는 일련의 모습이 있는데 이들은 물건에는 별 관심이 없고 나와 내 신분증을 번갈아 보고 있었다. 그리고 시식 코너에서도 살펴보기만 한다. 나는 매장에서 처음 하는 특판행사지만, 그들이 고객이 아님을 알 수 있었다. 무슨 사유가 있겠지만 밀려오는 고객들이 우선이라 판매행위를 계속 진행했다. 조금 전 그 2명이 다시 찾아왔다. 고객들이 없어 한가한 시간이었다. 그들은 가방이나 지갑도 없었다.

나는 미소 띤 얼굴로 정중하게 인사하며 말했다.

"고객님, 제가 도와 드릴까요?"

"한 가지 물어보겠습니다. 목에 걸고 있는 신분증을 보니 이 일이 본업은 아닌 것 같은데 왜 여기서 이 일을 하고 있어요? 마치 이 일이 본업인 것처럼 하고 있어서 무척 궁금합니다."

•　•　•　•　•　•

　그러면서 자신들의 신분증을 내게 보여줬다. 서초구청에서 일회용품 단속 나왔다고 했다.

　"내가 속한 지역의 농산물을 판매하고 고급브랜드화라는 목표를 달성하기 위해 일하고 있습니다."

　그들은 의아해하면서 뭔가 이건 아니다. 라는 태도를 보였다.

　"그쪽 시장이 이런 일을 시키던가요? 참 너무 하네요. 설령 이런 일을 하게 한다 해도 쉬어가면서 하게 해야지. 댁이 웃는 얼굴로 말하며 행동하지만, 많이 지쳐 보입니다. 우리는 여기에 자주 와서 일회용품 사용에 대해 단속하는데 이런 경우는 처음 봅니다."

　"전국 대도시를 다니면서 홍보하다가 매장에서는 처음하고 있는데 힘든 과정이지만 그래도 기쁜 마음으로 일하고 있습니다. 그냥 지나쳐 버릴 수도 있는데 이렇게 관심을 가져주셔서 고맙습니다."

　그들은 이해가 되지 않는다는 듯 표정을 지으며 더는 말을 하지 않았다. 그리고 계속 내 주변에서 나의 행동을 지켜보고 있었다. 그들은 아마도 공무원이 이런 일을 하는 모습이 생소하고 특이했던 모양이었다. 나는 그들을 계속 응대할 수가 없었다. 밀려오는 손님을 맞이하고 또 다른 손님들이 모이도록 특판행위를 계속했다. 이렇게 일에 몰입하다 보면 그 외의 사항들에 대해선 돌아다 볼 겨를이 없었다. 문득 생각나서 보니 그들은 가고 없었다. 어쨌든 간에 율도국시청을 포함하여 내 입장을 배려해주는 처음 만난 공무원이었다.

　일과를 끝내고 혼자 저녁 식사를 해야 할 때는 내가 있는 곳이 마트이니 빵과 우유를 사서 모텔로 향했다. 어쩌다 서상로 팀장을 설득하여 저녁 식사를 같이하게 되면 그나마 같이할 사람이 있어서 좋았다.

처음에는 업무적으로 가까워져야 하겠다는 생각이 앞섰으나 나중에는 이곳 객지에서 그나마 대화하며 식사할 사람이 있어서 좋았다. 이렇게 밤 9시에 하루를 마무리하고 숙소로 향했다. 숙소는 양재와 역삼동 사이에 있는 모텔 중 한 곳을 선택하여 숙소로 정했다. 벽의 방음이 약하여 옆방의 소음이 들리는 것 빼고는 깨끗했고 기간을 정하여 고정으로 방을 사용하도록 해주어서 고마웠다. 이렇게 시간은 정신없이 지나갔다. 특히 금요일부터 일요일까지는 손님이 많고 매출도 쑥쑥 올라가니 힘이 나기도 했다.

판매가격도 처음으로 농협 출고가격이 아닌 소비자 가격을 정하여 판매했다. 가격의 수준은 다른 지역 상품 중 비슷한 상품과 같은 금액으로 정했다. 판매에 따른 유통 이윤이 발생한 것이었고 드디어 '농부애 쌀'이 명실상부한 하나의 브랜드로 성장한 것이었다. 이렇게 14일 간의 특판 행사가 종료되었다.

월요일 입점 결정이 궁금하고 걱정이 되었다. 그렇지만 나는 녹초가 되어 완전히 다운되었다. 모텔에서 모든 걸 뒤로 하고 잠만 잤다. 월요일 오전에 핸드폰 벨이 계속 울렸다. 그렇지만 전화를 받을 힘도 없었다. 나는 무시하고 계속 잠만 잤다. 몸이 천근만근이었고 정신은 몽롱했다. 나는 점심을 먹고 겨우 정신이 들었다. 부재중 전화 중에서 다른 전화는 다 무시하고 서상로 팀장에게 전화했다.

"장 주무관님 축하드립니다. 입점이 결정되었습니다. 자기 물건 판매가 아닌 지역사회를 위하여 헌신하는 공무원 입장을 배려한다는 점장님의 결정입니다."

"서 팀장님, 고맙습니다. 앞으로 더욱 열심히 하겠습니다."

　"장 주무관님의 특판행사 모습을 우리 마트 관계자들이 오며 가며 유심히 보면서 다들 칭찬했습니다. 앞으로 수도권 지역에서 성공하기를 바랍니다."

　핸드폰을 귀에 대고 통화하며 연신 절을 했다. 하고 또 했다. 그만큼 입점은 내게 중요했다. 내가 아무리 열정을 다 바쳐 일했다고 해도 입점이 거절되면 내가 어찌할 수가 없는 일이기 때문이었다. 게다가 성과를 얻었기에 나 자신의 기쁨도 큰 것이었다.

　"서 팀장님, 앞으로 다른 매장 관계 팀장님이나 팀원과 대화라도 하게 해주시면 고맙겠습니다."

　"장 주무관님, 그 정도는 제가 해드릴 수 있습니다."

　"서 팀장님, 우리 지역농협에 연락해 놓겠습니다. 쌀 수급 관계는 우리 지역농협과 상의하시기 바랍니다. 지금은 아무것도 하지 않고 좀 쉬고 싶습니다. 며칠 후 찾아뵙겠습니다."

　나는 모텔에서 눈 뜨면 밥 먹고 눈감으면 잠을 잤다. 그러다가 잠깐씩 주변을 어슬렁거리면서 배회했다. 나는 수요일 오전에야 정신을 차리고 그동안 밀렸던 속옷을 욕실에서 비누로 손빨래를 했다. 세탁소에 가서 티셔츠, 와이셔츠, 양복을 찾아왔다. 또다시 어디론가 가서 살아야 하니 출발 전에 나름 준비해야 했다. 그리고 지갑을 꺼내고 핸드폰에 찍힌 카드 사용내력을 살펴본다. 직장에서 여비를 준다. 숙박비 22,000원, 식비는 한 끼에 5,000원 1일 현지 교통비 10,000원이고 장거리 교통비는 대중 교통비의 금액이었다. 내가 아무리 짠돌이로 여비를 쓴다 해두 직장에서 주는 여비루는 어림두 없었다 숙박비는 싼 데로 다녀도 45,000원이었고 서울에서 한 끼 식사가 5,000원짜리는 있지도 않고 또한 영업사원 역할을 하고 매장에서 직접 판촉사원 역할까지 하는데 혼자 먹을 때도 있지만 마트 관계자와 식사를 주로 한다. 여비를 최소한으로 아껴 써도 직장에서 받아온 여비보다 훨씬 더 들어갔다. 내가 대접받으며 다니는 사람도 아니고 잠을 잘 때나 밥을 먹을 때나 이동을 할 때나 나의 카드 사용 금액은 직장에서 받은 여비와 내 월급을 합해도 모자랐다. 마이너스 통장에 빚만 쌓이고 있었다.

게다가 눈 뜨면 잠들 때까지 셀 수 없을 만큼 허리 굽혀 인사하며 고객의 말을 들어주고 고객에게 만족감과 우월감을 주어야 했다. 나는 입점을 위하여 하나라도 더 팔아야 하는 처지였다. 아무리 일하는 과정이 힘들어도 내가 시작한 일인 만큼 내가 끝을 봐야 했다. 내가 추구한 목표는 반드시 달성한다는 의지를 부러뜨릴 수는 없었다. 무엇보다도 더 앞선 가치였다. 지역 농민을 위하고 농촌경제 활성화를 위해서 '농부 애 쌀'을 고급브랜드화하고 판매량을 높이는 일이 중요했기에 나의 현실적인 어려움은 감수했다.

며칠을 현지에서 아무것도 하지 않고 휴식을 가진 뒤 양재점의 서상로 팀장과 식사 약속을 했다. 농협중앙회 정용오 부장과 그 외 관계자들과 같이 나왔다. 식사 자리가 화기애애했다. 나는 고마움을 표하고 그들은 나를 격려하는 훈훈한 자리였다. 마치 오래전부터 알아 온 사이처럼 친근했다. 너는 너, 나는 나 이런 각박한 모습이 아니었다. 이들은 두고두고 내게 고마운 사람들로 기억에 남을 것이다.

다음날 목동 판매점의 담당 팀장과 점장을 만났고 수월하게 특판행사를 하게 되었다. 각박한 세상에서, 남의 사정을 제대로 알아봐 주지 않는 세상에서 그나마 양재에서 만난 인연이 내겐 소중한 인맥을 형성한 결과였다. 양재에 이어서 목동점, 용산점, 일산점, 수원점 등 많은 곳에서 특판행사를 추진하고 입점을 이루어냈다. 낮에는 특판행사를 소화하고 밤에는 기존 매장에 이동하면서 팔리지 않은 상품에 사은품을 묶었다. 그 후 상품이 다 팔리고 나면 새로운 쌀이 진열되게 하여 매장에 '농부 애 쌀'이 계속 진열되어 판매가 이루어질 수 있도록 했다. 이렇게 일을 마치고 모텔에 돌아오면 새벽 1시 정도가 된다. 몸은 고단했고 홀로 뛰는 과정들이었지만, 성과가 이루어지고 있어서 기쁜 마음으로 임했다.

이 과정들은 눈 뜨면 감을 때까지 나 자신과의 싸움이기도 했다. 잠자는 시간을 빼면 전 시간이 근무시간이었다. 식사 시간도 마트 쪽 담당자들과 함께하면서 관계 형성에 주력했다. 늘 피곤하고 지쳐있었지만 늘 웃는 얼굴 그리고 먼저 상대방을 배려하는 자세 그리고 내가 말하기보다는 듣는 자세를 취했다. 그러면서 하나하나 입점 점포가 늘어나고 '농부 애 쌀'이라는 브랜드로 판매되는 것에 대하여 희열을 느꼈다. 우리 지역 쌀이 전국에서 이렇게 하나의 브랜드로 판매되는 것이 처음이었다.

그러던 중 지아로부터 전화가 왔다.

"자기, 여기도 와서 근무해야지. 사은품, 판촉사원 인건비, 여비, 택배비 등등 회계서류를 만들어야 하잖아. 그리고 시장 업무보고서, 의회 업무보고서 이런 것들을 어떻게 할 거야?"

"지아, 바쁘게 뛰다 보니 시청에서 해야 할 일을 못 했다."

"그냥 모든 것들이 엉망이야. 기자들도 기사자료 달라고 해. 여기 시청 쪽도 챙겨야지. 내가 일부 챙기고 있는데 너무 바빠. 전화 주문, 인터넷 주문, 또 상품에 대한 항의성 전화 등등"

"알았어. 일정 조절할게. 사실 내가 현지에서 뛰는 것도 인력보강이 되어야 하는데 시청 쪽 일까지 해야 하니 너무 벅차다. 그래도 어떻게든 해야겠지. 판촉 행사를 하고 입점해서 판매가 이루어져도 감당이 안 될 정도로 바빠서 걱정이고 입점이 안 되면 성과가 없어서 걱정이고 하여간 내 몸이 4개 정도 되었으면 좋겠다."

"그건 그렇고 나는 보고 싶지도 않았단 말이지? 이번 출장은 벌써 2개월째야. 좀 쉬어가면서 해."

"그래, 입점하려고 아무리 발버둥 쳐도 안 되는 게 현실인데 현지 관계자들이 도와주니 이때 최대한 성과를 올리려 했다. 그러다 보니 모든 게 엉망이 되어버렸구나."

"그래서 언제 온다고?"

"이번 주 일요일 밤 9시에 특판 행사가 끝나는데 점심 먹고 갈게."

"참, 시장은 언제 만나봤어? 과장이 현지 상황을 보고하던데 자기가 와서 직접 보고도 하고 대화도 좀 해. 잘 보일 필요도 있잖아."

"시장이 서울에 예산확보를 위해 왔었는데 현장을 보고 싶다고 했나봐. 내가 양재점에서 특판행사 하고 있을 때였어. 여기 관계자들을 만나고 내게 고생한다고 말하고 갔어. 그리고 내가 잘 보이려고 어떤 행위를 하지 않잖아. 그냥 있는 그대로 평가받으면 되잖아."

"알았어. 쉬어가면서 일하고 올 때 운전 조심해서 해."

전국을 떠도는 보부상의 생활은 내 삶의 균형을 깼다. 보이는 대로 모텔에 들어가 잠을 청하고 또다시 길을 떠나는 외길이었고 삶을 즐기는 모습은 있을 수가 없고 오로지 목표 달성의 삶을 살아가는 것뿐이었다. 보부상처럼 전국을 떠돌다가 돌아오니, 사랑하는 여인은 미니스커트에 서글서글한 모습으로 너울너울 날아왔고, 차 안 여인 무릎에 머리 눕히고 순식간에 잠이 들었다. 나는 일어나서 뺨을 여인 얼굴에 비볐고 삶의 고달픔에 눈시울이 붉어졌다. 나는 이 모습 보이기 싫어 차창 밖 풍경에 시선을 던졌다.

한참을 그렇게 있다가 분위기를 바꾸었다.

"지아, 예전에 구암산에서 임도공사 한다는 말을 들은 것 같아. 그곳에 가보자. 자연풍경 속에 사랑하는 남녀! 괜찮겠지?"

"그래요. 산속에 공기가 맑아 좋을 것 같아요."

우리는 구암산으로 갔다. 산 비탈길 임도를 따라 산속에 진입해서 차창을 여니 삼림 내음이 물씬 풍겼다. 숲의 기운을 직접 느끼고 싶어서 지아를 데리고 차 밖으로 나왔다. 차에 기대며 그녀를 뒤에서 안았다. 지아는 내 생활을 궁금해했고 나는 입점하기 위한 과정들을 설명하며 내가 정말 열심히 해왔다는 것들을 말했다.

"자기, 공무원 생활하는데 그렇게까지 해야 하는지 의문이야. 그리고 그렇게까지 해서 남는 것이 과연 무엇이겠냐는 회의도 들어."

"지아, 이미 정해진 외길이야. 어쩔 수가 없어."

"고생만 하니까 화나서 그래!"

"그런데 개인적으로 얻는 것도 있어. 내가 세상 떠돌다 보니 별의별 사람들이 다 있더라. 양심적이고 정직한 사람, 계산하며 이득을 꼭 따지는 사람, 뭔가 비비 꼬인 사람, 이런 다양한 사람들을 겪으면서 세상을 배운다는 생각도 있었어. 세상을 살면서 모르고 당하면 바보인데 알면서 일정 부분 당해주는 것도 때론 필요하더라."

"그래요. 어려운 일을 하는 과정이지만 많은 세상 사람을 겪으면서 살아가는 방식에 대해서 생각해보는 계기가 될 것 같기도 해요."

영업 뛰고 매장에서 직접 판매를 하면서 성취감과 내가 노력한 만큼 발생 되는 성과들이 좋았다. 그렇지만 이렇게 지아와 함께 있는 시간보다 더 좋은 건 없었다. 지아 체온을 느끼며 그녀의 눈동자에서 나오는 사랑의 빛으로 내가 처한 현실의 고난을 삭혔다.

주변을 살펴보니 좌측 언덕 위로는 커다란 소나무가 무성하고 우측으로 내려다보이는 경사면에는 진달래가 듬성듬성 흩어져 있었다. 불규칙하게 피어있는 진달래꽃은 보살피는 이가 없고 보아주는 이도 없다. 여유로운 모습의 한 송이 한 송이 꽃마다 표출되는 아름다움에 나는 푹 빠져들었다. 가느다란 가지에 고운 꽃을 피워놓았는데 풍성하지도 않고 드문드문 서 있는 그 모습은 쓸쓸하게 보이기도 했다. 잔잔히 숲속에 흐르는 그 아름다움은 이 숲을 찾는 모든 이들의 애환을 풀어줄 것만 같다. 밖에서 보면 그저 흔한 산자락에 불과했는데 막상 이 속에 들어서니 떠나고 싶은 마음이 없었다.

우리는 바람에 흔들리는 진달래를 보며 차에 기대고 있었다. 지아는 고개를 내 어깨에 기대고 하늘을 보며 아무 말도 하지 않았다.

나는 지아를 품에 끌어안으며 침묵을 깼다.

"지아, 괜찮아?"

"빨리도 물어본다. 장혁준은 왜 나를 사랑할까? 그리고 나는 왜 장혁준을 사랑할까? 누가 더 많이 사랑하는지 궁금해? 그리고 그동안 많이 보고 싶었어. 그런데 내게 연락도 잘 안 하고 이렇게 오랜만에 오니까 많이 혼란스러웠어. 그런데 고생하고 있다는 것을 생각하지 못했어. 미안해! 자주 전화해서 위로해줘야 했는데!"

"지아, 이렇게 돌아와 너를 안고 있으니까 힘들었던 모든 것들이 사라지고 있어. 너의 몸은 내가 안고 있지만, 나의 마음은 너의 품 안에서 그동안의 피로와 외로움이 녹아내리고 있어. 정말 많이 사랑해!"

"자기에게 내가 언제까지라도 그런 존재였으면 좋겠어."

"앞으로 어떤 어려움이 발생해도, 나이 들어 할아버지 할머니가 되어도, 서로 사랑하며 살자. 됐지?"

지아는 대답하지 않고 좀 걷자고 했다. 하늘이 맑고 푸르니 밤이 되어도 이곳은 은은한 달빛 아래에서 밤새 내려앉은 이슬이 진달래 꽃잎에 땡글 땡글 하게 얹혀 그 무게와 바람에 꽃잎은 춤을 출 것 같다. 낮이든 밤이든 여기 숲과 꽃 그리고 상큼한 바람 속에서 지아와 함께 있고 싶었다.

"지아! 지금 내 삶에 채우려는 게 무엇이고, 비우려 하는 것이 무엇이든 간에 우리 둘의 사랑이 빛나는 이 순간은 아무리 붙잡으려 해도 지나 가버릴 거야. 이 순간들의 시간을 소중하게 간직하고 싶다. 이 시간이 지나고 나면 난 네게 다시 만나자는 다짐만 남기고 전국을 떠도는 방랑의 세월을 해야 하고, 돌고 돌아 다시금 너의 향기를 더듬어 찾아와야만 하는 신세이니 말이야."

"자기. 난 그게 싫어. 그냥 날마다 같이 있고 싶어."

"언젠가는 그럴 날이 올 거야. 그리고 오늘은 시내에서 저녁 먹자."

우리는 시내로 이동했고 오랜만에 마주 보고 앉아 저녁 식사를 했다. 음식점을 나와 걷던 중 지아의 고등학교 친구 2명을 만났다. 그 친구들도 술을 마신 모습이었고 노래방에 가는 길인데 같이 가자고 했다. 지아는 내 의사를 묻지 않고 쉽게 승낙했다. 노래방은 규모가 작았고 깔끔한 실내장식에 조용했다. 지아의 친구들은 맥주를 주문했고 지아는 친구들에게 나를 같은 팀의 팀원으로 소개했다. 친구들이 노래 부를 때 나와 지아는 블루스 춤을 추며 안고 있었다. 지아는 친구들 앞에서 아무 거리낌도 없이 내 품에 들어왔다. 처음으로 타인들에게 우리의 관계를 공개했다.

지아는 율동을 멈추고 내 얼굴을 빤히 바라보며 말했다.

"나 보다도 '농부 애 쌀' 고급브랜드화 사업이 더 중요한 거지?"

"녀석, 그런 비교가 어딨어?"

이때 지아 친구들이 우리 대화를 끊었다.

"야, 김지아 너 계속 남자한테 붙어만 있을 거야?"

"그래, 너희들이 노래 부르며 분위기 좀 맞춰!"

지아는 친구들 말에 응대하면서 계속 내게 붙어있고 지아의 친구들은 노래했다. 이제는 아예 두 팔을 내 목에 걸치고 내 품에 들어와 버렸다. 지아가 내게 안겨서 작은 리듬에 맞춰 블루스 춤을 추는 사이 시간은 자꾸만 흘렀다. 나는 지아가 가는 흐름을 그대로 유지해주었다. 그러다가 끝내야 할 시간이 되었다. 음악과 노래가 멈추니 노래방의 조명이 밝게 켜졌다.

"얘, 김지아, 너 언제 이런 남자 생겼니? 부럽다."

"장혁준 씨, 지아가 많이 좋아하는가 봐요. 마음 상하게 하지 말고 잘해줘요. 그럼 우리 다음에 또 봐요."

그러면서 친구들은 먼저 나갔다. 우리는 나란히 앉았고 지아 얼굴을 내 쪽으로 돌렸다.

"지아, 낮에부터 다른 때와는 뭔가 달랐어. 무슨 일이야? 무슨 일이 있으면 같이 공유해야지. 혼자만 고민할 거야?"

"진짜 별일 아니야. 다만 자기가 오랫동안 전화도 안 하고 오지도 않았잖아. 그래서 걱정했어."

"녀석, 그런 엉뚱한 생각을 해? 내가 잘못했다. 일 욕심에 서울에서 너무 오래 있었어. 아무리 바빴어도 가끔 왔어야 했는데 그랬다. 내가 떠돌이 보부상이 되기 이전 상황처럼 내일부터 사무실에서 같이 근무하고 밥도 먹으며 함께 지내자. 알았지?"

"응, 알았어."

지아를 달래며 집에 데려다주고 지아와의 하루를 마무리했다.

나는 업무 성과가 있었기에 기분 좋은 상태로 월요일 아침 시청에 출근했다. 김용훈 과장은 나를 반갑게 맞이했다. 그런데 사무실이 낯설고 동료들도 조금은 서먹서먹했다. 게다가 누구도 내게 고생했다고 말하는 동료는 없었다. 뭔가 이상했다. 지아가 옆자리에 앉아 있어서 그나마 다행이었다. 우리 과에서 우리 두 사람만이 행정직이었고 나머지는 전부 농업직이었다. 나는 업무보고서와 회계서류를 만들고 예산 집행을 위한 관계부서 협조도 다녔다. 퇴근 시간이 되자, 지아는 퇴근했고 나는 퇴근 후 지아를 만나기로 해서 서둘렀다. 그런데 옆 팀의 김동필 팀장이 잠깐 대화하자고 했다.

"어이 장혁준 주무관, 자네에게는 미안한 말인데 말이야. 이 일이 농업 분야의 일이잖아. 그러니 이제 우리 농업 직렬의 공무원이 이 업무를 맡도록 해주게."

"김동필 팀장님, 당초에 제가 이 일을 하고 싶어서 한 것이 아니잖아요. 우리 과에서 근무하는 농업직 직원들이 전부 다 이 일을 못 하겠다고 하니까 과장님이 어쩔 수 없이 나에게 하라고 해서 내가 한 것이었지요. 그 후 힘든 역경을 이겨내며 성과를 이루어냈습니다. 이젠 많은 사람에게 관심의 대상이 되었습니다. 그러다 보니 상대적으로 우리 과의 농업직 직원들이 불편하다. 그러니 이제 업무를 내놓아라. 지금 이런 상황인가요?"

"그래서 내가 자네에게 처음에 말 꺼낼 때 미안하다고 했잖아."

"지금 이 상황이 미안하다는 말로 정리가 될 수 있는 경우입니까? 그리고 김 팀장님을 비롯한 우리 과의 농업직 직원들이 여기 율도국 시청 사무실에 앉아서 인터넷 서핑이나 하고 대충 근무하다가 때 되면 밥 먹고 퇴근하는 시간 채우는 식으로 퍼질러 놀 때 나는 전국을 떠돌면서 보부상처럼 일했습니다! 전국의 거래처가 나를 기다리고 있다가 어서 오십시오. 무엇이든 다 해드리겠습니다. 그랬을 것 같은가요? 그렇게 저절로 이루어졌을 것 같은가요? 내가 맡은 일에 대하여 최선을 다해서 반드시 성공하고자 하는 마음으로 죽기 살기로 이 일을 해왔습니다. 참으로 어처구니가 없네요. 그렇지만 업무 배정은 과장이 하는 것이니 과장하고 대화해 보세요."

"과장에게 말했는데 과장이 거절했어. 그러니 장혁준 자네가 과장에게 이 업무를 더는 하고 싶지 않다고 보고하게. 그러면 과장이 어쩔 수 없이 담당자를 바꿀 것이잖은가!"

"김동필 팀장님, 지금까지 내가 이 일에 나의 전부를 던졌는데 현시점에서 나더러 더는 못하겠다고 과장에게 말해달라, 이 말입니까? 그리고 내가 이 일을 하지 않겠다고 과장에게 보고하면 과장은 시장에게까지 보고하고 농협이나 수도권을 비롯한 전국의 거래처에서도 내가 이 일을 더는 하지 않겠다고 한 내용이 알려지게 될 것이잖아요. 나를 아주 병신으로 만들어 버리겠다는 뜻이지요? 그래서 어쩔 수 없이 농업직의 직원이 이 업무를 해야 했다. 이런 상황이 필요한 것이지요? 그리고 역시 행정직인 장혁준 주무관은 농업 분야 발전에 노력할 생각이 없는 사람이라고 평가절하할 계획이죠? 당신들 참 나쁜 사람들입니다!"

"아니 농업 분야이니까 농업직이 해야 한다는 것이지."

"그럼, 처음에 농업 분야인데 왜 농업직들이 전부 못하겠다고 거부했나요?"

내 목소리는 커졌고 주먹을 불끈 쥐었다. 어떤 행위를 하자는 게 아니었다. 기분 나쁜 스트레스가 몰려왔기 때문이었다.

"김동필 팀장님, 과장을 설득해서 가져가든지 말든지 알아서 하세요! 다만 장혁준이가 이 일을 더는 못 하겠다. 이런 형식은 바라지 마세요. 그 정도 예의는 지켜야지요."

"알았네. 과장하고 대화해 볼 테니 서울 가는 것 하루만 연기해줘."

"그 정도는 해드리지요."

지아가 기다리고 있어서 서둘러 퇴근했다. 지아를 만나 대화 내용을 말했더니 지아가 쓴웃음을 지으며 말했다.

"처음에 자기들이 이 일을 추진하는 것을 거부하고 펑펑 놀다가 자기가 다 이루어 놓으니까 자기를 아주 안 좋은 상황에 빠지게 만들어

버리고 그들이 그 공만 차지하겠다는 것이잖아. 정말 어이가 없네."

"지아, 원래 내 목적은 지역 농민을 위하여 열심히 일하는 것이었고 민선 1, 2기 때 짓밟혔던 참 공무원으로서 명예 회복이었어. 그러니 이제 과장이 하라는 대로 해야지."

"자기, 그래도 너무 화가 나! 어떻게 이럴 수가 있냐고! 내일 과장이 업무 넘기라고 하면 어떻게 할 거야?"

"기존 거래처를 유지하고 신규 거래처를 확보하라고 해야지. 하지만 그것은 결코 쉬운 일이 아니야. 낮과 밤 그리고 휴일도 없이 일해야 해. 여기에서 생활하는 식으로 행동해서는 버틸 수 없어. 내가 전국을 떠돌며 놀러 다니는 줄 알았나 보지! 그것도 혼자서 말이야! 그래도 과장은 조금은 알아. 전화나 메일로 늘 보고를 받아왔으니까."

"자기, 과장은 지금 상황에서 이 업무를 현재 우리 과 농업직 직원으로 바꾸면 당장 일이 종료되어버릴 것을 알고 있을 거야."

"지아, 내가 '농부 애 쌀' 홍보 및 판매를 위한 현장에서 받는 스트레스 못지않게 우리 시청 내에서 받는 스트레스가 많구나."

저녁을 먹으며 대화를 끝내고 지아를 집에 데려다주었다. 다음 날 아침에 출근했더니 과장이 나를 찾았다.

"장혁준 주무관, 자네가 이 업무를 더는 못 하겠다고 했는가?"

"과장님, 그런 적 없습니다."

과장은 큰소리로 김동필 팀장을 불렀다.

"김 팀장, 이 사람아! 장혁준 주무관이 그런 말을 한 적이 없다는데 왜 그런 거짓말을 한 거야? 지금 뭐 하는 짓이야!"

김동필 팀장은 아무런 말도 하지 못했고 과장은 내게 말했다.

"장혁준 주무관 그리고 김동필 팀장 둘 다 잘 들어봐. 지금까지 장혁준 주무관이 맨땅에 헤딩하는 마음과 오로지 몸으로 뛰어서 이룩한 결과다. 그런데 이 상황에서 다른 사람으로 바꿔버리면 이 사업이 잘 이어질 수 있겠어? 그리고 어느 누가 장혁준 주무관 같이 실질적으로 자기희생을 하면서 일하겠는가? 형식적으로 대충하고 말아버리겠다는 것인가? 장혁준 주무관, 어떻게 할 건가?"

"저는 과장님 지시에 따를 뿐입니다."

"장혁준, 자네는 이 상황 때문에 여기 사무실에 있는 것이잖아. 바로 서울로 올라가. 그리고 모든 상황을 지금과 마찬가지로 내게 직보하고 내 지시가 아니면 따르지 마."

과장의 지시로 출장 가기 위해 사무실에서 나오는데 지아가 따라 나오며 걱정하는 표정으로 말했다.

"자기, 우리 과 농업직들이 시기 질투하고 있어서 정말 걱정이야."

"지아, 걱정하지 마. 그래도 내 나름대로 의미를 갖고 일하는 것이잖아. 앞으로는 꼭 2주에 한 번은 이곳에 올 거야. 나 많이 지쳤어. 너의 위로 외에 아무런 격려나 지원이 없으니 더 그런 것 같아."

"그래, 너무 무리하지 말고 쉬기도 해. 올 때는 미리 연락해!"

지아와 작별하고 출발하여 고속도로에 진입했고 첫 번째 휴게소에 들렀다. 출발하는 마음의 정리가 필요했다.

지방자치제 선거에서 정치인들은 말로만 시민을 위하여 일하겠다고, 시민의 머슴이 되겠다며 선거운동을 한다. 그리고 당선되면 자신의 사익을 위하는 행정, 선거 브로커나 측근들을 위한 행정행위를 일반 공무원들에게 강요한다. 일부 아부꾼 간부 공무원들은 이에 응해버린다. 나는 공무원이 된 후 민선 1, 2기 때 이 직업에 회의를 느꼈다. 그런 내가 이렇게 지역 농민을 위하여 죽기 살기로 일하는 것도 한편으로는 아무런 부끄러움 없이 하위직 직업공무원에게 나쁜 짓을 강요하는 그들에 대한 나의 경고이기도 했다. 지방자치단체 직업공무원은 시장과 그 선거 브로커들의 사익과 비리를 위해서 일하는 것이 아니다. 오로지 시민을 위하여 일하는 것이다. 나는 이 모습을 보여주고 싶었다. 그리하여 그들이 자신의 잘못을 되돌아보는 기회가 되었으면 했다. 그런데 나의 의도와는 달리 생각지도 못했던 동료들의 시기 질투라는 덫에 걸려들고 있었다.

어느새 휴게소 벤치에 앉은 지가 30분 정도가 지났다. 타향살이 외로움에 젖어 하루 일을 마치고 모텔에 돌아와 쓸쓸히 쓰러져 잠을 자는 삶을 버텨내야 한다. 쉽지 않은 장사를 하는 것에 대한 마음가짐을 한 번 더 가다듬었다. 그리고 언제부터인가 시계를 보지 않는 습관이 생겼다. 어차피 눈 뜨면 감을 때까지 근무시간이니 그랬고 배가 고프면 그때 뭔가를 먹으면 됐으니 그랬다. 나는 시간의 흐름에 둔해져 있었다. 시간이 얼마나 지났는지 관심도 없었다. 밖의 분위기를 느끼고 싶어서 차 밖으로 나왔는데 현기증이 났고 잠시 차에 기댔다가 걸었다. 내가 직장에 돌아와서 격려와 위로를 받고 재충전하여 현장으로 나아가야 하는데 그렇지 못했다. 그래도 나는 가야만 했다.

역삼동에 도착하자마자 모텔로 갔다. 배가 살살 아프고 불러왔다. 입안에서 침이 자꾸 나오고 배가 뒤틀리니 음식을 먹지 않고 잤다. 잠에서 깨어나도 몸에 기력이 없다. 하루를 꼬박 굶었다. 어쩔 수 없이 병원에 갔는데 신경성 위통이라 했다. 내가 강철로 만들어지지 않은 이상 탈이 날 만도 했다. 이렇게 처져서는 장사를 할 수 없으니 쉬어야 했다. 그런데 지아에게서 전화가 왔다. 반가운 목소리를 들으니 기운이 났다. 대화 마지막에 지아는 사무실 상황을 말했다.

"자기, 고백구 과 서무가 자기의 출장 여비를 지출해 줄 수 없다고 말했어. 김동필 팀장이 과 서무 업무를 보고 있는 농업직 고백구 주무관에게 '농부 애 쌀' 관련 업무를 주려고 했었는데 그것이 이루어지지 않으니까 자기에게 괴롭힘을 주려나 봐. 그리고 여비를 주지 않으면 자기가 현지 활동을 할 수 없으니 '농부 애 쌀' 판매 및 고급브랜드화 사업을 중단하고 돌아올 것으로 생각하는 것 같아."

"지아, 그 출장 여비를 받아도 현지에서 들어가는 경비의 일부일 뿐이야. 그들이 그렇게 해도 이 사업을 중단할 일은 없다. 그리고 지역 농민을 위한 이 사업이 중요한 것이 아니라 자신들이 이 성과의 공을 차지하는 게 더 중요하단 말이지?"

"전국을 돌아다니며 이리 뛰고 저리 뛰며 휴일도 없이 오로지 일만 하는 불쌍한 사람에게 해코지하는 것이잖아요."

"내가 알아서 할게. 너는 모르는 척해."

나는 내가 몸이 좋지 않다는 말은 하지 않았다. 나는 고백구 과 서무에게 전화를 걸었다. 나보다 2살 연하였다.

"백구, 나 장혁준이네."

"장 주무관님, 무슨 일로 전화했어요?"

"사실 3주 전부터 내 출장 여비가 입금되지 않았는데 때가 되면 입금되겠지, 하고 있었어. 그런데 조금 전에 김지아로부터 전화를 받았는데 아예 지급해 줄 수 없다고 그랬다면서!"

"그랬지요."

"실제로 출장 중인 공무원의 출장 여비 지급 건에 대해서 자네가 과 서무랍시고 마음대로 하겠다는 것인가?"

"내가 그런다고 해서 뭘 어떻게 할 건데요?"

"자네가 이러는 이유가 무엇인가?"

"장 수무관님, 성말로 몰라요? 알아서 처신하면 되잖아요."

나는 순간 솟구쳐올라오는 감정을 억누르며 잠시 숨 고르기를 했다. 대체 이게 무슨 꼴인지 알 수가 없었다.

"백구! 자네가 지금 해서는 안 되는 행위를 하고 있다는 생각이 안 드는가? 그리고 이 업무를 가져가고 싶으면 과장하고 상의해서 해. 내가 업무분장의 권한을 가진 건 아니잖아. 그리고 객지에서 떠돌며 고생하는 나를 격려는 못 할망정 어찌 이럴 수 있단 말인가? 과 서무로서 과장을 모시고 있고 노조 사무국장을 하고 있으니 이 장혁준이가 안중에도 없다는 말인가?"

"마음대로 생각해요."

몸도 안 좋은데 스트레스가 올라와서 더는 대화를 할 수가 없었다. 나는 그냥 전화를 끊었다. 몇 시간 후 과장에게서 전화가 왔다. 나는 항상 과장에게 현지 상황을 메일이나 전화로 보고 했었는데 쉬고 있으니 보고를 할 수 없었다.

"장혁준 주무관, 어째서 진행 상황에 대한 보고가 없어?"

"과장님, 최대한 빨리 성과를 내서 보고하겠습니다."

나는 여비를 받지 못하고 있고 몸이 아파 쉬고 있음을 말하지 않았다. 오히려 소란만 일 것 같았고 그런 것들이 귀찮았다. 속이 좋지 않아서 밖으로 나가 걸었다. 불편한 몸에 터벅터벅 걷다 보니 역삼동 전철역에 들어서고 있었다. 나는 지방 도시에서 직장생활을 하며 살고 있는데 술집만 빼고 밤 10시가 되면 세상이 멈춘 듯 조용한 곳이다. 어느덧 나도 그런 환경에 적응되어있었다. 한가롭게 살았던 지방의 소도시 직장인의 눈엔 서울 사람들의 모습이 바쁘게만 보였다. 서울에서 우리 지역농산물을 입점하고 판매하기 위하여 정신없이 생활했던 나 자신의 모습을 보는 것 같기도 했다.

뱃속에서 꼬르륵 소리가 나면서 또 뒤틀렸다. 침이 마구 나왔다. 벨트를 풀어 배를 편안하게 하고 전철역 빈 의자에 앉았다. 인상을 찌푸리며 얼굴에 두 손을 대고 통증을 참았다. 나는 앞만 보거나 바닥을 보며 바쁘게 걷는 사람들을 아무 의미 없이 바라봤다. 젊은이들은 핸드폰을 보면서 또는 이어폰을 끼고 바쁘게 어디론가 간다. 저렇게 바쁘게만 살면 1년, 10년, 50년 인생 중에 자신의 의식에 남아있는 게 과연 얼마나 될까? 내 인생을 돌아다보니 남는 것이 별로 없다. 아니 그 과정 또한 행복한 과정이었다고 말하기가 썩 내키지 않았다. 한 번쯤 내 삶을 되돌아볼 필요가 있을 텐데 몸이 아프니 지금이 바로 그때인가 보다. 내 인생의 시간을 일한다는 명분으로 어떻게 사용되고 있는지를 되돌아보지 못했다.

세상에 태어난 건 나의 의지가 아니었듯이 세상에 던져진 것 역시 나의 의지가 아니었다. 내가 생을 포기하지 않는 한 살다가 받는 환멸도 그리고 몸이 아파서 받는 고통도 이미 처음부터 예정되어 있었는지도 모른다. 내가 감당할 수 있는 한계가 있는가 보다. 단 며칠간이지만 아는 사람도 없고, 갈 곳도 없고, 해야 할 일도 없는 탈 세상의 시간을 보내기로 했다. 새로운 세상에 도전하는 이 생활도 어쩌면 다행인지도 모른다. 사무실에서 책상에 앉아 서류, 전화, 인터넷에 의하여 모든 것을 인지하고 행동하는 직장인이 이렇게 전국의 거래처를 누비며 삶의 현장을 직접 경험하고 있으니, 이것은 내 생에 다시 없을 기회일 수도 있다.

전철역 안을 돌아봤다. 사람들이 전철을 기다리며 앉아 있거나 서 있으면서 옆 사람과 대화하는 사람들의 모습을 보지 못했다. 이 많은 사람 중 아는 사람이 없고 일과로 인한 피로감으로 주변 사람들에게 관심을 기울일 겨를이 없을 것이다. 다들 전철이 오는지 살피지도 않는다. 잠시 후면 당연히 열차가 오기 때문이다. 젊은 사람들은 핸드폰을 보고 있고 노인분들은 그냥 앉아만 있다. 가정에서도 휴식을 취하고 나면 대화가 많지 않을 것 같다. 다만 있다면 직장에서다. 그러나 직장에서 따돌림을 받는다면 그것은 세상 그 어떤 경우보다도 더 큰 고통을 안고 사는 신세일 것이다. 더군다나 타인들의 부당한 행위로 그렇게 되니 원망하는 마음이 쌓이기만 했다. 그러다 보니 나의 삶 전체가 피폐해지고 말았다. 이것이 고독이라는 것일까? 설령 웃어도 그 웃음은 근육 웃음에 불과한 깊이 그늘진 웃음이었다. 전신이 부서지는 고초가 따를지라도 반드시 최선을 다하여 목표를 달성하고 당당하게 복귀해 그들이 잘못되었음을 증명하고야 말 것이다. 직장이 율도국시청 한 곳만은 아닐 것이나 패배자와 같은 모습으로는 떠날 수 없기에 도전했다. 이런 나는 세상에 홀로 던져졌지만 저기 전철을 타고 오가는 여러분들은 부디 좋은 곳에서 좋은 사람들을 만나 행복하기를 기원했다.

이런 나의 존재와는 별개의 세상인 이곳 전철역에서는 나의 애절함이 절절하기만 한데 열차는 오고 사람들은 타고 다시 어디론가 간다. 마치 구름이 내 곁에서 잠시 머물다가 흩어져 사라지는 듯했다. 나는 보고 싶고 따뜻한 체온을 느끼고 싶은 여인을 그리는 노래를 이곳 전철역에 가득 채웠다.

사랑하는 여인아!
비틀거리며 겨우 서 있는
해진 장승 같던 나를 감쌌던
당신 향기가 전철역에 가득하기만 하네.
당신을 그리워하는 이 마음
알고 있는가?

지난밤 몸 아파 잠 못 이루었는데
초승달에 당신 미소 걸쳐 있고
당신이 내 속에 있어
견뎌 냈단다!

지아에게 전화하고 싶어 핸드폰을 꺼냈다가 통화를 하면 더욱 보고 싶기만 할 것이기에 그냥 액정만 닦아주고 전철역을 나왔다. 도심을 걷는데 높이 솟아 있는 빌딩들이 늘어져 있으니, 마치 내가 어느 숲속에 있는 듯했다. 조각상 같은 빌딩 사이사이 사람들 서로 비껴지나니 바람 일었는데, 그건 인간의 정 없는 빈 바람으로 나를 스쳐 지나가 버리니 빌딩과 사람들 모두 나와는 별개였다. 구심 걱정에 마음만 상하고 건물과 사람들 사이로 걷다가 행인과 눈 맞춤 걱정되어 고개 숙여 걸었다. 모든 게 활기차고 넘쳐나는데 난 어둠 속에 있는 것만 같다. 지금 내가 하는 우리 지역 쌀 고급브랜드화 사업이 과연 내 직장생활의 전환점이 될 수 있는지의 확신도 없이 무작정 앞으로만 가고 있었다.

직장에서 다시 곧게 서고자 노력하는 나는 인연이나 정분이 없고 단순한 이농만이 있는 이 도시를 떠돌다 보니 나와 발을 섞고 같은 밥을 먹는 사람들이 그립기만 했다. 내 인생의 흐름 중 여기는 어디쯤일까? 나도 언젠가는 미친 듯이 떠도는 방랑 생활을 접고 언젠간 저 먼 내 고향에서 따뜻한 정 나누며 살 수 있으리라 생각했다.

이틀을 쉬고 나니 상태가 조금 호전되었다. 나는 창동점에서 특판행사와 입점을 시도했는데 불발되었다. 일의 공백이 발생했다. 나는 어디든지 가서 기분전환을 하고 싶었다.

"지아, 내일까지 안면도에 가서 꽃 축제장도 가고 해변도 걸으면서 휴식을 취하고 그쪽으로 갈게."

"싫어. 같이 가. 금요일부터 2박 3일!"

"정말? 많이 지쳤고 힘들어하는 상황인데 고마워! 그럼 그사이에 대구에 다녀올게. 전부터 한번 다녀오려고 했었어."

"진짜 유통업자 같아. 나도 따라다니고 싶다. 잘 다녀와."

나는 대구로 갔다. 농협에 연락해서 홍보용 쌀이 택배로 행운구청에 배송되게 했다. 나는 행운구청을 방문했다. 홍보용 쌀을 구청 전 직원에게 1개씩 배부할 수 있도록 과 서무들에게 전달했다. 그리고 '농부애 쌀'에 대해서 설명했다. 그리고 쌀을 사용한 후 가격 대비 품질을 확인하여 주문해 달라고 요청했다. 나는 사투리를 쓰지 않으려 노력했는데 질문을 받다 보니 나도 모르게 사투리로 말하게 되었다. 사람들이 폭소를 터트리며 웃었다. 나는 얼굴이 화끈거렸는데 같이 웃었다. 홍보하는 동안 분위기가 좋았고 쌀을 나눠주는 것에 긍정적인 분위기가 유지됐다. 나는 은근히 잡상인 모양새가 될까 봐서 걱정했었다. 내가 지금까지 '농부 애 쌀'을 홍보하고 판매하면서 기분 좋게 마친 사례였다.

일이 끝난 후 시내를 둘러보았는데 도시 인근에 큰 호수기 있어서 놀랐다. 수성못 호수였다. 흰색과 핑크색 벚꽃잎이 도로와 호수 주변에 날렸다. 그리고 버드나무 등으로 조경하여 녹음을 자아냈다. 사람들이 호수 주변을 걷고 있었다. 호수 선착장에는 오리 모습의 배도 있었다. 그리고 도로 건너편에 수성유원지 숲길이 있었는데 커다란 나무들이 즐비했고 사람들이 걷고 있었다. 이곳에 사는 사람들의 행복이라 생각했다. 나는 인파에 섞여 수성못 호수를 돌고 벤치에 앉아 여유를 즐겼다. 내가 마치 이곳 대구 시민인 것처럼 느껴졌다.

수성못에서 남대구 I.C로 향했는데 약 25km를 논스톱으로 달렸다. 신호등이나 회전교차로가 없었다. 교차로마다 지하도로를 내서 직진 차량은 멈추지 않고 달릴 수 있었다. 그리고 인도 쪽에 가로수가 있었지만 도로 중앙에도 가로수가 있어서 상쾌함을 느끼며 운전했다. 정말 낯선 고장 대구에서 즐겁게 일을 마쳤고 떠나는 과정의 즐거움도 있었다. 원활한 교통의 흐름과 쾌적한 도로변의 환경으로 인하여 대구에 대한 좋은 이미지를 갖게 되었다. 대구를 떠나 우리 지역으로 가는데 나의 기운이 밝았다.

· · · · ·

고속도로를 달리는 마음은 벌써 우리 지역에 닿아 있었는데 지아로부터 전화가 왔다.

"자기, 과장이 장혁준 주무관에게서 전화 받았다고 하면서 시장님께 보고하러 갔어. 같은 행정기관이니까 미리 보고하면 좋을 텐데. 그건 그렇고 지금 어디야?"

"고속도로인데 나는 차 안에서 뛰어가고 있어. 내 여인에게로."

"하나도 안 웃긴다고요. 나 오후에 휴가 냈어. 도착하면 연락해."

나는 율도국 지역에 도착했다. 봄 날씨에 차창을 열고 편안하게 잠깐 단잠을 잤다. 낮잠을 자서 그런지 잠에서 깼는데도 몽롱했다. 물을 마시며 정신을 차렸는데 내 차 방향으로 걸어오는 지아 모습이 자동차 사이드미러로 보였다.

> *스치듯 걷는 하이힐 위*
> *두 다리와 하늘거리는 짧은 치마*
> *조각상 같은 여체에서 나오는*
> *아우성치는 육향!*
>
> *종종걸음 걸으며*
> *미소 머금은 눈과 활짝 웃는*
> *입꼬리에 걸친 심향!*
>
> *그 형상의 소리가 천둥소리처럼*
> *내게 다가옴에 바라보았다.*
> *아! 행복하여라!*

· · · · · ·

아직은 초봄이라 제법 쌀쌀한데 지아는 여름 여행이라도 하듯 가벼운 옷차림에 하이힐을 신고 종종걸음으로 다가왔다. 지아를 차에 태우고 달렸다. 차를 비켜 가는 이른 봄 가로수의 풍경이 좋았고 지아가 옆에 있어서 더욱 좋았다.

"지아, 먼저 바닷가에 가자."

"응, 바닷바람이 상쾌할 것 같아."

"지아, 오늘 우리가 처음으로 한 침대에서 잠을 자고 아침에 같이 눈을 뜨는 역사적인 날이다. 정말 기대된다!"

"언젠간 이렇게 하려고 했는데 바로 오늘이에요."

안면도에 도착하니 어두워졌다. 바닷가를 찾았는데 꽃지 해수욕장의 명칭이 좋아서 목적지로 정했다. 주차장 옆에 송림이 길게 늘어져 있었다. 우린 송림 사이에서 시원하게 불어오는 바닷바람을 만끽했다. 나는 지아를 뒤에서 조금은 자신감 없이 두 손으로 안았다.

나는 지아의 귀에 속삭이듯 말했다.

"괜찮지?"

"응, 좋아."

지아 대답에 용기를 내어 그녀의 배를 감쌌던 손을 들어 젖가슴을 힘주어 껴안았다. 나는 왜, 지아에게 스킨십만 하면 몸에서 힘이 나고 최대한 강하게 안고 싶은지, 부서지게 안고 싶은지 모르겠다. 이때 지아는 내 손을 두 손으로 감쌌다. 파도가 잔잔한 바다, 맑은 공기, 소나무 숲, 바로 이 자연 속에서 단둘이 사랑을 느끼고 있는 것은 행운이었다. 이 모든 것들이 우리 둘만을 위하여 존재했다. 시선을 아래로 내려 바라보니 등을 내게 기대고 하늘을 바라보고 있는 지아의 얼굴이 확 내게 들어왔다. 달빛에 반사되어 은은한 빛이 났다. 지아는 하늘에서 내게 내려온 선물이었다.

나의 삶은 세월이 흐르면서 쏜살같이 지나가 과거가 되어버리고 죽음을 향해 달려가는 시간 소비의 존재에 불과하다고 볼 수도 있었다. 이런 내 삶에 지아는 내 영혼과 육체에 활활 타오르는 불을 지폈다. 하얀 꽃잎에 맺힌 맑은 이슬과 같은 순수한 여인은 내 삶의 중심에 자리 잡아버렸다. 이 밤은 축복의 밤이었다. 이렇게 4월 초 송림 사이에서 나는 헤어날 수 없는 사랑에 빠져들었다.

"자기, 우리 둘 중에 누가 더 복이 많을까?"

"지아, 내가 복이 더 많은 것이야. 이렇게 아름다운 여인으로부터 사랑을 받게 되었으니 얼마나 고마운 일인가!"

"아니야, 내가 복이 많은 거야. 내 생이 무엇인가로 가득 찬 것 같아. 이런 게 바로 사랑의 기쁨이겠지!"

"난 이 세상의 조물주에게 물어볼 말이 있어. 왜 이렇게 내가 눈을 뗄 수도 없는 여인을 창조하였고 내가 너에게 구속되게 하였는지를!"

"겉으로는 남자가 여자를 취하는 것 같지만 결과적으로는 여자가 남자를 자신에게 묶는 것이라는 생각이 들어. 자기는 내 남자야!"

"지아, 깨끗하고 분위기 있는 숙소에 가고 싶다. 우리 두 사람의 첫날밤이잖아. 뜨겁고 격렬한 밤을 보낼 거야. 그 후 하늘이 무너져도 모를 정도로 깊은 잠에 빠지고 싶어."

"자기, 나도!"

자신의 모든 것을 내게 던졌다는 듯이 나를 빤히 바라보며 내 앞에 있는 지아 얼굴은 내 가슴에 헤어날 수 없는 낙인이 되어 찍혔다.

첫날밤을 보낼 곳으로 가던 중 나는 갑자기 결혼식을 생각했다.

"지아, 우리 첫날밤 보내기 전에 결혼식 올리자."

"결혼식을 지금 해? 어떻게?"

"우리 두 사람만의 결혼식이야. 지금부터 시작한다."

나는 세상에서 최고로 화려하고 아름다운 신부와 결혼식을 준비했다. 내 신부에게 은은한 빛으로 쏟아져 내려 깜깜한 밤하늘을 밝히고 있는 달빛으로 드레스를 지어 입혔다. 그 웨딩드레스를 다이아몬드보다 더 강렬하게 반짝이는 초롱초롱한 샛별로 장식했다.

신부의 면사포에서는 북극성이 세상을 모두 지배할 듯 빛을 발하고 있었고, 웨딩드레스 가슴에는 북두칠성 별빛이 아웅다웅 반짝였다. 허리에서 발까지 크고 작은 샛별이 자리를 차지하고 눈이 부시도록 별빛을 반짝이고 있었다. 신부의 웨딩드레스에 치장된 샛별은 신부를 빛내주기 위하여 치열한 경쟁을 벌이고 있었다. 신부를 받들고 있는 검정 하이힐에는 면사포와 웨딩드레스에 끼지 못한 무수한 샛별이 촘촘히 박혀서 신부를 더욱 아름답게 모셨다. 이 은은한 달빛과 별빛의 광채로 장식된 웨딩드레스를 입은 김지아는 세상에서 유일무이한 나의 신부였다.

"신부, 내가 입혀준 웨딩드레스 어때?"

"신랑, 이렇게 아름다운 웨딩드레스를 입게 될 줄 몰랐어. 최고야!"

"세상에서 가장 아름다운 신부의 환영이 현란하게 튀며 반짝이니 나의 뇌리에 환희가 되어 꽂혀버렸다."

"정말? 나 너무 좋아 영원히 그럴 거지!"

"아름다운 신부여! 시장과 간부 공무원들에게 찍혀 웅크리고 앉아

괴로워하며 비관에 젖어 마치 오랜 세월 멈춰버린 석상처럼 굳어 있었고, 보부상 되어 떠돌고 밤새 찬 이슬 맞으며 홀로 외로움에 떨며 살아왔단다. 이젠 내게도 살아갈 희망이 생겼구나."

"그래, 우리 사랑으로 행복한 삶이 될 거야!"

"아름다운 신부! 너의 미소가 나의 심장을 두드리고 있구나. 네가 움직일 때마다 이는 바람은 신선한 꽃바람이로구나. 자! 예쁜 웨딩드레스를 입었으니 이제 결혼식을 진행해야지!"

나는 신부를 차에 태우고 구름다리를 지나 결혼식장으로 달렸다. 자동차 헤드라이트 조명 빛에 반사되는 도롯가의 가로수, 잡초, 전봇대들은 부는 바람에 흔들흔들 너울거리는 율동으로 춤을 추었다. 이들은 신랑 장혁준과 신부 김지아의 결혼을 축하하는 손님들이었다. 그리고 축하의 환호 속에 바람과 자동차의 후 폭풍에 떨어지는 벚꽃잎은 결혼을 축하하는 색종이였다. 꽃잎 색종이는 신랑과 신부에게 흠뻑 흩뿌려졌고 신랑과 신부는 바닥에 떨어진 색종이를 밟으며 행진했다. 이어서 사진 촬영이 있었다. 신랑 신부의 사진을 블랙박스가 찍었고 자동차의 전방, 후방 카메라가 축하객들의 모습까지도 빈틈없이 찍어줬다. 신랑과 신부는 세상에서 유일무이한 결혼식을 마치고 초야를 치르기 위하여 숙소에 도착했다.

"나의 신부, 김지아! 행복한 결혼식이지?"

"응, 환상이야. 내 생에서 영원히 지워지지 않을 결혼식이야! 축하객들도 세상에서 제일 아름답고 화려한 결혼식이었다고 말할 거야."

우리는 초야를 치를 보금자리에 들어갔다. 나의 귀한 신부를 그 어디에도 내려놓을 수가 없었다. 아까워서 내 무릎에만 앉혀 놓았다. 짧은 원피스가 올라가 새하얀 허벅지가 폭풍 되어 내 눈에 들어왔다. 행여나 깨질세라, 아플세라 조심스럽게 긴장감에 떨리는 손으로 지아의 얼굴과 허벅지를 쓰다듬었다. 그러면서 작고 귀여운 지아의 입술에 내 입술을 닿을 듯 말 듯 비볐다. 탄력 있는 입술의 감촉이 물컹한 촉감이 밀려왔다. 지아가 말을 하자 우리 입술은 살짝살짝 닿았다 떨어지기를 반복했다.

"자기, 우리 오늘 이렇게 여행 안 했으면 어쩔뻔했어?"

"아마도 우리가 사랑을 꽃피우지 못해 죄를 짓는 것일 거야!"

"몇 년 전부터 내가 자기를 좋아했다고 했었잖아. 오늘 첫날밤을 맞이하니 너무 행복해. 나 많이 떨려. 자기가 실망하면 어떡하지?"

"녀석! 아까 우리 결혼식에서 네가 입었던 웨딩드레스는 겉에 걸친 옷이 아니야. 너 자체에서 빛나는 것이었어. 그러니 너는 언제 어디에 있더라도 그렇게 빛나는 내 신부야! 그리고 앞으로 살다가 어려움이 있으면 같이 공유하며 헤쳐나가자."

"자기와 함께라면 어떤 상황이든 다 좋아."

지아가 먼저 샤워했고 내가 샤워를 마치고 나오니 지아는 소파에서 알몸으로 머리를 만지고 있다가 나를 보자마자 한 손으로 젖가슴을 가리고 한 손으로 아래를 가렸다.

지아 앞 소파에 앉았더니 지아가 나를 보며 말했다.

"자기, 옷을 입지 않고 처음으로 이렇게 마주 보고 앉으니까 나 부끄럽고 이상해. 옆자리로 와."

나는 지아 옆에 앉았다. 여전히 부끄러워하는 지아를 조심스럽게 들어서 내 무릎에 앉혔다. 지아는 내 힘에 이끌려 다리를 끌면서 조심스

럽게 내게 왔다. 지아가 부끄러워하며 멈칫거리는 몸짓을 했지만, 나
는 지아를 감상함에 눈에서 불꽃이 튀었다. 서로를 음미하는 몸의 대
화만이 존재했다. 지아가 벗은 몸이라 그런지 자꾸 어깨를 움츠렸고
나는 그런 지아 머리에서부터 발까지 음미하기에 정신이 없었다. 처음
대하는 지아 알몸을 눈을 통하여 뇌리에 저장하기에 바쁘기만 했다.
지아를 향한 돌격이 시작되있다. 무슨 말인기를 하려는 지아 입술에
내 입술을 댔다. 지아 입술과 혀의 부드러움을 탐닉했다. 입술의 탄력
을 느끼고 싶어서 이로 입술을 깨물어보기도 했다. 나의 이를 밀어내
는 지아 입술의 탄력이 나의 이에서 잇몸을 타고 뇌리에 다가와 나를
감탄에 빠지게 했다. 한 손은 엉덩이를 만지기에 여념이 없었고 한 손
은 짧은 원피스 밖으로 보기만 했던 허벅지를 쓰다듬고 종아리를 주
물렀다.

그때 지아의 핸드폰 벨이 울렸다.

"자기, 나 전화 받기 싫은데 어떡해?"

"그래도 통화해야지."

지아가 전화 통화를 하기 위해 일어나려 했는데 나는 지아를 내 무
릎에 앉혔다. 전화 통화를 하더라도 내게서 떼어놓고 싶지 않았다. 지
아는 알몸을 내게 맡기고 통화했다. 나는 지아를 즐기는 축제를 멈출
수가 없었다. 이런 나를 향해 지아가 입가에 옅은 미소를 지으며 애정
어린 표정으로 바라보았다. 통화가 진행되는 동안에도 우린 몸의 교감
이 서로에게 주는 흥분에 빠져들었다. 우리가 서로를 탐하는 것에 전
화 통화는 장애가 되지 않았다.

지아가 통화 중에 일어났다. 냉장고에서 물을 가져오고 에어컨 바람

을 조절하는 여러 가지 행위를 했다. 내 시선은 지아의 몸에 묶여 있는 듯 이리저리 지아를 따라다니고 있었다. 그런데 지아가 창 쪽으로 가서 나를 등지고 통화했다. 지아 뒷모습도 앞모습 못지않게 나의 시선을 사로잡았다. 탐스럽고 뭔가 닿기만 하면 튀어나올 듯한 엉덩이의 탄력과 존재감, 새하얀 피부에 군더더기 없이 쭉 내려가는 허벅지, 발까지 이어진 미끈한 종아리, 나의 보물인 여체를 떠받들고 있는 앙증맞은 작은 발이 내 눈앞에 펼쳐져 있었다. 나의 뇌리에서 영원히 지워지지 않을 보물이었다. 더는 기다릴 수 없어서 소파에서 일어나 지아에게 갔다. 지아의 뒤에 서서 두 손으로 젖가슴을 쓰다듬었다. 지아의 젖은 약간 작은 편으로 내 손안에 쏙 들어왔다. 지아의 통화 목소리 울림이 두 젖에 이어졌고 그 울림은 내 손에까지 전해졌다. 대화하면 그 울림이 몸에까지 이어지는 것을 처음 알았다.

지아가 통화를 끝내고 활짝 웃더니 폴짝 뛰어올라 두 팔로 내 목을 잡고 두 다리로 내 몸을 감았다. 나는 지아의 허리를 잡았다. 지아는 내게 맹렬히 키스를 퍼부었다. 나는 지아 엉덩이를 잡고 들어 올려 내게 밀착시켰다. 우린 약속이라도 한 듯 침대로 자리를 옮겼다. 오로지 몸짓만이 존재하였고 우리 영혼과 육체는 하나 되어 갔다. 지아는 눈을 감고 있다가도 간혹 지그시 눈을 뜨고 애정이 담긴 표정, 기쁨의 표정으로 나를 바라보곤 했다. 우리의 마음과 육체를 즐기는 첫날 밤이 무르익고 있었다. 젖 동산은 호수의 잔물결처럼 출렁거리며 나를 향해 존재감을 자랑했다. 젖 동산을 손바닥으로 덮듯 얹고 쓰다듬으니 반발하며 일어서는 젖꼭지의 성냄이 내 손바닥을 통하여 가슴에 오고 그 느낌이 나의 뇌리에 쏟아져 오니 마치 천둥 번개에 놀란 듯 나의 모든 신경이 곤두서고야 말았다. 이쪽 동산에서 놀다 보면 저쪽 동산에서도 놀고 싶어 양쪽을 오감에 오늘 밤이 다 지나갈지도 모를 지경이었다. 영원히 나를 구속하려는 듯 솟아나 사랑의 감옥에 나를 몰아넣었다.

겨우 감옥에서 풀려났는데 또 다른 감옥이 나를 기다리고 있었다. 군살이 없어 아예 살이 없는 듯한 복부를 지나서 숲에 이르렀다. 숲은 갑자기 쏟아진 소나기에 젖은 것처럼 촉촉했다. 숲에서 진한 향기가 피어났다. 만개한 꽃잎을 한 잎 두 잎 걷어내니 나의 보물이 활짝 열렸다. 그것은 천년을 보관해온 술 단지였다. 끊임없이 그 향기를 마셨고 목에 미끄러지듯 넘어가는 술에 취하여 이성을 잃었다. 지아는 만취해버린 나를 홍조 띤 얼굴로 보고 있었다. 옷을 입었을 때보다 더 길게 보이는 허벅지와 종아리를 쓸어내렸다. 지아가 몸을 비틀었다. 그리고 엎드렸다. 머리끝에서 발끝까지의 곡선은 앞모습 못지않게 휘감아 돌았다. 엉덩이를 건드리니 그 출렁거림은 나의 시선을 사로잡았고 나의 감각을 거침없이 흔들어버렸다. 작지만 다부져서 나의 공격을 영원히 버텨낼 듯 튼실했다. 두들기고 또 두들겨 버티는 그 날까지 영원히 춤을 추게 할 것이다.

지아가 위치를 바꾸어 내 위로 올라와 나의 젖꼭지를 애무했다. 나는 내 작은 젖꼭지가 그렇게 성감대가 있는지 몰랐다. 나의 반응을 알았는지 지아는 계속하고 있었다. 나는 지아 머리카락을 뒤로 넘기고 또 한 손으로 볼을 잡고 있었는데 지아가 내 위에서 보물 샘에 나를 채워버렸다. 드디어 우리는 하나가 되어버렸다. 내 인생에 길이 남을 합체였다. 나는 지아 보물 샘 안에서 깜짝 놀랐다.

"오! 이런 따뜻함이!"

나는 탄성을 질렀다. 말로는 다 할 수 없는 느낌이 나를 휘감았다.

"지아! 내가 헤어날 수 없는 늪에 빠졌구나."

"그렇게 좋아? 다행이야. 내심 걱정했어."

우린 짧은 대화에 이어 서로 위치를 바꾸어가며 격렬한 율동을 했다. 지아는 흥분의 신음을 토해냈고 쾌락에 고개를 좌우로 흔들어댔다. 보물 샘에서 천년 술을 퍼내니 끊임없는 환희가 지아 입에서 터져 나왔다. 그리고 지아 다리는 내 등 뒤에서 거침없이 흔들어대며 환희에 가득 찬 발버둥을 쳤으며 지아 발바닥은 마치 하늘을 떠받치듯 허공을 위로 위로만 밀어내고 있었다. 지아가 손으로 침대 포를 잡고 머리를 흔들며 오르가즘의 환희를 터트렸다. 지아는 숨을 헐떡거리며 내 팔에 머리를 얹고 말했다.

"신랑! 나는 좋았어. 자기는 어땠어?"

"지아라는 말뚝에 묶인 강아지처럼 네 주위만 빙빙 돌 것 같아."

"내가 감당 못 할 정도로 해줘. 참, 나 기억하는 게 있어. 마이크 대령하면 말할 거야!"

"무슨 마이크? 하하 그래. 마이크 대령했습니다!"

내 입술을 지아 입에 살포시 대 주었다.

"호호, 좋아. 이 정도 서비스에 내가 말을 안 하면 안 되지?"

입술이 붙어있으니 코, 이마까지도 닿을 듯 말 듯 했다. 지아의 붉게 채색된 얼굴이 더욱 선명하게 보였다. 지아는 거의 붙어있는 나의 눈을 보며 활짝 웃는 얼굴로 내 입술 마이크에 자신의 입술을 살짝살짝 터치하며 말했다.

"내가 샤워하고 난 후 알몸으로 냉장고에 가서 물 가져와서 마실 때.

드라이로 머리 말릴 때, 방바닥에 널려있는 옷을 옷걸이에 걸을 때, 전화할 때 등등 내가 행동하는 것을 자기가 그렇게 고개를 돌려가면서 내게서 시선을 떼지를 못하는 거야."

"그래, 맞아. 정말 환상이었어. 움직이는 조각 작품이야."

"내가 영원히 자기에게 예술이었으면 좋겠다. 그리고 우리가 같이 잠들고 아침에 일어나는 게 너무 좋아."

"지아, 이렇게 함께하는 시간이 영원히 멈춰버렸으면 좋겠다."

"우리가 서로에게 사로잡혀 다른 것들은 아무것도 생각조차 할 수 없으니 시간이 멈춰버린 것이나 마찬가지일 거야."

지아는 몇 마디 말을 하고는 바로 잠들었다. 옆에 앉아서 이불을 덮지 않은 지아의 알몸을 바라보았다. 지아는 아무 생각 없이 그냥 곤히 잠들었다. 평소 단정했던 머리는 산발 되어 얼굴이 반쯤 가려져 있고 하얀 살결은 손만 대도 통통 튈 것 같았다. 나는 마치 지금이 마지막인 것처럼 지아를 바라만 보고 있는데 알몸으로 아무렇게나 널브러진 지아의 이 모습은 정말 또 다른 치명적인 농염함이었다. 잠이 들어 제어된 모습이 없고 화장과 포장이 없는 인간이되 여자인 지아의 육체는 자연미를 물씬 풍기는 활짝 만개한 한 송이 꽃이었다.

나는 잠들어 있는 지아에게 말했다.

"네가 나를 놓아 버리면 어쩔 수 없지만 내가 너를 사랑하는 대가가 무엇이든 간에 너를 놓지 않으리라!"

지아는 잠들은 모습을 내게 보여주는 것으로 대답을 대신했다. 나는 지아를 보며 말을 이어갔다.

지아! 너의 향기가
너울너울 피어나 내게 스며든다.
따스하고 솜뭉치처럼 부드럽고
이상할 정도로 깊은 평화가 나를 감싸니
너는 바로 여신이로구나!

지아! 길 잃고 떠도는 나그네
삶이 저물어 가니 서럽고 고달픔에 시달려
존재의 의의를 잃어만 가고 있는데
우리 사랑 축복하여 달라고
이 정도는 가질 수 있는 것 아니겠냐며
하늘에 사무치는 마음으로
간절히 주문했다!

이 세상에 태어났으니 한 여인을 사랑할 수 있는 정도는 되지 않겠냐고 외쳤다. 나의 무덤 앞에서 누구도 슬퍼하지 않을 것인데, 세상 사람들 각자 자기 인생을 살아가기 바쁠 뿐인데, 내 인생에 지아의 아름다움을 섞어 보겠다는 이 하나의 고집을 부려 보겠다고 외쳤다.

나의 의식은 깜빡거리고 몸은 흔들리는데 지아는 탐스러운 엉덩이를 마치 자랑이라도 하는 듯 우뚝 세워놓고 머리카락은 산발 되어 자고 있다. 이런 지아를 보고 있는 나는 잠이 쏟아졌으나 머리를 흔들어 가며 잠을 쫓아냈고 지아를 영원히 지워지지 않게 내 눈에 넣고자 했다. 아무리 화려했던 옛일이 있었고 아무리 좋은 일이 미래에 도래할 것이라 예상된다 해도 무슨 소용이겠는가! 현재 내가 지아를 감상하고 있는 이 순간이 과거와 미래의 그 무엇과도 비교할 수 없는 최고의 가치였다. 나는 더는 버티지 못하고 첫날밤의 환희가 과거가 되면서 앉은 채로 잠이 들었다. 얼마나 이렇게 있었는지 모르겠다.

지아가 나를 깨우며 화를 냈다.

"왜, 이렇게 앉은 채로 자는 거냐고?"

"응, 자고 있어 의식이 없는 너였지만 아무런 치장도 꾸밈도 없이 오로지 있는 그대로 알몸으로 자는 너를 보고 있노라니 너에게서 눈을 뗄 수가 없었어. 그러다가 깜빡 잠들었나 봐. 내가 너의 알몸을 처음 대했던 날이잖아. 내 의식이 살아있는 순간까지 오로지 우리 둘만의 세상이란 화폭에 그려진 너를 감상하고 싶었어."

"정말 바보야, 바보!"

"지아, 내가 많이 왜소해졌잖아. 너를 보고 있으니 좋았어."

"힘내요. 자기가 힘들고 외로울 때마다 내가 옆에 있어 줄게."

대화 중에 지아의 얼굴을 보니 화장도 안 했는데 볼에 볼그족족하게 색이 올라와 있었다. 지아가 잠을 자지 못해 비몽사몽인 나를 안았다. 나의 눈길이 젖가슴에 가 있으면 앙증맞은 모습으로 덜렁거리는 젖을 내 입에 물려주기도 했다. 마치 엄마가 아이를 안은 것과도 같이 그랬다. 지아의 모습과 행동 하나하나가 나의 눈을 타고 들어와 뇌리에 깊이 파고들었다.

"그런데 잠자는 나 보면서 무슨 생각 했어?"

"대학 때 읽었던 책이 생각났어. 비극적인 사랑에 관한 내용이야."

지아가 듣고 싶다며 재촉했고 나는 생각나는 대로 말했다.

"오스카 와일드의 살로메라는 작품인데 살로메 공주의 어머니와 숙부는 공주의 아버지인 왕을 죽이고 숙부는 왕이 되었고 어머니는 숙부와 재혼하여 다시 왕비가 되었다. 이런 부정한 왕과 왕비를 비난하는 예언자가 있었는데 왕은 그 사람을 옥에 가두었단다. 그런데 왕은 살로메 공주를 욕심내고 있었어. 살로메 공주는 거절했지. 그러던 중 살로메는 예언자를 보고 사랑에 빠졌고 예언자의 사랑을 원했다. 그러나 예언자는 이를 거절했다. 이에 좋아하는 남자를 얻기 위해 살로메는 왕에게 자신을 주고 예언자를 달라고 요구했다. 그래서 왕은 살로메에게 예언자를 주었단다. 살로메는 병사들에게 예언자의 목을 쳐 은쟁반 위에 얹어 가져오게 했다. 그리고 살로메는 은쟁반 위의 예언자에게 사랑한다고 고백하고 키스하며 예언자가 자신의 사랑을 받아들이지 않은 것에 대하여 한탄했단다. 여기에서 왕은 왕국 내에서 신격화된 예언자를 살로메 공주가 죽이자 왕은 이 상황이 두려웠단다. 그래서 왕은 살로메 공주를 처형했단다. 여기에서 생각해 볼 수 있는 건 사랑의 목마름은 그 어떤 걸로도 해결할 수 없다는 것이야. 나는 살로메의 심정을 이해할 수 있을 것 같아. 살로메는 자신의 목숨을 내놓고 사랑하는 이를 취했단다."

"너무 슬프다. 그렇게까지라도 해서 사랑하는 사람을 갖고자 하는 심정은 이해가 가지만 너무 안타까워."

"자는 너를 보면서 자의든 타의든 우리가 함께할 수 없는 결과가 발생했을 때 과연 내가 우리 사랑을 지키기 위하여 그 어떤 희생도 치를 각오가 되어있는지를 생각했어."

"자기, 앞으로 그냥 나를 많이 좋아하고 사랑해줘. 여자로서 내겐 자기가 유일한 남자이고 최고의 남자야! 그러니까 걱정하지 마"

나는 지아 재촉에 잠을 잤다. 얼마나 잤는지 모르겠다. 잠에서 깨어

· · · · · ·

말없이 나를 바라보는 지아를 끌어안아 같이 누웠는데 지아는 내게 몸을 최대한 가까이 붙였다. 부드러운 피부의 감촉이 밀려왔다.

지아는 내 가슴에 얼굴을 묻고 말했다.

"자기, 우리 첫날 밤을 제대로 보낸 거지? 우리처럼 결혼식과 첫날 밤을 이렇게 거창하게 보낸 사람은 아마 없을 거야."

"맞아. 참 배고프지? 편의점에 가서 도시락하고 마실 것 사 올게. 그런데 너 혼자 두기 싫다. 담배 연기처럼 사라져버리면 어떡하지?"

"그럴 일 없네요."

"그럼, 어떤 이상한 남자가 와서 업어가면?"

"그러면 임자 있는 여자라고 할게요. 호호, 어서 다녀와요."

나는 편의점에 다녀왔다. 지아 알몸을 느끼고 싶어서 침대로 갔고 첫날밤의 향연이 다시 이어졌다. 시간이 지나고 지아의 재촉에 비록 조촐하지만, 음식상을 차려 식사했다. 그리고 뒷정리를 빠르게 마쳤다. 그런데 지아가 크게 웃었고 나는 궁금한 눈으로 지아를 바라봤다.

"자기가 알몸으로 왔다 갔다 하는 모습에 웃음이 나왔어. 남자가 그렇게 하는 건 처음 봐. 정말이야. 나름 볼 만 했어. 흐흐."

"녀석! 어제부터 네가 알몸으로 뭔가를 하면 내 눈이 네게서 떨어지지를 않았잖아. 내 눈이 얼마나 황홀하고 바빴겠어?"

우리는 대화하다가 욕실에 가서 서로 씻겨주기로 했다. 우린 욕실에서 마주 보고 섰다. 서로의 얼굴이 맞닿을 듯했다. 앙증맞게 생긴 젖이 출렁거렸다. 두 젖을 소중하게 받쳐 감싸면서 키스했다.

"흐흐 내 젖 다 닳아지겠다. 자기가 내 왼쪽 젖을 더 많이 애무해. 내 젖이 짝짝이 되겠어. 꼭 한쪽 애만 그렇게 못 살게 해!"

"하하, 알았어."

"자기, 우리 빨리 나가서 관광 다니자."

나는 바쁘게 움직이기 시작했다. 단 한 곳의 빈 곳도 없이 지아를 씻겼다. 이어서 지아가 나의 몸 구석구석 씻겨줬다. 내가 지아를 귀하게 씻겨주는 기쁨도 있었지만, 지아가 내 몸을 구석구석 귀하게 씻겨주는 기쁨 또한 컸다. 우리는 밖에 나가기 위해 준비를 서둘렀다. 지아의 옷 입는 속도가 무척 빨랐다. 그런 지아를 보니 웃음이 나왔다.

지아가 의아해하며 나를 빤히 바라보길래 말했다.

"뭘 훔치다가 들켜서 재빨리 행동하는 것 같이 보여서 웃었어."

"훔친 사람은 자기잖아. 한번 훔쳤으니 끝까지 책임지는 거다!"

"화려했던 장미꽃이 수선화처럼 순식간에 변하니까 신기한데!"

"당연하지. 여자의 몸은 사랑하는 남자에게만 기쁜 마음으로 활짝 만개한 꽃이 되는 것이지. 장혁준이라는 내 남자에게! 앞으로 자기를 향한 나의 헌신적인 사랑에 대해서 평생 갚아. 지극한 사랑으로!"

"지아, 어떻게 해야 나의 마음을 표현할 수 있지?"

"자기, 찐한 약속을 받고 싶어. 부드럽게 오래도록 키스해줘."

나는 지아가 입을 뗄 때까지 키스했다. 새끼손가락을 걸고 엄지손가락으로 도장 찍는 약속이 아닌 입술을 걸고 혀로 찍는 언약의 키스였다. 다음 여행지를 가기 위해 방을 나서는데 뭔가를 놓고 가는 사람처럼 자꾸 뒤를 돌아다 봤다. 우리의 첫날밤의 행복을 이곳에 놓고 가는 것 같아서 못내 아쉬웠다.

우린 밖으로 나와 한가롭게 여유를 즐길 수 있는 안면도 자연휴양림으로 갔다. 진입도로 주변에서부터 아름드리 소나무들이 즐비했다. 제 1주차장에서 스카이워크 가는 길로 들어섰다. 걷기 쉽게 산책로를 만들었고 중간중간에 벤치가 있었다. 스카이워크 가는 길은 커다란 소나무 사이로 마치 육교를 건설한 것처럼 공중에 높게 설치되어 있었다. 지아가 갑자기 내 팔을 꼭 잡았다. 작은 토끼 정도 크기의 짐승이 쏜살같이 지아 옆으로 지나가며 소나무를 타고 올라갔다.

"자기, 저기 좀 봐. 깜짝 놀랐어."

"청설모 같은데!"

청설모는 부러진 나뭇가지에 앉아서 먹이를 먹고 있었다. 한입에 몽땅 삼키지 않고 두 앞발로 들고 조금씩 갉아 먹고 있었다.

"지아, 청설모가 우리를 반기나 보다. 먹이 먹는 모습을 우리에게 보여주고 있어."

"다람쥐는 본 것 같은데 청설모는 처음 봤어."

나도 청설모가 먹이를 먹는 모습은 처음 봤다. 우리는 한참 동안 청설모를 구경하고 다시 이동했다. 지아가 하이힐을 신고 있어서 걷기 편한 숲속의 집 쪽으로 방향을 틀었다. 이곳 자연휴양림은 기존의 소나무 숲에 일부 조경을 한 모습이었다. 산책로 주변에 진달래, 목련, 동백꽃은 활짝 피었다. 철쭉이 많이 식재되어 있었는데 이제 싹이 트는 모습이었다. 환하게 핀 철쭉꽃은 보지 못했지만, 듬성듬성 피어있는 진달래꽃의 잔영이 눈에 오래 남았다. 우리가 걷는 길가에 좀꽝꽝나무, 호랑가시나무 등도 식재되어 있었다. 우린 약 1km 정도 걸었다. 지아가 하이힐을 신고 있어서 많이 걷지를 않았다. 우린 매점 탁자에 앉아서 커피를 마시며 휴식을 가진 후 자연휴양림을 나왔고 도롯가 음식점에서 해물 칼국수로 식사를 마치고 나니 오후 4시였다. 늦게 관광을 시작하니 하루가 너무 짧았다.

우린 아쉬운 마음에 한군데 더 들르기로 했다. 안면암으로 갔다. 절에 막 들어가니 10여 개의 비석 같은 돌에 새겨진 부조가 있었는데 무섭게 생긴 표정을 짓고 갖가지 무기를 들고 자세를 취한 모습들이었다. 전통 사찰의 입구에 사천왕이 있는 건 봤는데 이 부조들의 존재는 뭔지 알 수가 없었다. 절 뒤쪽으로 벚꽃이 절 전체를 감싸고 있었고 절 앞은 벚꽃과 동백꽃이 있었다. 절의 건물은 2층 또는 3층으로 되어있었고 비록 단청은 했으나 전통 사찰에서 받는 느낌과는 조금 달랐다.

절에서 바다 쪽으로 약 1km 너머에 탑이 있었다. 우리는 나무로 만든 부교를 건너 가봤다. 탑도 역시 부교처럼 물에 뜰 수 있게 되어있었다. 안면암 부상탑이었다. 우리는 여유를 갖고 주변 경관을 즐겼고 다시 절에 돌아왔다. 지아가 바다에서 불어오는 바람이 쌀쌀하다고 차 안에 들어가자고 했다. 지아는 뒷좌석에 탔다.

"자기, 나 종아리 좀 주물러 줘."

지아는 앞 좌석 사이 팔걸이에 다리를 올렸다. 나는 뒤돌아 앉아 천천히 주물렀다. 가느다랗고 살도 많지 않았다. 마르지도 않았고 찌지도 않은 딱 보기 좋은 종아리였다. 나는 하는 김에 발가락과 발바닥도 주물렀다. 원피스 치마가 올라가서 하의 실종 상태였다. 나는 허벅지까지 올라가 주물렀다. 팬티 바로 밑에까지 올라갔다. 녀석은 치마를 더 올렸다. 빙그레 웃으며 당연하다는 듯이 말했다.

"내 남자인데 뭐 어때! 그리고 나 이제부터 자기를 '여보'라고 부를래. 비록 둘만의 결혼식이지만 어젯밤에 우리 결혼했잖아!"

"지아, 그렇게 의미를 부여해 줘서 고마워."

대화를 하다가 밖을 바라보니 바다에 있는 부상탑 쪽의 노을이 하늘과 바다를 온통 붉게 채색했다. 해를 중심으로 해서 짙은 붉은색이 점점 약하게 퍼지면서 온 세상이 노을 지는 모습으로 화려했다.

우리는 차 밖으로 나왔다.

"정말 좋다! 여보, 당신과 내가 지금까지 함께해오면서 보아온 여러 모습 중 이곳 풍경보다 더 좋은 모습은 없었어. 예전에는 노을을 봐도 이렇게까지 좋지 않았는데 사랑하는 내 남편과 같이 있어서 저 노을의 모습이 더 아름답게 느껴지는가 봐."

지아는 좋아하며 폴짝폴짝 뛰었다. 하이힐을 신고 얇은 천으로 된 짧은 원피스에 스타킹도 하지 않은 맨살의 하얀 다리가 더욱 눈에 띄었다. 붉은색을 발하며 지는 안면암 부상탑 주변의 노을과 사랑하는 여인이 조화를 이룬 이 아름다움은 내게 최고의 선물이었다.

노을의 풍경에 푹 빠져있던 지아는 얼굴을 내게 돌렸다. 노을 속에서 예쁜 얼굴에 사랑하는 마음을 담아 내게 주었다. 시간이 지나면서 어둠이 드리워진 이곳에 덜렁 승용차 한 대 있었고 여인 한 명과 어디로 튈지 모르는 남자 한 명이 있었다. 지아 인생의 운전대까지 잡은 내가 방향을 잘 잡고 갈 수 있을지 걱정도 됐다.

우린 백제의 고장 부여에 가기로 했다. 부여에 도착하자마자 나는 옷가게에 갔다. 지아에게 입힐 청바지, 티셔츠, 운동화를 샀다. 시간이 늦어 물건들을 사고 나니 음식점들이 끝나는 시간이었다. 우린 편의점으로 가서 도시락과 컵라면을 탁자에 앉아서 먹었는데 제법 먹을만했다. 간단하게 저녁을 먹고 모텔에 갔다. 정말 편안하게 잘 잤다. 지아가 먼저 일어나 나를 깨웠다.

"여보, 어제 잘 때 보니까 많이 야위었어. 건강에 신경 좀 써."

"그래, 노력할게. 그리고 어제 늦으니까 활동하는 시간이 짧았지!"

나는 서둘렀고 지아는 어제 산 옷으로 갈아입었다. 긴 머리도 머리 끈으로 묶었다. 원피스와 하이힐을 신었을 때보다 여성미는 적었지만 깔끔하니 좋았고 관광하기에도 편해 보였다. 우리는 먼저 낙화암에 가보기로 했다. 매표소에서 보니 부소산성이라 했다. 통상적으로 낙화암만을 생각했는데 의외로 넓었고 인위적인 모습보다는 자연미가 더 느껴졌다. 단정하게 정돈된 돌계단, 블록으로 조성된 길, 길가에 늘어져 있는 커다란 소나무, 그 사이사이에 활엽수들이 자라고 있었다. 끊임없이 웃음보따리를 풀면서 걷는 지아는 운동화와 간소복을 입어서인지 어제와는 달리 활발한 모습이었다. 지아는 낙화암까지 걷는 동안 내 손을 잡고 걷다가 앞서서 뒷걸음으로 걷다가 다시 내 손을 잡고 흔들며 걷기를 반복했다. 그러다가 백화정이라는 정자에 도착했다. 강과 인근 지역이 보였다. 마치 전망대와 같았다. 이곳을 낙화암이라고 하는 줄 알았는데 아니었다. 암벽을 낙화암이라 한 것이었다.

백마강을 바라보던 지아가 궁금한지 내게 물었다.

"여보, 정말 삼천궁녀가 여기서 뛰어내렸을까?"

"글쎄, 이건 내 생각인데 백제가 신라와 당나라 연합군으로부터 협공을 받았는데 당해낼 재간이 있었겠어. 왕실 여성과 귀족 집안 여성들이 최후의 보루인 이곳까지 밀려왔다가 앞에서 적군이 칼과 창을 들고 쳐들어오는데 선택할 수 있는 게 뭐가 있었겠어. 낙화암에서 백마강으로 뛰어들 수밖에 없었을 거잖아. 그때 당시 인구 규모로 봐서 삼천궁녀는 말도 안 되는 경우라고 생각해. 그런데 역사에서는 백제 의자왕이 삼천궁녀를 거느리고 방탕한 생활을 했다고 기록하고 있잖아. 승자인 통일신라의 기준으로 기록된 역사라는 생각이 들어. 다만 통일신라는 민족적인 측면에서 보면 삼국의 우리 민족을 하나로 통일한 업적이 큰 것이었지.”

“정말 그럴까?”

“내 생각일 뿐이야. 또 다른 예를 들면 고려 우왕은 군사를 보내 중국을 정벌하도록 했어. 만약에 역사에서 기록하는 것처럼 실정을 한 왕이라면 중국을 정벌하기 위해 군사를 보낼 정도로 부국강병의 국가였겠어? 그런데 조선의 태조 이성계는 중국을 정벌하는 대신 자기 나라 왕을 정벌해버린 것이지. 우리 민족주의 측면에서 본다면 정말 불운했던 과거라고 봐.”

“여보, 정말 세상은 오로지 강자들의 논리만이 통하는 것일까?”

“지아, 옛날이나 지금이나 세상은 권력을 쥔 자의 것이고 약자는 억울한 누명을 쓰는 세상이지.”

“여보, 당신의 경우가 생각나. 속상해. 그런 이야기는 그만하자.”

“지아, 시청으로 가서 너랑 같이 근무하고 싶다. 떠돌이 생활도 지쳐. 아무도 반겨주지 않는 잡상인과도 같은 생활이 너무 힘들어. 우리 율도국시청에서 격려해주고 지원하면 그래도 조금은 힘이 날 텐데! 오히려 그 반대이니 ‘농부 애 쌀’ 고급브랜드화 사업을 추진하는 나의 원동력이 약해지고 있어.”

“아! 정말 어떻게 해야 내 남자 장혁준이 웃으면서 살 수 있는 거야. 안타까운 이 현실을 어떡해!”

"언젠간 좋은 날이 있으리라 생각해야지. 그리고 너와 함께하는 시간이 가고 나니 다시 전국을 떠돌아야만 하는구나!"

우린 점심을 먹고 궁남지에 갔는데 과거 한 나라의 수도였음에도 궁궐의 모습은 없었다. 궁남지 연못가 벤치에 앉아 대화하며 휴식을 취하다 보니 어두워지기 시작했다. 지아를 데려다줘야겠다고 생각했다. 나는 지아를 차에 태우고 고속도로에 진입했다. 휴게소에서 지아는 원피스를 종이가방에 넣어 들었고 나는 하이힐을 들었다. 여자 화장실 앞에서 하이힐을 건네주고 남자 화장실에 가서 얼굴을 씻고 볼일을 보고 나왔다. 한참을 기다리니 지아가 나왔다. 지아 모습을 보니 웃음이 나왔다.

"여보, 왜? 뭐냐고?"

"청바지와 운동화 차림의 말괄량이 소녀가 원피스에 하이힐을 신은 요조숙녀가 되었고 스타킹도 했길래 웃었어."

"당연하지. 내 남자 보라고 예쁘게 했고 스타킹도 안 했는데 이제 자기가 떠나니까 그럴 필요 없잖아."

우리는 종이가방과 운동화를 차에 넣었다. 상가로 가서 연한 아메리카노 커피를 마시고 다시 차에 탔다. 운전 중에 침묵이 흘렀다. 우리 지역에 도착해서 흐트러진 지아 머리를 단정하게 만져주고 보냈다. 지아가 보이지 않을 때까지 그 자리에서 출발도 못 하고 한없이 바라만 봤다.

나는 다시 일터로 가야 했다. 부산향우회의 농산물 직판장 설치 사업을 협의하기 위해 부산으로 출발했다. 내 차는 자꾸만 우리 지역에서 멀어지고 지아에게서도 멀어졌다. 또다시 홀로되어 보부상의 길을 재촉하고 있었다. 한없이 가고 또 가는데 온통 어둠이 나와 차를 덮고 있었다. 이때 부산에서 업무를 마치고 만나기로 한 친구로부터 전화가 왔다. 내가 다니던 대학에서 잠깐 학교에 같이 다녔던 오호영이라는 친구였다. 그때 그 친구는 작은 누님댁에서 학교에 다녔다. 그러다가 집안 형편이 어려워 사퇴를 하고 2년 후에 동아대학에 입학하여 큰 누님댁에서 학교에 다녔다. 그 친구는 지금 부산 남래구청에서 근무하고 있다. 일을 마치고 만나기로 했었다.

"혁준아, 언제쯤 부산에 도착하냐?"

"호영아, 지금 가고 있는데 내일 일 마치고 연락할게."

"그래 알았다. 다 끝나고 연락해라."

나는 친구와 전화 통화를 마치고 농산물 직판장 관련 일을 협의할 향우회 최이성 총무에게 전화했다. 그 사람은 나더러 구 대동병원 인근에 모텔들이 있으니 그곳의 모텔에 숙소를 정하라고 했고 자기가 내일 찾아오겠다고 했다. 나는 편하게 휴식을 취하고 다음 날 아침에 모텔 앞에서 향우회 총무를 만났다. 키가 좀 작고 연세가 지긋한 분이셨다. 점심 식사로 장어구이를 먹으며 낮부터 술을 마셨다.

"장 주무관, 술은 가득 채워야 하는 거야. 자 마시자고!"

나는 향우회 총무의 취향에 맞추며 술을 마셨다. 그분은 사소한 대화를 유도하더니 술이 얼큰히 취하자 본론을 말했다.

"나는 어린 나이에 고향을 떠나서 부산에 왔다네. 그래서 고향에 좋은 일을 하고 싶어서 시장에게 전화했네."

"그렇습니까? 그럼 율도국시청에서 어떻게 해 드리면 좋겠습니까?"

"고향 농산물을 판매하는 조건으로 해서 판매점 임차, 배달용 차량 공급, 질 좋은 농산물 공급이라네."

"율도국시청에 돌아가서 보고 한 후에 다시 연락하겠습니다."

이 건은 내가 결정할 사항이 아니었다. 추후 다시 대화하기로 하고 자리를 마무리했다. 나는 직판장 관련 사항을 정리하여 일단 과장에게 전화로 보고했다. 과장은 시장에게 보고하고 자세한 사항은 내가 시청으로 돌아가면 다른 지역 직판장의 운영상황을 알아본 후 결정하자고 했다.

낮술을 마셨더니 더 취하는 것 같았고 운전도 할 수 없었다. 그래서 하루를 더 있다가 친구와 만나기로 했다. 나는 다음날 오전에 남래구로 갔다. 친구가 퇴근할 때까지 기다려야 했다. 용호사거리라는 곳에 갔다. 한적하고 5층 정도 규모의 건물들이 도롯가에 있었다. 인근에서 아파트 신축공사가 대대적으로 진행 중이었는데 건물은 다 올라간 상태였고 아직 창문은 설치되어 있지 않았다. 흉물스럽게 보였고 썰렁한 분위기가 감돌았다. 아파트 공사가 마무리되면 인구 밀집 지역이 되어 많은 사람이 살아가는 지역이 될 것 같았다. 커피숍에서 커피를 마시며 이것저것 상념에 잠겨있던 나는 시간이 많이 남아서 인근 관광지에 가보기로 했다.

오륙도 수변공원에 도착해서 스카이워크 쪽으로 걸어서 올라갔다. 유채꽃이 연두색으로 환했고 봄의 향기를 뿜어내고 있었다. 바다에는 바위섬으로 된 오륙도가 있었는데 소나무로 보이는 나무들이 자라고 있었다. 바위섬이라 물이 올라오지 않을뿐더러 뿌리가 깊지도 않을 텐데 태풍을 어떻게 견뎌내는지 궁금하기도 했다. 해안에서는 잠수부들이 물속을 드나들었다. 무엇을 하는지 궁금했다. 평일이어서 그런지 사람들이 별로 없었다. 계단에 앉아 바다를 바라보니 쉴새 없이 잔잔한 파도만 일렁이고 있었다. 순간 나른해지며 졸렸다. 좀 움직여야겠다는 생각에 일어났다.

유채밭 길을 걷던 나는 관광객들의 정겨운 모습을 볼 수 있었다. 중년 여성 몇 명과 할아버지 한 분이 웅성거렸다. 90세 정도의 할아버지가 사진을 찍기 위해 유채꽃 앞에 앉았다. 한 여성이 핸드폰으로 사진을 찍으려는데 옆에서 지켜보던 또 다른 한 여성이 할아버지를 향해 말했다.

"아버지, 빤스!"

"어, 그래"

할아버지는 웃으며 대답했다. 그들은 유채꽃 앞에서 즐거운 한때를 보내고 있었다. 사진 찍을 때 '김치, 치즈' 하는 말은 들어봤어도 '빤스'라고 하는 경우는 처음 봤다. 더군다나 아버지에게 그랬다. 어쩌면 다들 그렇게 가족들끼리 즐겁게 사는지도 모르겠다. 나의 삶이 그만큼 경직된 것일까! 어쨌든 타인들의 보기 좋은 모습을 보며 주차장으로 왔다.

남래구청으로 가서 친구를 만났고 인근 음식점에서 저녁 식사를 했다. 간혹 전화 통화를 하며 지냈으니 나의 공무원 생활에 대하여 친구도 대충은 알고 있었다. 우리는 직업이 같아서 그런지 대화가 끊기지 않았고 지금까지의 내 공무원 생활에 관하여 이야기를 나누었다.

"혁준아, 너도 알다시피 난 대학을 늦게 다녀서 같이 공무원을 시작한 사람들보다. 나이가 많았다. 아무래도 인생 경험이 더 있지 않겠냐.

· · · · ·

상사들이 나를 많이 선호해서 요직으로만 다녔다. 요직이라면 지원부서를 말하는 것이잖아. 너처럼 사업부서가 아니어서 이권이나 보조금 횡령과 같은 일로 상사들과 다툼을 벌일 일이 없었다."

"호영아, 그래, 객지에서 살면서 그런 복이라도 있어야지."

"혁준아, 너도 앞으로 그런 부서에서 근무하면 좋겠다. 물론 우리 구청은 그런 일이 별로 없다. 오히려 구청장이 원칙과 순리에 따라서 일하라고 한다. 정말로 고마운 일이지. 그런데 민선 시대가 되면서 자치단체장들이 선거관련자나 힘 있는 사람들을 무시 못 하는 세상이잖아. 일부 자치단체에서 네가 말하는 현상들이 있다고 들었다."

"호영아, 내가 앞으로도 사업부서에서 계속 근무하게 되면 이런 일을 자주 겪게 될 것 같아서 걱정이다."

"혁준아, 맞다. 내가 너를 잘 알잖아. 너는 시장이나 간부들이 압력넣어도 거부하고 정도를 지키며 근무할 사람이다. 그러면 앞으로도 얼마나 더 많은 고통이 따르겠냐! 지방자치단체장은 그 지역에서 황제다. 법보다 위에 있는 존재 말이다."

"몇 번 그런 꼴을 당했다. 내 잘못으로 인해서 코너에 몰린 것은 아니지만, 어쨌든 어려움을 겪고 있어서 이번에 우리 지역 쌀의 고급브랜드화 사업을 성공시켜서 회생하려고 죽기 살기로 일하고 있다."

"혁준아, 처음부터 이런 일이 없었으면 얼마나 좋겠냐! 그렇지만 이미 엎질러진 물이고 이제 과거는 잊고 앞으로 일이나 신경 써라."

친구는 그래도 부산에 왔는데 비록 봄이고 밤이지만 해운대에 가자고 했다. 우리는 택시를 타고 이동했다. 캔 맥주와 안주를 사서 백사장에 앉았다. 친구는 옛날 추억을 말했다.

• • • • •

"혁준아, 내가 재미있는 이야기 하나 할게. 옛날에 너랑 같은 대학에 다닐 때 너는 학교 앞에서 하숙하고 있었다. 나는 둘째 누나 집에서 학교에 다녔는데 하루는 시내버스 차비가 없어서 네게 갔다. 네가 치킨을 배달시켜서 맥주와 함께 먹었다. 그때 네게 버스 차비가 없다고 말하지 못했고 약 2km를 걸어갔다. 하하"

"말하기가 그렇게 어려웠냐? 그렇게까지 네가 어려웠는지 몰랐다."

"그래서 학교 때려치우고 서울에 갔다. 지하철 공사가 한창이던 때였지. 거기서 1년 일했다. 그때 돈을 좀 벌어서 부산에서 대학을 다시 다녔다. 그런데 벌써 세월이 흘러 우리가 이렇게 직장인이 되었다."

"어려운 역경을 이겨내고 여기까지 왔구나. 그동안 고생 많았다."

우리는 해운대 백사장에서 맥주를 마시며 옛이야기를 나누었다. 나는 주로 현지에서 거래처 사람들과 술을 마시니 만취가 되도록 술을 마시지 않았다. 술 먹는 것도 업무였기 때문이었다. 끝까지 맨정신으로 남아서 관계자들을 배웅해주었다. 나는 영업사원이며 쌀 납품업자로서의 직업의식을 갖게 된 것이었다. 하지만 여기서는 마음껏 마셨고 나는 만취했다. 친구의 부축을 받으며 내 숙소로 왔다. 오랜만에 정말 인간적이고 거래가 없는 순수한 술자리였다.

부산에서 일정을 마치고 율도국시청으로 출발했다. 우리 과 동료들을 보기가 싫었지만 부산 직판장 개설 문제를 정리해야 했기에 어쩔 수 없었다. 사무실에 출근했더니 김용훈 과장님은 반갑게 맞아주었다. 그런데 다른 팀장들과 직원들은 본체만체했다. 예전보다 더 그랬다. 내가 어떻게 할 수가 없는 상황이었다. 나는 다른 지자체의 직판장 사업 현황을 파악하며 보고서를 만들고 있었는데 과장이 나를 불렀다. 과장 책상 앞으로 갔다.

"장 주무관, 중소기업지원센터에서 공문이 왔는데 서울 신촌 현대백화점, 광주롯데백화점, 울산 동구 현대백화점 이렇게 3개소에서 홍보 및 판매행사를 각각 1주일씩 할 계획이라는데 참가하게."

"그렇게 하겠습니다."

나는 김용훈 과장 지시에 따르기로 했다. 우리 광역지자체 내 각 기초자치단체에서 10여 개 업체가 참석하기로 예정되어 있었다. 나는 이 사업을 추진하는 동안 신규 매장 입점 사업을 잠정 중단해야 했다. 과장 뜻은 백화점에서 입점은 안 되더라도 홍보 차원에서 추진하라는 것이었다. 공문을 살펴보고 있는데 과장이 불렀다.

"장혁준, 직판장 건은 다른 직원에게 맡길 테니까 자네는 기존대로 쌀 홍보, 입점, 판매에만 전념하도록 하게. 그리고 어차피 왔으니 나하고 같이 시장 얼굴 한번 보러 가세. 시장과 언제 만났었던가?"

"2년 전에 양재점에서 한 번입니다."

"자네가 늘 객지에 나가 있으니 시장 얼굴 볼 일이 없었지. 가세."

오랜만에 시장과 대화의 자리가 만들어졌다. 이 사업을 시작할 때 시장이 어렵게 결정했었다. 세월이 참 빨랐다. 시장은 비서에게 차 한 잔 달라고 했고 비서는 내게만 차를 줬다. 시장이 내게 말했다.

"장혁준 주무관! 내가 비록 율도국시청 내에 주로 있지만, 장 주무관이 현장에서 열심히 일하고 있음을 잘 알고 있어요. 전에 장 주무관이 매장에서 특판행사 하는 것을 한 번 본 적도 있지요. 노력의 대가는 있을 겁니다. 앞으로도 계속 열심히 해줘요."

"예, 시장님, 최선을 다하겠습니다."

"그래요. 차 마셔요."

시장과 과장 앞에서 혼자만 차를 마시려니 좀 머쓱했다. 두 분은 나의 노력을 칭찬했고 앞으로 다른 품목의 농산물에까지 이 브랜드를 활용하는 부분에 대하여 잠깐 대화했다. 시장실을 나온 후 나는 지아와 점심 식사를 위해 시내로 갔다. 우리는 식사를 마치고 식당 옆 소공원에서 잠깐 대화했다.

"여보, 백화점 3개소에 간다고 그러던데 언제 가?"

"지아와 모처럼 같이 근무하면서 준비를 하고 서울로 갈 생각이야. 그곳의 매장들을 둘러보고 해야 하니까 다음 주 수요일 정도에 출발해야 그다음 주 월요일부터 신촌 현대백화점 홍보 행사에 참석하지."

"그럼 오늘이 금요일이니까 다음 주 화요일까지는 여기에 있겠다. 이번엔 오래 있네. 보통 이틀 정도 있다가 가는데."

"특판행사가 없는 주말을 여기서 보내니까 그렇게 됐구나."

"그럼 이번에 가면 언제 와?"

"격주로 3주 행사이니까 약 6주는 현장에 있어야겠다. 쉬는 주에 이동하고 행사 준비도 해야지."

"여보, 쉬어가면서 일해. 그만 사무실에 가자."

우린 사무실에 들어와 오후 업무를 시작했다. 나는 오랜만에 지아와 나란히 앉아서 행정공무원 본연의 모습으로 돌아왔다. 문서를 만들고 업무상 전화를 하고 기획실, 회계과에 협조 결재 등 원래 일상이었는데도 낯설었다. 나는 수요일 출근과 동시에 과장에게 보고하고 남편을 떠나보내는 아낙네의 모습을 보이는 지아에게 다정한 눈길을 건네고 율도국시청을 나왔다.

신촌 현대백화점 지하 1층 농산물 코너에서 홍보 행사를 진행했다. 근무 자세는 하나로 농산물유통센터보다 더 엄격했다. 허리를 반듯하게 세워야 했고 항상 고객을 기다리는 자세를 보여야 했다. 밤 8시 30분에 끝나니 그나마 다행이긴 했지만 버티기가 어려웠다. 백화점 홍보 행사를 끝내고 밤에 도저히 기존의 매장에 사은품을 묶으러 다닐 수가 없었다. 돌파구가 필요했다. 난 화요일 아침에 과장에게 보고하여 여직원 2명을 수요일과 목요일 1박 2일로 보내 달라고 했다. 수요일 아침 10시가 되니까 지아와 안정이 주무관이 왔다. 한 명은 여기 있고 또 한 명은 나와 함께 기존의 매장에 가야 한다고 했다. 그리고 밤에 저녁 식사를 같이하는 일정을 설명했다. 이때 지아가 자기가 가겠다고 했다. 나는 차에 사은품을 싣고 지아를 태우고 이동했다. 양재점, 용산점, 목동점 3개소를 돌았다. 더는 시간이 없었다. 오늘 하루지만 내게도 동료가 있어서 좋았다. 그것도 다름 아닌 내가 사랑하는 여인이었기에 더 그랬다.

"여보, 매장관계자와 잘 아는 것 같았어. 어떻게 한 거야?"

"틈날 때마다 같이 식사도 하고 대화하며 친해지고자 노력했지. 처음부터 다시 하라고 하면 할 수 있을지 모르겠어!"

"여보, 나는 쌀에 사은품을 묶는 일이 재밌었어. 그리고 마트가 왜 그렇게 커? 마치 운동장 같았어. 그런데 나보고 이런 걸 개척하라고 하면 죽어도 못할 거야. 그런데 어떻게 이런 힘든 일을 해 왔어?"

"지아, 내가 시작한 일인데 어쩔 수 없잖아! 그리고 율도국시청 동료들이 그까짓 것! 이렇게 생각할지는 몰라도 정말 전쟁이야."

"맞아. 보니까 자기가 마트 관계자나 고객들에게 아주 정중하게 인사하더라고! 운전할 때도 정말 집중해서 했고."

"시청에서 행정업무를 추진하는 것과는 차원이 달라. 이제 가서 백화점 마무리해야지. 내일 판매할 쌀 진열하고 퇴근하자."

우린 서둘러 신촌으로 갔다. 일이 끝나서 백화점은 문을 닫았다. 나는 물류창고 쪽으로 가서 안정이 주무관에게 연락해서 잔량을 확인하고 물류창고에서 쌀을 진열대로 옮겼다. 일을 마치고 우리 셋은 인근 음식점에서 식사했다.

술을 몇 잔 마신 안정이 주무관이 한마디 했다.

"장 주무관님, 나 죽어도 못 하니까 다음부터 행여나 찾지 마세요. 곧은 자세로 긴 시간 서서 일하는 게 그렇게 힘든지 몰랐어요. 물론 알아요. 장 주무관님은 날이면 날마다 혼자서 이런다는 걸요."

"그래요. 교대하는 사람이라도 있으면 좀 나으련만! 다 잊어버리고 술 한 잔 마시고 모텔에 가서 푹 쉬어요."

안정이 주무관은 내게 술을 자주 따랐다. 고생한다는 의미였을 것으로 생각했다. 내일이 또 기다리고 있으니 많이 마실 수는 없지만, 성의를 무시할 수는 없었다. 다음 날 아침이 밝았다. 이 생활을 하는 동안 끼니를 제때 먹어본 적이 없었다. 지아와 안정이 주무관은 아침 식사를 말했지만 생략하자고 했다. 나는 백화점 개장 시간 안에 돌아와야 한다며 두 사람을 전철역에 데려다주고 서둘러 돌아왔다. 두 사람은 백화점으로 향하는 나를 바라보고 있었다.

나는 안정이 주무관에게 전화했다.

"얼른 가요. 그렇게 서 있으면 내가 못갑니다."

"예, 알겠어요. 수고하세요."

나는 통화를 끝내고 빠른 걸음으로 왔다. 미적거리기로 하면 한이 없다. 백화점에서 일하고 있는데 안정이 주무관으로부터 전화가 왔다.

"우리 열차 탔어요. 다음에 율도국시청에 오면 술 한잔 살게요."

"그래요, 지아랑 잘 돌아가요."

난 다시 백화점 판매사원이 되었다. 백화점의 농산물 코너는 비교적 규모가 작았다. 손님도 많은 편이 아니었다. 통상적으로 일을 마치고 밤 8시 30분 정도에 퇴근했다. 그렇지만 노동의 강도보다는 근무 자세나 근무 형식에서 오는 피로가 더 컸다. 걸어갈 힘도 없었다. 얼른 가서 샤워하고 침대에 눕고 싶어서 모텔로 서둘러 갔다. 화려한 밤거리를 걷고 있었지만 나는 이곳의 구성원이 되지는 못했다. 마치 딴 나라의 세상에 온 듯 스쳐 지나가는 이방인일 뿐이었다.

신촌 현대백화점에서 홍보 및 판매행사는 계속 진행되었다. 다른 지역 농특산물을 가지고 온 사람들이 시간 날 때마다 왜 시청 공무원이 이렇게 장사하냐고 질문했다. 백화점 관계자도 지나가면서 유심히 바라보곤 했다. 공무원이 장사하니 다들 궁금한 모양이었다.

나는 신촌에서 일을 끝내고 광주로 갔다. 율도국시청과 농협에서는 오로지 나만을 바라보고 있었다. 그러나 그들은 잘못 생각했다. 누군가는 나와 함께 활동해서 나의 부재 상황에 대처할 수 있는 준비를 해야 했다. 그러나 내가 거기까지 관여할 수는 없는 일이었다. 나는 광주 롯데백화점에서 홍보 행사를 마치고 울산으로 갔다.

포항에서 울산으로 가는 도로 아스팔트가 울퉁불퉁한 부분이 많아서 차의 핸들을 꽉 잡아야 했다. 대형 화물트럭이 많이 다니기 때문이

• • • • •

라고 생각했다. 울산에 도착했고 동구 현대백화점에서 판매행사를 했다. 행사 장소는 실외 특별판매장이었다. 바닷바람이 세차게 불었고 입술이 마르고 텄다. 이렇게 바람이 사나운지 몰랐다. 해변에서 숙박하고 싶어서 나는 숙소를 일산해수욕장에 있는 모텔로 정했다. 일과가 끝나면 모텔에 차를 주차하고 약 100m 정도 떨어진 상가에 있는 음식점에서 삼겹살에 소주 한 병을 주문했다. 이렇게 빈주와 식사를 하면서 피로와 긴장도 풀렸다.

울산에서 느낀 것 중 하나가 대기업 현대 유니폼인 점퍼를 입은 사람들이 많다는 것이었다. 이틀째 되던 날 혼자 술을 마시며 식사 중이었는데 바로 이 점퍼를 입은 젊은 사람이 내게 다가왔고 합석했다. 현대에 다니는 사람인지 아니면 현대 옷만 입었는지는 알 수 없었다. 나는 아무런 의심 없이 오히려 동무가 생겨서 좋았다. 약 20여 분 동안 대화하며 식사를 마쳤다. 그 사람은 운전해야 한다며 술을 마시지 않았고 내가 모텔로 가는데 그 사람은 동행했다. 모텔에 도착하자 그 사람은 그만 가겠다고 했다. 나는 그러려니 하고 방에 들어가 바지를 벗었는데 바지 뒷주머니에 있어야 할 지갑이 없었다. 순간 아찔한 생각이 들어 최대한 빨리 밖으로 나와 보니 그 사람은 저 멀리 가고 있다. 서라고 소리 지르며 쫓기 시작했는데 술을 마신 나는 오히려 소매치기 한 자와 거리가 점점 멀어졌다. 그 사람은 상가와 주택가 사이로 도망갔고 나는 뛰어가다가 인도의 위에 주저앉았다. 돈의 액수가 중요한 것이 아니라 이 머나먼 울산 땅에서 돈이 하나도 없으니 앞으로 행사 기간에 어떻게 하냐는 것이 문제였고 막막했다.

112신고를 했더니 울산 동부경찰서에서 전화를 받았다. 주변 건물들을 불러주고 위치를 알렸으나 확인하고 연락하겠다는 것이 전부였다. 그날 이후로 현대의 점퍼를 입은 사람들을 보면 의심부터 했다. 지갑이 털렸으니 현지에서 사용할 돈이 없어서 어떻게 할 수가 없었다. 농협에 전화해서 사정 이야기를 하며 누군가가 이곳 울산까지 돈을 가져와야 한다고 말했다. 믿을 만한 사람이 없었고 누군가의 계좌로 돈을 받는다는 것도 싫었다.

농협 상무가 트럭으로 쌀을 싣고 왔고 현금은 줄 수 없으니 이 쌀을 팔아서 여비로 활용하라고 했다. 복잡한 상황이었는데 정말 고마웠다. 백화점 측에서는 매출을 잡게 되면 현금을 줄 수 없다고 했다. 나는 별도로 판매를 해야 했다. 손님들에게 반값에 줄 테니 다른 사람들을 소개해 달라고 부탁했다. 겨우 여비를 확보했다. 모텔비는 미루었지만, 식비는 외상으로 할 수 없었다. 나는 하루 반을 굶었는데 배고픔과 소매치기 한 자에 대한 미움이 더해져 견디기가 힘들었다. 그리고 굶어 보니 평소에 별생각 없이 먹던 음식들이 귀하게 여겨졌다. 나는 매장을 비우고 모텔 주변에 왔다. 식감이 부드러울 것 같아서 된장찌개를 먹었다. 내가 지금까지 이 일을 하면서 고객을 맞이하는 일에 최선을 다했었는데 나는 백화점 측에 사정이 있음을 말하고 철수해버렸다. 나중에는 어떨지 모르겠지만 이곳에 더는 있고 싶지 않았고 단 1초라도 빨리 떠나고 싶었다.

울산을 벗어나는데 도로변에 식재된 소나무 가로수가 내 차를 힘차게 밀어주는 것 같았다. 빨리 가라고 어서 가라고 외치며 나를 위로하는 것 같았다. 가로수가 뒤로 멀어지는 만큼 내가 이곳을 떠나고 있는 것이었다. 언젠가 이곳 울산에 다시 오게 된다면 그때는 좋은 추억과 좋은 인연을 만들고 싶다. 내가 지금 타고 있는 이 차가 이 지역에서 만들어진 자동차였다. 풋 하고 웃음이 나왔다. 이곳에도 관광지가 있을 텐데 구경도 하고 쉬면서 이곳 머나먼 타향에 대한 좋은 기억을 안고 떠나야 할 텐데 아쉬웠다. 객지에서 수많은 고생을 하면서 쌀장사를 했지만 이런 경우는 처음이었다. 이유 없이 접근해 오는 자는 조심해야 한다는 교훈을 또 한 번 얻었다. 부산에서 친구와 술이라도 한잔하고 율도국시청을 거쳐서 서울로 가기로 했다.

부산에 도착해서 모텔을 정했는데 먼저 처리해야 할 일이 있었다. 울산에 있을 때 경기도 우영시에 소재한 한 도매업체로부터 쌀 주문이 들어왔다. 나는 농협에 연락해서 돈이 입금된 후에 쌀을 도정 하라고 했었다. 그런데 농협에서 돈이 입금되지 않았다는 것이었다. 이런 상황이었는데 쌀 도매업체로부터 전화가 왔다.

"장 주무관님, 왜 쌀을 안 보내줍니까? 전국에서 쌀 팔려고 난리들인데 율도국시청에서는 왜 이리 소극적입니까?"

"사장님, 돈이 입금되어야 쌀을 보낼 수 있다고 했잖아요."

"공무원이 뭐 그리 의심이 많습니까? 속고만 살았습니까? 내가 율도국시청 공무원을 상대로 사기 치겠습니까?"

나는 이 업체 사장의 말을 믿었다. 그리고 농협에 연락해서 쌀을 도정 해서 배송하도록 했는데 바로 오늘이 배송되는 날이었다. 농협 상무로부터 전화가 왔다.

"장 주무관님, 현지에 도착했는데 아직 돈이 입금되지 않았습니다."

"상무님, 돈이 입금될 때까지 쌀을 하차하지 마십시오."

"지금이 오후 5시인데 어떻게 합니까?"

· · · · ·

"내가 알아보고 전화하겠습니다."

나는 업체 사장에게 돈을 입금하라고 전화했더니 그 대답이 정말 가관이었다.

"장 주무관님, 이미 도정 해 버렸는데 그 쌀을 어떻게 처리할 겁니까? 그냥 납품하시지요. 돈은 나중에 입금하겠습니다"

순간 나는 등에서 식은땀이 흘렀다. 사기꾼에게 걸려들었다는 생각이 들었다. 남을 쉽게 믿었다가 당하는 꼴이었다. 나중에라도 그 사람이 돈을 입금한다는 보장이 없었다.

"당신과 나는 한 번도 얼굴을 본 적이 없고 전화 통화만 한 상태입니다. 공무원을 상대로 사기 치겠냐며 오히려 내게 훈계를 한 사람이 어떻게 이런 짓을 합니까? 죽을 때까지 아니 죽은 뒤에도 다시는 내게 전화하지 마십시오."

나는 더는 상대하고 싶지 않아서 전화를 끊고 상무에게 전화했다.

"상무님, 쌀을 가지고 다시 농협으로 돌아가십시오."

"장 주무관님, 이미 반은 하차했습니다."

"돈을 받지 못하면 상무님이 책임질 겁니까?"

"내가 상무이긴 해도 그럴 능력이 안 됩니다. 그리고 이미 도정 했는데 할 수 없잖아요. 납품해야지!"

"쌀은 내가 다 처리하겠습니다. 다시 싣고 농협으로 가십시오."

말은 당당하게 했지만 어떻게 해야 할지 막막했다. 어떻게든 해결해야 했다. 나는 차에서 거래처 명함첩을 들고 모텔 방에 들어갔다. 마트 매장은 이미 예상 수량이 납품되었기에 더는 납품할 수가 없었다. 강원도에서부터 부산까지 기존에 단 한 번이라도 나와 거래했던 음식점,

．．．．．

급식소 등에 전화했다. 그리고 사정했다. 4일간 밥 먹고 잠자는 시간을 빼고는 전화 통화만 했다. 그렇게 해서 8톤 트럭 3대 분량의 쌀을 처리했다. 다행이라는 안도의 한숨과 더불어 나는 퍼져버렸다. 친구에게서 전화가 왔다.

"혁준아, 왜 연락이 안 되냐? 전화는 계속 통화 중이고?"

"미안하다. 사정이 있었다. 저녁에 보자."

울산에서 소매치기당한 일과 우영시 쌀 도매업자와의 일을 이야기하며 술을 마셨고 많이 취했다. 친구는 화를 내며 말했다.

"혁준아, 꼭 이렇게까지 해가며 공무원 생활을 해야 하는 거냐?"

"어쩌다 이렇게 됐다"

이렇게 나는 술에 취하고 삶의 애환에 취했다.

"혁준아, 다 때려치어라. 자식아. 사는 게 그게 무슨 꼴이냐!"

"호영아, 이 거대한 벽을 어떻게 하니? 내용이 내 잘못이 아니더라도 이를 슬기롭게 대처하지 못한 내 잘못이지. 남을 탓해봐야 무슨 소용이 있겠냐? 내 잘못으로 해야 다음에 헤쳐나갈 수 있지 않겠냐!"

"그래, 네가 얼마나 힘들지 내가 모르겠냐? 더욱 가슴 아픈 건 살아남기 위해서 홀로 이렇게 고생하는 너의 모습이다. 그리고 율도국시청에서 네가 직접 몸으로 뛰면서 홍보와 판매를 통하여, 하나의 브랜드를 유명브랜드로 만들어 가는 과정이 정말 어려운 일이라는 것을 인식하고, 격려해줘도 시원치 않을 판에 오히려 시기 질투를 하는 상황이잖아. 결과적으로 그 성과에 대한 의미가 퇴색될 가능성이 크다는 것이지."

"지금 내가 처한 상황에서 달리 방법이 없잖아!"

모처럼 가까운 친구로부터 위로를 받으니 한결 가벼웠다. 다음날 다시 현실 세계에 진입하기 위해 목욕탕에 가서 온탕과 냉탕을 오가며 나를 가다듬고 긴장시켰다. 부산을 떠나기 전에 남래구청으로 가서 친구를 다시 만났다. 구청의 주차장은 좁았으며 벤치도 없었다. 편의점에서 산 물병 하나를 친구에게 주고 나란히 주차장 경계석에 앉았다. 우린 말없이 멍하니 앉아 잠시 침묵의 대화를 나누다가 부산에 우리 지역농산물 직판장이 개설되면 자주 보자는 약속을 하고 헤어졌다. 나는 연제구에서 향우회 총무를 만나고 서울을 향하여 출발했다. 인상 깊었던 것 중 하나는 긴 만덕터널이었다. 차가 밀리니 더 길게 느껴졌다. 부산에서 서울까지 혼자 운전한다는 건 의외로 지루하고 긴 시간이었다. 쉬어갈 겸 율도국시청에 갔다가 서울로 가면 좋을 텐데 그냥 시청을 건너뛰고 서울로 갔다. 또다시 각 매장을 돌면서 아직 팔리지 않은 상품에 사은품을 테이핑하고 창동점으로 갔다. 여러 번 방문했지만 성사되지 않았는데 이번에도 마찬가지였다.

서울에 계속 있을 수 없었다. 여비 문제도 벅찼다. 나는 우리 지역으로 돌아와서 좀 쉬기로 했다. 잇몸이 붓고 통증이 있어서 치과에 갔는데 사진을 찍고 잇몸을 살피던 의사가 말했다.

"최근에 몸 상태가 어떠했습니까?"

"업무상 전국을 돌며 불규칙적으로 생활을 했고 늘 피곤했습니다."

"내과에 가서 피 검사를 해보세요."

내과에 가서 상황을 말하고 피 검사를 했는데 의사가 식사 후 시간이 얼마 지났고 가족 중에 당뇨 환자가 있는지를 질문했다.

． ． ． ． ． ．

"대충 2시간 30분 정도 됐고 가족 중에 당뇨 환자는 없습니다."

"당 수치가 323이 나왔고요. 이것은 매우 높은 수치입니다. 앞으로 평생 약을 먹어야 하고 음식조절과 규칙적인 생활을 해야 합니다. 그리고 합병증이 발생 될 가능성이 있습니다."

나는 병원을 나와 무지개공원으로 갔다. 맨발로 걷는 산책길을 걸었는데 발바닥에서 올라오는 흙과의 접촉감이 포근했다. 걷다가 길과 계곡 사이 나무 아래 벤치에 앉았다. 흐르는 물줄기를 바라보며 오로지 일만 생각하며 살아왔던 지난날들의 내 모습을 되돌아보았다. 내가 지금까지 살면서 단 한 번도 건강 상태를 의심해본 적이 없었다. 몸이 고장 났다고 하니 주변을 바라보는 시선이 달라졌다. 평소 그냥 지나치는 사소한 것들도 한 번 더 쳐다보게 되었다.

웅성거리는 소리가 들려 바라보니 몇몇 사람들이 대화를 나누며 산책길을 걸어오고 있었다. 저렇게 사람들은 동행이 있으나 나는 늘 혼자였고 언제부터인가 습관화되어 있었다. 그렇지만 나에게도 보이지 않는 동행은 있었다. 바로 뇌리에서 끊임없이 파생되는 내면의 생각들이다. 어떻게 이 상황을 정리할 것인지를 고민했다. 이제 여비나 영업비용도 더는 내가 부담하기가 힘들었다. 김용훈 과장에게 전화해서 며칠 동안만 자유시간을 달라고 했더니 과장은 이틀 쉬었다가 출근하라고 했다. 앞으로의 상황에 대해서 사무실에 출근하여 과장과 논의하여 결정하기로 했다. 이틀을 모처럼 모텔이 아닌 내 집에서 편안하게 쉬었다가 출근했더니 지아와 안정이 두 사람이 크게 반가워했다. 우리 세 사람은 같이 책장 뒤로 갔다. 예전 같으면 별 관심이 없던 안정이 주무관이 얼른 내 곁으로 와서 앉았다. 신촌 현대백화점에서 잠깐 아주 가벼운 것이었지만 본인이 직접 체험하고 나니 나의 존재가 새롭게 보였던 모양이다.

커피를 마시는데 먼저 지아가 말했다.

"장 주무관님, 과장님한테서 들었어요. 몸이 안 좋다면서요?"

"당장은 몸에 어떤 이상이 있는 것은 아니니까 걱정할 것은 없어. 다만 이제 앞으로 정상적인 생활을 해야 할 것 같아. 그리고 우리 과 농업직들이 이 업무를 뺏어가고 싶어 하니까 그렇게 하자고 과장에게 말해 봐야지."

안정이 주무관도 한마디 했다.

"그래요. 오랫동안 정말 고생했어요"

대화하며 아침 커피타임을 마치고 일을 하고 있었다. 과장이 불러서 갔더니 밖에서 대화하자고 했다. 사무실에 돌아오니 눈치 빠른 지아가 자꾸 묻는다. 나는 퇴근 후 말하자고 했다. 우린 모처럼 함께 밤을 보내고 나란히 아침에 출근하기로 했다. 숙소에 들어가자마자 지아를 번쩍 들었다. 지아의 몸무게가 가볍게 느껴졌다.

"왜 이렇게 사랑하는 여인이 가볍지?"

"오! 컨디션이 좋은 모양인데?"

나는 소파 끝에 앉아 지아를 무릎 위에 앉히고 지아의 등을 팔걸이에 기대게 했다. 지아의 몸을 잡아줄 필요가 없어서 내 손이 자유로웠다. 나는 소파 앞 탁자에 있는 배달 음식 연락처를 들었다.

"지아, 저녁 식사는 조기탕으로 하자."

"여보, 소주와 맥주도 배달시키자."

음식점에 전화해서 주문했더니 약 40분 후에 배달된다고 했다. 나는 소파에 지아를 눕히고 지아의 입술을 내 입술로 살짝살짝 터치했다. 언제나 같은 느낌인 쫄깃쫄깃한 맛이었다. 지아 입술과 혀를 즐기면서 넓게 퍼진 미니스커트 속에 손을 넣어 팬티를 벗겼다.

"여보, 과장하고 했던 말부터 듣고 싶어. 꼭 사나운 맹수 같아."

지아가 말을 하며 날 밀치고 일어나 앉았다. 팬티가 지아 허벅지에 걸쳐 있지만, 지아는 전혀 신경 쓰지 않았다.

"녹색 팬티가 피부를 더 환하게 한다. 이 작은 팬티로 뭘 가린 거야? 짧은 치마에 팬티가 허벅지에 걸쳐져 있으니 진짜 야합니다."

"자기와 함께 있으면 어떤 상황이든 다 좋아. 여보! 다리 예쁘지?"

"그래, 내게 최고의 선물이지."

대화 중 문을 두드리는 소리에 지아가 깜짝 놀랐다. 나의 손길에 옷차림과 머리 모양이 많이 흐트러져 있었다. 지아는 얼른 침대 이불 속으로 들어가고 나는 돈을 계산하고 음식을 받았다. 탁자에 음식을 놓고 침대로 돌진했다. 지아는 이미 반쯤 벗은 데다 팬티가 벗겨져 있으니 옷을 벗길 필요조차 없었다. 번개처럼 지아에게 빠져들었다.

"여보, 배고프잖아. 평소에는 느릿느릿 행동하면서 이럴 때는 얼마나 빠른지 몰라!"

자아 말이 귀에 들어올 리가 없었다. 빠르게 지아에게 빠져들었고 신음을 내며 몸을 비트는 지아를 터트려 버릴 듯 탐닉했다. 우리는 기쁨을 함께하고 숨을 헐떡거리며 잠시 쉬었다. 나는 지아를 안고서 소파에 앉았는데 녀석이 움직이지 않았다. 지아를 업고 그리 넓지 않은 방을 걸어 다녔다. 녀석은 기운을 좀 차렸는지 내 등에 업힌 채로 다리를 흔들었다. 나는 지아를 만나면 어린아이가 사탕을 욕심내듯 지아를 탐했다. 지아는 나를 만나면 이런저런 잔소리를 늘어놓기도 하고 어리광을 부리고 맥없이 투정을 부리기도 했다.

나는 지아를 소파에 앉혀 놓고 음식을 탁자에 펼치며 이미 식은 조기탕을 가스렌지에 올렸다. 얼큰한 냄새가 수증기와 함께 올라왔고 배가 고파서 급하게 먹었다.

"여보, 천천히 먹어. 그리고 지금부터 식사에 집중!"

식사가 후 뒷정리를 마치고 침대로 다시 갔는데 지아는 내내 그 생각만을 했다는 듯이 과장이 내게 앞으로 업무추진 방향에 대하여 어떻게 말했는지를 말해달라고 졸랐다.

"과장이 말하기를, 3년째 전국을 떠돌며 고생 많았다. 아무런 지원도 없이 오로지 자네 한 사람에게만 짐을 맡겼다. 미안했다. 이제 그만하자. 그동안 농협과 농민들에게 신뢰를 주었고 더 중요한 것은 우리 지역에서 역사상 처음으로 농산물 고급브랜드를 창출했으니 할 만큼 했다. 이제 이 유통사업을 농협에 넘기자. 그랬어."

"그래서 자기는 뭐라고 대답했어?"

"응, 우리 과에서 내가 행정직으로서 이 일을 했는데 과 서무를 보고 있는 농업직 고백구와 김동필 팀장이 이 업무를 욕심냈었으니까 그들이 이 일을 하게 하면 어떨까요? 이렇게 말했어."

"여보, 그랬더니 과장이 뭐라고 그래?"

"과장 말은 이 업무를 고백구나 김동필 팀장에게 맡기면 입만 가지고 일하고 결국은 망쳐놓아 버릴 거야. 그러니 지금 업무가 정상에 올라있을 때 농협에 넘기는 게 현명하다. 그러는 거야."

"여보, 과장 말이 맞아. 전체 농업직이 다 그런 것은 아니지만 지금

． ． ． ． ．

우리 과 농업직 사람들에게 이 업무를 넘기면 망쳐버릴 거야. 처음부터 그 사람들이 이 업무를 하겠다는 마음이 있었다면 지금 넘겨주어도 잘하겠지. 그렇지만 그게 아니잖아. 누가 자기처럼 일할 사람이 있는 줄 알아? 그 누구도 그런 희생을 하지 않아. 과장 말대로 해."

다시 지아를 데리고 침대로 갔다. 지아 목소리를 들으며 지아가 나를 만져주는 감각을 느끼다가 모든 것이 사라졌다. 나도 모르게 잠이 든 것이었다. 핸드폰 알람 소리에 깼더니 지아는 먼저 일어나 있었다. 보통 내가 먼저 일어났는데 내가 아주 푹 잤던 모양이다. 난 앉아서 나를 바라보는 지아를 당겨 끌어안으며 말했다.

"지아, 내가 언제 잠들었지?"

"몰라. 내가 말하고 있었는데 갑자기 자기가 코를 고는 거야."

"코까지 골았다니, 내가 긴장이 풀렸나 보다."

모닝커피를 마시고 오랜만에 가벼운 마음으로 출근했다. 모든 걸 정리해서 시장까지 보고를 마쳤다. 그리고 지금까지 확보한 거래처 중에서 규모가 큰 곳만 방문하기로 했다. 앞으로도 '농부 애 쌀' 이용을 부탁하기 위해 길을 떠났다. 강원도 속초부터 시작했다. 수도권을 지나 부산으로 갔다. 부산에서 남해고속도로를 달려 돌아오는데 모든 것을 정리했다고 생각하니 중압감이 씻은 듯이 사라졌다. 고속도로를 달리는 내 승용차도 가볍게 느껴졌다. 과거에는 고속도로 휴게소에서 휴식을 취한다 해도 계속해서 새로운 거래처를 확보해야 하는 상황들이 큰 압박이었는데 짐을 덜게 되니 편안했다. 식사를 해도 차를 마셔도 여유가 있었다. 전에는 보기 좋게 조성된 꽃밭을 봐도 오로지 일에 구속되어 그저 꽃이구나. 라고 생각하며 지나쳤는데 이젠 눈에 환한 모

• • • • •

습으로 풍만하게 들어왔다.

　예전처럼 아침에 출근하고 저녁에 퇴근하는 규칙적인 생활을 시작했다. 컴퓨터와 서류 그리고 옆에 앉은 지아와 어우러지는 시간이 다시 찾아왔다. 긴 세월 동안 외도를 하다가 본연의 모습으로 돌아왔다. 딱 3년이 지났다. 6월 초가 되었고 사무실에서 일에 열중하고 있었는데 갑자기 지아가 날 보며 밝은 톤으로 말했다.

　"장 주무관님! 이것 좀 봐! 시장 공약사업 중에 특별승진 제도가 있었는데 신청하라고 공문이 왔어. 7월 인사 때 시행 하려나 봐."

　나는 신청서를 만들어서 먼저 팀장에게 갔다. 팀장은 아무 말도 하지 않고 사인했다.

　그런데 과장이 내게 이상한 말을 말했다.

　"과 서무 농업직 고백구 주무관이 특별승진 대상이 안 되니 일반승진 심사 때 '농부 애 쌀' 고급브랜드화 사업지원을 잘했다는 명분으로 승진을 할 수 있도록 자네가 특별승진을 신청하지 않았으면 해."

　나는 깜짝 놀랐다. 율도국시청에서 내가 '농부 애 쌀' 고급브랜드화 사업에 얼마나 많이 헌신했는지를 제일 잘 아는 과장이 그러니까 정말 큰 충격이었다.

　"과장님, 제가 특별승진 대상에 미치지 못한다면 신청을 안 할 수도 있습니다. 그렇지만 지금 과장님이 말씀하신 사유로 신청하지 말라고 하는 건 받아들일 수 없습니다. '농부 애 쌀' 관련 사업을 추진하는 내게 사사건건 트집 잡고 제가 출장 중일 때 여비 지급두 안 해준 사람이 무슨 지원을 잘했습니까?"

"장 주무관, 여비 지급 안 한 게 정말이야?"

"회계서류 보여드릴까요? 그리고 옆 팀의 김동필 팀장과 한통속이 되어서 내가 하는 일에 뒷다리 잡기 행위를 해왔고요. 처음부터 자기 네들이 하지 않겠다고 해서 과장님이 저보고 하라고 지시한 것을 기억하시잖아요. 지원을 잘한 게 아니라 오히려 방해를 해왔잖아요."

"그럼 무슨 돈으로 여비 했는가?"

"과장님! 어차피 그 여비 받아봐야 현장에서 쓰는 돈의 극히 일부일 뿐입니다. 그런데 그 여비마저도 지급해 주지 않겠다는데 추접스럽게 내가 그걸 따지며 다투어야 하겠습니까?"

"나는 전혀 몰랐네. 미안하네."

"그리고 대형매장 현장에서는 휴일이면 오히려 더 바쁩니다. 내가 아침 9시부터 밤 9시까지 영업 뛰고 판매하고 그 후에 다른 매장에 가서 팔리지 않은 상품에 사은품 테이핑합니다. 하루 일 끝나는 시간이 자정이 넘게 됩니다. 시간외근무수당 한 번 주었습니까? 휴일근무수당 한 번 주었습니까?"

"과장으로서 할 말이 없네."

"말 나온 김에 몇 가지 더 말씀드리죠. 율도국시청 공무원 모두에게 대형매장에 쌀 포대 가지고 가서 입점시키라고 해보십시오. 과장님이 직접 가서 해보시겠습니까? 거기에다 그 여비 가지고요? 그리고 과장님 3년째 전국을 다니며 장사하고 대형매장에 입점시키고 밤낮으로 이리 뛰고 저리 뛰고 해서 얻은 결과를 전화로 보고하니까 전국에서 각 대형매장이나 기타 거래처들이 나를 기다리고 있다가 어서 오십시오. 하고 나를 반겼을 것 같은가요? 제가 무슨 엄청난 권력을 가진 사람입니까? 아침부터 밤까지 유통시설 관계자와 고객에게 머리꼭지 돌리며 허리 숙여 절하는 것이 일상입니다. 3년째 했다고요."

"미안하네. 그만하게."

"마지막으로 한 말씀 더 드리겠습니다. 고백구를 승진시키고 싶으면 다른 방법으로 하면 되잖아요. 그런데도 부득불 이 사업의 성과와 관련해서 나를 배제하고 고백구를 연관 지으려는 의미는 뭡니까? 대외적으로 나의 업무 성과를 평가절하하고 우리 과 농업직들의 자존심을 세워주기 위함입니까? 처음부터 일을 열심히 하던지요! 펑펑 놀다가 이 상황에 자존심 상하니까 시비 거는 것이잖아요. 사람이 살면서 최소한 양심은 있어야 한다고 생각합니다."

"자네가 그렇게 말하니 좀 불편하네!"

"내 출장 여비는 열악한 농촌지역 경제 활성화를 위하여 일하고자 하는 나에게 지급하는 최소한의 경비였잖아요. 그런데 고백구가 그 여비를 지급하지 않은 건 '농부 애 쌀'의 고급브랜드화 사업을 중단하고 돌아와라. 그런 뜻이었잖아요. 노조 사무국장의 신분인 고백구 그 사람이 정말 공무원 맞습니까? 그리고 승진을 누가 하느냐, 이게 문제가 아니잖아요. 우리 율도국시청 그리고 지역사회에서 이 업무를 누가 노력해서 이루어냈냐, 라는 대외적인 공개에 대한 문제잖아요."

과장은 벌떡 일어서더니 앞자리에 앉아 있는 고백구에게 말했다.

"어렵네!"

나는 이 상황에서 화가 욱하니 치밀어 올라왔다. 다행히 순간 참았다. 하마터면 승진 때문에 과장과 다투었다는 소문이 나게 될 뻔했다. 호흡을 크게 몇 번 하고 나는 자리로 돌아왔다. 모든 과 인원들이 쥐

· · · · · ·

죽은 듯이 조용했다. 나는 사무실에 있을 수 없어서 밖으로 나와버렸다. 내가 승진을 위하여 이 험난한 일에 임한 것은 결코 아니다. 단순히 승진하기 위한 것이라면 다른 방법을 통해서 얼마든지 할 수 있는 일이었다. 3년이란 긴 세월 동안 그 고생을 할 필요가 없는 것이었다. 진정으로 내가 설정한 목표를 달성하고자 하는 나의 의지와 지역 농민을 위하여 최선의 노력을 다하고자 하는 마음에서 이 일을 추진했다. 그런데 지금에 와서 이런 꼴이라니, 나는 이 상황에 너무도 혼란스러워 가만히 있을 수가 없었다. 사무실에서 나왔는데 마땅히 갈 데가 없어서 그냥 차 안에서 열기를 삭히고 있었다. 지아는 뭐가 걱정이 그리 많은지 계속 전화를 했다. 대화를 좀 하자는 것이었다. 퇴근 시간에 맞추어 지아에게 갔다. 한적한 무지개공원으로 가서 주차하고 차 안에서 대화했다. 지아는 사무실 상황을 내가 있었을 때와 내가 나와버린 뒤의 상황까지도 다 알고 있었다.

"여보, 과장하고 김동필 팀장이 작당해서 자기의 성과를 이용해 고백구를 승진시키려고 하잖아. 그냥 그렇게 하도록 내버려 두자."

"지아, 왜 그렇게 생각해?"

"지금은 지는 것이 실속 면에서 더 나을 수도 있어."

"내가 희생을 치르면서까지 이 업무를 열심히 했던 이유가 이 업무의 성공을 통해서 시청과 지역사회에서 열심히 일하는 공무원이라는 대외적인 나의 이미지를 높이기 위해서였어. 그리고 과장이 고백구를 승진시키고 싶으면 다른 방법으로 할 수 있어. 그런데도 부득불 이 성과를 이용하려는 이유가 뭐겠어? 결국 그들이 원하는 것은 내 노력의 결과를 농업직 공무원, 특히 고백구가 노력한 결과다. 이렇게 대외적으로 공개하고 싶은 것이잖아."

"여보, 김동필 팀장은 우리 공무원노조 부위원장이고 고백구는 과 서무이며 노조 사무국장이야. 뭔 말인지 몰라? 자기가 특별승진하면 공무원노동조합 차원에서 들고 일어나겠다고 하는 말을 들었어. 여기에 우리 과 농업직들이 앞장서겠다고 해. 자기가 특별승진하면 공무원노동조합으로부터 공격을 받게 되잖아. 난 무섭단 말이야. 그러니까 설령 자기가 열심히 일하여 이룬 성과를 가로채 가고 대외적으로도 그렇게 공개한다 해도 그냥 그러라고 해."

"지아, 그자들이 내게 그렇게 전달하라고 그러던가?"

"우리 둘이 친해 보이니까 그런 생각으로 말한 것 같아."

"일종의 협박이네. 내 성격 알지? 누군가가 내게 압박을 가해온다거나 공격을 해오면 오히려 용수철처럼 더 튀어 오른다는 것 말이야. 나는 정직함과 있는 그대로의 순수가 사람이 살아가는 과정에서 제일 중요한 점이라고 생각한다. 그런데 그들이 공무원노동조합을 이용해서 나를 협박했단 것이잖아. 이 상황에서는 더더욱 내가 들어줄 수 없다. 내가 공무원노동조합의 양아치 짓에 굴복할 것 같은가?"

"그럼 어떻게 할 거야?"

"내일 출근해서 과장 이하 그 사람들 하는 모습을 지켜만 볼 거야. 그 후에 내 행동을 결정할게."

"여보, 생각해봐! 노조에서 김동필 부위원장과 고백구 사무국장을 중심으로 농업직들이 노조 간부들을 선동해서 집단행동을 하면 각 과, 각 읍면동 대의원들이 자기 부서에 가서 허위사실을 유포하는 결과가 되고 대다수 선량한 공무원은 그것이 허위사실인지도 모르면서 장혁준을 공격할 것이잖아. 그리고 노조 홈페이지에 올리면 댓글이 엄청나게 올라오게 될 텐데! 어떻게 감당하려고!"

"지아, 내가 감당하기 어려울 정도로 큰 파급이 일겠지. 그렇다고 해서 잘못된 그들에게 굴복하지는 않겠다."

"정말 걱정이야. 어떤 행동을 하든 사전에 나하고 의논해야 해!"

나를 걱정하는 지아의 마음은 내게 오랫동안 여운으로 남았다. 아침에 출근하여 아무런 내색 없이 묵묵히 내 일을 했다. 그동안 쌓여있었던 미진했던 서류들을 보완했다. 급하게 서류를 만들고 주로 출장을 다녔던 터라 보완할 것이 많았다. 과장, 김동필, 고백구 세 사람이 점심 후 사무실에 돌아왔다. 아마도 그 건에 대하여 자기들끼리 논의한 것으로 보였다. 과장이 나를 불렀다.

"어제 자네의 특별승진 신청서류에 내가 사인 안 했지? 가져오게."

과장은 문서에 사인하고 나를 바라보며 한마디 했다.

"서운한가?"

"과장님 권한인데 그것을 제가 평가할 자격은 없는 것이지요."

"자네는 내게 실망했겠지만, 고백구는 노조 사무국장이잖아. 나도 나름대로 애로가 있었다네. 고백구 노조 사무국장과 김동필 노조 부위원장은 농업직들을 선동하고 있다는 것을 자네도 들어서 알고 있을 거야. 이 업무로 해서 자네가 특별승진하면 자네에게 어떤 식으로든 피해가 있을 것이라고 본 것이었네."

"과장님, 저는 그런 약탈자들을 무서워하지 않습니다."

과장은 한숨을 쉬었다. 더는 대화가 필요 없는 상황이었다. 국장에게 갔다. 국장은 한마디 했다.

　　"아마도 장혁준 자네를 염두에 두고 특별승진제를 시행하는 것 같아. 그동안 고생했어."

　　나는 이 한마디가 그동안의 노력에 대한 칭찬을 듣는 것 같아서 순간 눈시울이 붉어졌다. 부시장과 시장 역시 고생했다고 한마디씩 했다. 나는 노력한 일에 대한 보답을 받는다는 건 당연한 일이라 생각했다. 그러나 그것도 쉬운 일이 아니었다. 그 뒤로 아무런 사항 없이 시간이 지나고 인사가 이루어졌다. 나는 6급 팀장으로 승진하여 정든면 사무소 팀장으로 발령이 났다. 그리고 나의 업무를 이용하여 승진하려 했던 노동조합 사무국장 고백구는 승진이 안 됐다. 노조에서는 잘못된 인사라며 성명서를 냈고 대대적으로 각 과의 대의원들을 통하여 시 전체에 반대 여론을 유포했다. 순식간에 시 전체에 유포된 나에 대한 흑색선전과 허위사실은 감당이 안 될 정도로 심각했다. 어떤 인사에 있어서든 혜택을 보는 사람보다 혜택을 보지 못한 사람들이 더 많다. 그런 사람들 모두가 이에 편승했다. 인사 불만이 있는 율도국시청 공무원들에게 좋은 명분이 되었다. 나의 특별승진은 공무원노조를 통하여 인사 불만을 표출하는 도화선이 되었다. 공식 석상에서 토론회를 한다거나 진정으로 특별승진을 할 만큼 성과가 있었는지를 검증하는 자리를 만드는 것도 노조에서 거부했다. 무조건 잘못된 인사이니 취소하라는 것이었다. 농산물 고급브랜드화 사업과 나의 헌신적인 노력에 관심이 없었다. 있다면 오로지 자신들의 개인적인 이해득실을 따지는 것뿐이었다.

　　나의 모든 노력과 성과가 퇴색되었고 평가 절하되어 버렸다는 현실에서 오는 충격은 말로는 다할 수 없을 만큼 크기만 했다. 민선 1, 2기에 이어 또다시 나는 외톨이가 되어가고 있었다. 이번에 나에 대한 공격을 주도한 자들은 일을 대충대충 하면서 월급 타 먹는 월급도둑이었고, 열심히 일하는 동료 공무원의 발목을 잡는 비양심적인 자들이었고, 착한 다수의 공무원을 선동하여 이용한 비열한 자들이었다. 나는 그들에 대한 분노를 절제하기 위하여 끊임없이 노력해야만 했다. 분노를 절제한다는 게 이렇게 힘든지 몰랐다.

　이런 현실에 직면한 상황 속에서 정든면사무소에서 민원팀장으로 근무했다. 팀원은 주민등록을 비롯한 서류 발급업무를 맡았고 나는 출생 신고 등 호적업무를 맡았다. 이렇게 세월이 조금씩 지나고 있었다. 아무리 흰색도 검은색으로 바꾸어버리는 현실에 처해 있다 할지라도 앞으로 당당하게 살아가기로 했다. 진실은 언젠가 반드시 밝혀지리라고 생각했다. 나는 나름 스트레스 해소와 심리적 안정을 취할 방법이 필요했다. 그래서 자연 친화적인 생활을 늘리기로 했는데 마침 이장님 한 분이 자기 마을 토지를 내게 소개했다.

　"장 팀장, 산속에 전과 임야가 있는데 땅 좀 살 텐가?"

　"잘됐네요. 값이 적정하고 주변이 깨끗하면 매입하겠습니다."

　"내가 소개할 땅은 계곡을 따라 도로가 폭이 약 2m 정도인데 세월이 흐르면서 유실되어 지금은 다 계곡으로 되어있고 차량이 진입하려면 길을 만들어야 하고 개인 땅을 일부 사용해야 하네."

　"그럼, 이장님이 소개를 잘해주시고 앞으로 생활하는데 많이 도와주세요."

　"여부가 있겠나! 요즘에는 시골에 사람이 귀하다네. 자네가 우리 마을에 정착하면 대환영일세!"

나는 마을 이장 소개로 땅을 매입했다. 총 47,000㎡였다. 그중에서 전이 약 17,000㎡였는데 10여 개의 계단밭으로 되어있었다. 나머지는 임야였는데 숲이 우거져 있었다. 장비를 투입하여 길을 만들고 계단밭을 4개로 줄여서 밭까지 차량이 진입할 수 있도록 했다. 해발 350m의 높은 곳으로 계곡을 따라 들어가면 밭이 있다. 밖에서 보면 산으로 가로막혀 밭이 보이지 않는다. 17,000㎡의 밭을 바닥으로 하여 주변을 돌아다보면 산 능선들이 벽이고 하늘이 지붕과도 같았다. 사방이 병풍처럼 숲으로 이루어져 있었다. 공간은 하나였다. 전체 공간은 지붕인 하늘을 기준으로 약 600,000㎡ 정도였다. 막다른 곳이라 아무도 들어올 일이 없고 오로지 나만의 왕국이었다. 먼저 농막을 하나 설치했다. 주말에 이 공간에서 시간을 보냈다. 누가 보는 사람도 없고 나 또한 누군가를 경계할 필요가 없었다. 가슴이 시원하고 편안했다. 자연과 대화하며 숲의 기운을 내려받으며 나를 달래는 생활을 지속했다.

8월 태풍의 끝자락에 여름 휴가를 준비했다. 토요일 화창한 날씨를 기대했는데 칙칙한 분위기에 허름한 선술집에서 벽을 눈앞에 두고 소주잔이나 기울이고 싶은 날씨였다. 자동차에 낚시가방을 실었다. 생각 같아서는 되돌아오는 시간의 제한 없이 무작정 떠나고픈 마음이었으나 직장인으로서 매인 위치를 생각할 때 운신의 폭이 좁았다. 담양호를 향해 갔다. 한참을 가던 중 자동차 지붕에서 우두둑하는 소리와 함께 앞 유리에 빗물이 흐르기 시작했다. 빗소리와 윈두 브러시의 부산한 움직임은 어수선하고 불안정한 분위기를 창출했고 한낮의 밝은 분위기를 잊은 듯 어둑어둑한 상황이 이어졌다.

라디오에서 흘러나오는 선이 가늘고 심금을 울리는 클래식 기타 음악을 들으며 도착했다. 비가 제법 내리고 있었다. 담양호 최상류에 자리를 잡았다. 물이 차올라 기존의 낚시터 자리들이 모두 잠겨버렸다. 새로운 터를 만들기 위해 풀을 베고 의자를 놓을 수 있도록 땅을 다지고 낚싯대 방향의 장애물을 제거했다. 마지막으로 파라솔을 바람이 불어오는 방향으로 설치하고 물이 가득한 담양호와 주변을 돌아보았다. 머리 위에서는 빗방울이 파라솔에서 부딪치는 소리가 들리고 조금씩 부는 바람은 비를 내 몸에 안기는 불편한 존재였다. 앞을 보니 양쪽 옆으로 산이 커다랗게 우뚝 서 있었다. 그 사이에 물이 가득하여 마치 산들이 물 위에 앉아 있는 것처럼 보였다.

비 때문인지 주변엔 낚시꾼들이 보이지 않았다. 나는 한기를 느끼면서도 낚시를 계속했다. 그러면서 물 위에서 바람에 자신을 맡기고 아무런 방어 능력 없이 이리저리 흩날리는 낚시찌를 보니 마치 내 모습을 보는 것 같았다. 바람이 불어 호수 위의 물결이 한쪽으로 몰려가면 안간힘을 쓰며 버티던 그 모습, 또 다른 방향에서 불면 또다시 제 모습을 지키느라 애쓰며 노력하는 것 같은 모습에 나는 자신도 모르게 깊은 한숨을 몰아쉬며 답답함을 허공에 날려 보내고 있었다. 모든 것이 죽어있는 것과 같이 조용한 산과 호수 곁에서 나는 우두커니 서 있었다. 게다가 인적이 없으니 나까지도 죽어있는 듯했다. 사지의 힘은 사그라들고 내 마음은 거대한 벽에 가려져 인간 세상과 동떨어진 세상 밖의 세상에 홀로 뚝 떨어져 있는 듯했다.

직업을 갖는 것은 직장에서 받는 수입으로 경제력을 갖게 되고 사회구성원의 한 사람으로서 크든 작든 하나의 사회적인 지위를 유지하며 살아가고자 함일 것이다. 그런데 나의 공무원 생활은 월급은 받았으나 '농부 애 쌀' 홍보와 판매 사업을 위한 여비와 영업비용으로 사용됐고 그도 모자라 은행 빚만 떠안았다. 나는 업무 성과를 올려서 율도국시청에서 인정받아 외톨이 신세에서 벗어나고 싶었는데 나의 성과는 평가절하되어 버렸고 난 다시 무너지고 말았다. 몇몇 타인들이 내게 자행한 괴롭힘으로 인하여 율도국시청이라는 사회에서 이완되어 버렸다. 나는 헤어날 수 없는 비관에 빠져 삶의 의의를 잃어가고 있었다. 간혹 이렇게 자연 속에 있으면 그나마 작은 불씨 하나 타올라 나의 생명이 이어지고 있었다. 내가 처한 어처구니없는 현실을 생각하다가, 막 잠에서 깬 듯 몽롱한 눈으로 앞을 보니, 호수는 강한 비와 바람에도 불구하고 잔물결만이 출렁대고 저 앞의 까만 산은 호수에 잠겨 침묵만 지키고 있었다.

호수와 산야들이여!

비록 대답이 없을지라도 그대들과 대화가 필요하여 이곳에 왔답니다. 내겐 사랑하는 여인과 함께 이 호수와 산야가 유일한 후원자랍니다. 몰아치는 비바람은 나를 차갑게 적시고 있습니다. 온몸이 떨리고 덜덜거립니다. 양팔을 접어 내 몸을 힘껏 껴안으면서 심리적으로나 신체적으로나 위축된 나를 위로하며 어둠 속에서 조용히 이 자연의 존재들을 느끼고만 있습니다.

그래도 초저녁에는 담양호 순환도로를 달리는 차량의 소리는 빗물로 인하여 크게 들렸었는데 언제부터인가 인적이 끊겨 적막감만이 호수와 나를 감싸고 있습니다. 밤은 깊어 사위의 모든 사물이 고요히 잠들어 있는 지금 나는 비와 바람 소리 외에 아무런 기척도 없는 탈 인간 사회를 하였답니다. 앞을 분간하기조차 어려운 세찬 빗줄기 속에서 군데군데 해지고 초라한 모습으로 비와 바람뿐인 이곳에서 나는 장승처럼 우두커니 서 있습니다.

비록 가진 것도 없는 하위직 공무원에 불과하지만, 도전 의식과 올바른 정체성에 따라 살고자 합니다. 압력이나 협박에 굴복하며 살고 싶지 않습니다. 율도국시청에서 썩은 동태 눈 뜨고 공무를 수행하던 몇몇 선동가들보다 업무적으로나 개인적으로나 훨씬 나은 인생을 사는 것일 겁니다.

나는 대답 없는 혼자만의 외침을 터트렸다. 어쩌면 저 호수와 산야의 침묵이 진정한 대답일 수도 있다. 그러든지 말든지 그냥 자신의 존재만을 드리워 놓고 사는 듯한 모습 말이다. 여름인데도 비에 젖고 바람에 시달리니 추웠다. 파라솔 밑에서 잔뜩 웅크렸다. 굳은 사지를 한데 모아 달팽이처럼 하나의 물질로 모으면서 물에 젖어 주름진 손으로 담배 하나를 들었다. 어렵게 불을 붙인 담배는 손에서 묻어난 물기에 젖고 떨어지는 빗방울에 젖어 힘없이 고개를 숙여버렸다. 처진 그것을 조심스레 세우면 또 처지고 다시 올리면 또 처졌다. 그러다가 터지고 마는 담배 한 개는 마치 다시 세우면 또 꺾여지고 말았던 내 삶과도 같았다.

먼 호수의 수면을 바라보았다. 호수의 잔잔한 물결에 잠깐씩 비치는 물색만이 유일한 빛인 이 공간 속에서 수면 위에 눈빛을 던져놓으니 고달픈 가슴앓이가 물 위에 떠다니고 있다. 별도 달도 없는 깜깜한 이 밤에 태풍의 잔재로 인한 거센 바람과 비에도 굳건히 제자리를 지키고 있는 낚시찌처럼 나도 그렇게 할 수 있다고 나를 다독였다.

술잔에 저 호수를 담아 취해 본다면 세상사의 갈등을 놓아 버릴 수 있을까? 술잔에 물 위에 떠 있는 저 산을 담아 마셔본다면 세파에 시달려도 의연하게 사람들 속에서 살 수 있을까? 술잔에 직장인의 애환을 담아 마셔버리면 다시 우뚝 설 수 있을까?

나는 호수와 산야에 물음표를 던지기만 할 뿐이었다. 나의 외침은 메아리가 없었다. 그리고 간혹 파라솔을 비켜서 덮쳐오는 비바람은 사나웠지만, 저 자연의 현상이 나를 속이지는 않으니 마음은 편했다. 그리고 오랜 세월이 지나도 의연한 모습으로 존재할 저 호수와 산야들처럼 살고 싶다고 생각했다.

새벽이 되면서 조금씩 호수의 물색이 눈에 들어왔고 그물망을 걷어보니 몇 마리의 붕어와 피리가 후다닥거리며 두 눈을 동그랗게 뜨고 나를 바라본다. 오늘 내게 손맛을 준 녀석들이었다. 녀석들에게 미안했다. 저들도 가족이 있고 나름대로 의미를 갖고 살아가는 존재일 텐데 콩알만 한 낚싯밥에 걸려 저 넓은 호수를 마음껏 누비던 그들이 자유를 박탈당했고 삶의 존재마저 위태롭게 되었다. 나는 그물망 안에 있는 붕어와 피리를 방사했다. 불필요하게 살아있는 생명을 죽게 하고 싶지 않았다. 그러면서 부디 이 호수에서 사는 모든 생명체에게는 흰색은 흰색으로 검은색은 검은색으로 있는 그대로 인정받으며 공존하는 삶의 순수가 깔리면 좋겠다고 기원했다. 이때 어떤 녀석인지 물 위로 튀어 올라 다시 물에 첨벙 하고 떨어졌는데 그 소리는 이 호수와 산의 침묵을 깼으며 나를 깜짝 놀라게 했다. 그 잔물결은 끝없이 호수가로 퍼져나가기만 했다. 이 모습을 보면서 나는 시청에도 저런 파란이 일어 서로를 존중하는 세상이 되기를 갈망했다.

지난밤에 놓아 버리지 못했던 번민을 다시 안고 의자를 뒤로 넘겨 등을 대고 누워 망각의 시간에 접어들었다. 잠에서 깨어나 낚시가방을 등에 메고 호수 안쪽을 살피며 들어갔다. 처음 가는 곳이지만 그래도 가다 보면 길이 있을 것으로 생각했다. 안쪽으로 깊어질수록 낚시터는 없고 사람의 흔적도 없다. 차라리 좋았다. 다시금 가방을 열어 낚싯대를 꺼내어 설치했다. 시계를 보니 오후 2시였다.

배가 고팠다. 냄비 밥을 했고 참치김치찌개를 끓였다. 간이식탁에 차려진 밥, 찌개, 겉절이 생김치, 떡갈비는 야외에서 내가 차릴 수 있는 진수성찬이었다. 어젯밤과 아침에는 라면이었는데 간이식탁에 가득 찬 음식을 보니 군침이 돌았다. 혼자이기 싫어서 숟가락과 젓가락을 앞에 놓고 그곳에 밥 한 그릇을 퍼 놓았다. 이어서 종이컵에 소주를 따랐다. 하나는 내 것이고 또 하나는 육신은 죽어 이미 먼지 되어버린 떠도는 만물의 혼을 위한 것이었다.

"떠도는 영혼들이여 피라미 직장인의 애환을 덜어내기 위해 건배!"

술을 마시고 숟가락에 밥을 크게 떠서 찌개에 넣어 국물을 적셔 먹었다. 홀로 먹는 식사와 술이었지만 셀 수 없이 많은 영혼이 내 곁에 있으니 훈훈했다. 소주 한 병에 한 끼 식사를 마치고 앉으니 취기가 올라왔다. 호수를 바라보니 취기 때문인지 물의 색이 시커멓다. 해가 지기 전에 잠깐 걸었다. 아름드리 큰 대목들이 호수 옆에 끝없이 이어져 있었다. 태풍에 의한 비와 강한 바람이 혼탁한 기운을 모두 날려버린 것 같았고 빗물이 땅 위의 더러운 모든 오물을 씻겨버린 듯 세상이 맑아 보이고 깨끗한 냄새가 났다. 다시 돌아갈 사람 세상도 이처럼 깨끗해졌으면 좋겠다는 희망을 품고 걸었다.

다시 돌아와 의자에 앉았다. 달이 인적이 끊긴 호수와 숲속을 비추니 바람이 먼저 알고 찾아온다. 바람이 다가오자 호수가 깨어나고 숲이 덩달아 춤을 춘다. 깨어난 숲에는 새들의 외침이 들려온다. 새들의 소리에 천만년 동안 죽어 잠든 만물의 혼이 일어난다. 일어난 혼은 바람 타고 훨훨 날아올라 이곳 대자연과 함께 나를 따뜻하게 감쌌다. 포근하다. 아무런 조건 없이 나를 행복하게 한다. 저들은 내게 요구하는 것도 없고 저들의 계산과 이해득실에 대비하기 위하여 내가 긴장할 필요도 없었다.

먼저 삶의 단계를 넘어 저승으로 가버린 존재들이 걸었던 그 길을 따라 걷는 나의 발길을 등 뒤에서 부는 바람이 재촉한다. 모든 것을 놓아 버리고 무로 돌아간 저들과 함께하면 모든 것이 편안할 것이니, 때가 되면 어차피 갈 것이니 차라리 지금 가면 어떻겠냐고 재촉한다. 삶의 단계를 넘어버리려던 내가 순간 멈췄다. 아름답고 순수가 돋보이는 지아의 목소리와 미소가 나를 강타했다. 마지막 순간에 지아가 내 이성의 끝자락을 붙잡았다. 지아 그 녀석은 알까? 나의 절망이 깊을 때 자신의 존재가 나의 삶을 연장하고 있었음을!

삶은 공기와 같고 물과 같다고 생각하며 삶의 길목에서 곁가지들의 장난질에 너무 얽매이지 말고 지아와 함께 삶의 여정을 이어가 보리라 다짐했다.

3년 전에 내가 홀린 듯 지아 주위를 맴돌 때 지아는 말했었다.

"용기가 없군요. 내 주변을 맴돌기만 하고!"

"하! 이건 내 탓이 아니오. 꽃이 아름다워 조심스러웠을 뿐이오."

"그럼 내 탓인가요?"

"당연하지요. 아리따운 여인이 옆에 있으니 나는 사랑에 빠졌고 그 꽃의 향기를 맡고 싶은데 거절당하면 얼마나 슬프겠소! 그러니 가만히 두고 볼 수밖에 없잖소?"

"좋아요! 나의 꽃향기에 취할 수 있도록 해 드리지요. 단 중독되어 나를 원망하지는 마세요!"

"고맙소! 나는 당신의 존재로 인하여 하늘도 구름도 바람도 예전과는 다르게 새롭게 느꼈답니다!"

나는 지아에게 조심스럽게 행동했고 지아는 이런 나를 답답해했었다. 뒤늦은 아쉬움과 함께 우리의 사랑 축제가 시작되었다. 그 후 우린 하나가 되어 세상 곳곳을 누비며 사랑을 속삭였다. 이렇게 연인이 된 나와 지아는 그 어떤 기쁨보다 앞선 사랑의 기쁨을 만끽했다. 사방이 조용한 이 자리, 새 소리만 울려 퍼지는데 사랑하는 지아를 그리워하는 노래를 불렀다.

> 세상살이 시련에 나뒹구는
> 나의 피 토하는 마음을 대신해
> 숲속의 새들이 애처롭게
> 울어주네!
>
> 여인아!
> 바람 타고 날아온 당신 향기로
> 꼬부라지고 기가 빠져버린 나를
> 다시 펴고 싶으이!

향기 가득 품고 바람 타고
와다오 !

이 밤에 살짝 불어와 나를 스치는 잔잔한 바람과 애절한 마음을 품
어내듯 외쳐대는 새들의 합창은 이곳에 찾아온 불청객의 터질 듯 헤
매는 마음을 달래주고 있었다. 사랑하는 여인이 보고 싶어 불렀던 나
의 노래를 카톡으로 보내고 고개 들어 호수를 바라보니 시커먼 모습
으로 내 앞에 떡하니 버티고 서있던 산들이 물안개에 가려 보이지 않
는다. 이곳 자연현상과 함께 마음을 나누니 마음이 가뿐했다.

따뜻한 물에 몸을 푹 담그고 깊은 잠을 자고 싶어서 담양 시내로 갔
다. 먼저 눈에 들어오는 모텔로 들어갔다. 오랫동안 전국을 떠돌며 보
부상 생활을 했던 지난날들이 생각났다. 세월이 흐르면 그 고난의 과
정들이 어느 정도 순화되리라고 생각했다. 욕조에 물을 틀어놓고 침
대에 걸터앉아 냉커피를 마시며 세상 이야기를 듣고 싶어서 TV를 켰
고 먼저 뉴스를 시청했다. 정치 분야에 대해서 각 정당에서 대표선수
가 출연하여 토론회를 하고 있었다. 잠깐 지켜보니 그들은 사안마다
대립했는데 유권자이며 그들이 가진 권력의 원래 주인인 국민을 위한
옳고 그름이 아닌, 소속 정당을 위한 옳고 그름에 초점을 맞추며 각각
의 이슈에 대해 자신들의 주장을 하고 있었다. 이는 국민이 역으로 권
력을 쥔 자들을 위해 존재하는 형국이 된 것이었다. 나는 TV 속의 인
물들에게 고했다.

"나는 정치할 능력은 없지만, 당신들은 능력 있는 사람들이 만큼 말
로만 국민을 위한 정치를 하겠다고 하지 말고 진짜 행동으로 국민을

위한 정치를 했으면 좋겠다. 그러면 나 같은 소시민들이 얼마나 좋아
하겠는가!"

정치인들의 토론회를 지켜보며 이런 헛된 망상을 해보고 채널을 계
속 돌리니 화면은 멈춰져 있고 라디오처럼 음악이 흘러나왔다. 볼륨을
키우고 욕조에 들어갔다. 피로를 풀 좋은 기회였다. 씻고 나와서 편의
점에서 사 온 맥주, 소주, 오징어를 꺼냈다. 소맥은 정말 시원했다. 가
슴이 뻥 뚫리는 듯했다. 그러다가 의식 없는, 아무런 짊어진 무게가 없
는 깊은 잠에 빠져들었다.

편안하게 단잠을 자고 일어났더니 피로가 좀 풀렸다. 담양에 온 김
에 여유를 부려 볼 수 있는 곳을 찾아봤다. 담양 시청 홈페이지에 몇몇
관광지가 소개되었는데 소쇄원이 마음에 들었다. 자연미와 인공미를
가미한 조선 3대 정원이라고 했다. 입구에 들어서자마자 대나무의 휘
어짐이 없는 위로 쭉쭉 뻗은 모습이 내게 시원함을 주고 있었다. 광풍
각에서 바라보니 최근에 내린 비로 계곡엔 물이 가득 흘렀는데 경사
가 있고 굽어진 계곡에서 흐르는 물소리는 마치 바위가 서로 부디 치
며 굴러가는 소리처럼 우르릉거렸다. 마치 인간의 혼탁함을 한꺼번에
쓸어 가버릴 것만 같았다.

소쇄원 전체 풍경을 돌아보고 다시 광풍각으로 돌아와 마루에 앉았
다. 이곳은 조선 중종 때 조광조의 죽음 이후 그의 제자 양산보가 낙향
하여 조성한 곳이라고 했다. 나는 이곳에서 조광조의 역사적 사실보다
는, 권력욕에 사로잡혀 조카인 단종과 많은 충신을 죽이고 왕비와 공
주를 노비로 내치는 잔인한 짓을 한 세조에게 항거했던 사육신이 떠
올랐다. 이런 장소에서 학문을 논하고 삶의 철학을 논하면서 발현될

수 있었던 게 바로 그런 기개 있는 선비 정신이었다는 생각이 들었다. 곧은 소신과 학문적 이념이 분명했던 선비들이 금방이라도 우르르 나타날 것만 같았다. 고즈넉한 분위기를 즐기는데 어두워졌고 나는 다시 현실 세계로 돌아왔다.

동료들로부터 '농부 애 쌀' 고급브랜드화 사업 성과로 인하여 특별 승진한 것 때문에 공격을 당하면서도 나는 매사에 적극적으로 일했다. 팀장으로서 업무를 추진할 때 시민들이 확보해야 할 조건이나 기준이 조금은 미흡하더라도 그것이 공익을 해치지 않고 타인들에게 피해를 주지 않는 것이라면 인정해줌으로써 소시민의 편리를 도모했다. 이것은 소시민에 대한 지나친 규제를 완화하고 그들을 존중하고자 하는 나의 의지였다.

이렇게 직장생활을 하면서 기나긴 방랑 생활을 끝내고 보통 공무원이 되어 근무하며 지아와 함께 행복한 생활을 영위했다. 몇 개월이 지나고 겨울이 되었다. 12월 말 추운 날씨가 이어지고 있었는데, 지아가 내게 할 말이 있다며 토요일 아침에 보자고 했다. 평상시엔 그냥 데이트 하자는 것이었는데 뜬금없이 할 말이 있다고 해서 궁금했다. 어젯밤부터 눈이 내려 보기 좋을 정도로 쌓여있었다.

지아를 차에 태우고 목적지를 정하지 못했다. 우선 할 말이 무엇인지가 궁금해서 빤히 지아를 바라봤다. 눈치 빠른 녀석이 빙그레 웃으며 우선 앞이 탁 트인 바다로 가자고 했다. 나는 대천해수욕장으로 출발했다. 이동 중에 지아는 뭐가 그리 좋은지 연신 싱글벙글 웃었다.

"여보, 밖이 모두 하얀색이야. 바쁜 일상에 지나치는 눈이 아닌, 보고 즐기는 눈 내린 저 모습이 새삼 좋게 보여."

"그래, 우리가 떨어져서 근무하니 낮에는 휴일에만 보지? 옛날처럼 같은 부서에서 근무하면 이런 눈 구경을 평일 낮에도 같이 할 텐데!"

"여보, 먼저 시내로 가자. 점심도 먹고 살 것도 있어."

우리는 시내에서 식사를 마치고 간간이 눈발이 날리는 가운데 시내를 걷다가 귀금속이 진열된 가게에 들어왔다. 지아는 평소에 귀걸이를 주로 작은 것을 했었는데 나는 길고 직사각형으로 된 것을 골랐다. 얼굴에 변화를 주자고 설득했다. 지아는 흡족해하며 반지를 살펴보고 있었다. 가게 사장님이 지아에게 여러 종류의 반지를 보여줬다.

"사장님, 우리 커플링 반지 살 건데 어떤 게 좋을까요?"

"예, 갸름한 은색 백금 반지가 좋을 것 같아요."

여러 종류의 반지를 살피던 지아는 가게 사장님이 권한 반지를 샀다. 나는 시계도 하지 않아서 양손에 아무것도 없었다. 반지를 손가락에 끼자 뭔가 있어 보였다. 우리는 반지를 낀 두 손을 나란히 놓고 핸드폰으로 사진을 찍었다. 평소와는 다른 지아의 행동에 나는 궁금증이 더했다. 지아가 커플링을 낀 두 손의 사진을 우리 두 사람의 핸드폰 홈화면으로 설정했다. 대천해수욕장으로 가는데 눈들이 차 앞 유리에 쏟아지듯 내렸다. 우린 도착하자마자 백사장으로 갔고 눈이 날리고 있었다. 지아가 평소보다는 활기차게 백사장을 거닐었다. 날씨가 추워 사람들이 없었다. 나는 두 팔을 벌렸다.

"지아, 춥잖아. 이리 와."

지아가 나를 보고 종종걸음으로 후다닥 내게로 뛰어왔다. 나는 가난한 소시민이며 외로운 직장인이었지만 세상이 나에게 준 '지아'라는 최고의 선물이 있기에 그 누구도 부러워할 일은 없었다. 나는 한 여인이 나를 사랑하고 그 기쁨에 행복하니 그것 만으로도 이 세상 살만하다고 생각했다. 바다에서 내륙으로 불어오는 바람이 매서웠다. 간혹 앞에서 쌩하니 돌발적으로 강하게 부는 눈보라에 우리의 걸음이 멈춰지면 손을 꼭 잡고 버텼다. 눈보라는 위에서 불어오는 것이 아니라 앞에서 불어왔다. 바람 탄 눈보라와 겨울 바다의 적막함을 체감하는 우리 둘은 그 하나 됨이 더욱 견고했다. 눈보라가 안면을 타고 양쪽 귀를 거쳐 뒤로 사라져감에 나는 가슴이 뻥 뚫리는 듯했다. 눈이 내리는 인적이 끊긴 백사장에 우리 둘은 하늘에서 뚝 떨어진 것 같았고 이 대자연이 우리 사랑을 위하여 존재하는 것이었다. 내가 코트로 지아를 감싸 안았더니 지아가 고개 들어 나를 보며 말했다.

"여보, 내가 오늘 할 말이 있다고 했고 커플링도 샀잖아. 많이 궁금했지? 내가 하는 말 들으면 깜짝 놀랄 거야. 나 임신했어!"

"정말? 말하고 싶어서 어떻게 참았어? 정말 고맙다. 고마워! 하늘이 내게 이렇게 예쁜 여인을 주었는데 그 여인이 또 소중한 선물을 내게 주는구나!"

나는 지아를 꼭 안았다. 우리의 몸이 비어있는 공간이 없을 정도로 밀착되었다. 그런데도 지아는 더욱더 내게 파고들었다. 우리는 겉 포장 없는 오로지 있는 그대로의 몸을 마주 대하고 있었다. 나는 지아를 떼어놓을 수가 없었다. 한없이 안고만 서 있었다.

"여보, 얼마나 좋아!"

"지아, 그걸 어떻게 말로 다 표현할 수 있겠어? 많이 좋아."

지아는 경쾌하게 움직이며 폴짝 뛰며 소리를 지르기도 했다. 끝없이

．．．．．

펼쳐진 바다, 흩날리는 눈, 백사장의 모래들, 앞으로도 끝없이 계속될 이 흔한 것들이 우리 둘에게 신이 내린 아름다움이고 축복이었다. 이 시간과 공간이 세상에 공개된 만인의 것이지만 이 순간은 우리 둘만의 것이었다.

"여보, 사랑하는 남자 그리고 내 안에 아기가 있어서 너무 좋아."

지아는 말을 하다가 걷다가 뒤를 돌아보며 웃기를 반복했다. 나는 이런 지아를 쫓아다녔다. 지아가 있음에 내가 있는 것이었다. 갑자기 지아가 멈춰 서서 나를 기다렸다. 우린 서로의 얼굴을 빤히 바라보았다. 그러다가 먼바다를 바라보았다. 우린 서로 다른 곳을 보고 있어도 결국 그 사물을 통하여 서로를 바라보고 있는 것이었다. 나는 지아의 얼굴을 내 쪽으로 돌렸다. 나는 두 뺨을 어루만지며 말했다.

"지아! 우리 결혼하자."

"그래요. 나 자기랑 결혼할 거야. 이미 아기도 생겼고."

"사실 진작부터 결혼하자는 말을 하고 싶었어. 그런데 알다시피 너희 집은 부유한 집이고 나는 가난한 농부의 아들이잖아. 게다가 너보다 내가 나이도 6살이나 많아. 그래서 선뜻 말을 못 했어."

"실은 어젯밤에 가족회의를 했는데 우리 관계를 말했어. 그런데 부모님도 바로 그런 이유로 반대했어. 우리 부모님은 사회활동도 많이 하는 편이고 특히 오빠가 두 명인데 둘 다 자기보다 나이가 적거든."

"우리가 사랑에 의한 결혼식은 전에 했었지. 이제 현실에 직면한 결혼식을 해야 하는구나. 어떻게든 이 상황을 잘 거쳐야 할 텐데!"

"자기가 잘 맞춰줘. 그리고 내가 임신했잖아. 가까운 시일에 배가 나올 텐데. 그전에 결혼식을 했으면 해."

"지아, 부모님하고 상의해서 일정 잡아. 우리 부모님은 그 일정에 맞추도록 잘 설명 할게."

"알았어. 그럼 상견례를 빨리하고 결혼식을 2월에 했으면 해."

"그래, 결혼이라는 게 우리 둘만의 것이 아니기에 어쩔 수 없이 현실적인 문제에 얽매이게 되는구나. 나와 우리 집안이 여러 가지로 부족해서 미안하다."

"여보, 그런 말을 하지 마. 우리 현실적인 문제를 잘 극복하자."

"참 부모님과 오빠들은 어떻게 설득했어?"

"이미 임신했고 자기를 놓치고 싶지 않다고 고집부렸어. 오늘 아침에서야 겨우 승낙받았어."

"너희 집에서는 내가 밉겠구나."

"앞으로 잘하면 되잖아! 너무 기죽지 마."

"최선을 다할게. 어쨌든 앞으로 너와 함께 살게 된다니 정말 좋다."

우리는 불편함이 조금씩 있었으나 다음 해 2월에 결혼식을 올렸다. 그리고 처가에서 아파트를 마련했다. 우리 서로의 얼굴에는 항상 미소가 피어있었고 가사 분담이나 공동생활에 따른 의견 차이는 일부 있었으나 그것은 문제가 되지 않았다. 살아가면서 돌아올 보금자리가 있다는 의미는 컸다. 세월이 흐르고 결혼 생활이 이어지는 동안 하늘이 맺어준 여인과 우리가 낳은 딸과 아들이 있었다. 두 살 차이였다. 남녀 간의 사랑과 화합 그리고 존중이 세상을 이끌어나가는 원동력이라는 생각이 들었고 이것이야말로 인류가 평화를 누리는 근간이 되는 것이라는 생각이 들었다.

나는 민선 4기 시장 때 팀장으로 몇 곳을 이동하며 이렇다 할 굴곡

없이 있어도 없는 듯 살았다. 나는 시청에서 재산관리팀장을 하고 있었다. 지아는 팀장이 되어 면사무소를 거쳐 명윤동 주민센터에서 근무하고 있었다. 우리 부부가 결혼해서 평화로운 삶을 살아온 게 어느덧 5년의 세월이 흘렀다.

제3장

검은 하늘

[민선 5기]

제3장

검은 하늘
(민선 5기)

민선 4기 시장은 5기 시장 선거에서 우리 지역정당의 공천을 받지 못하고 무소속으로 출마했는데 낙선했다. 우리 지역정당의 공천을 받아 당선된 민선 5기 시장이 취임했다. 시장 첫 번째 인사에서 나는 교통과 교통관리팀장으로 이동했다.

사람들이 내게 말했다.

"왜 그 자리로 가게 됐어?"

"무슨 일 있어?"

사람들과 이런 대화를 자주 하다 보니 뭔가 애로가 있는 업무가 있겠다는 생각이 들었다. 그래서 나는 팀 회식 자리를 마련했고 팀원들이 편하게 말할 수 있게 했다. 팀원은 5명이었다.

"내가 이 자리에 오게 된 것을 몇몇 사람이 자꾸 의아하게 말하더라. 무슨 일인지 누가 알려주면 좋겠다."

폐차장 업무 담당자인 하진수 팀원이 말했다.

"팀장님, 시청에서 폐차장을 허가해준 곳이 2개 업체입니다. 한 곳은 상동에 있고, 한 곳은 하동에 있습니다. 편의상 업체명을 상동, 하동으로 사용하겠습니다. 다른 분야의 법률적 기준은 둘 다 지키고 있는데 부지면적을 확보하여야 하는 부분에서는 둘 다 관련 규정을 지키지 않고 있습니다. 그래서 장소가 협소하니까 도롯가에 폐차를 쌓아놓고 있습니다."

"그럼 처음에 어떻게 허가가 이루어진 거야? 규정을 어기고 행정행위를 하면 나중에 꼭 문제가 생기는 것이잖아. 시장이나 상사들로부터 압박과 괴롭힘에 힘들더라도 규정에 맞게 일을 해야지. 그리고 시내에서 그러면 도시 미관을 헤치기도 하는 것이잖아."

"팀장님, 면 지역에서는 부지면적을 확보하기가 쉬운데 시내 지역이라서 어려운가 봐요. 그리고 그것은 제가 여기 오기 전의 일이에요. 그래서 왜 그렇게 됐는지 잘 몰라요."

"그래, 알았다."

"팀장님, 그리고요. 상동 업체는 한 명이 사업을 하고 있는데 지역 언론사를 겸해서 하고 있어요. 하동 업체는 두 명이 동업하고 있고요. 상동 업체가 약 30%의 매출을 올리고 있고 하동 업체가 약 70%의 매출을 올리고 있어요."

"그럼 각각 비슷하게 매출을 올리고 있으니 됐잖아."

"팀장님, 그런데요. 그 사람들 다 같이 욕심이 많아요. 서로 이익을 더 차지하기 위해서 항상 다투어 왔어요. 그런데 상동 업체 사장이 이번 시장 선거에서 현 시장에게 도움을 주었나 봐요. 그래서 힘을 과시

· · · · · ·

하고 있어요. 그리고 하동 업체의 동업자 한 명은 시내에서 사회활동을 많이 하는 사람이고 또 한 사람은 건달 비슷하게 거들먹거리면서 폭언도 하고 인상 쓰며 막가파식으로 행동해요. 정말 무서워요."

"공무를 수행하는 공무원이 그런 걸 무서워하면 어떡하냐."

"팀장님, 상동 업체가 하동 업체의 부지면적 미확보를 문제 삼아 허가취소 하라고 요구하고 있어요. 앞으로 중심을 잘 잡지 못하면 정말 복잡해요."

"상동 업체 자신도 부지면적을 확보하지 못하고 있으면서 그런 행동을 하는 이유는 뭐지?"

"예, 팀장님, 상동 업체는 시장과 간부들을 통해 우리 실무진을 압박해서 하동 업체에 대한 허가를 취소하고 같은 방법으로 자신은 허가취소 없이 버티면서 독점을 하겠다는 뜻이지요."

"시장 선거 때 선거운동을 하면 그렇게 무소불위의 권한을 행사할 수 있다고 생각하는 것이지? 시장 선거제도의 문제점 중의 하나네!"

"팀장님, 앞으로 어떻게 하실 생각인가요?"

"아무 걱정하지 말고 순리대로 일해라. 팀원들에게 맡겨놓고 가만히 있지만은 않을 테니까."

이렇게 가장 난해한 업무를 확인했고 팀원들을 격려했다. 이번 인사는 현 시장이 당선되어 처음 하는 인사였다. 김광석 과장과 나는 같이 이 부서에 왔다.

김광석 과장은 드디어 시작했다.

"장혁주 팀장 그리고 하진수 팀원 두 사람 이리 와봐."

나와 하진수 팀원은 과장 책상 앞에 섰다.

"폐차장 업체 간에 다툼이 계속되고 있는데 어떻게 처리할 텐가?"

하진수 팀원이 설명했다.

"두 업체는 오랜 기간 서로 다투어 왔는데 양쪽 다 부지면적 미확보의 위법 상태에 있습니다. 그런데 당초에 위법 상태로 허가를 했기 때문에 어떤 행정행위를 하지 못하고 지켜보고만 있습니다."

"일을 어떻게 하는 거야! 하동 업체에 대해서 부지면적 미확보에 따른 위법을 근거로 허가취소 하고 상동 업체는 합법적인 것으로 정당화해."

나와 하진수 팀원은 깜짝 놀랐다. 답답함이 엄습했다.

"장혁준 팀장, 못해?"

"과장님, 그렇게 했을 때 감당하기 어려운 상황이 벌어집니다. 형평성 있는 행정행위를 해야 하잖아요. 허가취소 할 것이면 둘 다 하고 그렇지 않으면 둘 다 하지 말아야 한다고 생각합니다. 당초에 위법 상태로 허가를 했기에 행정소송 가능성도 염두에 두어야 하고요."

"두 사람 다 내 지시를 이행 못 하겠다는 것이지? 이 사람들이 감이 없어. 즉시 내 지시대로 해."

아무리 과장의 지시라 하더라도 나와 하진수 팀원은 따를 수가 없었다. 과장은 시장 선거 브로커를 위하여 일하는 모습을 보이고 있었다. 과장은 매주 월요일에 간부 회의에 다녀온 후 팀장들 회의 때마다 우리 팀 업무를 집중하여 질문하고 과거부터 해온 일들도 따졌다. 그러면서 우리 팀의 업무가 잘못되고 있음을 전체 팀장들 앞에서 설명했다. 그렇게 해서 나를 궁지에 몰았다. 나는 과장 지시도 따르지 않고 업무도 엉터리로 하는 팀장이 되어가고 있었다. 나는 이 상황들을 팀원들과 회의하면서 대응책을 논의했지만, 별다른 방법이 없었다. 일이 야 많으면 야근을 해서라도 해나가면 된다. 그렇지만 사람이 사람한테 시달리는 건 참으로 어려운 일이었다. 아무리 어쩔 수 없는 상황이라 고 설명해도 과장은 변화가 없었다. 무조건 지시한 대로 따르라는 것 이었다. 고난의 시간이 6개월째 진행되고 있었다.

이런 상황에서 일이 터졌다. 우리 팀에는 특별사법경찰관 업무가 있 었다. 이 업무는 차량 운행자가 책임보험에 가입하지 않고 차량을 운 행하다가 교통사고가 발생했을 때 교통사고를 당한 불특정 다수의 시 민이 회복할 수 없는 피해를 볼 수 있다. 그래서 책임보험 미가입 상태 에서 차량을 운행하는 자를 형사입건하는 제도인데 시청 행정공무원 이 맡고 있었다. 이 사건은 팀원이 조사하고 팀장인 내가 결재하여 검 찰에 사건을 넘기는 절차로 진행됐다.

그런데 한 명의 피의자가 출석에 응하지도 않고 차량을 운행하다가 도로에 설치된 과속 단속카메라에 계속 적발되고 있었다. 이에 체포영 장이 발부되어 있었다. 그러던 중 피의자가 서울 강변경찰서 관할구 역에서 검문에 적발되어 유치장에 있었다. 새벽에 연락을 받고 팀원 과 나는 서울로 갔다. 행정공무원이 난생처음 체포영장을 들고 수갑과 가스총을 챙겼다. 체포영장을 집행하는 경우로서 피의자를 수갑 채워 야 했다. 나와 팀원은 피의자와 함께 서울에서 율도국시청까지 오면서 피의자에게 여러 차례 어쩔 수 없음을 설명했다. 율도국시청에는 유치 장이 없었다. 체포영장이 발부된 사람이라서 수갑을 풀어줄 수도 없었 다. 그래서 피의자는 우리 사무실에서 수갑을 차고 팀원으로부터 조사 를 받고 있었다. 피의자는 이 정도 일로 체포영장이라니, 게다가 시청에서 이러는 게 말이 되냐고 강력하게 항의했다.

　나는 빨리 조사를 마치고 검사지휘를 받겠다고 달랬다. 율도국시청에 있는 것이 불편하면 검사의 지휘가 날 때까지 경찰서 유치장에서 대기하도록 하겠다고 했더니 피의자는 화가 좀 풀렸는지 이곳에 있겠다고 했다. 그런데 특사경 업무는 과장의 지시를 받지 않고 결재도 받지 않는다. 다만 추진 상황과 출장 보고만 한다. 근무상황은 과상의 시시를 받아야 했기 때문이었다. 이것은 그동안 계속되어 온 상황이고 공식적인 절차였기에 김광석 과장도 충분히 알고 있는 일이었다. 이 와중에 사무실은 봉사활동 나가기 위하여 어수선한 상태였다.

　나는 출발하려는 과장에게 갔다.

　"과장님 저는 특사경 업무로 사무실에 있어야 할 것 같습니다."

　"장 팀장, 자네가 사무실에 꼭 있어야 하는 거야?"

　"조사가 끝나면 팀원은 제 결재를 받아서 검찰에 지휘받으러 가야하고 그동안 제가 피의자를 보호해야 합니다. 어쩔 수 없습니다."

　"야, 이 상놈의 새끼야! 그럼 그렇게 하면 될 것이지 무슨 그걸 나에게 말하고 지랄이야. 너는 과장 지시도 안 따르는 놈이잖아."

　나는 찍소리도 못하고 자리로 돌아와 고개를 푹 숙이고 침울하게 앉아 있었다.

　이때 피의자가 내게 말했다.

　"팀장님, 나 때문에 욕먹게 해서 죄송합니다."

　"아니에요. 다른 업무지시를 몇 개월 전부터 했는데 내가 이행을 안 하니까 저러는 겁니다. 그리고 피의자께서는 곧 풀려날 겁니다. 그러니 조금만 참고 기다리세요."

．．．．．．

창문 쪽으로 의자를 돌리고 주차장을 바라보았다. 7월의 더운 날씨다. 밖의 무더위 열기와 내 안에서 일어나는 열기가 더해져 내가 까맣게 타버릴 것만 같다. 이런 나 자신을 달래며 창밖을 한없이 바라만 봤다. 내가 과장의 지시를 따르지 않는 이유는 그 지시가 불순한 의도로 형평성을 잃은 선택적 행정행위를 강요하는 것이었고 그 후유증도 감당하기 어려운 경우이기 때문이었다. 이것은 그동안 여러 차례 보고해서 과장이 다 아는 상황이었다. 그런데도 과장은 끝없이 나를 괴롭히고 있었다. 마냥 이런 식으로 근무할 수는 없다고 생각했고 뭔가를 결단해야 했다. 과장이 이런 무모한 업무지시를 하는 이유는 시장, 선거꾼과 관련이 있을 것으로 생각했지만, 나는 상사의 지시 자체가 중요하다고 생각하지는 않았다. 시장 선거 때 도움을 준 상동 업체에 독점을 주기 위하여, 둘 다 같은 분야에서 위법행위를 하고 있는데, 경쟁관계에 있는 하동 업체만 법의 기준을 적용하여 허가취소 하는 선택적 행정처분을 한다는 것은 있을 수 없는 일이었다. 내가 아무리 하위직 6급 공무원이라 할지라도 이런 행정행위를 하지는 않는다. 나는 결론을 내렸다.

"하진수 주무관, 하동 업체를 법적 기준의 부지면적을 미확보한 사유로 허가취소 하는 문서를 기안해라."

"팀장님, 앞으로 어떻게 감당하려고요?"

"먼저 하동 업체를 허가 취소하면 하동 업체가 민원을 제기할 것이다. 그럼 그때 상동 업체를 허가 취소하자. 그렇게 해서 둘 다 법을 지키게 하고 이 고난의 상황에서 벗어나자."

"그 과정에서 팀장님과 저는 말로는 다 할 수 없는 수모를 겪게 될 겁니다. 우리가 장기간 과장으로부터 괴롭힘을 당하고는 있지만 좀 더 심사숙고했으면 합니다."

"사무실에서 과장에게 당하나, 민원인에게 당하나, 당하는 것은 마찬가지인데 차라리 원칙과 법에 맞게 일하면서 당하기로 하자. 그리고 너는 하동 업체로부터 항의를 받으면 팀장인 나의 지시를 받았다고 핑계 대라. 너를 힘들게 하고 싶지 않다."

"과장님 지시로 어쩔 수 없이 하는 것인데 어떻게 팀장님에게 핑계를 대겠어요? 그리고 그렇게 하면 팀장님이 너무 힘들어요."

"내가 많은 어려움을 겪게 되겠지만 어쩔 수 없는 일이잖아."

"걱정은 되지만 저는 팀장님의 판단에 따르겠습니다. 아무리 생각해 봐도 팀장님이 겪게 될 고통이 걱정됩니다."

다음날 출근하여 김광석 과장에게 갔다.

"과장님, 우선은 과장님의 지시대로 하동 업체를 허가취소 하여 상동 업체가 독점하도록 하겠습니다. 그렇지만 그 이후에 벌어지는 법률적 문제나 형평성을 잃은 행정행위의 후유증에 대하여 각오가 되어있는지 모르겠습니다. 뒷감당하기가 쉽지 않을 텐데요."

"장 팀장, 자네는 지시대로 따르기만 하면 되잖아. 지금까지 6개월이 넘도록 업무지시에 따르지 않다가 지금 뭐라고? 이 사람이! 뭘 그렇게 쳐다봐! 하라면 하면 될 일이지. 버텨보겠다는 것이었잖아."

"과장님, 할 일이 있고 하지 말아야 할 일이 있는 것이잖아요."

"자네가 지금 내게 훈계하는 거야!"

"하동 업체의 생계가 걸린 문제로 강하게 항의할 텐데 그때 제게 누명이나 씌우지 마십시오."

시장에게 잘 보이기 위해 야비한 행동도 망설임 없이 행동하는 자이 기에 나중에 내가 당해야 할 상황이 걱정되기도 했지만 일단 둘 다 법 령에 따라 사업을 하도록 하는 행정행위를 시작했다. 하루가 지났다. 상동 업체 이시영 사장으로부터 연락이 왔다. 차 한잔하자고 자신의 사무실로 와달라는 것이었다. 그가 나를 만나자고 한 것은 과장 또는 시장으로부터 연락을 받았기 때문이라고 생각했다. 그들이 즉시 소통 하고 있는 것이었다. 나는 상동 업체 이시영 사장과 유착된 것처럼 보 이기 싫어서 시청 민원실 앞 자판기에서 만나자고 했다. 자판기 캔 커 피를 마시며 대화를 시작했다. 감당하기 어려운 일을 시작하는 답답함 이 있었고 분명하게 다짐을 받고 싶었다.

"이시영 사장님이 원하는 대로 하동 업체를 허가취소 하겠습니다. 그런데 이렇게 하면 상동 이시영 사장님은 후회하게 될 겁니다."

"장 팀장님, 내가 뭘 후회합니까?"

"지금이 어떤 시대입니까? 이것은 형평성 없는 행정행위이고 하동 업체의 생계가 달린 문제입니다. 가만히 있겠습니까?"

"그까짓 것들이 가만 안 있으면 어쩔 것인데?"

"분명히 시청에 민원을 제기할 것이고 안 먹히면 상급 기관, 감사원, 사법기관에까지 하동 업체에서 민원을 제기할 것이고 그러면 나는 하 동 업체에 이어서 당신을 허가취소 하게 됩니다. 아무리 율도국시청 시장과 간부들이 당신을 보호하려 해도 그것이 통하지 않을 겁니다. 부메랑 되어 당신에게 돌아가게 된다는 것입니다."

"장 팀장님, 나는 허가취소 처분받아도 좋습니다. 그러니 하동 업체 를 허가취소 하십시오."

"좋습니다. 나중에 날 원망하지 마십시오."

이렇게 대화를 마쳤다. 그리고 마지막으로 과장에게 보고했다.

"과장님, 다시 생각해보시죠. 하동 업체로부터 감당할 수 없을 정도로 극심한 항의가 들어오면 어떻게 할 겁니까?"

"장 팀장, 그것은 그때 가서 볼일이다."

김광석 과장은 아무 걱정 없다는 듯이 말했다. 나는 내 자리로 돌아와 앉았는데 담당자 하진수 주무관을 포함한 5명 팀원이 모두 내 주위로 와서 걱정하며 안타까운 눈으로 나를 바라보았다. 과거에 두 업체가 해온 다툼과 그들의 질 나쁜 행태를 수없이 경험해온 팀원들은 험난한 길을 가게 될 나를 염려하는 몸짓을 했다. 나는 괜찮다며 팀원들에게 제자리에 앉아 일하도록 했는데 팀원들은 아무런 말도 하지 않고 멈칫거리기만 했다. 그렇지만 나는 지금 이 방법 말고는 달리 방법이 없었다. 나는 팀원에게 맡기지 않고 내가 직접 결재받으러 다녔다. 마지막으로 시장은 결재하면서 말했다.

"할 일은 해야지."

"시장님, 지금 하동 업체를 허가취소 하여 상동 업체에 독점을 주지만 나중에 상동 업체도 허가취소 하게 되는 상황이 될 것입니다."

내가 반대해도 소용이 없다는 것은 알았지만, 그래도 한마디 했다. 시장은 나를 빤히 바라보고 아무 말도 하지 않았다. 그리고 탁자 위에 있는 결재판을 덮고 신경질적으로 내게 밀었다. 나는 서류를 가지고 시장실을 나왔다. 내가 무슨 말을 더하겠는가! 왈가왈부할 필요가 없었다. 하동 업체를 허가취소 했다. 하동 업체 사람들은 감정이 폭발했고 그 행위를 내게 하기 시작했다. 하동 업체의 동업자 중 한 사람인

이기순 사장은 오전에 한 번 오후에 한 번 찾아와서 논리적으로 따졌다. 물론 나는 명분상 밀리고 있었다. 난 대답할 수 있는 말이 하나뿐이었다. 내게 말로 이러지 말고 법이 정한 절차에 따라 정식으로 항의하십시오, 라는 것이었다. 그런데도 계속 내게 말로만 항의해왔다. 동업자 중 김영우 사장도 내게 와서 폭언하고 폭행에 가까운 행동을 했다. 그리고 책상 위에 있는 곽티슈 화장지로 내 머리를 가격하기도 했다. 폭행의 강도를 떠나서 참으로 창피할 노릇이었다. 하동 업체는 한결같이 상동 업체도 허가취소 하도록 요구했다.

그러면서 하동 업체는 인근 토지를 매입하여 모든 면에서 합법적으로 사업을 재개했는데 많은 돈을 추가로 투자하게 되었다. 하동 업체는 나를 타깃 삼아 더욱 거세게 항의했다.

하동 업체의 민원 그리고 원래 내 계획대로 상동 업체를 허가취소 하겠다는 결재 문서를 과장에게 올렸다. 그런데 김광석 과장은 상동 업체를 보호하라는 것이었다. 상동 업체에 대한 허가취소 행정처분은 이루어지지 않았다. 하동 업체의 김영우 사장은 전화 또는 사무실을 방문하여 협박을 해왔다.

"밤길 조심해라, 시내 돌아다니지 말고 꼭 집에만 있어라, 언제 어디서든 보기만 하면 죽여버린다."

이렇게 수없이 많은 협박이 이루어졌는데 한번은 사무실에서 내게 협박과 폭언을 하며 행패를 부렸다. 그래서 112신고를 했는데 경찰서에서는 사소한 사항이라서 출동할 수 없다는 것이었다. 고소장을 접수하라는 것이었다. 나는 현행범이니 당장 출동 하도록 요구했지만 이루어지지 않았다. 하동 업체 김영우 사장의 횡포를 보다 못한 옆의 지도팀장이 너무하는 짓임을 항의했다. 그러자 하동 업체의 김영우 사장은 더욱 거칠어졌다.

"너는 뭐야 이 자식이 너도 당해 볼래!"

그러면서 밀어 넘어뜨리고 멱살을 잡아 들었다. 그 뒤로 사무실에서 아무도 나를 도와주지 못했다. 나는 형평성을 잃은 행정처분을 했으니 대화를 해도 명분에서 밀렸다. 어떻게 할 수가 없었다. 하동 업체에서 보자고 해서 그쪽 사무실로 갔다. 그런데 거기서 나는 폭행 당했고 병원 진단이 2주가 나왔다. 그리 심각한 부상은 아니었으나 쉬고 싶어서 병원에 입원했다. 병원에서 쉬면서 곰곰이 생각하니 팀장인 나에게만 집중적으로 협박, 폭언, 폭행의 행동으로 항의하는 일들이 아무래도 이상했다. 내가 모르는 뭔가 있을 것으로 생각했다.

병원에서 퇴원하여 상동 업체에 대한 허가취소를 다시 시도했으나 전과 마찬가지로 김광석 과장은 결재하지 않았다. 하동 업체는 내게 상동 업체를 허가취소 하도록 협박과 폭행을 계속했다. 나는 진퇴양난에 빠져들었다. 나는 자구책으로 경찰서 신고용 전기 충격기를 매입해 휴대하고 근무했으며 퇴근 후에도 항상 휴대했다. 그리고 쇠로 된 샤프 연필을 상의에 끼고 다녔고 자동차 키를 손가락 사이에 끼고 다녔다. 전통시장 대장간에서 산 정글도와 농장 유해조수 용도의 공기총을 구하여 차에 싣고 다녔다. 그만큼 나의 심적 부담은 크기만 했다. 나는 정말 불안했다. 가랑비에 옷 젖는다는 말이 맞았다. 장기간 협박과 폭언들은 나를 지치게 했다. 협박이 계속되니 불안했고 신변의 안전에 대한 위협을 크게 받고 있었다. 실질적으로 나의 삶은 위축되고 있었다. 정말 대한민국이라는 나라에서 행정공무원이 이런 모습으로 근무해야 하는가! 한탄하는 마음 크기만 했다. 더는 견딜 수 없어서 나는 하동 업체 두 명의 사장에게 질문했다.

"내게 집중적으로 이러는 이유가 무엇입니까?"

"장 팀장님, 그쪽 김광석 과장이 이런 말을 했습니다. 나는 과장으로서 당신들이 운영하는 하동 업체를 허가 취소하려고 하지 않았다. 그런데 장혁준 팀장이 고집을 부리면서 당신들을 허가취소 해야 한다고 해서 나는 어쩔 수 없이 결재 문서에 사인했다. 그리고 장혁준 팀장이 상동 업체를 허가취소 하지 않는다. 장혁준 팀장이 그렇게 강하게 나오는데 내가 아무리 과장이라지만 어쩔 수 없다, 이렇게 말했습니다. 그러니 우리는 장혁준 팀장님을 집중적으로 타깃 삼은 것이었습니다."

"지금 그 말 증명할 수 있습니까?"

"핸드폰으로 대화 내용을 녹음했습니다. 이 상황에서 우리 하동 업체는 누구에게 항의하겠습니까? 그리고 우리는 시장과 여러 차례 면담했습니다. 그럴 때마다 시장은 장혁준 팀장하고 상의하라고만 했습니다. 그러니 우리는 장 팀장에게 집중적으로 항의하게 된 것입니다."

이 말을 듣는 순간 나는 뭘 어떻게 해야 할지를 몰랐다. 분노가 일어나는 건 순간이었는데 참는 건 긴 고통이었다. 현기증이 났다. 긴 호흡 크게 하고 난 후 나는 하동 업체 이기순 사장에게 말했다.

"앞으로 법으로 하십시오. 장혁준 팀장이 형평성 없는 부당한 행정처분을 했고 직무유기, 권력 남용의 행위를 했다. 바로 이런 사유로 형사고소 하십시오. 그러면 왜 이런 일이 발생했고 누가 왜 이런 짓을 주도했는지 확인될 것입니다."

"장 팀장님, 이런 짓을 주도한 사람이 따로 있다는 말입니까?"

"지금까지 댁들이 상급 기관 감사과, 감사원에 여러 차례 민원을 냈고 또한 내게 협박, 폭언, 폭행을 수도 없이 해왔는데 조금이라도 달라진 게 있었습니까? 나를 타깃 삼은들 아무 소용이 없다는 말입니다. 나는 팀장에 불과한 사람입니다. 시장과 간부들의 말대로 모든 결정을 내가 한다고 생각합니까? 몰라서 이럽니까? 다 알면서도 이러는 겁니까? 이제 더는 견딜 수가 없으니 제발 형사고소 하십시오."

"장 팀장이 법으로 하라고 하니까 그럼 지금부터 법으로 하지. 그러면 왜 선택적 행정처분을 했고 개선하지 않는지 알 수 있겠지."

"당신들의 폭행, 폭언, 협박의 세월이 2년째입니다. 더는 나를 자극하지 마십시오. 내가 셀프컨트롤 되지 않을 수도 있습니다. 내가 과열된 상태이기에 폭력을 행사하기로 하면 당신들이 했던 짓보다 그 크기가 결코, 작지만은 않을 겁니다. 그리고 율도국시청 시장과 김광석 과장이 나를 희생양으로 내세웠다는 것을 생각해봐야 할 것입니다."

사무실에 돌아와서 과장에게 갔다.

"과장님이 당초에 하동 업체를 행정처분 하라고 제게 지시할 때 제가 형평성 없는 행정행위를 하고 나중에 어떻게 뒷감당을 할 것이냐? 이렇게 말했었지요. 그때 과장님은 그것은 그때 가서 해결하자고 했는데 그것이 제게 뒤집어씌우는 행동을 하겠다는 의미였습니까?"

"장 팀장, 하동 업체의 항의가 극심하여 자네에게 떠넘긴 건 맞다. 그래서 자네가 어쩔 건데? 뭐든 하고 싶은 대로 해봐."

"과장님, 시장과 선거 브로커에게 잘 보여 승진하고 싶어서 그따위 짓을 하고 책임은 부하 공무원에게 뒤집어씌운다! 그런 겁니까?"

과장은 아무 말도 하지 않고 못 들은 척한다. 나는 말을 계속했다.

"직장 상사이고 인생의 선배인 과장님이 어떻게 이럴 수 있단 말입니까? 과장님을 모시는 제가 불쌍합니다. 과장님은 대한민국에서 아니 전 세계에서 최고로 훌륭한 공무원이십니다. 참으로 존경합니다."

과장은 회전의자를 돌리고 내게 등을 보인다. 내가 이 상황에서 더 말을 한들 무슨 소용이 있겠는가! 한참을 그대로 서서 과장의 뒷모습을 쳐다봤다. 그리고 내 자리에 돌아와 깊은 한숨만 쉴 뿐이었다. 이 일이 처음 시작되었을 때 하동 업체로부터 부탁을 받은 시내 건달들 10여 명이 나를 찾아와 누구 지시를 받았는지, 단독행위였는지를 따지며 나를 공격한 적이 있었다. 그런 상황에 직면한 것도 어처구니없는 일이었고, 상사의 지시를 받고 어쩔 수 없이 시작한 일이었지만 그래도 나는 내가 판단한 일이라고 했다. 또한 내 밑에서 근무하는 팀원에게도 핑계 대지도 않았었다.

그런데 이 꼴이라니! 사람 사는 도리를 생각할 줄 아는 시장과 과장의 이러한 행태에 나는 크나큰 비참함에 빠졌다. 그 후 하동 업체 동업자 두 명은 율도국시청 시장을 항의 방문했다. 나는 이 자리에 배석했다. 하동 업체는 시장에게 막말까지 섞어가며 항의했다. 그러면서 상동 업체도 적법하게 영업하도록 조치할 것을 요구했다. 시장은 배석한 나를 바라보며 말했다.

"장 팀장에게 알아보시오. 내가 이 조직의 운영자이기는 하지만 이런 일까지 내가 다 관여하지는 않습니다."

이렇게 시장은 또다시 내게 핑계를 댔다. 나는 면담이 끝나고 하동 업체 두 사람에게 대화를 시도했다.

· · · · ·

"하동 업체 두 분 사장님, 시청을 상대로 하든 나를 상대로 하든 형사 고발하여 처리하라고 당신들에게 여러 번 말했었습니다."

"장 팀장이 상급 기관 감사과나 감사원의 감사관으로부터 감사받을 때 사실대로 조사를 받았으면 됐잖아요."

"그들이 와서 감사할 때 율도국시청 감사과 공무원 또는 부시장이 배석합니다. 그들이 내가 말을 못 하게 압박하는 것입니다. 상급 기관에서 나온 감사관이 가라고 해도 안 가고 자리를 지킵니다. 내가 어떻게 사실을 말하겠습니까? 그러나 경찰서는 압수수색 권한이 있으니 증거서류를 강제 확보하는 것이 됩니다. 그리고 감사원, 상급 기관 감사과 감사는 징계지만 경찰서 조사는 형사입건이다. 직무유기는 벌금형이 없습니다. 무죄 아니면 금고 이상의 형입니다. 유죄가 되면 나는 파면입니다. 압수수색이 아니어도 나는 증거서류를 경찰서에 제출하게 됩니다. 그래서 형사사건으로 일을 처리하라는 것이었습니다. 그런데도 당신들은 법으로 하지 않고 끝까지 나를 물고 늘어졌습니다."

"장 팀장님, 우리는 그럴 수밖에 없었습니다."

"지금부터 내가 하는 말을 잘 들으십시오. 시장과 간부들은 당신들을 허가취소 하고 상동 업체가 독점하도록 하려 했는데 당신들은 허가조건을 갖추고 영업을 재개했지요. 그런데 상동 업체는 합법적으로 영업할 여건이 안 됩니다. 시장 그리고 김광석 과장을 비롯한 간부들이 당초에 의도한 바와는 반대로 상동 업체를 허가취소하고 하동 업체 당신들에게 독점을 주는 꼴이 되어버렸습니다. 그래서 상동 업체에 대한 허가취소 결재를 안 해주는 것입니다. 알고 있었습니까?"

"우리 하동 업체에서도 눈치는 채고 있었습니다. 그렇지만, 형사사

．．．．．．

건으로까지 몰고 가지 않으려 한 것이었습니다. 그 이유는 시장 추종 세력들이 우리를 안 좋게 보게 되고 손님 확보에도 어려움이 있을 것 같아서였습니다.”

“솔직히 말하니 좋습니다. 그리고 2년째 내가 형평성 있는 행정행위를 하기 위해 상동 업체에 대하여 허가취소 하겠다고 결재 올렸을 때 시장과 간부들이 감사과에 지시해서 나를 뒷조사하고 흠을 잡으려 했다는 것도 알고 있습니까?”

“그것도 알고 있습니다.”

“그것은 내가 상동 업체에 대해서 허가취소를 못 하게 하려고 시장과 간부 공무원들이 나를 압박하고 협박한 것이었잖아요”

“물론 알고 있습니다.”

“그럼 이 사태의 원흉은 상동 업체 이시영 사장, 시장, 김광석 과장, 바로 그들이라는 것을 알면서도 댁들은 상동 업체를 허가취소 하도록 나를 2년째 협박, 폭행을 해왔던 것이고 시장과 간부들은 2년째 감사과 직원들을 동원해서 상동 업체를 허가취소 하지 못하도록 나를 협박해 왔다는 것이군요. 아! 정말 당신들은 시장을 포함한 그 사람들 못지않게 나쁜 사람들입니다. 2년이란 세월은 당하는 사람으로서는 적은 기간이 아닙니다. 하동 업체 당신들은 시장은 버거운 상대이고 내가 약자로 보이니까 나를 괴롭히고 물고 늘어져서 해결하려고 한 모양인데, 이젠 그만하십시오. 사람에 따라서 세상 살아가는 방식이 다들 다르겠지만 정말 이건 아닙니다. 앞으로도 당신들이 지금까지 내게 했던 식으로 하면 나도 똑같이 당신들에게 해주겠습니다. 마지막 경고입니다. 당신들이 원한다면 언제든지 그 짜릿한 맛을 선사할 수 있습니다."

뭔가 비릿한 흥분이 내 손에 착 달라붙었다. 그 흥분은 내 자제력을 잃게 하고 있었다. 그들은 갔고 나는 사무실에 돌아왔다. 약 2주간 하동 업체로부터 아무런 연락이 없더니 하동 업체 이기순 사장이 나를 찾아왔다. 밖에서 말하고 싶다고 했다.

"장 팀장, 공무원이 민원인에게 그런 모습을 보여도 되는 겁니까?"

"하동 업체 당신들 그리고 시장과 똘마니 간부 공무원들에게 당한 세월이 2년입니다. 내가 정상일 수 있겠습니까? 그나마 내가 공무원이니까 지금까지 참고 견뎌온 것입니다. 내가 더는 당신들에게 공무원이 아닙니다. 그 어떤 행동도 할 정도로 과열된 상태입니다. 더는 나를 괴롭히지 마십시오."

마음이 폭주하고
몸에서 열기가 솟아 나오니
시청과 세상을 태워버리고 싶은
분노가 터져 나오기만 했다!

가슴 아리도록 외로워 파르르 떠는데
가슴에서 솟아나는
울분이 눈가에 맺혔고
삭히지 못해 주먹만 한 눈물이
뚝뚝 떨어졌다!

먹고살아야 하기에, 성실한 공무원으로서 살고 싶었기에 참고 견뎌내야 했다. 상처 입고 떨고 있는 초라한 공무원은, 비관에 망가져 가는 공무원은 물에 빠져 허우적거리며 지푸라기라도 잡아야 했다. 지아를 바라보며, 제법 말을 잘하는 딸의 재롱을 보며, 이제 기어 다니는 아들을 보며 난관에 봉착한 나는 조금이라도 평온을 찾을 수 있었다. 삶이 타의 존재와 사실들에 의하여 흔들리고 있는 가운데 항상 처와 자식을 나의 삶 중심에 두고 겨우겨우 연명하고 있었다. 그런 나는 아이 돌보기와 집안일을 제대로 도와주지 못했다. 본의 아니게 이기적인 생활을 했다. 이런 나에 대해 지아의 불만은 날이 갈수록 커져만 갔다.

　그러던 중 금요일 오후에 지아로부터 전화가 왔다. 낮에 우리 아이들을 봐주는 아주머니께 밤 9시까지 돌봐달라고 부탁했다며 밖에서 보자는 것이었다. 퇴근 후 저녁 식사 중에 지아는 현재 가정생활의 상황에 대해 말을 했다. 온통 불만이었다. 나는 교통과에서 최근 2년간 있었던 상황을 말했다. 그러면서 어쩔 수 없었음을 말하고 집안일을 제대로 도와주지 못한 것을 사과했다. 지아 표정이 어두워졌다. 말없이 듣기만 하다가 말했다.

　"정말 대책이 없어. 어떻게 조용하고 조금 편안 할만하면 일이 터지고 살 수가 없네. 그렇게 직장생활 하는 게 힘들지 않아?"

　"지아, 내가 어떻게 할 수가 없는 상황이었어."

　"여보, 남들은 그런 상황들에 엮이지 않잖아! 어쩌자고 그래!"

　지아는 크게 한숨을 내 쉬었다. 나는 마치 무슨 잘못을 한 사람처럼 초라하기 그지없었다. 우리는 아파트 주차장에 도착했는데 지아는 차문을 열고 내리며 대책이 없다는 표정, 부담스럽다는 표정을 짓고 말없이 집으로 들어갔다. 나는 조용히 그냥 바라만 봤다. 지아의 뒷모습이 보이지 않자 아파트 어린이 놀이터에 있는 긴 의자에 누웠다. 하늘을 보니 정말 밝았다. 달은 둥그렇고 커다랗게 빛나고 있었고 헤아릴 수도 없이 많은 별이 하늘을 장식하고 있었다. 내 마음은 까맣게 타들어 가는데 저 하늘은 고난에 빠진 내게 길을 터주지 않았다. 저 하늘은 오로지 나 홀로 이 역경을 이겨내라고 하는 모양이다. 오늘 내게 질린다는 표현을 하고 말없이 돌아선 지아의 모습에 나 자신이 작아지기만 했다. 이런 나의 식장생활로 인하여 우리 사이에 장벽이 생길까 봐 불안한 마음에 휩싸였다. 그러다가 문득 혼자라는 외로움이 나를 엄습했다. 그러나 그 종착역이 어디이고, 내가 가진 모든 걸 다 잃어버린다 해도 직업 공무원으로서 나의 소신과 인생철학을 잃고 싶지는 않았다.

조용한 날들이 몇 주 지났는데 경찰서 수사과에서 전화가 왔다. 폐차장과 관련하여 조사하겠으니 출석하라는 것이었다. 나는 정말 다행이라고 생각했다. 경찰이 나를 수사하겠다니 얼마나 고마운지 몰랐다. 이젠 이 험난한 상황에서 벗어날 수 있겠다고 생각했다. 몸이 좋지 않아 병원에 다니고 있어서 1주일 후에 출석하기로 했다. 그 사이에 상동 업체를 허가취소 한다는 문서를 기안했다. 물론 경찰로부터 출석요구를 받았음과 고발자는 하동 업체임을 기록했다. 2년 동안 내게 압박을 가하고 내게 뒤집어씌우고 버티며 나를 희생타로 삼던 시장과 간부들이 아주 순한 양처럼 결재했다.

그동안 어려움을 당하면서 예상치 못한 강적들을 만났다는 긴장감도 있었지만, 가슴 깊숙한 곳에서 끝까지 해보자는 투쟁 의식도 사실 꿈틀거리고 있었다. 그들이 내 인사권을 쥐고 있음에 언젠가는 내가 승진도 하지 못하고 명예퇴직이나 신청하는 신세가 될 수도 있다. 그리고 '농부 애 쌀' 고급브랜드화 사업으로 겨우 올려놓은 직장과 지역

사회에서 나의 이미지는 또다시 마녀사냥에 희생될 수도 있다. 그렇지만 나는 이놈의 간덩이가 부어올라 무서운 줄 모르고 덤볐던 것이었다. 직장인의 위치를 생각하면 스스로 기름을 안고 불구덩이에 뛰어드는 꼴이기도 했다.

나는 경찰에 가서 상동 업체를 허가 취소했음을 진술했다. 이렇게 나는 2년에 걸쳐 처음에 생각했던 대로 둘 다 법적 허가조건을 완비하도록 했다. 끝나지 않을 것 같은 분쟁이 2년 만에 종료됐다. 물론 율도국시청의 시장과 간부들이 원하는 방향은 아니었다. 나는 법을 집행하면서 우리 지역 시민이면 누구나 법 앞에 평등하며 형평성이 없는 행정행위의 피해를 받지 아니할 권리가 있음을 실현했다. 이는 너무나도 당연한 일이었다. 그러나 제왕적 지방자치단체장과 선거 브로커들 그리고 그 똘마니 간부 공무원들은 법 위에 군림하는 자들이었다. 그러하기에 법과 제도라는 틀 안에서는 그들과 투쟁하며 견디기 어려운 상처를 입어야만 형평성 있는 행정행위를 이룰 수 있는 험난한 일이었다.

나는 시장 개인의 이익과 시장 선거에 도움을 준 선거꾼을 위해서 선택적으로 행정행위를 하는 공무원이 아니었다. 시장과 간부들은 이런 나에 대한 보복으로 감사과 공무원을 통해서 내 뒷조사를 계속하고 있었다. 그러나 먼지 털어서 건수를 잡을 수는 있어도 나에게 치명타를 줄만 한 건은 없었다. 나는 한숨을 돌리며 금요일에 팀 직원들과 회식했다. 팀원 5명은 고난의 시간을 보낸 내게 격려의 술을 따르며 시장과 간부들에게 찍혔으니 앞으로가 걱정이라는 안타까움을 표현했다. 나는 팀원들과 술잔을 주거니 받거니 하며 취했다.

술 취해 집에 돌아왔다. 전에 지아가 나의 공무원 생활에 대해서 지친다는 태도를 보였었는데 그것이 계속 마음에 남아있었다. 지아에게 말했다.

"내가 참 어려운 고비를 또 한 번 넘겼네. 같이 여행하고 싶어."

"알았어요. 내가 내일 여행지를 알아볼게요. 그리고 많이 힘들었지요. 지난번엔 내가 과한 말을 한 것 같아요."

"아니야. 네가 날 사랑하니까 그런 말을 한 것이지."

우리는 아이를 처가에 맡기고 이번 주말에 여수 빛 축제에 가기로 했다. 나는 지아에 대한 불안감으로 더욱 작아져 있었다. 그렇지만 지아는 내가 잡을 수 있는 유일한 생명줄이었다. 우리는 여수로 향해 달렸다. 뒤에 오는 차에 미안했지만 서행하며 우린 바다와 도시가 접한 풍경을 즐겼다. 도시와 바다가 함께 어우러진 해안도로의 주변 모습이 내겐 이색적이었다. 그것도 잠시였고 바로 어두워졌다.

우린 돌산공원에 주차했다. 온통 화려한 불빛이 우리를 반겼다. 쌍두마차, 갈대 조명 등 여러 조명시설이 있었고 조명 터널이 있었는데 이곳에 들어서자 작은 조명등 각각에서 뿜어져 나와 화합을 이룬 불빛들은 내가 서 있는 위치에 따라 달리 보였으며 빛의 교향악을 듣는 듯했다. 그리고 그 빛의 조합은 내게 찬란하게 빛나 환상의 세계에 들어선 느낌을 받게 했다. 게다가 자그마한 조명등 하나하나에서 반짝이는 모습은 빛의 풍요로움 속에서 잊혀질 수도 있었던 각각의 존재를 뚜렷하게 과시하는 것이기도 했다. 멀리 보이는 해안가 바닷물 위에 도시의 조명과 가로등 불빛이 둥둥 떠 있었다. 마치 도시가 바닷물에 잠겨있는 것과도 같았다. 이곳 돌산의 빛 못지않게 저 멀리 해안가

야경의 모습도 진한 멋을 발하고 있었다. 돌산대교를 중심으로 해안가 야경을 보면서 표시 나지 않게 지아를 유심히 바라보았다. 최근에 우린 나의 직장생활로 인하여 조금 서먹서먹해져 있었다. 그 담장이 이 겨울밤 빛의 축제장에서 허물어지고 있었다. 지아는 내가 입고 있는 반코트 속에 손을 넣어 내 손을 잡고 바람에 날리는 머리카락 사이로 나를 바라보며 웃음을 보였다. 이런 지아의 모습에 나는 안도의 한숨을 쉬었다. 정말 다행이었다. 하늘이 무너져도 솟아날 구멍은 내게 있었다.

지형이 높은 돌산에 바람이 제법 사나웠고 밤이 되면서 날씨는 추워졌다. 지아는 롱코트를 입고 있었는데 바람에 펄럭였다. 나는 바람을 막아주기 위해서 지아 코트 앞 단추를 채워 주었다. 우린 쌀쌀한 날씨임에도 빛 축제에 마냥 즐겁기만 했다. 조금이라도 더 이 공간에 있고 싶어서 다음 장소로 이동을 미루고 있었는데 시간이 지나자 어쩔 수 없이 우린 돌산공원에서 내려왔다. 우린 숙소에 들어왔다.

지아는 얼굴을 붉히며 내 가슴에 파고들었다. 눈동자에서 빛나는 나를 사랑하는 마음, 잘 익은 복숭아 같은 깜찍한 젖 동산, 솜털처럼 부드럽다가도 탄력 있는 복부, 미끈하게 흘러내린 종아리로 나를 흔들어 버린 여인! 나의 시선은 어느새 지아를 향한 갈망하는 사내의 눈빛을 발했다. 적지 않은 세월 동안 지아와 함께 살아왔다. 그런데도 지아는 언제나 내게 빛나는 보석이었다. 그물망에 물은 빠지고 물고기만 남듯 지아를 안고 또 안았다. 나는 본의 아니게 지아에게 집착하는 모습을 부렸다.

"여보, 나 항상 자기 곁에 있잖아. 자기가 침대에서 나를 대하는 모습을 보면 꼭 마지막으로 나를 보는 듯한 모습이야."

"내가 좀 그랬지. 미안해."

지아가 어깨를 움츠리며 나의 속도를 조절했다. 마치 지아는 수도꼭지 같고 나는 수돗물 같았다. 고층 빌딩들로 가득한 도시 숲에서 우직하고 저돌적인 황소와 그 황소의 고삐를 잡은 입을 삐쭉거리며 미소 짓는 장난꾸러기 여인의 그림이었다. 마치 첫날밤과 같이 강렬한 사랑의 축제가 침대에서 빠른 속도로 차곡차곡 나의 뇌리와 육체에 문신처럼 새겨졌다. 지친 지아는 내 위에 엎드려 있다가 고개를 들더니 말했다.

"여보, 나 시원한 물 좀 줘. 자기가 무서운 폭풍 열차 같았어."

지아가 물을 마시고 여유가 있어 보이자 나는 지아를 데리고 욕실로 갔다. 우리는 샤워기 밑에서 비를 맞듯이 안고 서서 블루스 춤을 추었다. 샤워기 물은 우리 몸 전체에 골고루 뿌려졌다. 그러다가 섰더니 물은 우리 머리에서 얼굴을 타고 내려와 지아 젖가슴을 적셨다. 지아 젖은 붉게 채색되어 있었다.

"지아, 젖이 지금도 빨갛다. 아팠지?"

"정말 너무해! 셀 수도 없이 많이 만지고 문지르고 또 손바닥으로 눌러서 떡을 만들기도 해. 내 젖하고 무슨 원수진 것 있어?"

"그랬나? 사실 가만 놔둘 수가 없어. 어떻게든 괴롭히고 싶어!"

지아는 젖을 두 손으로 받쳐 들고 마치 내게 바치듯 서서 흡족한 표정으로 나를 바라보았다. 나는 내 손을 들었다가 순간 정지시켰고 입술과 혀로 부드럽게 젖꼭지와 젖을 달랬다.

"젖 그리고 꼭지님, 미안해요! 그렇지만 나도 어쩔 수가 없네요. 자신이 예쁘게 생긴 걸 탓해야 해요!"

내게 자신을 맡기고 있던 지아는 두 손으로 내 뺨을 어루만졌다가 다시 내 가슴에 파고들었다. 샤워를 마치고 침대 이불 속에서 지아가 내 가슴에 안겼다. 내게 남은 유일한 행복이었다. 아침에 우린 일찍 일어났다.

"여보, 우리 어디든지 가자. 시원한 느낌이 있는 곳이 어딜까?"

"우리 통영에 가서 케이블카 타고 한려수도 해안가 볼까?"

"응, 바다와 육지를 동시에 보는 것도 좋을 것 같아."

우린 서둘러서 준비했다. 나는 먼저 현관문에 서 있다가 지아가 하이힐을 신을 때 발을 잡아 신발을 신겨주었다. 작고 앙증맞은 발이 예뻤다. 하이힐을 신고 내게 안겨있던 지아는 몸을 더욱 밀착했다. 나는 그런 지아를 꼭 안았다. 마치 작고 예쁜 인형이 내게 안겨있는 것 같았다. 한참을 그렇게 있던 우리는 숙소에서 나와 통영으로 향했다. 차 안에서 지아가 말했다.

"여보, 우리 둘이 사랑이라는 병에 걸렸나 봐. 가던 길에 약국 들러서 병 고치는 약 사러 갈까?"

"지아, 그 병 고치지 말고 영원히 이렇게 살자."

"우리 부부 중에 자기가 갑이고 내가 을 같아. 싫어졌다가도 다시 자기가 좋아져!"

"마음에 들지 않는 게 있어도 좋게 생각해줘. 나도 노력할게."

예전처럼 지아가 사소한 말들을 수도 없이 쏟아냈다. 우린 통영에 도착하여 케이블카에 탔다.

"여보, 저기 좀 봐. 저 멀리 꼬불꼬불한 해안가의 건물들과 바다가 함께 어우러진 모습이 정말 평화롭게 보여!"

"응, 게다가 작은 섬들이 마치 바다에서 떠돌아다니는 것 같다."

우리는 케이블카에서 내렸다. 케이블카를 타기 위해 우리도 줄을 서서 기다렸는데 아직도 사람들이 줄을 서서 순서를 기다리고 있었다. 여행을 마치고 귀향길에 올랐다. 도롯가 음식점에 들어갔다. 우리는 메뉴판에서 처음 보는 멍게비빔밥을 먹고 돌아왔다. 지아는 아이들을 데리러 처가에 가기로 했다. 모처럼 밝은 모습으로 이틀을 보냈다. 지아가 차에서 내리기 전에 가볍게 키스하며 말했다.

"여보, 먼저 집에 가. 친정집에 잠깐 있다가 내 차로 애들 데리고 갈게. 만약에 시간이 늦으면 그냥 내일 아침에 친정집에서 아이들을 유치원에 데려다주고 바로 출근할게."

지아는 차에서 내려 회색 롱코트를 입고 종종걸음으로 뛰어갔다. 한참 동안 지아 뒷모습을 바라보며 지아가 원래대로 돌아와 준 것에 대해 고맙게 생각했다.

험난했던 민선 5기 2년이 지나갔다. 김광석 과장은 국장으로 승진했다. 나와 같은 공무원은 설 자리가 없는 것이고 김광석 과장 같은 공무원만이 설 자리가 있는 것이었다. 시민들 입장에서 보면 잘못된 일이었다. 그러나 시장 입장은 너무도 당연한 일인 것이었다. 그만큼 우리 율도국시청 행정이 시장과 그 측근을 위한 행정인 것이었다. 물론 일반행정에서는 정상적으로 업무추진이 이루어지고 있었다. 그렇지만 이권이 걸린 업무와 시장 측근들과 연계되는 업무의 경우에는 결국 시민을 위한다는 행정의 표명은 겉 포장에 불과한 것이었다.

　상동 폐차장 이시영에 대한 행정처분은 시장 그리고 간부 공무원들이 경찰 수사 때문에 어쩔 수 없이 결재는 했지만, 그들은 나의 형평성 있는 행정행위를 인정하지 않았다. 특히 상동 업체 이시영은 자신이 시장을 끼고 있는데, 시장은 지역의 황제인데, 하고 싶은 일을 다 할 수 있는데 행정 6급 공무원 정도의 피라미를 어떻게 해서라도 뭉개 버릴 수 있다고 생각하는 모양이었다. 상동 업체 이시영 사장은 억울하다고 행정소송을 제기했다. 정말 억울한 것인지 가슴을 칠 일이었다. 율도국시청 시장과 간부는 내가 소송에서 패소하게끔 어떤 행동을 해 올 것이라는 생각이 들었다.

　내 예측이 딱 맞았다. 내가 피고 율도국시청의 소송수행자로서 재판에 임했는데 율도국시청 법무팀에서 고문변호사가 3명이나 있었음에도 변호사를 선임해주지 않았다. 율도국시청 행정소송에서 처음 있는 사례였다. 나는 변호사 없이 행정소송을 준비했다. 처음 해보는 일이었지만 피고로서 답변서를 작성하고 증거를 모아서 법원에 제출했다. 법원에서는 원고의 집행정지 신청에 대한 심리를 비공개로 했다. 원고인 상동 업체 이시영 사장은 이 지역 법원 부장판사 출신 변호사를 선임했다. 30대 초반의 판사가 중앙에 앉아 주재했고 한쪽은 원고인 상동 업체 이시영 사장과 변호사가 앉았다. 피고 측은 나와 팀원이 앉았다. 원고 측 변호사는 심리 중에 내가 증거를 근거로 한 행정처분의 정당성을 주장할 때마다 내게 화를 내고 큰소리를 쳤다. 눈에 힘을 주고 나를 마치 범죄자 취급하며 윽박지르고 호통을 쳤다. 법원에서 재판 중에 어떻게 변호사가 상대측 소송수행자에게 어떻게 이럴 수 있는지 알 수가 없었다. 원고 변호사의 마지막 말은 나를 심하게 자극했다.

"뭐 이따위 공무원이 다 있어!"

"변호사님, 지금 하신 말씀이 무슨 뜻입니까?"

서류를 보며 답변하던 나는 서류를 덮었다. 그리고 허리를 폈다. 얼굴은 비록 무표정이었지만, 밟으면 꿈틀거리는 나의 마지막 힘이 나왔다. 지금까지 침착하게 소송에 임하던 틀에서 벗어나 버렸다.

"조금 전에 한 말 다시 해보십시오! 변호사님은 원고를 대변하는 것이고, 나는 피고의 입장을 주장하면 그 후 모든 것을 판사가 판단하면 되는 것인데 지금 변호사님은 피고의 소송수행자인 나를 협박하는 것이지요? 그리고 하찮게 보이는 것이지요? 조금 전에 한 말과 지금까지의 태도에 대해서 사과하십시오."

"이런 형편없는 공무원이 여기가 어디라고 함부로 행동하는 거야!"

원고 변호사는 역으로 내게 또다시 호통을 쳤다.

"변호사님! 여기가 어딥니까? 법원입니다! 변호사님이 과거에 이 법원의 부장판사였다고 들었습니다. 설마 법원이 어떤 곳인지 모르는 건 아니겠지요? 변호사님은 원고를 대변하면 그것으로 되는 것이잖아요. 그런데 지금 변호사님의 행동은 뭡니까? 그리고 앉아 있는 그 자세가 그게 뭡니까? 지금 누워있는 겁니까? 조폭처럼 나를 겁박하려고 그러는 것인가요? 내가 비록 변호사도 없이 행정소송을 수행하는 하위직 공무원이지만, 너무 그러지 마십시오."

나는 재판 진행의 부당함을 주장했지만, 판사는 침묵을 유지했다. 나는 방향을 바꿔 판사를 향하여 마지막 발언을 했다.

"둘 다 위법한 상태로 영업을 하고 있었으면서 원고는 경쟁업체만 허가취소 하도록 요구했습니다. 나는 그렇게 해주었고 그 후에 경쟁업체가 억울하다고 주장을 했습니다. 난 형평성 있는 처분을 하기 위해 원고도 허가취소 했습니다. 결국 둘 다 취소처분 하게 된 것이며 첫 단추는 바로 원고가 시작한 것입니다. 내가 하면 선이고 남이 하면 악이라는 논리를 펴지 말아야 합니다."

판사는 듣고만 있었는데 원고 변호사는 또 막말했다.

"내가 말하면 들어야지 그따위 반박을 하는 거야! 하위직 행정공무원이 법을 알면 얼마나 알아! 법도 제대로 모르는 주제에 건방진 말을 하고 있어!"

"제가 법은 잘 몰라도 순리는 압니다. 그리고 나를 기죽여도 내 태도에는 변함이 없을 겁니다. 그러니 그만하십시오."

계속 침묵을 지키던 판사가 한마디 했다.

"피고 측 율도국시청 소속 소송수행자는 원고 측 변호인이 의뢰인을 대변하는 것뿐이니 너무 과민하게 반응할 필요는 없습니다."

"판사님, 대한민국이라는 나라는 법치주의 국가입니다. 법정에서 변호사가 상대측 소송수행자에게 이렇게 언어폭력을 행사해도 되는 겁니까? 그리고 나는 피고 측의 소송수행자로서 변호인이 없을지라도 적법한 절차로 재판을 받고 싶습니다. 물론 결과 역시 법과 증거에 따라 공정하게 판결해 줄 것도 요청합니다."

이런 분위기 속에서 판사는 불편한 표정을 보였다. 그리고 변호사는 의자에 앉은 모습인지 누워있는 모습인지 모를 정도로 거만한 행동을 처음부터 계속했다. 나의 소송서류는 초보적 수준의 서류였고 법정에서 답변도 완전 초보였다. 그렇지만 나의 논리는 처음부터 끝까지 단호했다. 나는 마지막으로 우리 지역 케이블 방송사에서 율도국시청을 방문하여 나와 인터뷰한 내용이 방송된 CD를 추가로 제출하며 증거로 검토하여 달라고 요청했다. 그 인터뷰의 핵심은 율도국시 시민은 법 앞에서 모두가 평등하며 나는 담당 팀장으로서 이 업무를 추진할 때 형평성 있게 할 것임을 발언한 내용이었다.

이 와중에서 판사가 개입하여 상황이 종료되었다.

"양쪽 다 그만하십시오. 이것으로 심리를 끝내겠습니다."

판사의 종결 선언이었다. 그 후 판결을 확인하기 위하여 법원 사이트에 접속해도 판결이 나지 않았다. 집행정지 신청에 대한 판결은 통상적으로 바로 선고하는데 1주일 지났음에도 판결이 없었다.

지이준 팀원이 내게 말했다.

"팀장님, 원고 변호사가 그 법원의 부장판사였다고 하잖아요. 팀장님이 원고 변호사의 잘못된 행동들에 대해 지적해서 우리가 질 모양이에요"

"걱정하지 마라. 우리나라에서 마지막으로 믿을 만한 곳이 바로 법원이다. 나는 그 젊은 판사를 믿는다. 그러니 기다려 보자."

이렇게 말은 했지만, 집행정지 신청에 대한 재판에서 패소하면 율도국시청 내에서 내가 난처해질 수 있는 상황이었다. 내가 겨우겨우 힘겹게 근무하고 있으니 팀원들 분위기도 침울했다. 그런데 지이준 팀원이 모처럼 활짝 웃으며 큰 소리로 말했다.

"팀장님, 축하드려요. 이겼어요. 기각 판결이 나왔어요."

"아!, 다행이다. 정말 다행이다."

나는 가슴을 쓸어내렸다. 지이준 팀원은 하진수 후임으로 온 직원이었다. 이렇게 한숨을 돌리고 본안소송에 대비했다. 김광석 과장의 후

임인 임재영 과장은 내게 소송수행에 있어서 적당히 하라고 했다. 그리고 율도국시청 감사과에서 내 뒷조사를 계속하고 있었다. 그것은 상동 업체 이시영 사장과 행정소송에 있어서 적당히 하다가 패소하라는 압력이었으며 내게 위협으로 다가왔다.

나는 감사팀장을 만나서 내 의사를 전달했다.

"내가 세상 모든 일을 형평성 있게 처리하는 사람은 아닙니다. 그러나 내 업무만큼은 반드시 형평성에 맞게 처리해 나갈 것입니다. 시장과 그 선거 브로커들 그리고 이들을 추종하는 간부들의 나쁜 짓을 그냥 지나칠 수는 없습니다."

"장 팀장님이 걱정됩니다. 이렇게 시장이나 간부들하고 대립해서 앞으로 공무원 생활을 어떻게 할 겁니까? 승진도 해야 하잖아요."

"내게 승진보다 더 중요한 건 내가 맡은 업무입니다. 이렇게 보자고 한 건 부탁이 하나 있어서입니다. 시장의 지시를 받았으니 나를 조사하고 다니는 것은 괜찮습니다. 다만 없는 것을 마치 있는 것처럼 소문내지 말라는 것입니다."

나를 마녀사냥 하지 말라고 정중히 부탁했다. 그 후 내가 당직근무를 하는데 시장이 밤에 행사를 마치고 청사에 들어왔다. 나를 보더니 잠깐 대화 하자고 했다.

"장 팀장, 폐차장 사건이 지금 어떻게 되어가고 있는가?"

"결과가 시장님이 원하지 않는 방향으로 흘러가도 상황이 복잡하면 원칙대로 가는 게 현명합니다. 제가 멈출 수 없는 상황입니다."

시장은 나를 빠히 바라보며 한숨을 쉬며 말했다.

"장 팀장, 자네가 갈수록 어려운 길을 가고 있다는 것을 알고 있는가? 그건 그렇고 이 사건을 어떻게 결론을 지을 텐가?"

"시장님, 하동 업체에 이어 상동 업체도 허가취소 하는 쪽으로 재판에 임하겠습니다. 처음에 하동 업체를 허가 취소할 때 이미 예견된 상황 아닌가요? 시장님께 그때 제가 이렇게 될 것이라는 걸 말씀드렸잖아요."

"자네 뜻대로 재판 결과가 나오는 것인가?"

"아닙니다. 제 뜻이 아니라 법과 증거로 판결이 나올 겁니다."

시장은 다른 곳에 시선을 두고 아무 말도 하지 않았다. 한참을 그렇게 있다가 내게 다가와 말했다.

"그래, 그럼 자네가 알아서 하게."

"소송이 끝날 때까지 보고하지 않겠습니다. 그래도 되겠습니까?"

"자네가 원하는 대로 하게."

그 후 나는 본안소송 서류를 만들어 법원에 제출했다. 전결 규정에 맞게 결재를 받는데 간부들의 지시가 있었지만, 대답만 하고 무시했다. 그들은 구두상으로만 지시했다. 자신들이 개입했다는 흔적을 남기지 않는 것이었다. 나를 희생양으로 삼으려 하는 짓 이기에, 그들이 책임지지 않는 지시이기에 나는 무시했다.

어쨌든 재판은 계속 진행됐다. 상동 업체 이시영 사장은 집행정지신청을 고등법원에 항소했고 지방법원에서는 본안소송이 시작됐다. 그런데 법원 인사에 의해서 판사가 교체되는 바람에 재판이 지연됐다. 상동 업체와 행정소송을 진행하는 동안 간부 공무원들과 대립은 계속되었다. 일부 시의원들에게도 불려갔다. 시장 측근들에게도 불려갔다. 세력을 가지고 있다는 종교단체에서도 찾아왔다. 한결같이 좋게 처리해 달라는 것이었다. 지금 재판이 진행 중인데 이러는 건 뭐란 말인가! 그건 결국 소송에서 패소하라. 그런 말들이었다. 그렇지만 나는 그들의 요구를 들어줄 수 없었다. 세월이 흐르면서 나는 지역사회에서 더욱더 외톨이가 되어가고 있었고 율도국시청 행정 조직 내에서 시장과 간부들로부터 미움받는 결과를 초래했다.

2월 초에 접어들었다. 나는 농장에서 쉬고 싶어서 토요일 아침 일찍 농장에 갔다. 사람이 사는 사회에서 느낄 수 없는 포근함이 있었다. 이 맛에 가끔 주말에 여기에 왔다. 이곳 농장은 깊은 산속이라서 전화 통화가 되지 않는 곳이다. 그렇지만 위치에 따라 부재중 전화 표시는 찍힌다. 지아로부터 전화가 와 있었다. 아이들을 친정에 맡겼다며 농장에 오고 싶다고 했다. 나는 지아를 농장에 데려왔다. 농장 토지를 정리할 때 베어놓았던 장작을 농막 앞마당에 쌓고 모닥불을 피웠다. 계곡 바람을 등지고 우리는 앉았다. 지아를 데리고 올 때 간식으로 고구마와 떡을 사 왔다. 모닥불의 위치를 변경했다. 원래의 자리에 숯을 남겨놓고 그곳에 고구마와 떡을 호일로 쌓아서 놓았다. 그리고 새로 옮긴 곳엔 화력을 높이기 위해 장작을 더 넣었다. 바람이 불어오는 방향이 일정치 않았다. 나는 지아 코트를 벗겨서 농막에 넣고 내 낡은 코트를 가져와 지아에게 입혔다. 자칫 바람에 불똥이 튀어 옷에 구멍이 나면 옷이 못 쓰게 되기 때문이었다. 내 큰 코트를 입은 지아는 얼마나 왜소하게 보이던지 지아를 볼 때마다 웃음이 나왔다. 처음에는 표시 나게 웃었는데 나중에는 지아 눈치를 보느라 말하는 척하며 웃었다. 눈치 빠른 지아가 모를 리가 없었다.

지아는 내게 얼굴을 가까이 대며 익살스럽게 말했다.

• • • • • •

"하여간 재미났어. 그렇게 웃겨!"

"좀 그래. 그리고 오랜만에 이렇게 야외에서 함께 있어 본다."

"우리 농장인데 나는 처음 온 것 같아."

"여기는 계곡물은 있어도 활용할 수 있는 물이 없고 전기도 없어서 모든 면에서 불편해. 그래서 안 데려왔어."

나는 숯에서 먼저 떡을 꺼냈다. 화장지를 두껍게 감아서 손잡이를 만들고 호일을 벗겨서 지아에게 주었다. 떡의 겉은 딱딱했으나 속은 물렁물렁하고 김이 모락모락 났고 먹음직스러웠다. 이어서 고구마를 꺼냈다. 역시 마찬가지 방법으로 지아가 먹을 수 있게 해서 주었다. 역시 김이 모락모락 피어났는데 기온이 낮으니 더욱 눈에 띄었다. 노란 호박고구마 색깔이 먹음직스러웠다. 시간이 지나면서 숯의 화력이 약해지자 지아는 막대기로 숯을 이리저리 제치면서 고구마와 떡에 숯을 얹으며 불놀이를 즐기고 있었다.

나는 모닥불에 라면을 끓였다. 모닥불에 검게 된 냄비에 머리를 맞대고 나무젓가락으로 떠서 후루룩 먹었다. 뒷정리하고 커피를 타서 종이컵에 담아 커피 타임을 즐겼다. 오후 시간이 지나면서 눈발이 살짝 날렸는데 시간이 지나면서 조금씩 그 양이 많아졌다. 이곳은 계곡이라 눈이 많은 쌓이는 편이다. 모닥불에 장작을 더 넣어서 화력을 유지했고 불빛은 조명 역할도 했다. 지아가 평소에 해보지 못했던 불놀이에 관심을 쏟고 있었다. 지아는 모닥불에 정신이 팔려있지만 나는 주변 소리에 신경이 쓰였다. 짐승들이 밤이 되면 움직일 것이고 이들이 울부짖는 소리가 상당히 까칠하다. 통상적으로 여기까지 차를 가지고 들어오는데 미끄러워서 차를 가지고 들어오지 못했다. 약 400m의 어

· · · · ·

두운 길을 걸어가야 한다. 일단 지아가 즐거워하니 그대로 두었다. 지아는 모닥불의 불빛에 비치는 눈의 모습과 눈이 모닥불에 내려앉아 녹아드는 모습에 즐거워했다. 나의 아방궁인 농장에 어느새 어둠이 내려앉았다. 다행히 짐승들의 짖는 소리는 나지 않았다. 짐승들이 손님 대접을 하는 모양이다.

지아가 주위를 살피며 말했다.

"여보, 시간은 얼마 안 됐는데 벌써 어둡고 주변에 인적이 없으니까 무서워. 이젠 그만 가자!"

"그래, 준비하고 가자."

나는 지아를 데리고 농막에 들어가 가스난로와 촛불을 켰다. 물티슈를 통째로 내려놓고 지아의 바지를 벗겼다. 남자가 여자 바지를 벗길 때는 한 가지 이유뿐이겠지만 이번은 달랐다. 지아는 어리둥절한 표정이었다. 나는 지아를 보며 빙그레 웃으며 물티슈를 보여주고 바지를 벗겼다. 바지를 방바닥에 놓고 물티슈로 닦았다.

"여보, 왜 그렇게 해?"

"응, 옷에서 불놀이 냄새가 나. 그래서 제거하려고."

지아에게 다 닦은 바지를 입혔다. 지아가 스스로 입을 수도 있겠지만, 내가 입혔다. 지아의 팬티가 내 눈에 강하게 어필되었다. 나는 지아 앞에서는 어쩔 수 없는 남자였다. 그렇지만 분위기가 그게 아니기에 그냥 넘겼다. 온수가 없어서 역시 물티슈로 지아의 양손을 닦았다. 불놀이 흔적과 군고구마 흔적이 많았다. 그리고 입 주위에 조금씩 묻은 이물질도 닦아 주었다. 마치 아빠가 막내딸 늦둥이 데리고 놀다가 집에 갈 때 하는 행동 같았다. 지아에게 입혔던 내 낡은 코트를 벗기고 원래 지아 코트를 입혔다. 그 후 지아를 돌려가면서 앞모습 뒷모습들을 살피며 말했다.

"됐다. 각시가 시골 촌색시에서 도시의 세련된 색시로 변신했네."

"나를 아예 마네킹 다루듯 해! 그렇지만 처음이나 지금이나 한결같이 지극 정성으로 날 사랑하니까 좋아."

농막을 떠날 채비를 끝냈다. 우린 걸어서 나왔다. 길이 미끄러워 지아는 내 팔을 꼭 잡고 걸었다. 가로등 조명은 없지만 은은한 달빛이 땅에 쌓인 눈에 반사되어 사물을 알아보고 길을 분간할 수 있었다. 그런데 갑자기 지아의 걸음걸이가 빨라졌다.

"지아, 뒤에서 뭐가 쫓아와? 천천히 가자."

"여보, 가로등도 없고 저 바람 소리가 무서워!"

이때 조용하기만 했던 짐승들이 소란을 피웠다. 악악, 하는 짐승들 소리가 들려왔다. 지아는 얼마나 놀랐는지 힘도 없는 녀석이 단숨에 뛰어 내 가슴에 쏙 들어와 안기며 다리로 내 엉덩이를 감았다. 나는 지아를 안고서 걸었다. 나중에는 팔 힘이 약해지면서 지아를 업었다. 다른 때와는 달리 내 등에 완전히 밀착하고 있었다. 녀석은 진짜로 놀랬다. 차를 몰고 내려오는데 밤이 되니 해발 350m 높이에 있는 농장에서 내려오는 길의 노면이 얼어있었다. 서행하며 조심해서 운전했는데 구절재라는 구간에서 문제가 있었다. 아홉 번 굽어지면서 급경사의 내리막길이었다. 도로에 쌓인 눈은 제거되어 있었으나 산에서 흘러내리는 물이 도로 위에서 얼어있었다. 4륜구동으로 전환하고 속도를 낮추었다. 그리고 사이드 브레이크를 잡았다. 아니나 다를까 각이 좁았던 구간에서 차가 미끈거리며 뒤꽁무니가 옆으로 미끄러졌다. 차가 옆으로 해서 그렇게 잠깐 내려가다가 다시 정상을 찾았다. 좌측은 산이고 우측은 낭떠러지다. 사고가 나면 큰 사고로 이어진다.

지아는 완전히 긴장한 모습으로 말했다.

"여보, 큰일 나는 줄 알았어!"

"놀랐지? 나도 어쩌다가 한 번씩 겪는데 그럴 때마다 아찔해."

"정말, 오늘 뭐야! 농장에서 눈이 내리는 가운데 모닥불 피워 놓고 군고구마 먹는 것 그리고 다른 상황들도 너무 좋았는데 내려오면서 짐승들 소리, 차 위험하게 운전하는 것들에 정말로 놀랐어."

나는 지아를 안심시키며 시내권에 들어섰다. 내 마음의 안식처에 사랑하는 여인을 데려와 잠깐이나마 힐링하는 시간이었다. 오랜만에 지아가 즐거워했다. 내가 매사에 잘해주지 못해서 항상 미안했는데 다행이었다. 처가에 가서 아이들을 데리고 집에 돌아왔다.

법원 인사로 지연되었던 재판이 다시 진행되었다. 어차피 내가 해결해야 할 일이었다. 재판이 이루어지는 동안 원고가 주장하는 신뢰 보호 원칙과 비례의 원칙에 대응하는 능력이 부족했다. 그렇지만 최선을 다할 뿐이었다. 재판이 진행되는 중에 판사 3명 중 가운데 앉은 판사가 결론을 내렸다. 조정하라는 것이었다. 상동 업체를 허가취소 하지 말고 합의하라는 것이었다. 합의 조건을 말하지도 않았다.

나는 즉시 대답했다.

"판사님, 조정은 없습니다."

"당신 직급이 뭐야? 조정을 검토하라고 하면 시청으로 돌아가서 시장에게 검토보고 하고 지시를 받고 와서 다음 재판에서 답변해야지 여기서 당신 생각으로 답변하는 것이야!"

판사는 큰소리로 나를 윽박질렀다.

"판사님, 나는 소송수행자로 지정되었음을 법원에 공문으로 제출했습니다. 피고 율도국시청의 모든 결정과 의사 표현은 제가 합니다. 판사님께서 율도국시청 내부 의사결정 과정까지 관여할 필요는 없습니다. 다시 말씀드립니다. 조정은 없습니다."

"이 사람 봐! 이 소송 관련 업체하고 유착된 공무원이네!"

"판사님, 말씀이 지나치십니다. 나는 형평성 있게 행정행위를 하려는 것뿐입니다."

"형평성 있게 하는 것은 판사인 내가 하는 거야. 이 사람아!"

"조금 전 판사님의 말씀이 이 사건을 형평성 있게 처리하는 경우라고 생각하지 않습니다."

판사와 대립은 계속되었는데 내가 밀렸다. 그리고 심리가 끝났다. 나는 항의문을 작성하여 법원에 제출했다.

'법원은 순리에 따라 심리하고 판결을 하면 될 것입니다. 그런데 피고에게 조정을 강요하고 또한 어떤 조정인지도 공개하지도 않았습니다. 그리고 피고 측 소송수행자가 하위직 공무원으로 사회적 지위가 낮다는 이유로 피고의 인격을 무시하는 행위를 하는 건 있을 수 없는 경우라고 생각합니다. 지난 법정에서 있었던 사실들에 대하여 검토하여주시기 바랍니다.'

이렇게 소송수행자 개인적인 측면에서의 항의 문서를 전달했다. 그리고 다음 재판에서 판사가 말했다.

"지난 재판과정에서 좀 서운했습니까? 이 사건에 대해서는 추가 심리 없이 다음 기일에 선고하겠습니다."

· · · · · ·

행정소송에서 승소했고 업무를 모든 면에서 정상화했다. 이렇게 하동 업체와 2년 동안의 온갖 고초를 겪으며 다툼을 끝냈고 이어서 상동 업체와 법원에서 2년 동안 피 말리는 다툼도 끝냈다. 4년이라는 길고도 긴 고난의 세월이 지나갔다. 참으로 안타까운 현실이었지만 하위직 행정공무원으로서 마지막으로 기댈 수 있는 곳은 법원뿐이었다. 계속 이어졌던 무수히 많은 협박과 폭행, 시장과 간부 공무원의 압박이 있었지만, 이에 굴복하지 않았다. 그리고 한 가지 다행이었던 점은 내가 끝까지 법적 절차와 이성에 의하여 실현했다는 것이었다. 법을 벗어난 행위를 하고자 하는 충동을 강하게 받았음에도 나 자신을 가다듬고 법원을 믿고 의지했다는 것이었다.

12월이 되었다. 1월 정기인사가 다가왔다. 나는 진작에 과장으로 승진했어야 하는 위치였다. 그러나 승진은 말도 꺼낼 수 없었다. 휴일에 총무과에 갔다. 강운창 총무과장, 인사팀장, 팀원이 함께 있었다.

강운창 총무과장은 나를 보더니 말했다.

"장 팀장, 무슨 일인가?"

"총무과장님, 제 인사 문제와 관련해서 할 말이 있어서 왔습니다."

강운창 총무과장이 나를 빤히 쳐다보고는 어이없다는 표정으로 비웃었다. 그리고 꺼지라는 손짓을 했다. 나는 등줄기에서 식은땀이 흘렀다. 얼굴이 화끈거렸다. 그렇지만 조용히 고개 숙여 인사하고 돌아서서 천천히 아주 천천히 걸어 나왔다. 어깨는 굽어지고 얼굴은 땅에 닿을 듯 쳐진 상태로 걸었다. 복도를 터벅터벅 걷는데 무슨 일인지 총무과장이 복도로 나와서 말했다.

"어이 10초 줄 테니 하고 싶은 말 해봐."

"예, 총무과장님, 허접한 자리도 좋으니 옮겨주십시오. 사업소나 동사무소로 보내주시면 감사하겠습니다. 귀찮게 했다면 죄송합니다."

"자네는 시청에서 암 덩어리 같은 존재야. 자기 자신을 알아야지. 어디서 인사 부탁하고 있어!"

"총무과상님, 더 좋은 보식이나 승신을 청탁하는 게 아닙니다. 낮은 자리로 내려가겠다는 것입니다. 인사 부탁이 아니라고 생각합니다."

나는 허리를 숙여 정중하게 인사했다. 돌아서서 힘없이 터벅터벅 걸었다. 총무과가 있는 3층에서 계단을 타고 내려오는데 한 계단 한 계단 발걸음이 떨어지지 않았다. 그러다 균형감각을 잃었고 스텝이 엇갈려 넘어졌다. 순간적인 상황이라 아무 방어 없이 굴렀다. 간신히 손으로 계단을 짚고 중심을 잡았다. 손에서 피가 나고 쓰라렸고 무릎에서 통증이 느껴졌다. 2층에서 올라오던 사람들이 나를 부축했다. 다친 데는 둘째치고 키도 큰 사람의 구성없는 몸짓에 창피했다. 건물에서 나오니 현기증이 일어났다. 어지러움에 몸을 가눌 수가 없었다. 주차장 옆 화단의 경계석을 겨우 잡고 한참을 서서 현기증이 사라지기를 기다렸다. 하늘을 바라보았다. 한겨울 하늘은 검기만 했다. 쓰러져 나뒹구는 처지가 될지라도, 달걀로 바위 치기라 할지라도 가야만 할 길이었는데, 법과 시민을 무시하며 율도국시청을 덮고 있는 검은 하늘을 걷어내고 싶을 뿐이었는데, 아! 이런 비참함이! 탄식을 터트리며 화단 경계석에 앉았다.

정신을 차리고 주차장 옆 야외 흡연 구역으로 갔다. 의자 위의 눈을 손으로 밀어내고 앉았다. 12월 말 바람이 매서웠다. 담배 연기를 깊숙이 빨고 뿜어냈다. 마치 지나간 내 공무원 인생이 흩어져 사라지는 것처럼 하얗게 뭉쳤다가 서서히 흩어졌다. 지방 행정공무원으로서 자존감을 지키며 행정행위를 했다는 기쁨 하나만 있을 뿐이었다. 나는 휴일 텅 빈 주차장과 허공을 바라보며 생각했다.

시민을 위하여 일할 필요 없이 시장 개인과 시장 선거관련자들을 위하여 일할 걸 그랬나? 흐흐, 죽었다 깨어나도 그렇게는 할 수 없는 일이었다. 선거를 통해 들어온 시장과 그 똘마니 간부들의 개가 될 수는 없었다. 법이라는 게 무엇인가? 권력과 부와 힘을 가진 사람이나 없는 사람 모두에게 공평한 기회를 주고 사회질서를 유지하고자 하는 것이다. 그런데 법이 지켜지지 않는다면 소시민이나 사회적 약자는 무엇을 믿고 살아야 한단 말인가? 지방자치단체 시장과 그를 추종하는 똘마니들의 악행에 대항하는 6급 행정공무원은 진정 보호받을 가치조차 없었다. 가만히 있을 수 없어서 서성거렸다. 그리고 자리에 앉았다가 다시 일어서서 돌고 도니 헷갈리고 헷갈린다. 내가 잘못된 공무원인가?

내가 할 수 있는 일이라곤 텅 빈 시청 주차장을 바라보며 서성거리는 일뿐이었다. 나는 세월이 거듭할수록 율도국시청 내부에서 시청 조직을 해치는 자로 인식되어가고 있었다. 어처구니없는 억울함이었고 내가 헤쳐나가기엔 너무도 큰 거대한 벽이었다.

사는 게 이러하니, 지아와 일생을 공유하면서 배려하고 관심을 기울여주는 것이 필요할 것인데, 나는 늘 지쳐있는 처지로 주기보다는 받는 모습에 익숙해져 있었다. 지아가 나의 투쟁 그리고 상처 입는 공무원 생활에 실망하는 태도를 가끔 보였다. 지아는 동, 면사무소를 돌며

근무하다가 7월 인사 때 첨단산업과로 발령이 났었다. 여름과 가을이
지나고 겨울이 다가왔다.

언젠가부터 지아가 나더러 아이들을 돌보라고 문자를 보내고 밤에
12시가 넘어서 집에 들어오는 경우가 많았다. 그래도 나는 과거에 내
가 집안일과 아이들을 제대로 돌보지 못해서 미안한 마음으로 최대한
응해주었다. 불만을 말하시 않았다. 몇 개월 동안 그러다가 이상한 점
을 발견했다. 여자들이 한 달에 한 번 겪는 그 기간에는 집에 일찍 들
어왔다는 것이었다. 그리고 나와 잠자리는 거의 없었다. 늦게 들어오
면 피곤해서 잔다고 그랬고 일찍 들어올 때는 그거 하는 기간이라며
피했다. 그리고 내가 술을 마시면 술 냄새난다며 다른 방에서 자라고
요구했다. 자연스럽게 각방을 쓰는 경우가 많았고 나중에는 잠잘 시간
이 되면 안방에 가지 않는 게 당연시되었다.

그리고 주말에 친정에서 자고 온다며 아이들을 데리고 가는 경우가
더러 있었다. 그건 같이 가자는 것이 아니었다. 나는 그러려니 했다.
그러던 중 가을에 접어들었다. 그때도 지아가 토요일 아이들을 데리고
친정집에 간 날이었다. 토요일 밤에 집에서 혼자 잤다. 일요일 아침 일
찍 지아와 아이들을 데리고 단풍 구경도 하고 돌아다니며 기분전환을
하고 싶어서 처가 집에 갔다. 그런데 지아가 없었다.

장모가 내게 말했다.

"장 서방! 왜 혼자와? 지아가 어제 자네하고 둘이 집에 있겠다며 갔
는데!"

나는 순간 당황했다. 눈앞이 캄캄했고 몸이 휘청거렸다. 급히 소파
에 손을 짚고 앉았다. 잠시 후 정신을 차렸다. 아무렇지 않은 것처럼

놀고 있는 아이들 옆에서 잠깐 놀아주었다. 어떤 말도 행동도 할 수가 없었다. 나도 나지만 순간적으로 아이들이 걱정되었다.

"장모님! 지아가 오늘 피곤하다며 집에 있겠다고 했어요. 그래서 제가 아이들을 데리러 왔어요."

"그럼, 오늘 지아는 집에서 쉬게 하고 자네가 아이들을 좀 보게나!"

나는 아이들을 데리고 무지개공원으로 갔다. 딸은 9살이고 아들은 7살이었다. 공원 잔디밭에서 아이들은 뛰어놀았다. 김밥과 통닭으로 점심을 먹고 잔디밭 앞 호숫가로 갔다. 아들 녀석은 돌을 호수에 던지는 걸 좋아했다. 딸이 돌을 던지면 제법 앞으로 날아갔는데 아들 녀석이 돌을 던지면 너무 일찍 놓아서 그런지 돌이 뒤에서 떨어졌다.

"아빠, 내가 돌을 던지면 왜 뒤로 날아가?"

"응, 돌을 던질 때 너무 일찍 놓으니까 그래. 좀 더 늦게 놓는다고 생각하며 던져봐."

몇 차례 반복하던 아들 녀석은 성공했다. 돌이 앞으로 날아갔고 풍덩 소리를 내며 호수에 떨어질 때 좋아서 소리 지르기를 반복했다. 재밌게 노는 아이들의 모습이 보기 좋았다. 내가 직장 업무 핑계로 아이들과 놀아주는 아빠 역할을 제대로 하지 못한 것에 미안하기만 했다. 그리고 아빠의 마음이 찢어지는 이 상황을 아이들이 알 리가 없다. 마냥 즐거워하는 모습이었다. 나는 앞으로 홀아비로서 자식을 돌보는 일이 중요한 과제가 되었음을 절실하게 인식하게 되었다. 저녁 시간이 되자 나는 아이들을 데리고 아파트 옆 음식점에 갔다. 녀석들은 평소에 돼지갈비와 냉면을 좋아했다. 맛있게 음식을 먹는 아이들을 보며 소주를 마셨다. 소주가 정말 썼다. 남편, 어린 자식을 속이고 외박을 하는 지아를 앞으로 어떻게 처리해야 할지 알 수가 없었다. 더군다나 처음이 아닌 듯했다. 주말에 아이들을 데리고 처가에 가서 자고 온다는 날은 다 오늘 같은 경우라는 생각이 들었다.

식사를 마치고 막내가 졸린다고 했다. 나는 서둘러서 아이들을 데리고 집으로 갔다. 아이들을 씻기고 거실에서 재웠다. 아주 편안하게 자는 아이들을 보며 우두커니 앉아 있는데 집안 공기가 왜 이리 썰렁한지 견디기가 힘들었다. 안방엔 불을 켜지 않았다. 안방을 바라보는 것 자체가 무서웠다. 편의점에 가서 소주, 맥주, 육포를 샀다. 마시고 또 마셨다. 그리고 아이들 옆에서 잠들었다. 아침에 일어나보니 지아는 밤에 집에 들어오지 않았다. 아니, 들어올 수가 없었을 것이다. 속이 쓰렸다. 그렇지만 이것저것 생각할 겨를이 없었다. 아이들을 깨우고 정신없이 학교와 유치원에 보냈다. 출근했는데 일이 손에 잡히지 않았다. 그래도 살아야 하기에 직장에 충실했다. 직장생활과 자식을 돌봐야 하는 생활은 감당이 되지 않았다. 매일 매일 전쟁이었다.

지아는 내게 아무 연락도 하지 않았고 집에 오지도 않았다. 이렇게 끝이었다. 나도 지아에게 일절 연락하지 않았다. 그 어떤 것도 묻지를 않았다. 남편을 배신하고 자식을 외면한 지아가 어디서든 새로운 남자와 즐기고 싶은 유희를 충분하게 만끽하며 잘 살리라 생각했고 이젠 내가 그 어떤 고통이 따르더라도 잊어야 한다고 생각했다. 그러나 술 취하면 카톡을 보내거나 문자를 보냈다. 지아의 답장은 없었다. 술이 깬 후 연락한 걸 후회했다. 더욱 나 자신이 초라할 뿐이었다. 이렇게 있어서는 안 되는 상황이 벌어지고 말았다. 결국 내 삶은 엉망진창이 되고 말았다.

내가 공무원이 아니고 자영업자였다면 내 개인의 이익만을 추구했고 손해가 된다면 피해 가는 생활을 했을 수도 있다. 내가 기업의 회사원이었다면 기업 윤리에 맞게 최선을 다해 일했을 것이다. 사랑하는 여인도 아껴주며 소소한 즐거움을 함께 나누었을 것이다. 나의 사랑하는 여인이 행복해야 나 또한 행복한 사람이 되는 것이기에 그랬을 것이다. 그러나 나는 공무원이었다. 양질의 행정행위를 시민에게 제공하면서 월급 받는다고 생각했다. 전부가 그런 건 아니었지만 율도국시청 동료들은 시장과 그 추종자들이 설령 양아치 무리라 해도 그들에게 줄을 서고 똘마니가 되어버린다. 그렇게 해야 승진도 하고 조직사회에서 왕따가 되지도 않기 때문이다. 그러나 나는 그런 공무원의 삶을 배척했다. 내가 바보처럼 살고 있는지는 몰라도 이 삶은 공무원의 한 사람으로서 자부심이었다. 이런 나의 삶은 가정을 잘 돌보지 못하는 결과를 초래했다. 그에 대한 반대급부는 실로 크고도 컸다. 그동안 현실적인 측면에서 참 많은 걸 잃었다. 그런데 이제 사랑하는 나의 보석 같은 여인을 놓치게 되고야 말았다. 얻는 것은 공무원으로서 자부심이었고 잃은 것은 나의 현실적인 모든 것과 여인과의 행복이었다.

그동안 지아와 함께 해왔던 세월은 연애 시절이 3년이었고 결혼 생활이 10년이었다. 기나긴 세월이었다. 영혼과 나의 모든 걸 다 바친 사랑이었다. 그런데 이별! 바로 그것이 현실이 되어버렸다. 사는 게 정말 두려웠다. 엄마 없이 커야 하는 자식들에게 미안한 마음이 더해져 가슴 속을 눈물로 채우는 날들이 수없이 지나가고 흐르는 눈물이 얼마나 되는지 측정조차 할 수 없었다. 사전에 대비도 하지 못했다. 흰 겨울에 접어들어 살을 파고드는 칼바람과 펑펑 쏟아지는 눈보라의 추

． ． ． ． ． ．

위 속에서 혹독한 아픔의 시간이 계속되고 있었다.

지아는 짙은 향기를 뿜어내며 나를 중독시켰고 구속했다. 내 영혼을 가져 가버린 것이었다. 그것이 바로 나의 삶이었다. 살다 보면 운명이라는 괴물에 의해 진로와 목적이 바뀌는 경우가 허다하다는 말이 있다. 나를 이렇게 강하게 끌어들였다는 걸 생각해보면 지아는 내게 괴물인지도 모른다. 나는 그 괴물에 행복했고 그 괴물에 의해 지옥을 경험하게 된 것이었다. 견딜 수가 없어서 가슴을 수없이 쳤다. 손이 가슴치는지 가슴이 손을 치는지 알 수가 없었다. 나는 무너졌다. 지아와의 이별은 나의 존립을 통째로 흔들어버렸다.

지아에게 편지를 썼다.

〈사랑했습니다. 그동안 당신 없이는 견디기 힘든 세월이었습니다. 다른 건 차치하고라도 당신을 사랑하는 마음은 세상 그 누구보다도 깨끗하고 순수한 사랑이었습니다. 앞으로 다가올 기나긴 고통을 예감하며 술을 마셨습니다. 당신을 찾는 노래를 끝없이 불렀고 당신의 환영을 나의 뇌리에서 꺼내 허공에 그리고 또 그렸답니다.

우리가 인연이 되어 지금까지 살을 맞대고 살아온 세월이 13년입니다. 내 마음과 육체는 당신이라는 사랑에 중독되어 당신을 보낼 수는 없고 당신의 냉혹함에 바들바들 떨고만 있습니다. 만약에 내게 당신이 없었다면 그 기나긴 세월 동안 고난의 역경을 이겨내지 못하고 쓰러져 진작에 먼지 되어 허공에 흩어져 버렸을 겁니다. 설령 내가 무쇠로 만들어졌다 해도 녹아내리고야 말았을 것입니다. 적당히 비틀거리다가 적당히 아파하다가 바로 설 수 있으면 얼마나 좋겠습니까?〉

이렇게 나의 심정을 카톡으로 보냈다. 그런데도 대답이 없다. 내가

．．．．．

지아를 사랑하고 결혼한 게 죄였단 말인가? 만약에 그렇다면 그 벌이 시작되려나 보다. 벌을 받고 끝날 일이라면 무섭지 않다. 그러나 끝나지 않을 벌이라는 예감에 무섭기만 했다. 흐트러진 나의 모습을 남에게 보이기 싫어 옥상으로 갔다. 옥상 출입문을 열었는데 바람이 거세어 열리지 않아 힘껏 몸으로 밀어 문을 열고 나갔는데 바람에 밀려 닫히는 소리가 마치 문이 부서지듯 크게 들렸고 지아가 내 가슴을 치는 굉음과도 같아 부르르 떨었다. 혼자이니 악을 쓰며 고통을 뿜어내도 될 텐데 마냥 걷기만 했다.

어린 자식을 돌보며 근근이 살아가던 중 토요일 오후에 지아로부터 문자를 받았다. 주말에 친정 간다고 거짓말하고 외박하다가 발각되어 집에 들어오지 않고 연락을 끊은 지 4개 월만이었다.

"오늘 한번 만나요."

나는 가슴이 울렁거렸다. 나는 어떻게 행동해야 할지 알 수가 없었다. 차를 몰고 고속도로에 진입했다. 그리고 달렸다. 얼마 가지 않아 휴게소에 들러 벤치에 앉아 커피를 마셨다. 커피를 얼마나 많이 먹었는지 속이 좋지 않았다. 고민 끝에 지아에게 문자를 보냈다.

"만나면 무슨 소용이겠는가? 그냥 가라. 두 번 죽이고자 하는가? 아니면 일어설 수 없도록 아예 길바닥에 패대기쳐 버리고 싶은가?"

"옛날처럼 친정집 아파트 옆 학교 주차장에서 봐요. 기다릴게요."

고통만 가중될 것이란 생각에 머리는 거절했는데 몸은 약속장소로 가고 있었다. 운전 중에 뒤로 또 뒤로 스쳐 지나가는 풍경들만 무심코 바라보면서 운전했는데 쓸쓸함이란 말로는 다할 수 없었다. 약속장소에 도착했다. 핸들에 이마를 대고 한참을 앉아 있었다. 지아가 차에 탔다. 4시가 조금 넘었는데 흐린 날씨에 분위기는 어둑어둑했다. 지아는 탁 트인 장소로 가자고 했고 나는 대천해수욕장으로 방향을 잡았다.

도로변의 가로수는 봄에 연두색으로 시작하여 가을의 단풍이 물들 기까지 현란함을 뽐냈지만 화려한 시대는 가고 지금은 앙상한 가지만 남았다. 사랑이 깨져, 지금 내가 그 모습이었다. 목적지에 도착했다. 깜깜한 밤 겨울 바다에 사람들은 없었다. 차에서 내려 말없이 그냥 바다를 바라보며 나란히 서 있었다. 그러다가 외투로 온몸을 감싼 지아는 얼굴만 보인 채로 나를 바라봤다. 나는 지아를 가볍게 끌어당기며 안았다. 이미 나와 자식 곁을 떠났지만, 그래도 내가 사랑하는 여인이 었다. 나는 어두운 먼바다를 바라보며 마음의 소리를 질렀다.

"바다여, 이 현실이 춥구려! 그대는 왜 파도를 일으키며 철썩철썩 소리를 지르는가? 파도여! 내가 질러야 할 소리를 그대가 대신 외쳐 주는가? 나를 헤어날 수 없는 구렁텅이로 빠트려 버린 여인을 안고 목 석 되어버렸다네! 그대 파도 소리를 들으며 먼바다를 바라보는 눈에 서 흐르는 눈물은 가슴에 스며들고 서글피 우는 처절한 탄식만이 나 를 흔들어 대는구려!"

바다는 쉭쉭 소리를 내는 바람을 내게 보내왔고 철썩철썩 파도 소리 로 내가 알 수 없는 대답을 했다. 파탄에 휘청거리는 내게 지아는 무심 한 표정으로 차에 타자고 말했다. 우리는 뒷좌석에 앉았고 대화를 시 작했다.

"지아, 우리가 연애 시절 3년을 보낸 후 네가 내게 할 말이 있다고 해서 여기 왔었는데 그때 넌 우리 첫째 아이를 가졌다고 말했고 나는 네게 청혼했었지. 10년 전 일이구나."

　"이미 지난 일이잖아요? 그리고 어차피 이렇게 되었으니 터놓고 말할게요. 2년 전쯤에 우리 시청에서 근무하는 노정기 팀장과 우연히 무인텔에 가서 같이 잤어요. 한 번 같이 자니까 계속 만나게 되더라고요. 그러다가 지난 7월 인사 때 첨단산업과로 같이 노력해서 발령받았어요. 낮에도 같이 근무하자는 생각이었어요. 낮에는 사무실에서 같이 근무했고 밤에는 혁준 씨에게 애들을 맡기고 수시로 만나서 무인텔에 갔어요. 주말에는 아이들을 친정집에 맡기고 1박 2일 여행 다녔어요. 그렇게 지냈는데 노정기 팀장이 젊은 사람들끼리 모임 만들자고 했어요. 그래서 모임을 만들었고 노정기 팀장이 회장이 되었는데 나보고 총무 하라는 거예요. 그래서 그렇게 했어요. 어떤 상황이 생기면 항상 그 사람과 내가 같이 계획도 짜고 준비도 했어요. 그러다 보니 더욱 가까워졌어요."

　"지아, 내가 공무원의 본분을 다하고자 노력했고 업무에 지칠 대로 지쳐있던 시기였는데 너는 아이들을 내게 맡기고 무인텔에 들락거렸구나. 그것도 우리 시청 내 유부남하고 그런 짓을 했구나. 게다가 최근에 벌어진 게 아니고 이미 오래전부터 그랬었다고. 하하! 남편인 내게 미안하지도 않았었니? 그리고 이젠 여보 대신 혁준 씨라고 하네!"

　"혁준 씨에게서 마음이 떠나니 그렇게 되네. 이해해줘요. 그리고 우리는 다 같이 어울려서 볼링도 하고 저녁 식사와 술을 마셨고 헤어지기 전에 찻집에 가곤 했어요. 정말 다들 재미있었어요. 그런데 노정기 팀장은 나를 놀러 가거나 술을 마시거나 항상 내 옆에 앉고 나를 중심에 두었어요. 한번은 펜션을 빌려서 젊은 직원들 다 같이 1박 2일로 놀러 갔어요. 밴드를 불러서 캠프파이어까지 했는데 그 사람은 나에게 모든 관심을 다 기울였어요. 사소한 것까지 최대한 배려했어요."

"지아, 유부남과 유부녀잖아. 다른 사람들 눈도 있었을 텐데."

"그 사람은 회장이고 난 총무라 둘이 항상 붙어 다니고 같이 무얼 해도 사람들이 당연하게 생각하는 것 같았어요. 그리고 나를 위한 자상함과 배려는 혁준 씨에게서 받아 보지 못한 그런 것이었어요."

"늘 검은 하늘 아래에서 신음하던 내 곁보다는 좋았겠구나."

"그래요. 나는 진짜로 즐겁고 좋았어요. 사실 혁준 씨에게 많이 지쳤어요. 우리가 처음 만날 때부터 생각해봐요. 이유와 원인이 어쨌든 혁준 씨는 시장이 누가 되든 끊임없이 대립했고 이어서 간부들과도 사이가 나빠지고 감사과에서는 늘 혁준 씨를 조사했어요. 그 세월이 연애 기간까지 합해서 13년이에요. 집안에 아픈 사람이 있으면 온 집안 식구가 다 아픈 사람처럼 되어간다는 말도 있잖아요. 내가 혁준 씨 상황을 듣고 위로하며 세월이 흘렀어요. 그러다 보니 내가 어떻게 됐겠어요? 나까지 살아가는 게 힘들어져 버렸어요. 물론 알아요. 옆에서 보고 듣는 사람도 이 정도인데 정작 당사자인 혁준 씨 본인은 어떠했겠는가를! 그렇지만 내가 아주 질릴 대로 질려버렸어요. 이때 노정기 팀장이 나를 배려하고 즐겁게 해주는 밝음이 너무 좋았어요."

"아! 나의 처지가 한심스럽기만 하구나."

"혁준 씨가 당연히 정의를 위하고 시민에게 행정서비스를 최대한 봉사하기 위한 것이었다는 것은 알아요. 당연히 해야 할 일이지. 그렇지만 다른 공무원들은 그런 것에 아무 관심도 없어요. 편하게 근무하고 시장이나 간부 공무원들에게 잘 보이고 인맥 동원해서 선거 브로커들에게 줄 잘 서서 승진하고 그렇게 해서 과장되고 국장 되어서 목에 힘주고 살잖아요."

"그래, 그러지. 다들 그렇게 살지."

"그런데 혁준 씨를 봐. 자신이 개인적으로 피해를 보면서까지 정의를 실현했고 지역 농민을 위하여 죽기 살기로 쌀장사도 해가며 고급브랜드화 사업을 했어. 그런데 본인에게 그 결과는 뭐였어? 특별승진하고 온갖 시기 질투 다 받고 온통 공동의 적이 되어버렸잖아요. 그리고 최근에는 교통과에서는 어땠어? 폭행당하고 상급 기관 감사, 감사원감사, 경찰 수사 그리고 검찰 수사받고 법원에서 판사들로부터 질책이나 당하고 율도국시청에서는 변호사도 선임해주지 않았고 누구하나 혁준 씨 편에 서는 사람 있었냐고요?"

나는 아무런 말도 할 수 없어서 그냥 고개 숙이고 듣고만 있었다.

"그렇게 해서 시민들이 혁준 씨에 대해서 제대로 된 공무원이고 정말 시민을 위한 공무원이었다고 우리 지역 시민 누구한테서라도 그런 말 들어봤어요? 그런 대접 받아봤냐고요?"

"지아, 사람들이 알아주지 않아도 보람 있잖아. 자부심도 있고."

"그러니까 그런 것들이 혁준 씨에게 도움 된 것이 있냐고요? 아 있네. 외톨이 된 것. 그리고 가는 곳마다 시끄럽게 해서 행정 조직에 해가 되는 사람이라고 평가받는 것. 내가 지쳐버렸다고요. 흑흑, 나도 재밌게 살고 싶어. 좋은 말들, 좋은 노래들, 그렇게 재밌는 생각과 활동을 하며 살고 싶다고! 아무리 좋은 말도 여러 번 들으면 싫다는데 13년 동안 고통받고 스트레스받는 말만 들으며 살아왔다고."

"아무리 그래도 그렇지 네가 어떻게 이럴 수 있단 말이냐!"

"내가 오죽했으면 지난 13년 동안 당신에게서 받은 것보다 지난 2

년 동안 노정기라는 그 남자에게서 받은 것이 더 많고, 그가 좋고, 당신에게서 받은 건 없고, 당신을 생각하면 화가 날 뿐이라고 말하겠어요! 노정기라는 남자하고 산에도 가고 바다에도 가고 놀이도 하고 나 정말 좋아. 나 이렇게 직장생활 하면서 즐겁게 살 거야.”

“지아, 이미 돌아올 수 없는 상황이 된 것이지?”

“그래요. 그리고 우리 사무실 옆에 공원이 있잖아요. 며칠 전에 소나무 가지에 눈송이들이 크게 뭉쳐 있어서 너무 보기 좋았어. 그래서 내가 노정기 씨에게 진짜 멋지다. 그랬더니 점심 일찍 먹고 커피 타서 그곳에 가자고 그러는 거야. 양손에 커피 들고서. 나는 공원에서 눈 구경 하면서 정말 좋았어. 나 그렇게 살 거야.”

“몇 개월 동안 아이들과도 떨어져 있었는데 아이들이 보고 싶지도 않았어? 그래도 자식인데!”

“난 지금이 좋아요. 혁준 씨와 함께 살 때는 혁준 씨에게 아이들을 맡기고 노정기 씨를 만났는데 이제는 그럴 수가 없잖아요. 혁준 씨에게서는 이미 마음이 떴고 아이들 존재 때문에 내가 노정기 씨 만나는 것을 포기할 수 없어요.”

“내 곁을 떠나서 다른 남자를 사랑할 수는 있다고 치자. 그러나 세상에 자식을 그렇게 대하다니 참으로 냉정하구나.”

“혁준 씨가 잘 키우세요. 그럼 되잖아요.”

“그래, 김치를 비롯한 밑반찬은 전통시장에서 사고 밥과 찌개는 내가 직접 해서 먹이고 잘 입히고 잘 키우고 있어. 이제 네 자식이 아니니 관여할 필요는 없다. 그리고 부탁 하나 할게. 아이들에게 엄마가 교통사고로 사망했다고 할 테니 아이들 앞에 나타난다거나 전화해서 상처 주지 마라. 성장 과정에서 삐뚤어지게 하고 싶지 않다. 단 아이들이 성인이 되면 그때는 상관하지 않겠다."

"좋아요. 그리고 혁준 씨는 시민들이 알아주지도 않는 행정서비스나 업무를 열심히 하고, 그런 일들을 하면서 투쟁하고, 그러면서 고통받고, 우리 지역사회에서 외톨이 되어 쓸쓸하게 살아요. 혁준 씨가 아무리 그런 나쁜 자들과 투쟁을 해도 그 나쁜 사람들은 여전히 우리 지역을 장악하고 있잖아요. 혁준 씨의 노력은 아무런 의미가 없을 거예요. 잘 해봐요."

"그래, 너는 우리 지역에서 기득권층의 집안사람이고 나는 가난한 집안 출신이지. 우린 태생부터가 세상을 바라보는 눈이 달랐을 수도 있겠다. 그리고 우리 지역을 덮고 있는 검은 하늘을 걷어내고자 하는 나의 노력은 끝이 없었고, 어둠 속에서 사는 나의 모습에서 싫증이 나기도 했겠다. 그런 나의 공무원 생활에서 오는 내 고통이 너의 고통이 되었고 네게 스트레스가 되었구나. 정말 미안하다. 그리고 지난 2년 동안 두 남자를 상대하느라 고생했겠다. 미안했다."

나는 몇 개월 만에 처음으로 지아의 손을 잡으며 이어서 말했다.

"세상은 그대로이고 지금 타고 있는 이 자동차도 그대로인데 여인만 갔구나. 내 사랑하는 보물, 나의 구세주인 여신이 이렇게 갔네! 네가 이렇게 터놓고 말하는데 내가 무슨 말을 할 수 있겠는가? 너에게 이런 고통을 주었다니 할 말이 없다. 걱정하지 마라. 너에게 귀찮은 존재가 되지는 않겠다."

"사실 자꾸 내게 연락하니까 불편했어요. 그래서 한 번 정도는 만나서 끝맺음을 해야겠다고 생각했어요. 앞으로 내게 전화하지 말아요.

문자나 카톡도 보내지 말아요."

"내게 귀찮게 하지 말라는 뜻을 전달하기 위해 보자고 했구나."

"그래요. 그리고 이혼해줘요. 여기 서류 있어요. 나는 도장을 찍었고 날짜는 아직 쓰지 않았어요. 도장 찍는 날로 날짜를 써서 처리해주세요."

"이혼은 해줄 수 없다. 시청과 지역사회에 내 처가 같은 직장인 시청 내에서 유부남과 바람났고 이혼했다는 소문이 아직은 나지 않게 하고 싶다. 나중에 해주겠다. 단 네 앞길은 막지 않겠다."

"흑흑"

지아는 대답 대신 울고 있었다.

내가 이혼해 주지 않겠다니 서운해서?

나를 이렇게 무지막지하게 무너뜨려 조금은 미안해서?

방해되는 존재들 없이 노정기를 만날 수 있으니 속이 후련해서?

난 지아의 이 울음이 무슨 의미인지 알 수가 없었다. 나는 화장지를 지아에게 건넸다. 예전 같으면 내가 아주 소중하게 닦아주었을 텐데, 이젠 그럴 용기가 나질 않았다. 지아는 내가 준 화장지를 들고만 있었다. 지아는 가혹한 칼질로 13년의 세월 동안 불도저 같았던 나의 사랑을 파괴해버렸다. 나는 검은 하늘을 걷어내고자 하는 투쟁의 삶을 살았다. 그 상처에서 진물이 흐르고 꿈틀거리며 겨우 살아가는 내 곁에서 지아가 나의 상처를 안아주며 평생 있어 주리라 생각했었다. 감당할 수 없는 충격이 찬바람에 실려 불어 닥쳐 나를 치고 있었다. 견딜수 없는 고통으로 길바닥에 나뒹구는 한이 있더라도, 내 곁에 있어 달라고 애걸하는 짓을 해서, 나의 고귀한 사랑이 다른 남자의 탐욕스러운 것과 비교되며 저울질 되게 하고 싶지 않았다. 밝은 미소 지으며 훨훨 날아가도록 해주겠다고 마음먹었다.

나의 직장생활은 검은 하늘 아래에서 길고도 긴 어둠의 세월이었다. 그 결과 이 파국을 맞이했고 이젠 되돌릴 수 없으니 오늘 몇 시간 동안 최악의 쓰라림을 감추고 환하게 웃어보기로 했다. 내가 웃는 모습을 보여서 이 여인이 웃을 수 있게 하고 싶었다. 그동안 정을 생각해서 이렇게라도 선물을 주고자 했다. 지아를 데리고 음식점으로 갔다. 식사하는데 나는 먹는 것보다 음식을 먹는 지아를 바라보는 시간이 더 많았다. 그러다가 지아가 나를 보면 반찬 그릇을 지아 쪽으로 당겨주며 어색함을 덜었다. 눈은 더 내리지 않았다. 마트에서 커피를 사는데 불꽃놀이가 있었다. 쏘아 올리는 것과 철심에 화약이 발라져 있는 것을 골랐다. 모래사장에 꽂고 라이터를 꺼내 불을 일괄적으로 붙였다. 순식간에 쉭쉭 하는 소리를 내면서 공중으로 빨간 불빛을 반짝거리며 쏘아져 가다가 펑펑 소리 내며 터졌다. 내 아픔을 토하는 소리와도 같았다. 옆에 있는 지아 얼굴을 보니 얼굴에 웃음기가 번지고 있었다.

"지아, 시원하지?"

"응, 가슴이 시원해!"

나는 지아 손에 철심에 화약이 발라져 있는 것을 주며 불을 붙였다 타들어 가면서 반짝거리는 불꽃놀이 도구를 들고 해변으로 갔다. 지아는 두 손에서 반짝거리며 타고 있는 불꽃들을 보면서 환하게 웃었다. 몇 개월 만에 보는 지아의 웃음이었다. 나는 시커먼 파도가 밀려와 부서지면서 물색이 교차 되는 파도의 출렁거리는 모습을 보며 어두운 겨울밤 하늘을 올려 보았다. 얼굴엔 고뇌의 골이 깊었다. 그렇지만 나

· · · · · ·

는 얼굴에 웃음의 꽃 그림을 그렸다. 지아를 향한 나의 마지막 화장이었다. 폐부를 쥐어뜯는 번민에 몸부림치는 나를 점잖은 신사로 포장하고 서 있어야 했다. 지아는 이리저리 모래사장을 걷다가 갑자기 피식웃으며 얼굴을 내 가슴에 대고 파고든다. 나는 세상 모든 이들로부터 지아를 격리해서 그 누구도 우리 사랑을 방해하지 말라고 외치듯 내 외투로 지아의 머리를 감싸 감추었다. 네가 내게서 떠나지도 말고 그 누구도 이 여인을 훔쳐 가지도 말라고 흐느꼈다. 바닷물이 밀물 되어 몰려오듯 내 몸을 찢어내는 아픔이 겹겹이 밀려왔다. 시간이 지나면서 우린 현실 세계로 돌아왔다. 지아를 보내주기 위한 단순한 이동의 운전을 했고 지아 아파트 주차장에 도착했다.

오늘 낮에 샀던 팔찌를 꺼내 지아의 팔목에 채웠다.

나는 쓰디쓴 슬픈 미소를 지으며 말했다.

"그동안 너와 함께 살아온 나는 정말 행복했다. 그리고 아이를 둘이나 낳아 줘서 고맙다. 그런데 알다시피 내가 가난해서 그 대가를 지급할 능력이 안 되는구나. 이렇게 편하게 떠날 수 있도록 해주는 것으로 그 대가를 다 지급한 것으로 생각하겠다. 그리고 약소하지만, 그 고마움을 이 선물로 답례한 것으로 하자. 그리고 너를 보내고 고통을 받아야 하는 나 그리고 엄마의 보살핌 없이 커야 하는 자식들의 아픔을 생각해 볼 때 안타깝기만 하구나. 그리고 내 자식들의 엄마는 이제 이 세상에 없으니 내가 최선을 다해서 딸은 예쁘게 아들은 씩씩하게 잘 키우마."

나는 대답 없는 지아 두 뺨을 쓰다듬으며 마지막 말을 했다.

"너를 보내는 내가 참으로 고통스러운데 할 수 있는 게 이것밖에 없구나! 나는 오늘 정말 많이 참았고 네게 최선을 다했다. 이 이상 얼마를 더 잘해서 보내줄 수 있겠는가!”

앞으로 영원히 없을 스킨십과 말을 마치고 그녀의 손을 가볍게 한 번 쥐어보고 놓아 주었다. 지아는 차에서 내려 뒷모습을 내게 보이며 또각또각 아스팔트 위에 하이힐 소리만 울리며 갔다. 그 울림소리에 내 가슴은 텅 비어 그냥 눈물을 쏟아내며 울어버렸다. 눈물이 볼을 타고 흘러내렸다. 나는 아무리 폭풍우가 몰아쳐도 울지 않았었다. 오로지 꿋꿋한 모습으로 살아왔다. 그런데 마냥 흐르는 눈물과 뒤틀리는 내 마음이 차 안에 가득했다. 나는 어둠 속으로 사라지는 지아를 보며 노래를 불렀다.

> 아! 떠나가는 여인을 바라만 보네!
> 또각또각 저 하이힐 소리가 내게
> 돌아오는 소리이기를 빌며
> 그냥 앉은 채로 바라보고만 있었더니
> 어느새 가고 없구나!
>
> 우리가 하나일 때는
> 뒷모습도 행복이었는데
> 다시 둘이 되니 자지러지는
> 울음소리만 흐르는구나!
>
> 참 공무원의 삶을 위해 투쟁하다 보니
> 사랑하는 여인과 인연을 이렇게 쫓기며
> 찢어져 터진 모습으로
> 그려버리고 마는구나!

· · · · ·

　이렇게 슬픈 노래를 부르며 다시는 올 일이 없는 이 장소를 떠났다. 13년간 다녔던 이곳도 이별이었다. 마땅히 갈 곳이 없었다. 이리저리 돌다가 불빛이 새어 나오는 작은 술집에서 시선이 멈추었다.

　온도가 낮아 눈이 녹지 않고 온 세상을 하얗게 물들이고 있었는데 다시 또 내리고 있다. 우리의 행복했던 흔적들이 저 눈에 묻혀버렸다. 혼자라는 것이 너무 견디기 어려워 술잔 2개를 놓았다. 한 잔은 슬픔에 떨고 있는 불쌍한 내게 바쳤다. 또 한 잔은 내 주변에서 맴돌면서 어서 오라며 내게 손짓하는 먼저 저승에 간 떠도는 영혼에 바쳤다. 그리고 마셨다. 술을 왜 마시냐고? 그건 나도 모른다. 술에 취한 나는 짙은 어두운 밤, 하얀 눈 속에서 걷고 또 걸으면서 미끄러워 넘어졌고 일어나면 또 넘어졌다. 이미 방향 감각은 없다. 내가 어디로 가는지도 몰랐다. 평생 내가 살았던 곳이지만 술과 눈물에 취하니 세상마저 취한 듯 이곳이 저곳인지 저곳이 이곳인지 알 수가 없었다.

　이 세상에 내 존재의 의의가 있기는 한 것인지조차도 모르겠다. 시간이 얼마나 지났는지도 모르겠는데 내 의식이 흐려지며 벌러덩 넘어졌다. 몸에 통증이 일었다. 그리곤 몸이 흔들렸는데 고개가 자꾸 밑으로만 내려갔고 얼굴이 땅에 닿을 듯했다. 그러다 쓰러졌다. 인도인지 차도인지도 모르겠다. 주변에 무엇이 있는지도 모른다. 이미 인지능력이 상실되어버렸다. 나는 조용히 웃었는데 비애가 얼굴에 넘실대고 헝클어진 마음이 요동치는데 몸은 굳어만 갔다. 내리는 눈이 얼굴을 덮고 의식은 희미해지고 눈보라가 가로등 불빛을 휘감았는데 세상이 도는 건지 내가 도는 건지 알 수가 없었다.

　하얀 눈 사이로 반짝거리는 무엇인가가 다가왔다. 평소에는 그냥 무심히 보아왔던 번쩍번쩍 빛을 발하는 경찰차가 정말 반가웠다. 내게 다가오는 경찰관을 보니 안도감이 들었다. 그리고 이렇게 지쳐버린 하루가 끝났다. 제정신이었다면 사례라도 했을 텐데, 나는 그 경찰관의 이름도 소속도 모른다. 경찰관들이 이 추운 밤에 시민을 위해 봉사하는데 나는 왜 시민을 위해 봉사하며 이런 꼴에 직면했는지 모르겠다. 경찰의 도움으로 집에 도착했다. 거실 바닥에 아무렇게나 널브러졌다. 술에 취해 천장이 자꾸 일그러지고 거실 바닥이 찌그러지며 일어났다. 기침이 쉴새 없이 나왔다. 눈물과 콧물이 범벅이 되었다. 앞으로 어떻게 살아야 할지 자신이 없었다.

아침에 일어나 흐트러진 모습으로 베란다에 앉았다. 내가 사는 집은 15층이었고 앞이 탁 트인 집이었다. 손에서 생으로 타고 있는 담배 연기가 너울너울 춤을 추니 몽롱함에 나도 따라 너울거린다. 가난에 쪼들리더라도 공무원으로서 더 높은 가치와 더 밝은 세상을 이루기 위해 달렸는데 낙엽 되어버렸고 나의 버팀목이었던 여인마저 내 가슴에 한을 꽂았다. 아! 저 하늘로 날라야 하나? 순간 따뜻한 바람이 날 감싸기에 돌아보니 고향에 홀로 계신 어머니가 환하게 웃으며 쭈글쭈글한 손으로 나의 등을 다독였다. 아들아! 네 곁엔 이 엄마가 있잖니! 이렇게 어머니가 나를 보며 웃고 있었다. 그리고 쌔근쌔근 숨소리를 내며 자는 아이들의 모습이 나를 다시 서게 했다. 겉으로 내색하지 않고 안으로 감추고 살자니 더욱 힘들었다. 마치 혼이 나간 사람처럼 며칠을 살았다.

그러던 중 장모님으로부터 전화가 왔다.

"장 서방, 아니지, 자네!"

“예, 장모님, 죄송합니다. 사모님!”

“딸에게서 다 들었네. 자네가 우리 딸에게 얼마나 많은 잘못을 했으면 그렇게 됐겠나!”

“죄송합니다. 할 말이 없습니다.”

“자네 직장생활도 맘에 들지 않았었는데 자네가 내 딸 인생까지 망친 거야. 사위 삼았더니 어떻게 그럴 수 있단 말인가? 이미 끝난 일이니까 그건 됐고 왜 이혼을 안 해주는가?”

“지금 따님이 만나는 남자가 시청에서 같이 근무하는 유부남입니다. 따님이 바람나서 저와 이혼하고 유부남하고 사귄다고 소문이 나지 않게 하려고 그런 겁니다. 그리고 간통죄도 있잖습니까? 소문나서 뭐가 좋겠습니까? 잘은 모르겠지만 헌법재판소에서 간통죄가 위헌인지를 논의하고 있답니다. 적당한 시기를 봐서 처리해 드리겠습니다.”

“그렇게 하게! 그리고 지금 자네가 사는 집은 내가 딸 명의로 산 아파트야. 어떻게 할 건가?”

“자식들만 아니면 지금이라도 당장 비워드리겠는데요. 한 달만 말미를 주셨으면 합니다. 죄송합니다.”

“그럼, 그렇게 하는 걸로 알겠네.”

“제 처지를 이해해주셔서 고맙습니다.”

참 공무원으로서 살고자 노력했던 것인데 어떻게 이럴 수 있냐고 묻고 싶었고 소리 지르고 싶었다. 그러나 13년 동안의 과거만을 안고 그냥 돌아설 수밖에 없었다. 내가 인생을 잘못 살았는가 보다. 지금의 내 현실에선 그랬다. 그래도 나는 대한민국 6급 행정공무원이다. 앞으로도 아픔과 서러움을 끼고 살게 되더라도 지금까지 해왔던 것처럼 공무를 수행하며 살 것임을 되뇌었다.

　나는 4년 동안의 피 말리는 싸움들에 녹초가 되었다. 그리고 지아의 상황에 견딜 수가 없었다. 사무실에서 나오면 갈 곳이 없었다. 외곽으로 나가 인적없는 하천가 제방에서 흐르는 물을 보며 걷는 일이 고작이었다. 이 추운 겨울에 반은 얼어있고 반은 물이 흐르는 하천을 바라보며 쓸쓸함을 달랬다. 아무 곳이든 발길 가는 대로 사람 세상 속이 아닌 밖을 서성거렸다.

　나는 이권이나 이해관계에 얽히지 않을 사업소나 동주민센터로 가고 싶었는데 연초 인사 때 본청 복지향상과 생활지원 팀장으로 발령받았다. 나는 하는 수 없이 발령받은 곳에 왔다. 팀장인 나와 같이 근무할 팀원은 8명인데 남자 팀원이 1명이고 여자 팀원이 7명이었다. 업무가 만만치 않았다. 우선 내가 하는 일은 팀원들이 기안하는 대로 결재하고 그 외 시간에는 지침서들을 보며 업무를 배우는 것이었다. 팀원들이 많으니 지침서도 많았다. 대부분 업무는 수월하게 지침서를 익혀갔다. 그런데 자활사업은 보조사업인데 그동안 행정 경험으로 봐서 문제가 있을 수 있겠다는 생각이 들었다.

　조금씩 업무에 적응해 가는 동안 겨울이 지나고 움츠렸던 만물이 태동하는 봄이 왔다. 지난날들의 일로 현실에 적응할 수가 없었다. 나를 다독이고자 1주일 휴가를 내고 떠돌아 보기로 했다. 한 여인의 존재를 잊고, 볼품없는 피라미 직장인의 삶에 대한 회의를 지우고, 내 삶을 돌아다보며 조금은 더 살아보고 싶어서였다. 목적지를 정하지는 않았다. 가다 보면 내 한 몸 등 기댈만한 곳 정도는 있겠다고 생각했다. 밤이

．．．．．

되니 가로등 불빛이 끝나는 곳에서부터 세상은 어둠으로 바뀌었다. 어둠으로 덧씌워진 야생 식물들과 무슨 용도인지 모를 구조물들 그리고 주택들도 다 친구처럼 다정하게 보였다.

어린아이는 엄마 품에서 사랑받고 연인은 서로의 품에서 사랑받는 황홀할 봄의 밤이다. 내 여인과 함께 누렸던 세상 곳곳들도 여기처럼 겨울을 보내고 봄이 되어, 올망졸망 들풀과 들꽃이 피어나기 위해 맑은 하늘과 따스한 대지의 품을 기다리며, 행복한 이 밤을 보내고 있을 것이다. 그러나 나는 깜깜한 어둠에서 벗어날 기미가 보이지 않는 나를 안고 홀로 여행하고 있다. 함께하는 이 없으니 주위를 살피거나 먹을거리, 잠잘 곳, 시간의 흐름을 걱정할 필요가 없었다. 끝없이 펼쳐진 자연 풍경에 나를 맡겼다. 이번 여행에서 조금이나마 절망에서 빠져나오도록 힘을 얻었으면 좋겠다는 희망을 품었다. 도심을 벗어난 탓에 모텔이나 상가들이 없다. 그냥 도롯가의 여유 공간에 주차하고 히터를 켜고 창문을 조금 열고 뒷좌석으로 가서 빵과 물로 저녁 식사를 해결하고 웅크리고 누웠다. 잠자리가 불편해서인지 일찍 일어났다. 우두커니 앉아 있으니 지난날의 내 삶이 생생하게 떠올랐다.

공무수행에 어려움이 많았지만 참 공무원의 삶을 얻었다고 좋아했고 사랑하는 여인이 곁에 있어서 좋았다. 그런데 참 공무원의 삶은 알아주는 이 없는 만신창이가 되어버렸고, 사랑하는 여인은 살랑대는 봄바람 타고 왔다가 거센 비바람을 동반한 태풍 되어 내 삶을 폐허로 쓸어버리고 떠나 가버렸다. 적막한 길가에서 아직은 어두운 새벽하늘을 갈망하는 눈빛으로 바라보았다. 이렇게 살든 저렇게 살든 모두 태어난 순간부터 죽어가는 과정일 뿐이고 죽는 순서의 차이가 있을 뿐이니

・・・・・

나를 괴롭히는 악연들에 너무 얽매이지 말자고 생각하며 어두운 하늘을 계속 바라만 봤다. 바늘구멍만 한 희망이라도 분명 남아있을 터이니, 검은 하늘이 걷히고 쨍하고 해 뜰 날 있을 터이니 기다려 보자고 나를 설득했다.

아침이 되고 환한 햇빛이 고맙게도 나를 비춘다. 늘 존재하는 것이지만 참으로 반가웠다. 이른 봄 날씨의 다정한 햇빛과 청명한 바람에 취해 고개를 들고 가슴을 펴고 두 팔을 높이 들어 뼈마디에서 우두둑 소리가 나도록 큰 기지개를 켜본다. 크게 호흡하며 자연의 냄새를 들이키니 아침 이슬이 탱글탱글 맺혀있는 갖가지 들풀과 들꽃 새싹들의 깨끗하고 그윽한 향기가 나를 기쁘게 한다. 그 기쁨을 몸으로 체험하고 싶어 손으로 새싹들을 스치며 만져보니 손에 그윽한 자연의 향기와 이슬의 물기가 나의 마음을 촉촉이 적신다. 봄기운을 만끽하니 모처럼 내 안에서 밝은 기운이 일어났다. 내게 씌워진 지아의 망령을 떼어내고 공무원의 삶에 지친 나를 달래보고자, 지아와 함께했던 과거 속으로 들어가 보기로 했다. 이렇게라도 해서 살고 싶은 것이었다.

내가 서울에서 '농부 애 쌀' 고급브랜드화 사업을 하고 있을 때 지아하고 전화 통화 중에 농담 반 진담 반으로 했던 말이 있었다.

"나, 너무너무 네가 보고 싶다. 하늘에서 갑자기 뚝 떨어져 내 옆에 있으면 좋겠다."

"그래, 그러지 뭐!"

지아는 그렇게 쉽게 대답했고 나는 당연히 농담으로 생각했었는데 밤에 매장에서 특판행사 중이었는데 지아가 전화했다.

"자기, 나 강남 고속버스터미널에 곧 도착해. 나 데리러 와."

사랑하는 여인 지아가 정말로 온 것이었다. 지아는 하늘에서 떨어진 여인이었다. 너무 좋아서 다른 것들은 생각하지도 못했었다. 지아 손을 꼭 잡고 저녁을 같이 먹고 서울의 꺼지지 않는 밤 조명 아래의 길을 걷고 숙소에서 밤새도록 사랑을 나누었다. 과거에 행복했던 기억 중 하나였다. 다음날 강남 터미널에서 고속버스에 타는 지아를 배웅했었다. 버스를 탈 때가 되자 지아는 내게 다가와서 답답하여 느슨하게 매고 있던 넥타이를 바로 매주며 말했다.

"자기, 다음 주말에 1박 2일 여행하자."

"지아, 금요일부터 일요일까지 2박 3일 했으면 좋겠는데!"

우린 결론을 내지 못했고 지아는 버스에 탔다. 그리고 눈만 깜박거리며 서 있는 나를 버스 안에서 바라보고 있었다. 버스가 출발하려 후진하자 나는 손을 흔들었고 지아는 손가락으로 오케이 사인을 보냈다. 그리고 버스는 지아를 싣고 내게서 멀어져갔다. 버스터미널 의자에 앉아 TV를 봤다. 무슨 볼거리가 있어서가 아니었고 장기간 객지 생활에 힘겨워서였다. 지아에게 전화했더니 나를 염려하는 말을 했다.

"자기, 왜 그렇게 목소리에 힘이 없어?"

"너를 보내고 다시 홀로 남으니 처진다."

"자기가 말한 2박 3일 여행, 조금 전에 내가 오케이 했잖아. 그러니까 힘내. 나 어제 바쁘게 움직였고 자기가 밤새도록 잠 안 재웠잖아. 피곤해. 버스 안에서 좀 잘래."

그 후 우린 금요일 군산 갈대밭과 철새도래지를 보고 1박을 했다. 토요일은 구례 화엄사와 사성암을 거쳐서 1박을 하는 여행을 했고 나는 다시 서울로 갔었다.

．　．　．　．　．

그때 당시 침실에서 아침을 맞았던 강남 터미널 부근의 모텔을 찾아 봤는데 무작위로 갔던 곳이라 그런지 찾을 수가 없었다. 나는 다음 여 행지였던 군산으로 갔다. 그때처럼 갈대밭은 그대로였다. 옆에서 팔짱 을 끼고 쉬지 않고 옥 소리를 냈던 예쁜 앵무새만 없을 뿐이었다. 나는 걸으면서도 우리의 흔적이 묻어있는 곳에서 잠깐 멈추곤 했다. 그때 철새도래지에서 1인용 그네에 같이 앉았었다. 옛 추억을 떠올리며 혼 자 앉아봤다. 내 손에 들려있는 것은 아무것도 없다. 동행하는 이도 없 다. 이곳 자연과 호흡하고 과거의 추억과 동행하고 있을 뿐이었다. 이 렇게 우리의 흔적으로 들어가 과거 인연에 대하여 고뇌하기보다는 스 쳐 보내고자 노력했다.

다음 여행지인 화엄사로 가고 있다. 여유 있게 달렸고 차의 창문을 열었다. 봄바람이 선선했다. 화엄사에 도착하여 주차장에서 주위를 둘 러보니 사방이 숲이다. 소나무와 참나무 그 외 잡목들로 우거져 그 모 습이 칙칙하고 어둡게 보였다. 절을 향하여 오르는데 폭 1m, 길이가 50m 정도 되는 나무계단이 있었다. 좌우로 대나무와 편백나무가 계 단을 덮은 숲의 터널이었다. 그늘과 숲의 기운에 시원했다. 문득 생각 이 났다. 계단을 오르면서 지아 손을 잡았었다. 지아는 남들이 본다며 손을 뺐는데 나는 놓아주지 않았었다. 나의 고집에 지아는 그대로 계 단을 올랐다. 걷다가 그 구간이 너무 짧다는 생각이 들었었다.

"어, 계단이 왜 이리 짧아!"

"사람도 많은데 손잡고 가니까 나는 더 짧았으면 했지 용!"

그때 좋았던 추억을 생각하니 찡그린 내 얼굴에 웃음이 피었다. 떠 난 여인과 추억을 회상하며 웃을 수 있는 것 또한 내가 살아가는 인생의 일부인지도 모른다. 화엄사 내부로 올라가는데 좌우로 한옥 건물이 즐비했다. 화려하게 단청이 된 모습에 천년세월 사찰의 느낌을 받을 수 없었다. 그때도 그랬었는지 기억이 없다. 우측으로 갔더니 계곡이 보였다. 흐르는 물소리가 청아하여 정신이 번쩍 들었다. 마치 잠에서 깨어난 모습과 같았다. 조금 더 올라가니 계곡을 건너는 구름다리가 있어 건너갔다. 대나무 숲이 있었는데 벤치가 있어서 앉았더니 햇빛이 나무들 사이로 쏟아져 들어왔다. 대나무 사이로 부는 바람 소리와 살랑 다가오는 그 바람의 감촉은 참으로 선한 느낌이었다. 오랜 세월 동안 사람들이 이곳에서 휴식을 취하고 새로운 삶을 살기 위해 세속에 다시 내려갔을 것이다. 그들의 어떤 흔적도 남아있지 않았지만, 왠지 그랬을 것 같다. 청아한 바람과 끊임없이 들려오는 맑은 물소리를 들으며, 플라톤과 베이컨의 글에서처럼 '동굴의 우상'에 속박되지 않고 내 인생과 세상을 바라보는 시야를 넓혀 지금의 고난에서 벗어나고 조금은 나은 생활을 할 수 있으면 좋겠다고 생각했다.

갑자기 대나무가 땅에 끌리는 소리와 물씬 풍기는 대나무 냄새에 상념에서 깨어나 바라보니 중년 스님 한 분이 대나무를 베어 끌고 지나가고 있었다. 대나무 냄새가 상큼했고 정신이 맑아졌다. 다시 현실로 돌아왔다. 계곡 옆길을 따라 절의 맨 위까지 올라갔다. 단풍나무 등 20여 그루로 조경한 모습이 보였다. 아래를 보니 낡은 건물이 보여 돌아가 보니 대웅전이었다. 그 아래 석탑 그리고 봉향각 등의 시설들이 있었다.

대웅전 건물을 보며 질문을 던졌다.

"나처럼 이곳에 와서 마음의 평화를 찾고자 했던 많은 사람은 지금다 어디에서 무엇을 하고 있을까요?"

"전부 육체와 이탈되어 그 영혼들이 이 산 저 산을 떠돌며 아무 고뇌 없이 유랑하고 있지 않겠어!"

"그래요? 그럼 나도 그래볼까요?"

"아서라! 나뒹굴며 살아도 저승보다 이승이 났다는 말이 있잖아! 지금 하는 것처럼 노력하게나!"

귀한 말씀을 가슴에 담으며 낡고 갈라진 대웅전의 기둥에 손을 짚었다. 그리고 잠깐 눈을 감고 염원을 빌었다.

"이 대웅전에 내가 처한 삶의 애환을 맡기고 현실 세계로 갈 수 있으면 얼마나 좋을까!"

대웅전의 기둥은 갈라지고 퇴색되어 세월의 고고함이 묻어나고 있었다. 나는 가슴에 아픔을 담은 채 대웅전을 바라보기만 했다. 대웅전의 내부를 보지 않았다. 건물 자체만을 보아도 마음이 진정되는 듯했다. 대웅전의 시원스럽게 뻗은 처마를 바라보고 있으니 훈계의 말씀이 들리는 것 같았다.

"세속의 인연들로부터 얽매인 자신을 자유롭게 하면 좋을 텐데!"

"그렇게 되면 얼마나 좋겠습니까? 진정으로 바라는 바입니다."

"어떤 종교를 선택하든 신앙생활을 좀 해보면 어떨까?"

"글쎄요. 이미 사람 세상에 마음을 주고 상처를 받았는데 또 그 어떤 세계에 마음을 주었다가 상처받을까 봐 두렵습니다."

이렇게 대답하며 대웅전의 처마를 우러러보기만 했다. 친근함이 물씬 풍기는 오래된 한옥 건물들을 둘러보고 내려오는 길에 기념품 판매점에서 대나무로 만든 컵을 기념으로 사서 들고 주차장에 돌아와 차에 앉아 내부를 살펴보았다. 계기판에 지금까지 운행 거리가 1,361km였다. 그 긴 세월 동안 지아와 같이 차 안에서 수없이 많이 나누었던 추억에 견딜 수가 없었다. 그래서 차를 폐차하고 새 차를 샀다. 숱한 세월 동안 지붕에서 우두둑 들리는 빗소리를 들었고 눈보라 속에서 칠흑같이 어두운 밤엔 더욱 밀착되어 떨어지지를 못했었다. 이동을 위한 수단이기도 했지만, 우리의 홈구장이기도 했었다. 과거의 행복, 현재의 고통, 미래의 지옥인 지아와 고리를 잘라내고자 한 것이었다. 지아의 흔적은 없고 새 차 냄새가 나니 다행이었다.

그때 마지막 일정인 사성암으로 갔다. 섬진강 강가에 조성된 오섬광장에서 컵라면에 뜨거운 물을 넣고 광장 정자에 앉았다. 섬진강의 모습이 잔잔하며 평화로운 모습이었다. 강물의 흐름은 조용하기만 했다. 나도 저렇게 과거의 얽매임을 흘려보낼 수 있다면 참 좋겠다고 생각했다. 강가의 수풀들과 조용히 흘러가는 물줄기는 잘 어우러져 여유로움이 연출되고 있었다. 언젠가는 내게도 저런 여유로움이 생겨 더는 과거 악연들과의 상처에 허덕이지 않게 되기를 빌었다.

섬진강에서 벗어나 사성암이 있는 오산에 올라갔다. 경사도가 높은 길을 올라가다가 아담한 돌계단과 돌담길을 만나니 정겹다. 귀목나무 아래에서 잠시 앉았다. 저 멀리 섬진강, 농경지, 도시의 어우러진 모습이 보였다. 무수히 많은 사람이 태어났고 살다가 죽었을 것이다. 지금 저기에 사는 사람들은 먼저 살았던 사람들과 마찬가지로 역시 언젠간 살던 곳을 후인에게 물려주게 될 것이다. 그리고 자신의 인지능력과 소유한 모든 것에서 탈피하여 사라지게 될 것이다. 그러나 사는 게 바빠 그걸 잊고 당면 문제들에 시달리며 살아가고 있을 것이다. 나 역시 내가 사는 곳에서 지아와 악연, 자신들이 법보다 위에 있다고 여기는 시장과 그 선거 브로커들과 투쟁하는 악연에 묻혀 그렇게 살아왔다.

앞으로 내가 어디서 무엇을 하며 살고 있는지를 가끔은 하늘을 보고 땅을 보며 자각하며 살고 싶다. 지나간 내 인생을 그때그때 인식하며 살아감으로써 '언제 이렇게 세월이 흘러버렸지!'라고 탄식하며 허무에 빠지지 않게 되면 좋겠다고 생각했다. 다시 걸음을 옮겼다. 길이 좁아서 그런지 앞과 뒤에서 관광객들이 일행들과 대화를 나누며 걷는 모습이 마치 나와 동행인 듯했다. 소원바위 앞에 도착했다. 커다란 바위 앞에 불상이 있고 불상 좌우로 줄을 매달았는데 그 줄에는 나뭇잎 모양 또는 하트 모양의 소원서가 걸려있었다.

'장작 팔러 간 남편이 돌아오지 않자 부인은 기다리다가 사망했고 남편은 돌아와 보니 아내가 없자 자신도 죽었다.'라는 전설의 바위였다. 소원을 빌면 이루어진다고 해서 나는 소원을 빌었다.

"이별의 아픔과 직장생활의 아픔을 덜어주소서!"

나는 소원을 빌고 손바닥을 소원바위에 짚었다. 햇빛에 달구어진 따뜻함이 팔을 타고 전신에 와 닿았다. 눈가에 물기가 맺히고 희미한 미소가 입가에 걸친다. 한옥 건물 옆 돌에 쭈그리고 앉아서 소원바위를 바라봤다. 눈앞이 흐릿흐릿하고 앉은 상태의 내 몸을 땅속에서 어떤 힘이 끌어당기는 듯했다. 어쩌면 이렇게 땅속으로 들어가 버리는 게 이별의 아픔과 공무원 삶의 고난에서 벗어나는 하나의 방법일 수도 있겠다는 생각이 들었다.

걸음을 옮겨 도선굴로 들어섰다. 깜깜한 어둠에 촛불 20여 개가 켜져 있는데 촛불을 보니 환한 느낌과 기대고 싶은 느낌이 전신에 밀려

· · · · ·

왔다. 이때 촛불을 감싸고 있던 커다란 바위 녀석이 눈에 큼직한 모습으로 떡하니 들어왔다. 나는 빙그레 웃으며 녀석을 바라보았다. 우직함과 든든함이 느껴졌다.

바위를 향해 말을 걸어보았다.

"바위야, 어떤 의식도 고뇌도 없이 항상 그 자리에 그대로 있는 네가 무척 부럽구나. 언제나 흔들림이 없는 그런 바위, 바로 너와 같이 되고 싶구나."

바위 녀석은 그러거나 말거나 미동도 하지 않는다.

"너처럼 꼼짝도 하지 않고 이렇게 있으니까 참 좋다. 그런데 왜 눈물이 소리 없이 기척도 없이 나는 걸까? 아무리 네놈 흉내를 내려 해도 안 되는구나!"

바위 녀석은 마냥 조용히 나를 바라보기만 했다. 대답 없는 녀석을 넘어 전망대 쪽으로 올라갔다. 길이 좁아서 한 사람씩 오르고 내려온다. 계단을 따라 조금 올라가니 자그마한 돌탑들이 길가에 세워져 있다. 여행자의 솜씨로 보였다. 높게 쌓지 않은 것으로 봐서 짧은 기간에 뭔가를 위하여 정성을 들인 것 같다. 내가 이렇듯 사람들도 나름대로 사연들이 있을 것이라는 생각이 들었다. 길을 멈추고 작은 돌들을 주워서 모았다. 돌 하나하나에 슬픈 사랑을, 악인들과 투쟁의 고통을 실어서 쌓았다. 나의 모든 악연을 이 돌탑에 얹어놓고 하산할 수 있다면 얼마나 좋을까!

이런 희망을 품어보고 먼 산야를 바라보았다.

그때나 지금이나 이곳은 그대로인데
여인 시선 다시 내 눈에 머물기를 기다렸는데
검은 하늘 아래에서 삶은 무너져 내렸고
상처투성이 육신 홀로 왔네!

저 산야에 거센 바람 몰아치고
지친 사나이의 호곡 소리가 울려 퍼지고
내 마음은 타버린 잿더미여라!

여인 향기의 중독을 꺼내고
검은 하늘에 대한 분노를 꺼내어
멀리멀리 뿌려 보네!

내가 쌓은 돌탑 옆에 앉아 먼 산야를 바라보며 폐부에서 올라오는 마음의 노래를 불렀다. 그리고 하늘을 향해 소리쳤다.

"지아! 부탁이 있다. 다시는 내 생에 나타나지 말아다오! 부탁 하나 더 할게. 정말이지 우연이라도 내 눈앞에 나타나 보이지 말아다오!"

잠시 먼 곳에 시선을 보냈다. 그리고 또 외쳤다.

"시장과 그 추종자들이여! 두 번 다시 내게 그런 나쁜 짓을 하지 말아다오!"

제 4 장

검은 하늘

[민선 6기]

제4장

검은 하늘
(민선 6기)

　여행을 마치고 다시 현실 앞에 섰다. 3월 중순에 이르기까지 업무를 제대로 파악하지 못하고 있었다. 팀장으로서 몇 개월 동안 팀원들이 기안한 문서에 결재하는 방식으로 일했다. 나는 팀원일 때와 팀장일 때를 가리지 않고 모든 업무를 내가 직접 챙기며 근무했다. 팀원의 보고를 기다리지 않았다. 행정행위가 정상적으로 작동하고 있는지를 늘 확인하고 절차상의 흠이 없도록 했다. 그리고 난이도 있는 상황이 발생하면 내가 직접 했다. 그런데 이곳에 발령받은 이후 3개월이 되었는데도 제대로 업무 파악을 못 하고 있었다. 직장에서 제 역할을 하지 못한다는 것도 문제지만 내 자존심이 허락하지 않았다. 과거 악연의 후유증에 시달리고는 있지만, 다시 예전처럼 업무에 대한 집중도를 높이기 시작했다. 팀원들도 내가 정상적으로 업무에 임할 수 있도록 도와주었다. 그리고 팀원들이 팀 회식을 제의했다. 첫 팀 회식이었다. 대부분 여직원이어서 저녁 회식은 생각하지도 않았었다.

나는 회식 중 팀원들에게 말했다.

"팀원들이 하는 일에 대하여 최대한 자율성을 인정하고 근무상황에 대해서도 편리성을 최대한 보장하겠다. 그리고 사람이 직장생활을 하다 보면 실수도 할 수 있는 것이다. 괜찮다. 다들 즐겁게 직장생활 하자. 다만 고의로 부정한 행위를 한다거나 나를 속이려 하면 안 된다."

"팀장님, 좋아요. 앞으로 우리 다 같이 웃으며 근무해요!"

"그래, 서로 인간적인 정 나누며 깔끔하게 직장생활을 하자."

팀원들은 모두 밝게 대답했고 진심이 보였다. 그런데 자활업무 담당자 서이예 팀원은 아무런 말도 하지 않고 침묵만 지키고 있었다. 우리 팀에서 근무하는 직원들은 나보다 나이가 어렸지만, 자활업무 담당자 서이예 팀원은 나보다 한 살 많은 여직원이었다. 이런 대화를 하다 보니 분위기가 무거워졌다. 눈치 빠른 녀석들이 바로 분위기를 바꾼다. 나도 팀원들의 의도에 응했고 단합대회를 하는 기회였다. 팀 회식을 하니까 팀원들과 좀 더 가까워진 느낌이었다.

평상시와 다름없이 근무가 이어졌다. 업무 성격으로 봐서 자활사업 업무를 관심 있게 지켜봐야 한다고 생각했다. 그래서 나름대로 자활사업에 대해서 열심히 공부했다. 자활사업은 율도국시청이 사회복지 법인인 민간 위탁업체를 선정하고 이 업체에 국민기초수급자들을 배치한다. 시청은 민간 위탁업체에 국민기초수급자의 인건비와 관련 사업비를 보조금으로 지급한다. 민간 위탁업체는 이들을 데리고 시청에서 승인한 해당 사업을 한다. 여기에서 민간위탁업체와 국민기초수급자 각각 역할이 있다. 민간 위탁업체는 국민기초수급자를 데리고 5년 동안 승인된 사업을 하면서 매출을 창출하고 그 매출금을 적립해야 한다. 그 범위는 예산액의 20% 이상이다. 그리고 국민기초수급자는 업체에서 생산, 가공, 판매의 기술을 익혀서 5년 후 민간 위탁업체가 적립한 매출적립금을 창업자금으로 사용하여 해당 분야에서 자활기업을 창업해야 한다.

이 사업은 국민기초수급자가 자활기업을 성실하게 운영하여 가난에서 벗어나 자활하게 하는 것이었다. 이 사업의 상황을 보고 싶었다. 자활사업 민간 위탁업체가 4개소였다. 각 업체를 방문했다. 민간 위탁업체는 사업비가 부족하다는 의견을 말했다. 그러나 국민기초수급자들은 아무 말도 하지 않았다. 무슨 이유인지는 모르겠지만 뭔가 불신이 있어 보였다. 일단 그들의 근로 상황을 관심 있게 관찰했다. 적극적으로 일하는 사람들이 있었고 그렇지 않은 사람들도 있었다. 자활한다한들 지금보다 조금 나은 정도의 수준인데 그렇게 하다 보면 그들이 국민기초수급자 신분에서 벗어나고 정부의 지원을 못 받게 되니 차라리 포기하고 사는 방식을 선택하는 경향이 있다고 했다. 특히 그들은 행정기관으로부터 의료비 지원이 끊기는 게 제일 걱정거리였던 것이었다.

그런데 전반적인 분위기상 위탁업체로부터 뭔가 냄새가 났다. 차차 알아보기로 했다. 문제가 있다면 과거 경험상 윗선의 비호가 있기 마련이다. 나는 아무런 내색 없이 4개 업체 방문을 마무리했다. 점검이 아닌 위탁업무 수행에 따른 격려 차원이었는데 실제로는 뭔가 감을 잡는 기회였다. 이 사업은 계속사업이며 1년 예산이 삼십억 원이었다. 일단 상황을 정확하게 파악하기로 했다. 만약에 부당한 사례가 있다면 확실한 증거를 확보하여 더는 나쁜 짓을 하지 못하도록 설득할 생각이었다. 대립과 다툼없이 해결되었으면 좋겠다고 생각했다. 지침서는 다 숙지했고 실제상황도 확인했다.

자활업무 담당자 서이예 팀원에게 대화를 시도했다.

"보조금액이 인건비와 관련 사업비를 합해서 총 삼십억 원 사업인데 업무 관리를 철저히 해야 합니다. 위탁업체가 국민기초수급자들의 돈을 갈취하는 사례가 있는가를 잘 확인해야 하고 우리 공무원이 이를 방조해서는 안 됩니다."

"팀장님, 아무 잘못된 사항이 없는데 왜 그런 말을 합니까?"

"내가 지금 상황을 구체적으로 확인해 보진 않았지만, 오는 감이 있기에 하는 말입니다." 서이예 팀원은 대답하지 않았다. 나는 잡음 없이 처리하고 싶어서 다시 조용히 말했다.

"서로 헛된 힘 빼지 말고 순리에 맞게 처리합시다. 내가 강압적으로 조치하는 것보다 서 팀원 스스로 변화가 있으면 좋겠습니다."

나는 벽에다 대고 말하고 있다는 느낌을 받았다. 자활 민간 위탁사업 보조금은 월별로 나누어서 지급하고 있었다. 서이예 팀원이 나보다 연상이기에 계속 정중하게 말했다.

"업체별로 보조금액이 다른 이유가 무엇입니까?"

"국민기초수급자 인건비와 사업비를 7:3 비율로 해서 보조금을 지급합니다."

"그것은 한 업체의 보조금 내력이고 내가 질문한 건 업체별로 보조금이 달라요. 그 이유를 묻는 것이잖아요."

서이예 팀원은 큰소리를 쳤다.

"인건비 대 사업비 비율이 7:3이라고요. 왜 말귀를 못 알아들어요? 여기 지침서에도 나와 있잖아요? 뭐 원하는 것 있어요? 그리고 첫 번째 보조금 지급 때 팀장님이 종합계획서에 결재했잖아요."

"내가 이 자리에 배치된 후 이틀 만에 결재했는데 뭘 알고 결재했겠습니까? 그리고 내가 업체별로 보조금이 다른 이유를 질문했는데 엉뚱하게 한 업체 내의 인건비 대 사업비의 비율을 말하며 지침서 가져오고 뭐 원하는 게 있냐고 큰소리로 되묻는 이 상황은 뭐지요?"

서이예 팀원은 내 말에 대답하지 않고 다른 데를 바라본다. 팀장이 팀원과 다투는 모습으로 비쳐질 것 같아서 일단 대화를 중단했다. 서이예 팀원은 이해할 수 없는 행동을 했다. 우리 부서의 전체 인원은 36명이다. 전 직원이 관심을 보였다. 큰소리를 치면 내가 논리가 부족하고 억지를 쓰는 게 될 수 있어서 나는 숨 고르기를 했다.

잠시 후 서 팀원을 다시 불렀다.

"지금 서이예 주무관이 내게 어떤 행동을 했고 그 결과가 앞으로 어떻게 나올 것인지에 대해서 생각해봐야 할 겁니다. 조금 전에 내게 한 행동을 어떻게 생각합니까?"

서 팀원은 아무 말도 하지 않았다.

"서이예 주무관, 이 시간 이후로 잘 생각해봐서 행동해요."

역시 팀원은 말이 없다. 이때 다른 팀원이 와서 과장이 나를 찾는다고 했다. 나는 과장 책상 앞으로 갔다. 과장은 나보다 나이가 3살 많은 이상일 과장이었다. 과장은 화가 난 표정이었다.

"장 팀장, 서이예 팀원은 우리 과에서 최고로 유능한 사람이고 그 업무 분야에서는 최고의 인재인데 왜 팀원을 괴롭히는 것인가? 팀장이 이제 발령받아 온 지 얼마나 됐다고 그러는 거야. 계속 이러면 앞으로 내가 장혁준 팀장 자네 가만두지 않겠어!"

약 20분 동안 과장은 나를 책상 앞에 세워 놓고 호통을 치고 화를 내며 전 과원 앞에서 군대 말로 고문관으로 만들었다. 나는 자리에 돌아와 조용히 의자에 앉았다. 그런데 어이없게도 졸렸다. 감당할 수 없는 스트레스에 피곤해진 모양이었다. 나는 뭔가 문제가 있다는 것을 감지할 수 있었다. 서이예 팀원과 이상일 과장이 선제공격을 해왔다. 그렇지 않아도 어떻게 해야 할지 갈등하고 있던 차에 그들의 공격이 시작되니 도전 의식이 꿈틀거렸다. 나는 팀원을 설득해서 업무의 정상화를 꾀하고자 했는데 내게 압박을 가하고 힘으로 눌러버리려 한다는 생각이 들었다. 어쩔 수 없는 진흙탕 싸움이 예고되었다. 자활업무 담당자인 서 팀원을 오라고 해서 옆에 앉게 했다.

"나는 지금까지 무수히 많은 일을 하면서 업무 관계자들로부터 식사, 커피 한잔 얻어 마시지 않았습니다. 그리고 경찰서, 상급 기관 감사과, 감사원으로부터 수도 없이 많은 조사를 받아왔어요. 법원에서 변호사도 없이 행정소송을 여러 차례 했고요. 나는 당당하게 일하고 싶어서 부당한 일은 하지 않았습니다. 특히 율도국시청 감사과에서 나를 어찌해보려고 내 뒷조사를 여러 차례 했지요. 그런데 내가 부당하게 뭘 원하는 게 있겠습니까?"

서이예 팀원은 인상만 쓰고 앉아 있었다.

"그리고 알량한 이상일 과장을 앞세워서 나를 어찌해보려 했는가? 서이예 주무관이 뭘 믿고 있으며 뭔 짓을 해왔는지에 대해서 나는 아직 알고 있는 게 없어요. 그런데 내게 이렇게 행동하는 걸 보니 뭔가 감추려는 것이 있는가 봐요. 그것이 무엇인지 알아봐야겠어요."

그래도 아무 말이 없었다.

"오늘 이 자리에서 마지막으로 한마디 더 하지요. 실수는 사람인지라 누구든지 할 수 있는데 의도적으로 보조금을 횡령하거나 국민기초수급자에게 주어져야 할 혜택을 빼먹는 일들을 나는 용납하지 않을 것입니다. 나는 시장 이하 그 누가 내게 압력과 협박을 해와도 나는 합니다. 시장을 비롯하여 권력을 잡은 자들과 전쟁하는 사람이 자기 관리도 안 하겠습니까? 그런데 서이예 주무관이 오늘 나에게 뭐 원하는 것이 있냐고 말하면서 과장과 합세하여 나를 몰아붙인 것은 실수한 겁니다. 지금 전체 과 인원이 듣고 있습니다. 그 말 취소해요."

"못해요."

서이예 팀원은 단 한마디 했다. 너무도 당당히 부딪쳐 왔다.

"그래? 좋아. 4개 자활사업 민간 위탁사업 보조금 지급서류와 보조금 집행 회계서류를 전년도 것부터 전부 가져오시오. 내가 직접 정산검사 하겠습니다. 아무 일이 없기를 기도해야 할 것입니다."

"팀장님, 정산검사를 이미 했는데 다시 하겠다고요? 맘대로 한번 해봐요. 두고 봅시다."

"그래요! 서이예 팀원은 대단한 사람인 것 같아요. 서이예 팀원이 나를 어떻게 두고 볼 것인지 기다려봐야겠군요!"

계속 대화할 의미가 없었다. 이렇게 끝냈다. 그리고 서이예 팀원은 3주가 넘도록 보조금 집행에 관한 회계서류를 가져오지 않았다. 나는 4개 위탁업체에 공문을 보냈다. 회계서류를 포함하여 정산서류 일체를 제출하도록 했다. 이 과정에서 과장하고 대립이 있었다. 나는 팀장

전결로 공문을 발송했다. 과장과 담당자의 행동으로 인하여 내 행동이 빨라졌다. 결국 돌아올 수 없는 강을 건너게 됐다. 과거의 늘 있었던 바와 같이 과원들은 내게 표시 나지 않을 정도로 적당히 거리를 뒀다. 괜히 나와 가까운 척했다가 과장한테 덤으로 찍히니까 그랬다. 나는 그들을 이해했다. 이상일 과장은 서이예 팀원을 제외한 나머지 7명의 업무에 대하여 사사건건 나를 찾았다. 그럼 어김없이 나와 해당 팀원은 과장 책상 앞에 불려갔다.

"장 팀장, 의료급여 업무가 썩어 문드러지고 곪아 터지게 생겼는데 도대체 일을 어떻게 하는 거야? 왜 다른 일들에 대하여 신경 쓰지 않고 잘 이루어지고 있는 자활사업을 건들고 있는 거야! 지금부터 자활사업 업무에 관여하지 말고 그냥 결재만 해."

"과장님, 이일은 우리나라 최하위 삶을 살아가는 국민기초수급자와 관련된 일입니다. 그렇게 할 수 없습니다."

"장 팀장, 무슨 말을 하면 알아들어야 할 것 아닌가?"

"과장님은 이 업무 담당 팀원이 비록 여직원이지만 율도국시청에서 자활업무를 최고로 잘 아는 인재라고 했습니다. 그런데 뭐가 그리 걱정입니까? 제가 정산검사를 다시 한다 해도 아무 걱정이 없잖아요! 그리고 조금 전에 의료급여 업무가 썩어 문드러지고 있다고 그랬는데 작년에 전국 평가에서 2위를 할 만큼 잘하고 있는 업무입니다."

"앞으로 시청에서 어떻게 살아남으려고 그래?"

"위탁업체에 보조금을 지급했으면 정산검사 하는 건 당연한 일인데 그것이 잘못이란 말씀입니까? 그리고 과장님! 근평 점수나 승진 이런 것들로 나를 겁주지 마십시오."

이상일 과장의 얼굴이 달아올랐다. 나를 노려보면서 책상을 주먹으로 쳤다. 꽝 하는 소리가 사무실에 퍼졌다. 순간 나는 눈가에 힘이 들어갔다. 야위어 몸에는 살이 없었고, 얼굴은 홀쭉했으며 침울하게 가라앉아 고요함이 유지되고 있었다. 과장을 바라보는 내 얼굴엔 툭 하고 건들면 터져버릴 것 같은 내면의 모습이 표출되고 있었다. 나는 과장을 무표정한 얼굴로 잠시 바라보다가 내 자리로 돌아왔다. 서 팀원과 이상일 과장이 이렇게까지 민감하게 나를 압박하는 것을 봤을 때 분명히 큰 건이 도사리고 있다고 생각했다. 비록 규모는 작을지 몰라도 벼룩의 간을 빼먹는 짓을 더는 할 수 없도록 하는 일이 자칫 내가 과장과 팀원을 상대로 다툼을 벌이고 있는 것처럼 타인들에게 인식되고 그 의미가 퇴색되어 제동이 걸리지 않게 하려고 조심했다.

이 상황을 지켜본 김강희 다문화가족지원팀장이 내게 조언했다.

"장 팀장, 그 업무가 오래전부터 문제가 있었다. 그러나 조직 내의 보호 세력과 외부의 보호 세력이 무서워서 누가 바로 잡지 못했다. 어설프게 건드렸다가 포기하면 창피만 당하고 앞으로 그 누구도 손을 댈 수 없는 지경이 되어버린다. 하려면 확실히 하고 그렇지 않으면 아예 손대지 마라."

"김 팀장, 그 세력들이 그렇게 무서운 사람들인가?"

"나도 정확히는 모르지만, 시장 이하 간부 공무원 전부 그리고 전직 도의원 등 정치세력 그리고 시장 선거 브로커들로 그 보호 세력이 장난이 아니야!"

"아무리 그렇다고 벼룩의 간을 빼먹는 걸 보고만 있어?"

"솔직히 승진도 해야 하고 그들을 건드리면 고통스러워서 근무를 제대로 할 수가 없어. 누가 건드릴 수 있겠는가?"

김강희 팀장의 말을 듣고 정말 어이가 없었다. 설령 내가 어떤 피해를 보는 일이 있더라도 이들을 용서하지 않을 것이라고 다짐했다. 그리고 4곳 중 3곳이 회계서류를 포함한 정산서류를 제출했다. 역시 내가 의심하는 복지자활센터에서는 정산서류를 제출하지 않았다. 지침서에 6월과 12월에 점검해야 한다고 되어있었다. 나는 상반기 점검을 하고 정산검사를 하기로 했다. 먼저 종교단체 법인에서 운영하는 지역자활센터를 방문했다. 제법 체계를 갖추고 있었다. 완벽하지는 않았지만 사람 사는 사회에서 이 정도는 괜찮겠다고 생각했다. 점검이기도 했지만, 이론만으로 알고 있는 내가 현장을 배웠다.

어느 정도 현장 지식을 습득한 나는 복지자활센터를 방문했다. 이곳은 사회복지법인이며 법인 대표는 송시현이었다. 나는 각종 장비를 확인하고 국민기초수급자들에게 이 자활사업이 이곳 법인을 위한 사업이 아니라 수급자를 위한 사업임을 세세하게 설명했다. 그런데 그들은 마치 사전 교육을 받은 것처럼 꼭 필요한 말만 답변했다. 일단 이 현상을 뒤로 하고 사무실에 가서 서류 점검을 시작했다.

"복지자활센터 송시현 대표님, 이곳에 배치된 국민기초수급자들의 출근부를 보여주십시오."

"출근부 없습니다."

"복지자활센터에서는 출근부를 비치하고 그것을 근거로 인건비를 지급해야 하잖아요. 그런데 출근부가 없다? 그러면 뭘 근거로 국민기초수급자들 인건비를 지급했습니까?"

송시현 대표는 대답하지 않고 뭔가 맘에 들지 않는다는 식으로 크게 한숨을 쉬었다.

나는 이어서 말을 계속했다.

"송시현 대표님, 출근부를 확인하는 이유는 국민기초수급자들이 자활사업에 임했는지를 확인하는 것입니다. 그리고 송시현 대표가 실제로 자활사업을 운영했는지도 확인하는 것이고요. 그런데 출근부가 없다는 건 그것을 확인할 수 없단 말이군요."

"허허, 그냥 믿으면 되는 것이지 그런 걸 따집니까!"

"좋아요. 나중에 다시 보기로 하고 일단 넘어가겠습니다. 다음은 전년도 보조금 집행 회계서류를 보여주십시오."

"아직 만들지 않았습니다."

"서이예 팀원이 정산검사 했다고 했는데 어떻게 된 겁니까? 설명해주시죠? 그리고 보조사업자는 법과 조례에 따라 사업이 종료되면 즉시 정산보고 해야 하는데 전년도 것을 지금이 6월인데 아직도 정산보고를 하지 않고 있단 말씀이지요? 그럼 뭘 가지고 있습니까?"

"삶의 현장에서 바쁜 사람 붙잡아 놓고 점검한답시고 나와서 목에 힘주는 것이 잘하는 짓입니까? 책상머리 앉아서 의자나 빙빙 돌리는 족속이 뭐 아는 것이 있어야지. 똑바로 알고 행동하시오."

"송시현 대표님, 나는 지금 법과 조례에서 규정한 근거에 의해서 민간 위탁 보조사업에 대한 점검을 나온 것인데도 이렇게 하시네요?"

"법, 조례 이런 것에 관심 없으니까 빨리 끝내고 가시오."

"송시현 대표님이 법과 조례 위에 군림하는 존재다. 이말 이지요?"

송시현 대표는 나의 말에 대답하지 않고 전화 통학를 해 버린다. 나의 몸동작은 처음 그대로 느릿한 모습이었다. 그렇지만 싸늘한 전투력이 내 몸을 지배하기 시작했다. 그러나 언성을 높이고, 손과 발로 일을 하는 것이 아니기에 겉으로 내색하지 않고 다시 말했다.

"송시현 대표님, 율도국시청으로부터 보조금을 받았으면 성실하게 점검을 받아야 합니다."

"어허, 정말 말귀를 못 알아듣네. 빨리 끝내고 가라고 했잖아요."

통상적으로 이런 일은 있을 수 없는 경우였다. 힘겨운 싸움이 예견되었다. 이 사람을 보호하는 세력이 뭔지는 몰라도 아주 단단히 믿고 있는 것 같았다. 그러나 사회적 약자인 국민기초수급자의 돈을 갈취하는 짓은 범죄행위였고 결코, 용서할 수 없는 일이었다.

"송시현 대표님, 이 위탁사업을 잘했으면 이럴 필요 없잖아요?"

"시청 공무원이 지금까지 우리 법인에 와서 이렇게 점검한 적이 없었는데 점검한다는 핑계로 우리 법인을 괴롭히는 것에 대해서 시장에게 강력하게 항의하겠습니다."

"좋습니다. 시장에게 항의하십시오. 그리고 지금까지 여기는 4년째인 위탁사업 1건과 5년째인 위탁사업 1건 해서 총 2건의 자활사업을 위탁받는데 보조금 집행 회계서류를 포함한 정산서류를 제출하지 않았습니다. 특별한 이유가 있습니까?"

"장 팀장은 의심병 걸린 사람 같아요! 내가 알아서 잘하고 있습니다. 신경 쓰지 마십시오."

"송시현 대표님, 공무원의 임의적인 행동이 아닙니다. 법에서 정한 사항입니다. 성실히 임해야 합니다. 이 건도 다음에 다시 보도록 하겠습니다. 마지막으로 한 가지만 더 확인하겠습니다. 그동안 민간 위탁 자활사업을 하면서 올린 매출액과 그 적립 내력을 보여주십시오."

．．．．．．

"뭘 보여주면 됩니까?"

"매출액이 입금된 통장과 그 매출액을 적립한 적립금 통장을 보여주십시오."

"우리 법인의 예금통장을 왜 보여줘야 합니까?"

"민간 위탁 자활사업과 관련된 예금통장을 말하는 것입니다."

"보여줘야 할 의무가 있는 것인지 알아본 후 결정하지요."

"당연히 의무가 있습니다. 그렇지만 그렇게 생각한다니 확인할 시간을 드리지요. 참고로 오늘 점검을 비롯하여 앞으로 내가 하게 될 정산검사와 추가 점검을 거부하거나 서류 제출을 거부하면 형사고발 할수도 있습니다. 차후에 모든 대화는 공문으로 하겠습니다."

"율도국시청에서 미운 오리 새끼 6급 팀장이 재수 없게 이 업무 팀장으로 와서 과거에 그 누구도 건드리지 않았던 우리 법인을 건드려보겠다! 죽으려고 작정을 했지!"

"아! 그래요! 송 대표님의 언행들에 대해서 앞으로 책임을 져야 할것입니다. 앞으로 정중하게 업무적으로 대해 드리겠습니다."

"그러든지 말든지!"

"송시현 대표님의 행동을 볼 때 내 생각엔 앞으로 자주 보게 될 것같습니다. 도덕적으로나 법적으로나 나쁜 짓 하는 사람들에게 법과 원칙에 따라 공무를 수행하는 공무원의 모습이 무엇인지를 내가 앞으로보여드리겠습니다. 아! 한 가지 빠트렸네요. 당신처럼 나쁜 짓 하는사람에게 나는 과거에 미운 오리 새끼였지요."

"장혁준 팀장, 뜨거운 맛을 봐야 정신 차리려나!"

더는 대화할 의미가 없었다. 나는 얼굴 근육 웃음 한 번 웃어주고 나

· · · · · ·

왔다. 이렇게 복지자활센터에 대한 상반기 점검이 끝났다. 조용하고 잔잔한 물결이 거센 파도가 되어 나 자신에게까지도 상처를 던져 줄 그 투쟁의 시작이었다. 법 위에서 군림하는 자들과 투쟁하며 또 얼마나 많은 애로를 겪어야 할까? 바로 이런 공무원의 삶 때문에 지아와 이별의 참담함을 맞이했는데 스트레스가 날 덮치고 있었다.

그렇지만 이 범죄자들을 두고 어떻게 그냥 지나친단 말인가! 그래, 간다! 내가 국민기초수급자들의 간을 빼먹는 사회복지법인을 잡는다. 이렇게 마음을 정리했다. 그리고 편의점에 가서 도시락 등 먹을거리를 샀다. 그리고 다음 점검 대상인 행복자활센터로 향했다. 가던 중 새로 신설한 4차선 도로에 진입했는데 통행량이 거의 없었다. 갓길에 차를 주차하고 도시락을 먹었다. 6월의 날씨가 제법 더웠다. 다음 점검 대상인 행복자활센터로 이동하면서 주변 농경지 풍경을 둘러보았다. 전과 답에 농작물이 풍성하게 자라고 있었고 야산이 많았다. 적절히 조화를 이룬 농경지와 야산의 모습에서 평온함을 느꼈다.

행복자활센터에 도착했고 점검을 했다. 이곳 역시 사회복지 법인이고 강정우 대표는 성의껏 점검에 임했고 개선할 사항이 있다면 앞으로 개선하겠다는 의사를 표현했다. 다들 비슷한 현상이 하나씩은 있었다. 바로 적립금을 거의 적립하지 않는 것이었다. 이런 현상은 차후 국민기초수급자가 자활기업을 창업할 때 창업자금이 부족하게 되는 결과로 이어진다. 이 부분에 대해서 강정우 대표가 내게 건의할 말이 있다고 했다.

"장혁준 팀장님, 모든 자활 민간 위탁 법인에 공평하게 운영비를 지원해 주십시오. 형평성에 어긋난 경우이기도 하지만 매출액의 일부 금액을 운영비로 사용해야 하기에 적립을 적게 하게 됩니다.”

“이해합니다. 돌아가면 알아보겠습니다.”

강정우 대표는 나름대로 열심히 일하는 모습을 보였다. 나는 긍정적인 느낌을 받고 왔다. 마지막으로 고모네 전통 식품업체를 방문했다. 고영심 대표가 운영하고 있었고 된장, 고추장 등 전통 식품을 만들어 판매하며 음식점을 운영했다. 점검에 성의껏 임하기는 했으나 국민기초수급자를 위한 자활사업이 아니었고 위탁업체 고영심 대표를 위한 자활사업으로 보였다.

“고영심 대표님, 올해 말에 5년을 다 채워서 만기인데 더는 연장하지 말고 종료하는 것이 어떻습니까? 오늘 여기를 마지막으로 4개 사회복지 법인을 다 돌았는데 아무래도 일부 법인에 대하여 행정처분을 해야 할 것으로 생각합니다.”

“장 팀장님, 어디를 할 생각입니까?”

“복지자활센터와 이곳 고모네 전통 식품입니다.”

“이렇게 잠깐 보고 어떻게 압니까?”

“내가 말하지 않아도 고영심 대표님이 스스로 잘 알고 있으리라 생각합니다. 그런데도 인정 안 하면 내가 그 증거를 찾게 될 겁니다. 그럼 대표님은 방어해야 하고 서로 힘겨운 싸움을 하게 되는 것이지요. 앞으로 무난하게 처리되기를 기대 하겠습니다.”

“가까운 시일 내에 의사 표명을 하겠습니다.”

“좋습니다. 단 자진해서 종료하고 고모네 전통 식품업체에서 국민기초수급자들에게 그동안 해주지 않았던 것을 성의껏 노력한다면 정상 참작하겠습니다. 과거를 확인해서 어떤 행정처분을 한다기보다는 향후 어떻게 할 것인지에 대해서 더 초점을 맞추고 있습니다. 충분히 알아들었으리라고 생각합니다."

"장 팀장님, 잘 알겠습니다. 조만간에 찾아뵙겠습니다."

이렇게 모든 점검을 마쳤다. 여기도 잘못된 부분이 많았으나 앞으로 태도 변화가 있을 것 같아 다행이었다. 그리고 행정처분의 대상이 되지 않은 사업장도 매출적립금을 늘려야 함을 분명히 할 생각이었다. 점검을 마치고 보고서를 작성했다. 이상일 과장은 보고서를 보면서 4개 법인 중 복지자활센터를 유심히 봤다. 나는 섣불리 불확실한 것을 거론하지 않기에 특별한 내용이 있을 리가 없었다. 이상일 과장은 두말없이 결재했고 난 정산검사에 대해서 말했다.

"과장님, 보조금 예산이 4개 민간 위탁 법인에 일 년에 삼십억 원이 지원됐습니다. 그런데 법에서 정한 정산검사를 하지 않는다는 것은 있을 수 없는 일입니다."

"장 팀장, 기존에 서이예 주무관이 정산검사 했잖아."

"그렇지 않습니다. 각 법인으로부터 보조금 지출목록을 받아서 정산검사 했다고 한 겁니다."

"그럼 장 팀장이 회계서류를 보면서 정산검사 하겠다는 것인가?"

"당연한 일이잖아요. 법과 조례에서 정한 규정이기도 하고 보조금이 정상적으로 집행되었는지 확인해야지요."

이상일 과장은 알았다며 더는 말하지 않았다. 나는 복지자활센터에 회계서류를 비롯한 정산서류를 제출하도록 공문을 재차 통보했다. 그리고 이미 정산서류가 들어와 있는 3개소 자활센터에 대한 정산검사를 시작했다. 낮에는 팀원들이 많으니 여러 가지 업무에 관여해야 했

고 결국 정산검사는 밤이나 휴일에 해야 했다. 지역자활센터와 행복자
활센터의 전년도에 대한 보조사업 정산검사에서 사소한 것을 제외하
고는 특별한 점이 없었다. 그래서 일부 시정조치로 마무리했다. 그러
나 고모네 전통 식품업체는 문제가 많았다. 회계서류를 만든 것을 보
니 전문가의 솜씨였다.

나는 고영심 법인 대표에게 연락했다.

"고영심 대표님, 앞으로 어떻게 하겠습니까? 회계서류를 봤는데 준
비를 철저히 했더군요. 그렇지만 대표님의 대답에 따라서 앞으로 내가
어떻게 할지 상황이 달라질 것입니다."

"시청의 결정에 따르겠습니다."

"정리하세요. 나 또한 과거를 묻지 않겠습니다. 전에도 말씀드렸다
시피 미래가 더 중요하기 때문입니다."

이렇게 고모네 전통 식품에 지원했던 민간 위탁 자활사업을 정리했
다. 고모네 전통 식품업체 고영심 대표는 시청의 보조금으로 식품 제
조업과 음식점을 운영하면서 발생 되는 매출액을 적립하여 향후 국민
기초수급자들이 자활기업을 창업할 때 창업자금으로 사용되게 해야
했다. 그런데 고영심 대표는 사욕을 챙겨버렸다. 결국 시청의 보조금
을 횡령하고 국민기초수급자의 노동력을 착취한 것이었다. 나는 가게
전세금과 음식점의 모든 기자재를 그대로 국민기초수급자들의 자활
기업에 넘기도록 했다. 이렇게 복지자활센터를 제외한 3개 자활센터
에 대한 정산검사와 그에 따른 1개 자활기업 창업을 마무리 지었는데
어느새 겨울이 다가오고 있었다. 이 일련의 과정들은 내가 직접 했다
나는 복지자활센터에 다시 공문을 보냈다. 마지막으로 정산서류를 제

출하도록 기회를 주는 것이며 이번에도 제출 안 하면 형사고발 하겠다는 것을 통보했다.

복지자활센터 대표 송시현은 가끔 우리 사무실에 와서 이상일 과장을 만나고 갔다. 그러다가 11월 중순에 복지자활센터 송시현 대표는 전년도 보조사업에 관하여 회계서류를 포함한 정산서류를 제출했다. 이곳에서 운영한 자활사업단은 약초사업단과 향배게사업단으로 2개의 사업단이었다. 정산검사를 시작했는데 실로 가관이었다. 국민기초수급자 출근부는 한 사람이 일괄 작성했고 임차하지도 않은 차량에 임차료와 수리비를 지출했고 사지도 않은 물품을 산 것처럼 하는 등 그 수법이 다양했다. 더욱 중요한 건 실제로 이 자활사업을 운영한 것인지 의문이 들었다. 이것은 아주 큰 사항이었다. 단순한 정산검사로 해결할 사항이 아니었다. 국민기초수급자를 전부 오라고 해서 진술을 받아야 했는데 그러지를 못했다. 이상일 과장의 벽을 넘을 수가 없었다. 그렇지만 일단은 회계서류 차원에서 정산검사를 철저하게 진행했다. 대부분 환수대상이었다.

이런 와중에 의료급여 업무를 담당하고 있는 고아영 팀원이 무슨 일인지 자꾸 상담실을 들락거렸다. 고아영 팀원이 상담실에 와달라고 해서 갔다. 그곳에 뜻밖에도 복지자활센터에 배치된 이지운 국민기초수급자가 있었다. 내가 복지자활센터에 점검 나갔을 때 각종 장비를 정리하던 사람이었다. 나는 충격적인 사실을 알게 되었다. 실제로 자활사업단이 운영되었는지를 의심했었는데 그 부분에 대한 건이었다.

국민기초수급자 이지운은 내게 말했다.

"팀장님, 자활업무 담당자는 서이예 주무관님인데요. 거기는 우리 복지자활센터 송시현 대표와 한통속입니다. 그래서 그 사람과는 말을 할 수 없어서 복지향상과에 다니면서 안면이 있는 고아영 주무관님에게 상담을 신청했고 제가 하고 싶은 말을 다 했습니다. 그런데 고아영 주무관님 말씀은 장혁준 팀장님이 직접 듣고 처리하여야 한다고 해서 이렇게 팀장님을 뵙게 되었습니다.”

“이지운 씨, 그래요. 잘했습니다.”

고아영 팀원이 차를 가져오며 내게 말했다.

“사안이 커서 팀장님이 처리해야 할 것 같아서 말씀드렸어요.”

“그래, 알았다. 그리고 이지운 씨, 편하게 말해도 됩니다.”

“예, 팀장님 너무도 기막힙니다. 복지자활센터 송시현 대표는 시청으로부터 보조금을 지원받아서 당초에 시청에서 승인한 약초사업단과 향배게사업단을 운영한다고 서류상으로만 하는 것처럼 맞췄습니다. 실제로는 복지자활센터 대표가 개인적으로 별도로 운영하는 우주환경이라는 환경, 청소업, 방역사업이 있습니다. 우리 국민기초수급자들은 우주환경에 관련된 일을 했습니다. 그리고 시청에서 지원한 보조금도 이 사업에 투입했습니다.”

“이지운 씨, 송시현 법인 대표가 그렇게 했나요?”

“팀장님, 그렇습니다. 우리는 송시현 대표로부터 지시받은 대로 그냥 했습니다. 특히 공공기관이나 아파트의 물탱크청소, 폐교 청소를 했고 소독작업은 보호복이나 보호 장갑도 착용하지 않고 일을 했습니다. 이렇게 우리 국민기초수급자들은 시청에서 복지자활센터에 주었던 보조금으로 한 달에 팔십만 원 정도의 월급을 받고 복지자활센터 송시현 대표의 개인 사업에 투입되었고 많은 돈을 벌어주었습니다. 그리고 송시현 대표의 고향 집 농장에서도 일했고 심지어는 업무담당자 서이예 주무관님의 집에 가서도 일을 했습니다. 국민기초수급자들은 자활사업을 하지 못했습니다. 시청에서 준 보조금으로 받은 우리 인건비와 사업비는 모두 송시현 대표 개인 사업에 투입된 겁니다."

"이지운 씨, 왜 진작에 시청에 와서 민원제기를 하지 않았습니까?"

"담당 공무원이 송시현 대표와 한통속인데 와서 말하면 무슨 소용이 있습니까? 오히려 불이익이나 당하지요."

"그럼 지금까지 말한 내용을 문서로 제출할 수 있습니까? 그리고 이를 뒷받침할 증거는 있습니까?"

"문서로 제출하겠습니다. 그리고 증거는 제가 찍은 사진이 일부 있고 국민기초수급자 중 한 명이 5년 넘게 일기를 썼습니다. 거기에 보면 어디서 무엇을 했는지가 다 나옵니다."

"알았습니다. 이지운 씨, 한 가지 물어볼게요. 지난번에 내가 복지자활센터에 점검하러 갔을 때 여러분들의 출석부를 달라고 했는데 복지자활센터 송시현 대표가 거부했어요. 그 이유를 압니까?"

"예 압니다. 시청에 제출한 출석부는 전부 가짜입니다. 얼굴이 반반한 여자들은 출근을 안 합니다. 설령 해도 송시현 대표와 놀러 다니기도 했고 선거 때 동원됩니다. 그러니 출석부가 없지요. 시청에 제출할 때 급조해서 만듭니다. 얼굴 반반한 여자들은 날마다 쉬는 날이고 그 외 사람들은 송시현 대표 개인 일을 하고 난 후 힘드니까 하루씩 쉬게 하기도 했습니다."

"이지운 씨, 이 부분도 문서로 제출할 수 있습니까?"

"예, 그리고 팀장님께서 최근에 복지자활센터에서 위탁 운영하던 2

개 사업단 중 한 곳인 향배게사업단을 자활기업으로 창업시켜주었습니다. 적립금 이천칠백만 원을 창업자금으로 트럭, 기타 장비를 확보했고 사무실과 공장은 장 팀장님이 여러 가지 방법을 찾다가 결국 시 유지 건물과 토지를 사용하도록 해주었습니다. 정말 고맙습니다. 우리 같은 약자를 위하는 공무원은 장 팀장님이 처음이었습니다. 그리고 우리 5명에게 소유권을 공동지분으로 주었습니다. 주인 의식을 가지고 열심히 하라는 배려로 알고 있습니다. 향배게 자활기업 회사를 만들어 준 것이었지요. 그리고 회사대표를 안선숙이라는 국민기초수급자로 했었습니다. 그리고 우선 1년간은 우리 5명의 인건비를 시청에서 지원해 주고 있습니다."

"예 그랬지요. 사업 잘하고 있지요? 최근에 복지자활센터 정산검사 때문에 바쁘다는 핑계로 관심을 못 가졌습니다."

"그런데 말입니다. 이제는 우리 5명이 우리 회사 일을 해야 하잖아요. 그런데 안선숙 대표는 우리를 전에 하던 것처럼 계속해서 복지자활센터 송시현 대표 개인 사업에 투입합니다. 그리고 돈은 한 푼도 못 받고요."

"참 답답합니다. 잘 알겠습니다. 그럼 이 부분도 문서로 작성해서 시청에 접수하세요. 내가 담당 팀장으로서 최선을 다해서 정상화하도록 하겠습니다. 그리고 추가로 몇 가지 물어보겠습니다."

"팀장님, 아는 것은 다 말하겠습니다."

"이지운 씨, 송시현과 안선숙은 예전부터 지금까지도 왜 이런 엄청난 짓을 저지른답니까? 더군다나 내가 지금 복지자활센터 자활사업과 관련하여 송시현 대표와 안선숙을 추적하고 있는데도 말입니다."

"팀장님, 복지자활센터 법인 이사들이 정치 세력들이고 지방선거 때마다 개입하는 선거 브로커들입니다. 전직 도의원, 전직 시의원, 보험, 자동차 영업사원, 건달 등 전부 우리 지역정당 선거꾼들입니다. 힘이 있다고 생각하는 것이지요."

"이지운 씨, 시청 공무원들이 이 사실을 알고 있습니까?"

"아마도 일부는 알고 있을 것입니다."

"공무원들이 알면서도 왜 그렇게 묵인했을까요?"

"무서우니까요. 지금 장 팀장님이 이상일 과장에게 당하고 있잖아요. 지금 장 팀장님이 당하는 건 시작에 불과할 겁니다. 앞으로 시청에서 시장을 비롯하여 전 간부들로부터 압박을 받을 겁니다."

"그런 것은 또 어떻게 압니까?"

"저도 눈과 귀가 있습니다. 평소에 송시현 대표의 행동과 움직임을 보고 압니다. 그리고 장 팀장님이 복지자활센터에 대하여 점검할 때 송시현 대표가 우리를 모아놓고 한 말이 있습니다. 시장부터 간부들이 다 자기편이라고 했습니다. 그리고 검찰, 경찰도 자기들이 평소에 관리해 놓아서 아무 걱정이 없다고 했습니다. 특히 이사 중 한 명이 검찰청의 무슨 위원회 사무국장입니다. 그래서 사실 장혁준 팀장님이 어디까지 손을 댈 수 있을지 의문이 들기도 합니다."

"이지운 씨, 내가 반드시 이 범죄행위를 처분할 것입니다. 문제는 증거입니다. 내가 증거를 확보할 수 있도록 협조해 주십시오. 그리고 한 가지만 더 물어볼게요. 내 전임팀장은 어떤 태도를 보였습니까?"

"한통속이었지요. 그리고 서이예 주무관은 자기가 승진해야 하는데 전임팀장이 승진해버렸다고 불만이 많았습니다."

"공무원으로서 나쁜 짓을 하고 그 대가를 서로 받으려 경쟁했다는 것이네요?"

"팀장님, 한 가지만 더 말씀드리겠습니다. 국민기초수급자를 결정하는 자는 공무원입니다. 그런데 공무원이 복지자활센터와 한통속이니 입을 다물고 있어야 하지요. 안 그러면 수급자에서 떨어질 수도 있으니까요. 그러려니 하고 그냥 포기하는 것이지요. 그리고 팀장님은 우리 국민기초수급자를 도와주었다는 이유로 앞으로 많은 고통을 당하게 될 겁니다. 시청에서 시장을 비롯한 간부들 그리고 수사기관도 장 팀장님을 공격할 겁니다. 조심하십시오."

"이지운 씨가 내 걱정까지 해주네요. 고맙습니다. 그런 부분은 내가 알아서 하겠습니다. 하여간 고맙습니다. 민원 문서가 접수되면 그에 따라서 처리할 것입니다. 그리고 필요한 사항이 있으면 연락드리겠습니다. 이제 가셔도 됩니다."

나는 국민기초수급자 이지운 씨와 상담을 마치고 고아영 팀원에게 밖에 나가서 바람 좀 쐬고 오자고 했다. 고아영 팀원은 지금까지 누구도 손을 못 댄 일을 내가 하고 있음을 강조하면서 이왕지사 이렇게 된 것이니 확실하게 정리해주기를 원했다. 도롯가 은행나무 밑에 노란 황금색 낙엽이 수북이 쌓여있었다. 달리는 차량에 길가에 떨어진 여러 종류의 낙엽들이 나뒹굴었다. 나는 차 속에서 별 행동이나 말없이 차창 밖을 바라보기만 했다. 고 팀원도 역시 말없이 운전만 했다. 지금 벌어지고 있는 일들은 정말 있어서는 안 되는 것이었다. 나는 마치 목석처럼 정지 상태였다. 전기 나가 로봇인가? 그냥 어떤 생각도 싫고 모든 게 싫었다. 고 팀원은 편의점에서 음료수를 샀고 우린 은행나무

• • • • •

아래 벤치에 앉았다.

"팀장님, 무슨 생각 해요?"

"응, 고아영과 데이트하는 생각!"

"뭐야, 농담 말고요. 이 민감한 순간에 어울리지 않게 뭐에요."

"고아영, 내가 앞으로 어떻게 하면 좋겠는가?"

"팀장님, 제 생각에는요. 첫째로 지금 복지자활센터 정산검사를 시작했잖아요. 복지자활센터로부터 보조금을 환수하세요. 둘째로 향배게사업단은 국민기초수급자들이 자활기업을 창업했잖아요. 이 자활기업에도 문제가 있는 상황입니다. 이 자활기업을 폐업시키면 국민기초수급자들이 피해를 보잖아요. 그러니까 안선숙 대표를 고발 조치하면 어떨까 해요. 이렇게 하는 것이 너무도 당연하고 반드시 해야 할 일이지만 이상일 과장을 비롯한 간부들 그리고 시장의 벽을 어떻게 넘을 것이냐인데요. 만약에 이 업무를 강행하면 팀장님이 보복을 당하게 되고 승진은 포기해야 할 것 같아요. 팀장님이 교통과에서 올바르게 일한 대가로 엄청나게 당했잖아요. 그보다 더 클 것 같아요."

"내가 전에 근무할 때 형평성 있게 일하는 모습을 들어서 알지?"

"팀장님만 외톨이 되어버리고 높은 사람들에게 찍혀 버렸잖아요."

"그 험난한 생활을 또 해야 한다니 끔찍하다."

"나도 나중에 승진해서 팀장이 되면 팀장님처럼 일했으면 좋겠어요. 그런데 그런 용기가 있을지 모르겠어요. 사실 고모네 전통 식품업체 자활사업도 아무도 손 못 대던 곳이에요. 아마도 그 사람은 팀장님의 스타일을 알고 미리 항복하고 깨끗하게 포기한 걸 겁니다. 거기 고영심 대표 동생이 우리 시 고문변호사입니다. 그리고 회계사에게 맡겨서 정산서류를 만들었다는 소문이 있어요."

"고아영, 복지자활센터도 그렇게 자진해서 포기하면 얼마나 좋겠냐! 사무실에 전화해서 저녁 먹고 갈 팀원들은 시청 앞 식당으로 퇴근 시간 되면 오라고 전화해라. 아무도 안 오면 우리 둘이 먹는다!"

"오케이! 알겠습니다."

고아영 팀원이 사무실에 전화하는 동안 주변을 둘러보니 벚나무 잎과 은행나무 잎이 떨어지며 바람에 날리고 있었다. 이 좋은 계절에 자연풍경을 즐길 삶의 여유가 없다는 게 아쉬웠다.

통화를 끝낸 고아영 팀원이 나를 불렀다.

"팀장님, 팀장님!"

"한 번만 불러도 되거든요!"

"썰렁하거든요! 서이예만 빼고 전부 온다고 했어요. 팀원들이 눈치가 있잖아요. 팀장님이 힘들게 일하니까 격려 차원에서 같이 술 한 잔씩 한 대요."

"녀석들! 내가 팀원들 고생한다고 격려해야 하는데 거꾸로 됐구나."

"사실은 너무나 당연하게 처리되어야 하는 일인데도 불구하고 이렇게 어려우니 세상이 참 나빠요."

"아영아, 이것이 바로 지방자치제도의 단점이지. 시장을 선거해서 뽑아놓으니까 별 어중이떠중이들이 선거 때 역할 했다고 브로커 짓하고 이권에 개입하고 시장에게 압력 넣고 법을 초월해서 횡포를 부리고 있는 것이지. 시장은 꼼짝도 못 하고!"

"팀장님, 그런 말 해봐야 우리 입만 아파요. 이제 가게요."

회식 자리가 갑자기 이루어졌다. 여 팀원이 많아서인지 시끌벅적했다. 그동안 남자 팀원들하고 주로 근무했었다. 설령 여자 팀원들이 있었다 해도 일부였다. 처음에 발령받고 왔을 땐 여자 팀원들이 가슴 노출이 좀 있거나 짧은 치마를 입고 출근하면 시선을 어디에 두어야 할지를 몰랐다. 그렇지만 1년 정도 근무하니 익숙해졌고 이젠 자연스럽게 어울렸다. 나는 팀원들이 주는 술을 받아 마시다 보니 취했다. 혹시라도 술김에 실수할지 몰라서 조심조심했다. 노래방도 갔는데 분위기를 여자들이 장악했다. 나는 뒷짐 지는 자세를 하는 시간이 많았다. 사소한 실수도 하지 않기 위해서였다. 이런 상황들이 너무도 불편했다. 앞으로 여직원들과 노래방에 가지 않기로 했다. 회식이 끝나고 나는 사무실로 왔다. 다른 팀의 팀원 몇 명이 야근하고 있었다.

"팀장님, 회식 재밌게 하셨어요?"

"응, 어떻게 알았어?"

"팀장님은! 우리가 여자들이잖아요. 눈치가 얼마나 빠르다고요. 그리고 팀장은 지금 우리 과에서 관심의 대상이라는 것을 아시죠? 다들 팀장님이 이 일을 어떻게 처리하는지 궁금하게 생각하고 있어요."

간단한 대화가 끝나니 컴퓨터 키보드 소리만 났다. 밤이 되니 더욱 크게 들렸다. 오늘도 지친 하루가 이렇게 끝났다.

내가 할 줄 아는 유일한 운동은 테니스였다. 새벽 5시 30분에 코트에 도착했다. 나는 주로 퇴근 후 운동했는데 새벽에 나오니 새벽 팀들이 반가워했다. 복식 게임을 하는데 우리 팀이 약팀이 되게 팀을 짰다. 그래야 실력이 부족하니 더 많이 뛰고 더 집중해야 하기 때문이었다. 두 게임을 이어서 했다. 물론 2패다. 얼마나 긴장하고 뛰었는지 허리가 펴지지 않았다. 할아버지 걸음걸이로 코트에 있는 샤워장에 들어갔다. 샤워기를 내게 고정하고 물이 얼굴에 쏟아지게 했다. 숨을 쉴 수 없을 정도로 물줄기가 안면을 때린다. 마음은 쾌속하게 시원해졌다. 내 속을 얼음으로 채운 듯했다. 열기로 가득한 속을 이렇게 달래고 하루 일을 시작했다. 새벽과 저녁에 하루에 두 번 운동했다. 험난하기만 한 내 인생의 지도를 그려야만 하는 처지에 그나마 도움이 되었다. 그냥 운동이 아니라 응어리진 가슴앓이를 달래는 것이었기에 치열하게 했다.

주로 밤에 나와 운동하는 김경주 선배와 고양식 선배 그리고 강원경 후배가 저녁에 운동 후 식사하자고 했다. 평소 운동하고 그들과 자주 대화했었다. 그들은 내 공무원 생활의 스타일을 알고 있었다. 운동 후 식사 자리에서 제일 먼저 김경주 선배가 말을 꺼냈다.

"혁준 동생! 인사이동 후 동생이 안색이 좋아지더니 다시 뭔가 좋지 않은 모습이 보인다. 자네가 말을 안 해도 우리는 자네를 딱 보면 안다네. 자네는 그동안 희생할 만큼 했어. 이제는 자네도 다른 공무원들처럼 편하게 살아야지. 여기 있는 우리는 사업 하는 사람들이네. 평소 자네의 공무원 생활을 보고 들으면서 많이 좋아했다네. 우리는 자네 같은 공무원만 있다면 벌써 소시민이 정말 살기 좋은 세상이 됐을 것으로 생각했단다."

"경주 형님, 그렇게 생각해 주니 고마워요."

"그런데 자네가 너무 어렵게 살고 있잖은가! 또 무슨 일이 있는지는 모르지만 이제 그만하게나. 자네 한 사람이 모든 쓰레기를 다 치울 수는 없다네. 지금까지 치운 것만 해도 대단한 것이다. 내 말대로 하는

● ● ● ● ●

것이 어떤가?"

"이번에는 국민기초수급자에게 가는 혜택을 가로채는 범죄자들을 만났는데 오히려 거꾸로 큰소리치며 당당하게 그 짓을 하고 있기에 어쩔 수 없이 내가 또 청소해야 하는 상황에 직면했습니다."

"음, 참 어렵네! 자네에게 하지 말라고 말을 못 하겠네."

이번엔 고양식 선배가 말을 꺼냈다.

"어이, 혁준이, 율도국시청에는 시장 이하 간부 공무원이 있고 팀원도 있는데 왜, 자네 혼자만 그런 자들을 상대해야 하는 거야?"

"양식 형님, 지금 상태로는 간부와 팀원이 그 범죄자들을 보호하고 있어요. 이런 경우는 그 이상의 윗선하고도 관련이 있고요."

"정말로 이해가 안 되는 게 뭐냐면 그 사람들도 사람일 텐데 양심도 없단 말인가?"

"지방자치제가 되면서 시장은 그 지역에서 황제입니다. 간부 공무원이 설령 양심이 있다 한들 어떻게 시장의 비위를 건드릴 수 있겠습니까? 그럴 용기가 없는 것이지요. 단, 시장 측근들의 이권 개입 상황이 아닌 것에서는 대부분 공무원이 양심에 의한 행정행위 그리고 양질의 행정서비스 공급에 최선을 다합니다."

"그럼 지금 간부 공무원들과 팀원이 그런 정말 잘못된 일들이 벌어지고 있어도 시장 눈치 보느라 방조해버린다. 그런 말인가?"

"오히려 한통속입니다. 그래야 그 범죄자의 도움으로 승진도 하고 편하게 근무하니까요. 그런데 반대로 사회적 약자를 보호하며 사회정의를 실현하기 위해 황제인 시장의 측근을 건드리면 찍혀버리고 승진도 못 합니다. 그러니 자신의 사익을 챙기는 것이지요."

"국민기초수급자들이 있잖아. 그들도 하나의 세력이잖아. 유권자이기도 하고."

"그들은 말 그대로 사회적 약자입니다. 자신들의 목소리를 내지도 않고 또 약자이다 보니 포기하고 살지요."

"그럼 자네는 희생을 감수하고 약자를 보호하겠다는 것이지?"

"예, 상황이 또 그렇게 되어갑니다. 아직 정확한 실태를 파악하지는 못했는데 돈이 움직이는 사안이고 양아치의 반발이 심한 것을 보면 나의 희생이 클 것 같습니다."

"만약에 내가 자네 선배로서 눈 감고 지나가라고 하면 자네는 어떻게 할 텐가?"

"나 자신의 안위만 생각하고 싶은 생각이 어찌 없겠습니까? 그러나 희생을 감수하고라도 양심에 따라 일하고자 합니다."

고양식 선배는 말을 마치고 화가 난다는 표정을 지으며 술을 마셨다. 우리는 운동을 하고 난 후라서 소맥 몇 잔 하고 난 후 소주를 마셨다. 나는 소맥을 마셨던 맥주잔에 소주를 가득 채웠다. 그리고 한 번에 숨도 안 쉬고 마셨다. 고양식 선배가 내 술잔을 급히 잡았다. 술잔 바닥에 소주가 조금 남았다. 취기가 확 하니 올라왔다.

지금까지 조용히 있던 강원경 후배가 내게 안주를 주며 말했다.

"혁준 형님! 그런 개자식들, 정말! 성질나서 못 살겠네! 아이고! 정말! 그런데 형님, 왜 형님한테만 이런 일이 생겨요? 형님이 전에 인사이동 하면 이해관계나 이권 다툼이 없는 곳으로 간다고 했잖아요."

"원경 동생, 내 뜻대로 안 됐어. 정말 답답하기만 하네."

고양식 선배가 듣고만 있다가 말했다.

"나쁜 짓 하는 자들이 더 큰소리치는 게 현실이긴 해."

처음에 말을 하고선 듣고만 있던 김경주 선배가 말했다.

"혁준 동생! 원칙과 소신으로 일해라. 자네가 어려움 겪는 것이 한 두 번도 아니고 어차피 이렇게 된 것이니 하게!"

이때 내 팔을 계속 잡고 있던 강원경 후배가 말을 꺼냈다.

"혁준 형님, 시청은 시장을 선거로 뽑으면서 선거 브로커들이 판치는 세상이라서 썩을 대로 썩었지만, 수사기관이나 법원은 법과 정의를 집행하는 곳이잖아요. 차라리 그런 곳에 고발해버리면 어때요?"

"원경 동생 고발하려면 율도국시청 명의로 고발해야 하는데 시장과 간부들이 오히려 그자를 보호하고 있잖아."

고양식 선배가 이어서 말했다.

"원경 동생, 고발문서가 결재되지도 않겠지만, 법과 정의는 저절로 실현되는 것이 아니야. 우리 장혁준 팀장이 교통과에서 4년간 경험했잖아! 법과 정의는 가진 자들과 힘 있는 자들에게는 저절로 이루어지는 것이지만 사회적 약자들에게는 피투성이가 되는 노력과 투쟁이 있어야 만이 얻을 수 있는 것이란다."

나는 강원경 후배에게 부연 설명을 했다.

"원경 동생, 고양식 선배님 말이 맞아. 수사기관과 법원에서 다툼이 이루어지면 그들은 영향력 있는 변호사를 선임할 것이고 또한 그들은 이미 권력기관과도 토착 세력화되어 있어. 나는 또다시 사방이 벽인 깜깜한 어둠 속에서 투쟁해야 하겠지. 율도국시청에서는 교통과에서 그랬던 바와 같이 변호사도 선임해주지 않을 것이고."

김경주 선배가 소주를 마시고 안주가 입속에 있는 상황에서 정확하지 않은 발음으로 말했다.

"내가 사업하면서 들은 소문들인데 들어봐. 공공연한 비밀이더라고. 우리 지역의 권력기관에서 시장에게 수의계약 또는 각종 하청건설공사 같은 것들을 청탁하고 행정공무원 인사 부분에서도 청탁하는 모양이더라고. 결국 언론에 기사로 나와 버린 것과 민감하게 상대성이 있는 것을 제외하고는 시장과 권력기관은 서로 기브 앤 테이크 해버리는 경우가 있단 소리를 들었어. 이번 건은 피해자들이 사회적 약자이고 그들의 존재감이 약하기 때문에 장혁준 동생이 권력기관에 고발해도 증거불충분 이란 명분으로 대충 넘겨버릴 가능성이 있어. 그렇게 되면 우리 혁준 동생이 끝까지 도전할 것이잖아. 그러면 혁준 동생이 또 얼마나 많고 큰 상처를 떠안아야 하냐고!"

강원경 후배가 나를 보며 말했다.

"혁준 형님, 그렇게 자신을 희생해가며 사회적 약자를 위해 일할 필요가 있겠습니까? 사회적 약자들이 그것을 알아줍니까?"

"원경 동생, 그들은 관심도 없어. 왜냐면 그런다고 한들 자신들의 삶이 얼마나 나아지겠냐는 회의감이 있고 또 좀 하다가 말 거야. 이렇게 생각해버리지. 그리고 장혁준 팀장이라는 사람이 영원히 이 자리에서 근무하지도 않고 언젠가는 다른 부서로 이동해 버릴 텐데. 그때는 다시 옛날처럼 되돌아간다고 생각하기 때문에 몸 사리는 것이지. 그때는 자신들을 보호해 줄 사람이 없잖아."

"그럼 혁준 형님이 헛고생하는 것이잖아요."

"그건 아니야. 일단 현재 국민기초수급자의 돈을 빼먹는 것들 바로 인간쓰레기들을 청소했기에 당분간 이런 일은 없을 것이고. 사회적 약자를 보호하는 행정을 했다는 의의가 있고 직업 공무원으로서 자존감 또는 양심 이런 것도 중요해."

"그래도 형님이 너무 많은 고통을 당하게 되니 좋은 일인지, 그렇지 않은 일인지 참 어렵습니다. 우리 지역 시민으로서 형님의 지인으로서 마음이 아픕니다. 건배하게요."

"희망을 위하여!"

고양식 선배가 취기가 올라와 휘청이는 나를 붙잡으며 말했다.

"혁준이, 희생을 최소로 할 방법이 없을까?"

"양식 형님, 문제가 있는 복지자활센터는 국민기초수급자들에게 가야 할 혜택을 가로채서 부당하게 돈을 버는 게 일 년에 육억 원 정도가 됩니다. 그러니 자신들의 잘못을 반성하고 개선하려는 것이 아니라 역으로 나를 잡으려고 치고 나올 겁니다! 방법이 없어요."

강원경 후배가 소주를 마시고 내게 술잔을 권하며 말했다.

"혁준 형님, 어쨌든 건강을 잃으면 이 일도 못 합니다. 건강 잘 챙겨야 합니다. 지금 선배님이 많이 야윈 것 알지요? 그리고 걸음걸이에도 아무 힘이 없어요. 80세 노인 같아요."

"원경 동생, 고맙네."

이때 김경주 선배가 내 등을 쓰다듬으며 건배 제의를 했다.

"자! 속상한데 한잔하세. 또 시작될 고통의 최소화를 위하여!"

식사 자리가 끝나고 격려해주는 테니스 동호회원들에게 고마움을 느끼며 걸어서 집으로 가고 있다. 약간 외진 길로 들어서니 길가 가로등의 불빛이 더욱 돋보였다. 가로등은 외롭게 홀로 서서 누가 알아주는 이 없어도 행인에게 불을 밝혀주고 있었다. 누가 알아주지 않아도 나는 그런 존재가 되고 싶었다. 가로등이 빛 밝혀 길을 열어주고 있으니 든든한 마음으로 집에 가고 있었다. 나는 가로등 불빛을 바라보며 말했다.

"끊임없이 이어지는 검은 하늘 아래에서 살다 보니 걸음걸이에 힘이 실려있을 리 없어 축하니 처져 터벅터벅 걸으며 나 자신을 바라보니 안타깝기만 하구나!"

가로등은 내 앞길에 불빛을 비추어 주는 걸로 대답을 대신했다. 초라한 공무원은 투쟁의 마음을 가지는 것 그 자체만으로도 기죽고 여인에게서 폐기처분 되어 약해 빠졌다. 그러나 단 하나 남은 것, 바로 밟으면 꿈틀거리고 찍어 누르면 용수철처럼 튀어 오르는 것, 그것은 남아있었다. 듣는 이 없고 맞장구치는 이 없지만, 투쟁의 마음 가다듬으며 집으로 갔다.

일에 속도를 냈다. 우선 회계서류에 대한 정산검사를 통해서 문서상의 증거를 확보했고 최종 검토 중이었다. 그러나 실제로 자활사업을 운영했는가에 대해서는 증거를 확보하지 못했다. 국민기초수급자 이지운 씨가 문서로 증거를 제출하겠다고 했지만 아직 제출하지 않았다. 게다가 이상일 과장은 복지자활센터에 대해서는 점검이나 방문할 때는 반드시 사전에 연락한 다음에 출장하도록 내게 지시했다. 이상일 과장의 이런 지시는 복지자활센터 송시현 대표가 자활사업을 추진하고 있는 것처럼 준비할 수 있는 시간적인 여유를 주라는 언행으로 나는 받아들였다. 나는 이상일 과장의 지시에 따랐다. 들어줄 것 다 들어주며 증거를 확보하여 행정처분을 하고자 했다.

나의 의지를 말 대신 행동으로 실행했다. 보조금을 월별로 지급해

왔었는데 복지자활센터에 대해서 보조금 지급을 중단했다. 사실상 강제 폐업조치였다. 예산을 주지 않으니 사업은 중단되었다. 서이예 팀원과 이상일 과장은 이에 대하여 자주 대화했다. 사무실은 긴장감이 감돌았다. 그리고 과 전체 인원들은 자칫 자신들에게 불똥이 튈까 봐 조심스럽게 업무를 추진하고 있었다. 다들 이 상황이 어떻게 될 것인지에 대하여 지켜보고 있었다. 보조금 지급을 중단한 지 3개월째가 되니 이상일 과장이 나와 서이예 팀원을 불렀다. 우리 세 사람은 회의용 탁자에 앉았고 먼저 과장이 말을 꺼냈다.

"장 팀장, 자네, 내게 할 말 없는가?"

"없습니다."

"없단 말이지! 내가 한번 참지. 서이예 팀원이 자활사업 보조금을 복지자활센터에 지급한다고 기안을 해도 자네가 전자문서와 재정 프로그램에서 결재를 안 한다고 들었는데 이유가 무엇인가?"

"아! 그거요. 복지자활센터는 전년도의 보조금 허위 집행 사례와 똑같이 지금도 계속하고 있기에 보조금 지급을 중단했습니다."

"장 팀장 자네는 팀원과 상의도 하지 않고 과장에게 보고도 하지 않고 단독으로 업무처리 하는가?

"팀원과 과장님이 복지자활센터를 보호하니까 그렇습니다."

"내가 그러든 말든 자네는 팀장으로서 과장의 지시를 받아야지. 지금 당장 보조금 지급해!"

"나는 양심에 따라 일하고자 합니다. 그럴 수 없습니다."

"그래? 장 팀장! 우리 터놓고 이야기하세. 지금 상황에서 팀원과 과장인 내가 어떻게 하면 복지자활센터에 대하여 덮을 것인가?"

．．．．．．

"과장님, 죄지은 사람 두 다리 뻗고 잠 못 잔다는 속담이 있습니다. 차라리 장혁준 팀장 때문에 어쩔 수 없다고 핑계를 대고 가만히 계십시오. 내가 악역을 하겠다는 것입니다."

"장 팀장, 그것이 그렇게 간단치 않아 자네 정도로는 뒷감당 못 할 거야. 보복이 두렵지도 않은가?"

"제가 잘못된 행위를 하고 보복을 당한다면 사필귀정이지요. 그러나 천하에 나쁜 쓰레기를 치우고 당한다면 영광의 상처일 것입니다."

"장 팀장 자네는 현실적인 것을 다 잃게 될 거야."

"과장님, 제가 공무원 시험 볼 때 면접관이 이런 질문을 했습니다. 공무원 역할이 무엇입니까? 이 질문에 저는 대답을 못 했습니다. 그런데 면접관이 말하더군요. 헌법 제7조 제1항에서 공무원은 국민 전체에 대한 봉사자이며, 국민에 대하여 책임을 진다. 이렇게 규정하고 있다. 그러더군요. 저는 떨어진 줄 알았습니다. 그런데 합격했더군요. 그 말을 지금까지 공무를 수행하면서 한 번도 잊지 않았습니다."

"그런 고리타분한 병신 짓을 계속하겠다!"

"과장님 같은 분에겐 그것이 고리타분한 병신 짓으로 보이겠지만, 나는 지금까지 공무를 수행하면서 그것을 기준으로 삼았습니다. 비록 시청의 시장 이하 간부들과 치열하게 대립하고, 이 지역사회의 지배 세력과 완전히 등져버렸고, 상처투성이가 되어버렸지만 말입니다."

"그러니까 장 팀장 자네의 현실을 생각하라는 것이야."

"저는 퇴직 후에 자랑스러운 공무원이었다고 생각하며 생을 마감할 것입니다. 이상일 과장님은 교통과의 김광석 과장처럼 나쁜 짓 해서 국장까지 승진도 하고 그 외 사소한 사익도 동냥 짓 하십시오. 서이예 팀원도 마찬가지입니다. 누가 더 인생을 잘 살았는지 나중에 정말 세월이 흐른 뒤에 얼굴 마주 보며 말해 봅시다. 이젠 하다 하다 국민기초수급자 돈까지 뺏어 먹습니까?"

"어이 장 팀장, 말 함부로 하지 마. 그러다 크게 다칠 수 있어."

"과장님, 제가 공무원으로서 당연히 해야 할 일이라면 걸어오는 싸움 결코, 피하지 않습니다."

나는 자리로 돌아와 창밖 하늘을 바라보았다. 검은 하늘에 짓눌려 밀려오는 스트레스에 마냥 피곤하기만 했다. 예전에는 사랑하는 여인과 함께 여행도 하고 퇴근 후 함께하는 즐거움에 쌓인 스트레스를 풀었으나 이제는 테니스코트에서 죽기 살기로 뛴 후 속이 다 얼어버릴 것 같은 소맥을 마시는 것뿐이었다. 겨울 날씨답게 온도는 낮고 바람은 매서웠다. 쌓인 스트레스를 빼내기 위해, 몸에서 열기를 뽑아내기 위해 체육복을 더 두껍게 입었다. 이렇게 코트에서 뛰고 또 뛰며 마음을 달랬다. 귀가 중에 걷고 걸어도, 이곳을 보고 저곳을 보아도 사랑의 아픔과 악인들과 투쟁을 피할 출구가 보이질 않았다. 얼굴엔 고뇌의 그늘이 깊게 드리워지고 야윈 두 뺨에 눈물이 눈가에 맺힌다. 행여나 누군가 볼까 봐 두 손으로 눈을 만지며 깜빡거리기에 바빴다.

> 여인은 진달래 예쁘게 필 때
> 나비처럼 날아와 날개 곱게 펄럭이며
> 내 눈 속에 앉았었는데
> 푸르던 신록이 낙엽 되듯
> 이별을 당하고 생기를 잃고 말았고

직장인의 삶에 지쳐
비틀거리며 겨우 가고는 있는데

사방이 절벽이고 누구 하나
내 손 잡아주는 이 없으니
눈에 레이저 달고
몸엔 철갑 두르고 전쟁터에
홀로 서 있네!

집에 가는 길에 노래를 부르며 홀로 걷는데 눈에 들어간 힘과 몸에서 풍기는 포스만이 내가 가진 유일한 힘이었다.

보조금 지급 중단에 대한 대립이 계속되고 있었다. 복지자활센터 송시현 대표의 조급함은 이상일 과장을 통해서 그대로 내게 전달되었다. 나를 닦달하는 강도가 심해지는 것이 그 증거였다. 5년간 이 자활 위탁사업을 이용해 별도의 개인 사업을 하면서 일 년에 약 육억 원 정도의 부당이득을 취해왔던 게 중단될 상황에 봉착했기 때문이었다. 부당이득도 나름이지 국민기초수급자를 조선시대 외거노비처럼 취급하고 그 인격을 잔인하게 짓밟고 합당한 노동의 대가를 지급하지 않는 사탄과도 같은 행태였다.

이런 험악한 상황에서 나는 전년도에 지급한 보조금의 정산검사를 최종적으로 마무리하여 육천만 원을 환수하겠다고 결재를 전자문서로 올렸다. 물론 정말 심각했던 송시현 대표 별도 개인 사업에 국민기초수급자를 투입하고 보조금도 투입한 운영상의 부분은 증거 부족으로 손을 못 댔다. 이 부분에 대한 증거가 확보되면 지난 5년간 지급된 전체 보조금을 환수해야 한다. 나는 회계서류 상의 보조금 횡령에 대해서만 환수 결정을 했다. 다시 충돌이 시작됐다. 이상일 과장은 날 찾았다. 결재 문서를 올린 지 이틀만이었다. 그동안 나름대로 연구한 모양이었다. 이제는 장 팀장이라고 하지도 않는다.

"장혁준, 너 이리 와봐. 몇 개월째 보조금 지급을 중단하더니 이제는 전년도 보조금을 환수하겠다? 이 사람, 이거 문제가 많은 사람이네. 이 보조금환수 문서 회수해."

"과장님, 보조금환수를 너무 적게 하니 문제가 있는 사람이라고 말씀하시는 것이라면 추가로 증거를 확보하여 더 많은 금액을 환수하겠습니다."

이상일 과장은 고성을 질렀다. 나는 여전히 과장 책상 앞에서 열중쉬어 자세다. 과장은 팀원에게 복지자활센터 송시현 대표를 오라고 했다. 그러면서 다 같이 모여서 대화하자고 했다.

"과장님, 그 인간쓰레기 사기꾼을 불러들여 내게 합동으로 강요를 할 모양인데 할 수 있는 행동들 다 해보십시오."

"지금 복지자활센터 송시현 대표를 인간쓰레기 사기꾼이라고 했는데 그 말 책임질 수 있나? 명예훼손이야."

"아, 과장님께서 복지자활센터 송시현 대표를 변호하나 봅니다. 제가 댁들의 공동의 적이죠? 나를 명예훼손으로 고소하라고 하십시오. 과장님과 그들은 어차피 한통속이잖아요. 나는 오히려 원하는 바입니다. 사기꾼과 보호 세력을 한꺼번에 청소할 기회가 될 테니까요."

"자네가 그렇게 배경이 좋고 힘이 좋은가? 그렇게 강한 사람이 왜 여태 승진도 못 하고 팀장하고 있어? 다른 사람들에게 다 밀리고!"

"나는 시장과 그 측근들을 위하여 일하지 않고, 시민을 위하여 일하고, 형평성 있는 행정을 하니 승진을 못 하는 것이지요. 저는 승진 못 해도 과장님보다 당당합니다."

"병신 지랄하네."

"과장님, 저를 너무 자극하지 마세요. 나쁜 짓 하면서 사는 사람들은 선거 브로커 짓과 권력기관에 줄 대기를 하면서 세력을 형성하지요. 그렇지만 저는 그런 배경이 없어도 정당하다고 생각하는 일은 반드시 했습니다. 물론 그 대가로 상처투성이가 되었지만 말입니다. 과장님을 비롯하여 시장, 그 추종자들은 저를 파면시키고 싶을 겁니다."

"율도국시청 아무에게나 물어봐라. 너 같은 놈은 율도국시청의 조직을 해치는 놈이야."

"나쁜 짓을 앞으로도 계속해야겠는데 제가 그걸 못하게 막으니 이 장혁준은 율도국시청 조직을 해치는 사람이다? 아주 훌륭한 말씀입니다. 율도국시청 아무에게나 물어보라고 했지요? 그들 말고 시민들에게 불어보십시오!"

화가 잔뜩 나 있는 과장을 뒤로하고 내 자리로 돌아와 다른 팀원의 업무를 보고 있었는데 과 서무가 나를 찾았다. 과장 앞의 테이블을 보니 복지자활센터 송시현 대표가 와서 과장, 서 팀원과 대화하고 있었다. 나는 가서 앉았다. 삼 대 일이었다.

과장이 먼저 말을 꺼냈다.

"팀장과 복지자활센터 대표 간에 오해가 있으면 풀고 개선할 사항이 있으면 대화해서 해결했으면 좋겠습니다. 먼저 복지자활센터 송시현 대표님이 말씀해보세요."

"시청 팀장님이 보조금을 지급해 주지 않아서 자활사업 추진에 애로가 많은 상황입니다. 그런데 기존에 지급된 보조금까지 환수하겠다니 이래도 되는 것입니까?"

"예 됩니다."

나의 짧은 대답에 과장과 서이예 팀원 그리고 복지자활센터 송시현 대표는 서로 바라보며 어이없다는 듯이 웃었다. 큰소리로 거침없이 웃었다. 나는 순간 외롭다는 생각이 들었다. 저런 인간쓰레기들도 자기 편이 있는데 내 곁에는 아무도 없었다. 난 참으로 외로운 길을 가고 있었다.

송시현 대표는 어깨를 흔들고 거들먹거리며 내게 말했다.

"여기 시청은 팀장이 팀원과 과장을 다 무시해버리고 단독으로 마음 대로 일하는 곳입니까? 허허, 완전히 갑질의 전형적인 공무원의 행태네! 건방져. 많이 혼나야겠어!"

싸늘한 기운이 나를 엄습했다. 내 안에서 더욱 강렬한 투지가 일어나고 있었다. 그러나 겉으로 내색하지는 않았다.

"그래요? 기다려 보지요! 그리고 복지자활센터 송시현 대표님, 이젠 행정 내부의 업무 진행 상황까지도 간섭하시네요? 지금까지 율도국시청 다른 공무원을 상대하면서 어떠했는지 잘 모르겠습니다. 지금부터 권리와 그에 따른 책임을 생각하면서 발언하세요."

과장이 또 나섰다.

"자자, 갈등의 모습보다는 서로 긍정적으로 대화합시다."

복지자활센터 송시현 대표는 턱을 당기며 목소리를 낮게 깔고 우아하게 말했다. 정말 웃기는 개그였다. 하도 어이가 없어서 웃음이 나왔는데 겨우 참았다.

"장 팀장님, 우리 법인에 배치된 국민기초수급자들을 위하여 최선을 다했습니다. 그 외 우리 지역사회에서 봉사활동도 열심히 하고 있습니다. 나에게 봉사상은 못 줄망정 이렇게 하니 억울합니다."

"그럼 복지자활센터 송시현 대표님이 그 억울함에서 벗어날 수 있도록 방법을 하나 알려드리겠습니다. 감사원, 상급 기관 감사과에 민원을 제기하는 방법이 있고 또 수사기관에 나를 고발하십시오. 그러면 그 억울함이 깔끔하게 벗겨질 겁니다. 어때요?"

"과장으로서 말하는데 그러지 말고 서로 협력하는 방향으로 대화합시다."

"과장님 저더러 벼룩의 간을 빼먹는 일에 협력하라고요?"

나도 모르게 억양에 힘이 들어갔다. 이때 복지자활센터 송시현 대표가 흥분하며 말했다.

"장혁준 팀장, 벼룩의 간을 빼먹다니? 말을 가려서 하시오. 장 팀장이 이 자리에 배치되고 나서 이런 소란이 생긴 것입니다. 장 팀장에게 문제가 있는 것이잖아요."

"복지자활센터 송시현 대표님, 과장님, 서이예 팀원 여러분이 나쁜 짓을 해서 이런 상황이 된 게 아니고 내게 문제가 있어서 이런 상황이 만들어졌다? 참 대단한 분들이십니다. 세 분이 지금 내게 원하는 게 보조금을 계속 지급해 달라는 것과 전년도에 지급된 보조금을 환수하지 말아 달라는 말이지요? 그렇게 해줄 수 없습니다. 내가 행한 일에 잘못된 사항이 있다면 형사 및 민사상 책임을 질 것입니다."

나는 더 대화할 의미가 없어서 내 자리로 돌아와 버렸다. 그랬더니 복지자활센터 송시현 대표가 고성을 질렀다.

"장 팀장, 나는 지금까지 사회복지 법인을 운영하면서 장혁준 팀장 같은 갑질 공무원은 처음 봅니다. 우리 법인 이사들이 우습게 보였던 모양인데 우리 법인에서 당신을 절대로 가만두지 않을 것입니다."

복지자활센터 대표의 고성은 계속되었다. 한바탕 큰소리가 사무실에 메아리쳤다. 그 소리는 벽에 부딪히고 36명의 전 과원들의 귀를 지나 사무실은 아주 고약한 냄새를 풍기는 오염된 소리가 울려 퍼졌다. 전 과원은 고개를 푹 숙이고 딴 나라 사람인 양 조용히만 앉아 있었다. 나도 하도 어이가 없어서 말문이 열리지 않았다.

이어서 과장이 나를 향하여 소리쳤다.

"어디서 병신 같은 미꾸라지 한 마리가 발령받아 와서 5년 동안 아무 일 없이 잘 진행되던 업무를 가지고 이렇게 일을 시끄럽게 하고 온 방죽을 흐려놓는 거야! 어!"

나는 참고 또 참았다. 창문 쪽으로 의자를 돌려 하늘을 보면서 하소연했다.

"하늘이여, 내가 공무를 수행하면서 언제까지 이렇게 폭언과 협박을 당하면서 살아야 하는지요?"

나는 멍하니 창밖 하늘을 보며 피어오르는 열을 식히고 있었다. 얼마나 시간이 지났나 모르겠다. 고아영 팀원이 다가와 귀에 대고 작게 말했다.

"팀장님, 과장님 퇴근했어요. 어서 퇴근하세요."

나는 초췌한 모습으로 고아영 팀원에게 웃음을 보이며 현실로 돌아왔다. 전자결재, 지방재정프로그램, 행복이음프로그램 결재를 마치고 컴퓨터를 끄고 퇴근했다. 그런데 고아영 팀원에게서 전화가 왔다.

"팀장님, 자활업무 담당자 서이예 팀원이 전자문서로 결재신청을 했는데 팀장님이 결재하지 않고 퇴근했다고 해요".

"뭔 소리야! 내가 퇴근 전에 전부 다 결재하고 퇴근하는 것을 봤잖아. 과장이 퇴근한 후에 내가 퇴근했고. 지금 내가 결재해도 소용없는데 그래도 해야 한다면 네가 내 아이디로 들어가서 결재해줘라. 아니면 내일 아침에 출근해서 내가 결재한다고 해라."

그리고 다음 날 아침에 출근했는데 자활업무 담당 서이예 팀원은 내게 따졌다. 과장은 이쪽을 보고 있었다.

"급한 업무인데 팀장이 결재를 안 해서 일을 못 하겠습니다. 팀장으로서 그렇게 무책임하게 일하는 건 아니잖아요?"

"아니, 내가 컴퓨터를 끈 후 결재상신을 해놓고 팀장인 내가 결재 안 해 줘서 일을 못 하겠다고 하는 이 행동은 뭐지요?"

문서를 열어서 확인했더니 업무추진 실적에 대한 월보였다. 그냥 메일로 보내도 되는 것이었다. 이것 가지고 결재 안 해줘서 일을 못 하겠다는 걸 난 이해할 수가 없었다. 그런데 과장이 자활업무 서이예 팀원을 제외하고 나와 다른 팀원들 전체를 불렀다. 서이예 팀원의 행동이 무엇이었는지를 그때서야 알 수 있었다. 바로 과장이 나에 대한 트집을 잡을 수 있는 건수를 제공하는 것이었다. 또 한바탕 소란이 시작되었다.

"너희들 팀장이나 팀원들이 자활업무 서이예 팀원을 괴롭히고 일을 못 하게 하는 짓들을 하고 있지? 다들 겁이 없지!"

・　・　・　・　・

　　과장의 폭언이 이어졌다. 우린 마치 무슨 죄지은 사람들처럼 그냥
앉아만 있었다. 내가 침묵하니 팀원들은 나를 바라보며 침묵으로 일관
했다. 못 참고 말하려는 팀원이 있으면 나는 갑자기 몸을 움직였다. 귀
신같이 눈치가 빠른 우리 여 팀원들이 얼른 말을 멈춘다. 자활 위탁사
업 업무 외에 모든 업무가 잘못되고 있다는 것이었다. 쌀쌀한 날씨임
에도 불구하고 겨드랑이에서 땀이 흘렀다. 참으로 지루한 시간이었다.
이렇게 어처구니없는 몰매를 맞고 오전 근무가 끝났다.

　　우리는 시청에서 좀 떨어진 외곽에 있는 중화요리 집으로 점심 식사
하러 갔다. 물론 자활업무 담당자는 오지 않았다. 나는 자장면에 술국
과 이과두주 1병을 주문했다. 맨정신으로 도저히 있을 수 없어서 반주
몇 잔 하고자 했다. 나는 자작했다.

　　장난을 잘하는 이지우 팀원이 농담했다.

　　"팀장님! 자작하면 미인을 얻는다고도 하고 술꾼이라고도 하는데
어느 쪽이에요?"

　　"네가 내 옆에 와서 밥 먹으면 미인을 얻은 것이고 네가 안 오고 버
티면 술꾼이다."

　　순간 폭소가 터졌고 음식점의 다른 손님들이 전부를 우리를 쳐다봤
다. 잠시 후 이지우 팀원이 내 옆으로 와서 앉았다.

　　팀원들이 한마디씩 했다.

　　"와우! 팀장님, 미인 얻으셨네요!"

　　또 웃음보따리가 터졌다. 침묵 속에 팀장이 혼자 술 따라 마시는 우
울한 분위기에서 갑자기 빵 터지는 상황이 되었다.

　　"그래, 알았다. 우리 인상 펴고 웃으며 살자."

"팀장님, 오전에 과장이 어처구니없는 말들을 할 때 가만히 있었던 이유가 뭐예요? 그리고 우리가 말하려 할 때 왜 막았어요?"

"뻔히 속이 보이는데 맞장구치면 길어지고 또 트집 잡히잖아."

"팀장님! 어떤 상황에선 안 지는데 어떤 상황에선 그냥 져버리더라고요. 궁금해요. 어째서 그러는지."

"만약에 내가 거친 표현과 행동을 하면 과장은 지금 이 일보다도 그것을 더 부각해서 나를 공격해 올 거야. 그러니 참아야지 어떡하겠어. 그렇지만 상사들의 비양심적인 지시는 절대 따를 수 없지."

"팀장님, 이번 기회에 확실하게 정리해버리면 좋겠는데, 팀장님이 너무 힘들잖아요. 버티기 어려우면 그냥 포기하세요. 우리가 옆에서 보기가 민망해요. 정말 올바른 일을 하는데 이렇게까지 힘들어서 어떡해요!"

"아무리 힘들어도 끝을 봐야지! 비록 우리가 하위직 공무원이지만 인간이기를 포기하는 짓은 하지 말아야지."

"팀장님, 우리가 옆에서 응원할게요. 우리 장혁준 팀장님, 파이팅!"

"여러분, 율도국시청에서 근무하는 동안 더는 대립 없이 있어도 없는 것처럼 부드러운 사람으로 공무원 생활을 마무리하고 싶었다. 너무 지쳤거든!"

이지우 팀원이 옆에서 얼굴을 내게 삐쭉 내밀면서 말했다.

"알아요. 정말 힘들게 공무원 생활을 했다는 걸!"

"그래, 그런데 또 힘 있는 자들과 대립하며 코너에 몰리고 있구나. 그렇지만 어떻게 이 있을 수 없는 어처구니없는 상황을 그냥 못 본 척한단 말이냐! 국민기초수급자 입장에선 노동력을 착취당한 것이고 우리 시청에선 이를 방조했고 시민의 입장에서 보면 시민의 세금으로 조성된 예산을 사기꾼 사업자금 대주는 꼴이잖아.”

“팀장님, 정말 그래요. 팀장님도 알다시피 이번에 고모네 전통 식품 업체 고영심 대표는 사회활동을 많이 해왔고 동생이 우리 시청 고문 변호사로 있어요. 그렇지만 깔끔하게 팀장님께 항복하고 종료했잖아요. 팀장님도 쿨하게 해주었고요. 복지자활센터 송시현 대표도 그렇게 하면 좋을 텐데!”

우린 식사 후 사무실에 들어왔다. 오후에 과장은 전 직원회의를 개최했고 일방적인 말을 했다.

“지금 우리 부서에서 직원들이 과장과 자활업무 담당 여직원이 도대체 어떤 관계이기에 이렇게 말도 안 되는 일들이 벌어지고 있는지 모르겠다. 라고 수군대고 있는데 나는 자활업무 여직원과 손목 한 번 잡아보지 않았다. 허위사실을 유포하지 마라.”

그 후 직원들은 또 수군댔다. 지금 업무적으로 잘못된 행위를 해온 자활업무 여직원과 이를 감싸는 과장의 행위들이 비정상적임을 의미하는 표현들인데도 엉뚱하게 변명하였기 때문이다. 그리고 과장과 나는 보조금 지급 중단과 보조금환수 건에 대해서 계속 대립하고 있었다. 그런데 갑자기 복지자활센터 송시현 대표가 사무실에 왔다. 과장, 서 팀원, 송시현 대표와 나는 회의용 탁자에 앉았고 먼저 복지자활센터 대표가 내게 말했다.

“장 팀장님, 나는 성실하게 살아왔으며 저소득층 사람들의 복지향상을 위해 최선을 다해 노력했습니다. 그런데 보조금을 안 주고 또 환수까지 꼭 해야 하겠습니까?”

．　．　．　．　．　．

"아이고, 송시현 대표님, 오늘은 내 호칭에 존칭도 써주시고 예의를 갖추며 말씀하십니다. 참으로 고마운 일입니다. 살다 보니 이런 날도 다 있군요. 그런데 이젠 그만 하세요. 그리고 보조금환수는 아직 결재가 안 났고 통보도 안 했는데 어떻게 알았어요? 우리 사무실에 동업하는 사람이 있나요?"

"내가 많이 참습니다. 이 일은 과거부터 쭉 해온 일이니까 장 팀장님이 그냥 그대로 하면 되는 것이잖아요."

"송시현 대표님, 과거부터 나쁜 짓을 해왔고 공무원들이 이를 방조해 왔으니 이 장혁준이도 그렇게 해달라?"

"장 팀장, 말을 함부로 하는 걸 보니 간덩이가 부었어!"

송시현 대표는 나를 노려보며 가만두지 않겠다는 태도를 보였다. 내가 나쁜 짓 하는 사람들로부터 협박과 폭행을 한 두 번 당하는 것은 아니나 참는다는 건 참으로 힘든 일이었다. 그러나 공무원이라는 신분 때문에, 같은 방식으로 대응을 해서는 안 되기에 튀어나오는 감정을 꾹꾹 눌러 참아야 했다. 송시현 대표가 나를 공격하는 사이에 과장은 나를 노려보며 무언의 압박을 했다. 참으로 헤어날 수 없는 늪에 빠졌다. 끈질겼다. 이 정도 됐으면 포기할 때도 됐으련만 정말 지친다. 나는 말없이 자리에서 일어났다. 더는 할 말도 들을 말도 없었다. 내 자리로 와버렸다. 분위기는 칙칙했다. 엮여 버렸으니 빠져나올 수가 없었다. 국민기초수급자의 돈을 빼돌리고도 뻔뻔하기가 상상을 초월했다. 이일이 있고 나서 사적으로 내게 지인들을 통해서 협박이 들어오기도 했고 회유가 들어오기도 했다. 이런 짓을 하는 사람들의 전형적인 수법이다. 모가지를 떼겠다. 한직으로 보내버리겠다. 동주민센터

직원으로 보내버리겠다. 정신병자다. 등의 소문을 유포했다. 그래도 나는 법적 절차를 차근차근 진행했다.

그러던 중 시장이 날 찾는다고 부속실에서 연락이 왔다. 시장실에 가는데도 과장이나 서 팀원은 반응이 없었다. 알고 있다는 뜻이었다. 율도국시청 시장 스타일은 일방적 지시형이 아니었다. 넌지시 던져놓고 담당 공무원이 스스로 알아서 하겠다고 하기를 바라는 스타일이었다. 즉 부당한 지시를 한 적이 없다. 증거를 남기지 않는 것이었다. 시장실에 갔더니 송시현 대표는 법인 이사 2명을 데리고 왔다. 율도국시청 시장은 양쪽 말을 다 들었다. 그리고 만년필로 행사 동향 보고서에 메모만 하고 있었다. 시장이 침묵을 지키니 복지자활센터 송시현 대표, 이사 중의 한 명인 전직 도의원, 검찰청의 무슨 위원회 사무국장을 역임하고 있는 이사 이렇게 3명이 교대로 억울하다고 주장을 했다. 그런데도 시장은 만년필로 계속 메모만 했다. 설마 시장이 저 사기꾼에게 약점 잡힌 게 있는 건 아니겠지? 이런 생각이 들었다. 시장의 침묵은 계속됐고 나도 역시 침묵을 지켰다. 그들은 언성을 높이며 계속 주장을 펴고 있었다. 시장 앞에서 이루어지는 상황이었지만 도저히 더는 들어줄 수 없었다.

나는 시장에게 부탁했다.

"시장님, 다 들어서 상황을 아실 겁니다. 행정처분 할 것입니다. 그 이후에 책임은 제가 지겠습니다. 그만했으면 합니다. 부탁드립니다."

"장 팀장, 기어이 보조금 지급을 중단하고 전년도 것에 대해서 보조금환수도 하고 위탁사업을 종료시키겠다는 말이지?"

"예. 이 건은 아주 질이 나쁜 범죄행위입니다."

・ ・ ・ ・ ・ ・

나는 정말 짤막하게 대답했다. 그러자 듣고 있던 복지자활센터 송시현 대표는 소리를 질렀다.

"시장 말도 안 듣는 놈이 세상에 여기에 있네!"

소란이 일자 비서실장이 들어왔고 나는 시장에게 인사하고 나와버렸다. 다음 날 아침에 출근했는데 팀원 8명 중 유일한 남자 팀원이 내게 할 말이 있다고 했다. 복지자활센터 법인 이사 중 전 도의원이 자신의 이모님에게 한 말을 내게 전했다.

"장혁준 팀장을 진짜로 죽여버리겠다. 그리고 정치세력과 권력기관을 동원하여 파면 조치하겠다. 그리고 사회적으로 매장해 버리겠다. 이 말을 전해라. 이렇게 말했다고 해요. 팀장님이 걱정되어요!"

이 말을 들은 팀원들이 전체 일어나서 내게 왔다. 아무 말도 하지 않고 눈만 똥그랗게 뜨고 나를 바라보기만 했다. 나는 팀원들을 바라보며 웃어주었다.

"다들 걱정하지 말고 일해라. 내가 알아서 하겠다. 그리고 지금 이 일에 있어서 아군은 단 한 명도 없다. 또한 분위가 좋지 않으니 다들 각자 업무에 차질이 없도록 신경 써라."

팀원들은 걱정하는 눈빛을 내게 보내기만 했다. 나는 사무실을 나와서 평소 알고 지내는 변호사를 찾아갔다. 그리고 복지자활센터 관계자들과 시청 시장과 간부들을 모두 고발하는 것을 상의했다.

"장 팀장님, 행정처분 결재를 여러 차례 올리고 그래도 결재를 안 하면 그때 고발을 해야 합니다. 상사들이 결재하지 않은 사례를 더 만들어야 합니다. 그래야 장혁준 팀장님이 무리하게 개인 자격으로 고발했다는 공격을 덜 받게 됩니다. 더군다나 공무원이 자기가 속한 시청의 시장과 간부 그리고 위탁사업자를 다 고발하는 것이잖아요."

"변호사님, 율도국시청 내에서 압박이 계속되고 있습니다. 그리고 시청 밖에서 죄를 지은 자가 오히려 피해자로 억울하게 고통받고 있다고 주장하며 소문내고 다니고 있습니다. 어차피 물러서지 않을 것이면 서둘러 정리하고 이 어둠의 터널을 빨리 벗어나고 싶습니다."

"장 팀장님이 시청을 고발하는 후유증을 최소로 해야지요."

변호사 의견을 따르기로 했고 사무실로 와서 과장에게 말했다.

"과장님, 보조금환수 결재를 더는 기다릴 수 없습니다. 결재가 이루어지지 않으면 내가 개인적으로 수사기관에 고발장을 낼 수밖에 없습니다. 조금 전에 변호사와 상담하고 왔습니다."

"장 팀장, 그동안 의견 일치는 안 됐지만, 시간을 가지면서 대화를 해왔는데 갑자기 이렇게 서두르는 이유가 무엇인가?"

나는 오늘 팀원에게 전달받은 내용을 말했다.

과장과 대화하면서 예전에는 과장이 그 내용을 사전에 알고 있는 것 같은 느낌이 있었다. 그런데 이번에는 전혀 모르는 눈치였다. 과장은 아무 말도 하지 않았다. 그러다가 나를 바라봤다.

"장 팀장, 같이 저녁 식사할 수 있겠는가?"

"예, 좋습니다."

나는 지난 1년 동안 근무하면서 과장과 술자리는 처음이었다. 업무 내용은 피차간에 꺼내지 않았다. 다만 인간적으로 미워하거나 싫은 것은 아닌데 이렇게 악연이 되었다는 사실에 서로 아쉬워했다. 다음날 출근했더니 나의 직속상관인 이문우 국장이 날 찾았다. 국장에게 갔더니 걱정하는 눈빛으로 나를 바라보더니 말을 꺼냈다.

"장 팀장, 이번 일에 있어서 자네가 물러선다 해도 자네를 탓하지 않을 것이고 반대로 강력하게 행정처분을 한다면 또한 적극적으로 지원할 것이네. 그러니 자네 마음 가는 대로 하게! 내가 이러는 이유는 자네가 어떤 선택을 하든 간에 고통을 받을 것이기에 그러네."

참으로 고마운 일이었다. 다른 국장들은 내게 싫은 눈치를 많이 주었다. 특히 총무국장은 심했다. 그들은 한결같은 말을 했다.

"장 팀장이 걱정되니 하는 말이다. 앞으로 승진도 해야 하고 사회생활도 해야 할 텐데 시청 내에서나 지역사회에서 너무 어려운 처지에 몰리게 되는 것이잖아. 그러니 이번 일에 있어서 그만 물러서게."

이런 식으로 압력이 여러 차례 있었다. 그렇지만 그건 오히려 나의 도전 의식을 자극하는 것이었다. 며칠 후 이문우 국장이 나를 다시 찾아서 국장실로 갔다. 과장이 그곳에 있었다. 점심시간이 되어서 시청 앞 곰탕집에 갔다.

국장은 침묵을 지켰고 과장이 말을 꺼냈다.

"장 팀장, 어떻게 하면 이 일을 멈출 수 있겠는가?"

"과장님, 지금까지 여러 부서를 거치면서 시장 이하 간부들, 시장 측근들과 대립했습니다. 더는 이러고 싶지 않습니다. 그래서 이 건의 경우 최대한 관용을 베풀었습니다. 과거의 행태를 거론하지 않겠다. 그러니 앞으로 정상적으로 업무추진을 하면 된다. 이 정도면 제가 최대한 배려를 해준 것이잖아요. 그런데 복지자활센터 송시현 대표는 거절했습니다. 다시 말해서 이 나쁜 짓을 계속하겠다는 것이지요. 나는 이를 허용할 수 없다는 것입니다."

과장은 고민에 빠진 모습이다. 과장은 말을 이어갔다.

• • • • •

"양쪽 다 물러서지 않겠다는 것이지?"

"양쪽 다 물러서지 않겠다는 것이 아니지요. 그자의 행동은 있을 수 없는 범죄행위입니다. 양비론을 펴지 마십시오. 과장님, 수사기관과 법원에서 대면하던지, 결재하던지 둘 중 하나를 선택하십시오."

"장 팀장, 자네 너무 세상을 어렵게 사네!"

"과장님, 잘 알고 있습니다. 저도 참으로 힘듭니다."

"결재하겠다. 단 환수금액을 최소로 낮추어라. 내 입장도 좀 생각해 줘야 할 것 아닌가?"

결재가 이루어지지 않으면 내가 개인 자격으로 복지자활센터 송시현 대표와 율도국시청을 상대로 고발을 해야 하고 법적 다툼을 벌이는 것이 사실 부담이 컸다. 나는 일단 복지자활센터 송시현 대표가 더는 나쁜 짓을 못 하게 하는 목표를 달성하는 것이 중요했다.

"좋습니다. 환수금액은 줄이되 앞으로 이 업체가 더는 이 일을 할 수 없게 할 것입니다. 그러면 되겠습니까?"

이문우 국장이 말했다.

"좋아. 그렇게 해. 과장도 이제 그만해!"

전년도 것은 지금 환수 결정하고 현 년도 것은 앞으로 이어서 환수할 계획임을 말했고 복지자활센터 대표가 더는 이 짓을 하지 못하도록 폐쇄조치를 시행했다. 이 과정에서 시장 이하 간부들에게 또 한 번 찍혔다. 세월이 지나면서 더욱 나는 헤어날 수 없는 수렁에 빠지고 있었다. 송시현 대표가 나를 공격하는 사례가 계속 이어졌다. 정말 용서할 수 없는 사람이었다. 율도국시청 내에서, 지역사회에서 수시로 내게 압박이 왔다. 부당하게 행정처분을 했다는 것이었다. 그 어디에도 나를 지원하는 세력은 없었다. 우리 지역사회와 율도국시청은 오로지 강자들, 힘을 가진 자들의 놀이터였다.

　해가 바뀌어 연초 인사가 이루어졌다. 이상일 과장은 국장으로 승진했다. 역시 그랬다. 교통과의 김광석 과장이나 여기 복지향상과 이상일 과장이나 마찬가지였다. 시장과 그 선거 브로커 그리고 힘 있는 세력들에게 꼬리를 흔들어 승진하는 것이었다. 결국 시장은 이렇게 인사권을 행사하면서 똘마니들을 관리하고 있었다. 이상일 과장은 가고 기호인 과장이 왔다. 자활담당자는 고아영으로 바뀌었다. 나는 다음연도 것에 대한 정산검사에 몰두하고 있었다.

　그런데 약 1년 전에 오재두 규제개혁팀장이 내게 전화 한 적이 있었다.

　"어이 장 팀장, 행안부에서 전국 지자체에 제도개선 등 개혁과제를 제출하도록 지시가 있어서 몇 사람에게 말했는데 잘 안 만들어지네. 자네가 좀 해주면 좋겠네."

　"오 팀장님, 제가 지금 업무적으로 너무 바빠요. 다음에 여유 있을 때 해 드릴게요."

　그랬는데 며칠 후 오재두 팀장이 내게 찾아왔다. 나보다 연상인 오 팀장은 내게 사정을 했다. 나는 말했었다.

　"오 팀장님, 시청 내에 다른 훌륭한 공무원들이 많이 있잖아요. 부탁 드릴게요."

　"장 팀장, 내가 지난번에 자네하고 통화한 후에 업무역량이 있고 아이디어를 낼 만한 사람들 하고 대화를 해 봤어. 그런데 어쩔 수 없이 자네가 좀 해줘야 할 것 같아."

나보다 연상인 형님이 직접 찾아와서 말하는데 어쩔 수 없었다. 여러 가지 업무를 생각한 끝에 '협동 조합형 사회적기업 지원 확대 방안'을 선택했었다. 같은 분야의 소규모 제조업체들을 하나로 통합하여 조합을 형성해서 이곳에 시설자금과 운영자금을 지원하고 시유지 건물과 토지를 무상으로 사용하도록 하는 것이었고 조합원들은 각각의 역할을 하여 수익을 창출하고 일자리도 만드는 것이었다.

오재두 팀장은 이 아이디어를 행안부에 제출하고 우리 시청 경제진흥과에 통보하여 실행하게 했다. 이 사업이 의외로 성과가 좋았다. 경영상 어려움을 겪고 있는 영세 제조업체들은 규모를 더 크게 했고 시설도 현대화했다. 사업은 활기를 띠었고 제품 판매가 잘됨에 따라 일자리 창출도 더불어 이루어졌다. 나는 내 아이디어가 실제 반영되고 좋은 성과를 얻었다는 것에 기뻤다. 모처럼 웃을 수 있는 일이었다. 그러던 중 퇴근길에 오재두 규제개혁팀장을 만났다.

"장 팀장, 축하해!"

"오 팀장님, 무슨 일 있어요?"

"동생이 전에 만들었던 아이디어가 행안부에서 우수 아이디어로 선정됐어. 그래서 아이디어를 낸 자네와 담당 팀장인 나를 우수 공무원으로 해서 해외여행을 보내준다네."

"형님이 하도 해달라고 해서 한 것인데 형님 노력의 결과네요."

"그렇지만 아이디어를 낸 건 자네잖아. 우리 같이 해외여행 가자."

"형님 좋습니다. 모처럼 즐거운 소식이네요."

"자네가 업무적으로 힘들다고 들었는데 기분전환이라도 하게나."

늘 어둠 속에 살던 내가 모처럼 웃을 수 있었다. 그런데 규제개혁팀의 이희정 팀원으로부터 전화가 왔다.

"장 팀장님, 규제개혁 팀장인 오재두 팀장님과 경제진흥과 팀원을 선정해서 행안부에 우수 공무원 명단을 제출하고 해외여행을 보내려고 했었는데 경제진흥과 공무원이 최근에 음주운전을 한 사례가 있어서 장혁준 팀장님을 그 직원 대신 시장님께 보고하고 행안부에 제출하기로 했어요."

"그래요. 이희정 팀원님, 내가 경제진흥과 직원 대신 추천되는 것이네요? 행안부에서 어떤 사람을 우수 공무원으로 추천하라고 했나요?"

"아이디어를 낸 공무원입니다. 거기에 우리 규제개혁 팀장님을 추가했어요."

"그럼 그 아이디어를 낸 공무원은 난데 이 상황은 뭡니까? 내가 해외여행 가고 싶으면 내 돈 들여서 가면 됩니다. 그런데 꼭 이런 식으로 나를 불쌍하게 해야 하겠습니까? 나를 배제하고 싶으면 처음부터 내게 비밀로 하고 다른 사람을 시장님 그리고 행안부에 보고하고 그 사람을 해외여행 보내면 되는 것이었잖아요."

"우리 팀장님이 장 팀장님께 미리 말을 해버려서 장 팀장님께 비밀로 할 수 없었습니다. 그리고 제게 너무 그러지 마세요. 제 맘대로 이렇게 한 게 아니에요."

어쨌든 나는 여행을 가기로 했다. 여행은 언제 해도 즐거운 것이다. 모든 생명이 태동하는 봄이었다. 새벽에 인천공항으로 갔다. 해외여행을 자주 하지 못했던 나는 모든 게 생소했다. 일행 중 아는 사람은 오재두 팀장 한 명이었다. 2층으로 올라가서 시래기 된장국으로 아침 식사를 했다. 비행기를 타고 이륙하는데 저 멀리 지상의 모든 것이 작게만 보였고 각종의 구조물들은 마치 장난감과도 같았다. 그러다가 좀 더 지나니 아무것도 없고 오로지 푸른 하늘과 구름뿐이었다. 인생이라는 것이 저 대 자연에 비하면 아무것도 아닌 것을! 창밖을 바라보던 나는 한숨을 쉬었다.

긴 시간을 비행기 안에 있었다. 키가 큰 나는 무릎이 앞 의자에 닿았다. 불편했지만 그래도 들뜬 마음에 괜찮았다. 첫 여행지는 독일이었다. 프랑크푸르트에 도착해서 곧바로 호텔에 가서 잠자리에 들었다. 다음 날 관광에 나섰다. 구 시 청사 건물 광장에서 가이드는 말했다. 이곳은 뢰머 광장이고 건물 난간에서 대중들에게 인사를 한 외국인으로서는 차범근 축구선수가 처음이었다고 했다. 그만큼 이곳에서 차범근 선수는 영웅이었다고 했다. 그때 당시 국격이 약하고 대다수 국민이 가난하게 살 때였다. 세월이 흘렀지만, 자부심을 느꼈다.

이어서 하이델베르그성에 도착해서 성을 둘러보았다. 우리나라와는 완전히 다른 고대 성의 모습이었다. 중장비가 없던 그 시대에 어떻게 이런 건축을 했는지 신기했다. 그리고 얼마나 많은 일반 시민이 동원되었겠는가가 궁금했다. 이런 성의 건축에 동원된 사람들의 생활과 사회적 지위가 궁금했다. 우리 일행은 지하로 내려갔다. 우리나라에서 오래된 건축물을 보더라도 지하 공간을 활용하지는 않았다. 그런데 여기서는 옛날부터 지하 공간을 활용했던 모양이다. 평소 생각해보지 못한 큰 포도주 술통이 있었다. 나무로 만들어졌는데 나무들을 어떻게 접합했는지 궁금하기도 했다. 그리고 가이드는 포도를 제때 수확하지 못하여 얼어버린 포도로 만든 게 아이스 와인이라고 했다. 이렇게 아이스 와인의 유래를 들었다. 적포도주는 먹어봤어도 아이스 와인은 먹어보지 못했다. 나는 한 병을 사서 밤에 오 팀장과 함께 마셨다. 소주에 익숙해서인지 특별한 맛을 느끼지는 못했다.

우린 이어서 베니스에 갔다. 물속에 건물들이 세워져 도시를 형성하고 있었다. 당초에 관광객을 유치하기 위한 목적이었다면 수상도시를 건설할 필요는 있었겠지만, 그냥 도시를 건설한 것이라면 일부러 물속에 도시를 건설할 필요가 있었겠는가? 궁금했다. 우리나라에서는 수맥까지 확인해가면서 건물을 신축하는데 이곳은 아예 물속에 도시가 있는 것이었다. 영화나 TV에서만 보던 곤돌라를 타고 수상도시 사이를 관람했다. 곤돌라를 타고 주변의 건축물을 보니 그때 당시 사람들이 살았던 모습이 궁금했다. 관광 가이드는 베니스에서 여권과 지갑에 대한 소매치기를 조심하라는 말을 여러 차례 했다. 어느 상황에서든 어깨에 멘 가방을 항상 주의 깊게 관리했다. 웃음이 나왔다. '농부 애쌀'을 홍보 및 판매할 때 소매치기를 당한 게 생각났다.

베니스에서 피렌체를 거쳐 로마로 향했다. 길거리에서 바이올린을 연주한다거나 바디페인팅을 하고 길거리에 서 있는 사람들을 볼 수가 있었다. 그리고 식당에서 중식을 할 때면 남자들이 와서 기타를 연주하며 모자를 벗어서 돈을 요구했다. 음악을 선사하였기에 수고비를 주었다. 드디어 로마에 도착했다. 바티칸에 대한 안내를 들었다. 이탈리아 국가 내에 있지만, 별도의 국가라는 것이었다. 그리고 교황의 경호는 전통적으로 스위스 출신의 병사들이 한다고 했다. 병사들의 복장은 화려했고 그들에게서 강인한 기운이 풍기고 있었다.

성베드로 성당은 교황이 있는 곳이라고 했다. 정말 대단했다. 그 규모도 컸지만, 내부의 조각, 벽화들은 하나하나가 유물이었다. 성당뿐만 아니라 일반 건축물도 일부 그랬다. 다만 호텔 등 추가로 신축된 건물들은 현대식 건물이었다. 이어서 트레비 분수에 도착했다. 고등학생일 때 TV에서 보았던 '로마의 휴일'이라는 영화에서 나왔던 곳이다. 사람들이 아주 많았다. 나도 동전을 던져보았다. 분수 바닥의 동전들을 바라보며 역경에 시달리고 있는 내 삶이 조금은 나아지기를 기원했다. 대부분 사람이 동전을 던지고 아이스크림을 먹고 있었다.

우리 일행은 전국 지자체에서 모인 사람들로 버스 한 대로 이동하는 정도의 인원이었다. 서로 처음 보는 사람들로서 대화가 전혀 없었다. 그러다가 로마를 여행하면서 조금씩 말문이 터졌다. 항상 오재두 팀장과 자리를 같이했던 나는 다른 지자체에서 온 사람들과 대화도 하고 식사도 같이했다. 내가 가보았던 외국은 일본과 태국뿐이었다. 그 이후 처음 하는 해외여행이었다. 로마에서 여행하면서 그 어떤 곳보다도 더 이국적인 느낌을 받았다. 카타쿰베에 왔는데 이곳은 그리스도인의 집회 장소였다고 했다. 박해를 받았던 그리스도인의 지하 생활을 상상하는 기회였다.

이어서 콜로세움 원형경기장에 도착했다. 이런 구조물을 만든다는 건 그때 당시 우리나라의 문화를 생각할 때 상상도 할 수 없는 일이었다. 이곳은 상당 부분 파손되어 있었다. 영화 글래디에이터의 내용이 생각났다. 막시무스 데시무스 메리디우스 군단장은 마르크스 아우렐리우스 황제의 총애를 받았고 후임 황제가 될 상황이 되자 황태자 콤모두스는 부친인 황제를 죽이고 군단장을 죽이려 했다. 군단장은 간신히 탈출하여 고향에 갔는데 아들은 불태워졌고 아내는 능욕당하고 죽임을 당했다. 이에 사랑하는 가족의 장례를 치르고 사랑하는 사람을 잃은 비통함과 부상으로 인하여 탈진된 상태에서 노예상에 넘겨지고 검투사 노예가 되었다. 군단장은 살아남기 위해 검투사 노예로서 콜로세움 원형경기장에서 수많은 결투를 해야 했다. 군단장의 정체를 알게 된 황제 콤모두스는 검투사 노예 군단장이 투옥된 감옥에 가서 군단장의 옆구리에 칼을 찔렀다. 이런 상태에서 군단장은 다른 검투사들과 결투를 해야 했고 마지막엔 황제와 군단장의 결투가 있었는데 군단장은 황제를 죽이고 자신도 죽게 된다. 군단장은 죽으면서 밀밭 길을 걸으며 행복했던 아들과 아내의 환영을 떠올리며 웃으며 죽었다. 그 영화에서 나왔던 원형경기장이었다.

콤모두스는 황제가 되어 권력을 잡았으나 황제로 살아가면서 불행한 삶을 살았고 자신도 좋지 못한 결과를 초래한 상태로 죽었다. 영화와 이곳 원형경기장을 보면서 순리를 역행하며 산다는 건 그만큼의 대가를 치르게 될 수도 있다는 사실을 생각하게 됐다. 이어서 밀라노에 갔다. 두오모 광장에서 두오모 성당을 바라본 나는 그 기개에 정말 놀랐다. 건축물에서 오는 위압감은 대단했다. 위로 쭉쭉 뻗은 기둥들 하며 각각의 조각 작품들도 생동감이 있었지만, 특히 말을 탄 장군의 조각상은 금방이라도 광장에 뛰어들 것만 같았다.

다음 여행지는 스위스 융프라우였다. 구릉지에 형성된 초지가 많았고 그곳엔 젖소들과 말들이 있었다. 그리고 듬성듬성 창고와 같은 건물들이 간헐적으로 있었고 이동 중에 호수가 많이 보였다. 융프라우 만년설에 갔다. 온통 얼음과 눈의 세상이었다. 열차를 타고 이동했는데 산 정상에 가까워질수록 밖은 온통 눈밭이었다. 정상에 올라갔고 오재두 팀장이 사진을 찍어달라고 해서 사진을 찍으려 자세를 잡았는데 갑자기 강풍이 불어와 내 안경이 땅에 떨어졌다. 안경은 바람에 밀려 절벽 쪽으로 갔다. 나는 절벽이 무서워서 안경을 잡으러 갈 수가 없었다. 결국 안경은 날아갔고 오재두 팀장 사진만 찍어주었다. 그 이후 나는 선그라스를 끼고 활동했는데 특히 밤엔 불편했고 낮에도 날씨가 흐린 경우에는 관광을 제대로 할 수가 없었다.

우린 파리에 도착해서 바로 호텔에 왔다. 일행 몇 명이 스탠드바에서 술을 마시고 있었는데 오재두 팀장과 나는 합류했다. 우리 일행들이 스텐드바 종업원에게 포크를 달라고 했는데 상대가 알아듣지를 못했다. 결국 우리 일행 중 한 명이 '아르바시 기브 미'라고 말하기도 했다. 나는 한참을 있다가 우리 일행이 p 발음과 f 발음을 구분하지 못한 게 원인이라고 생각했다. 대학 재학 중일 때 음성학을 배운 게 생각났다. 바텐더를 손짓해서 불렀다. 그리고 fork를 발음했다. 바텐더는 '오케이, 오케이' 하면서 포크를 탁자 위에 놓았다. 이렇게 손짓과 토막영어로 맥주와 음식을 즐길 수 있었다.

아침에 일어나서 샹젤리제 거리, 개선문을 관람했는데 도롯가의 가로수에 불빛 축제와도 같이 조명시설을 한 것이 특징이었다. 이어서 루브르박물관에 갔는데 미술과 조각 등에 대한 지식이 없어서 그냥 지나치는 정도로 보며 스치기만 했다. 에펠탑에선 탑의 높이에 놀랐다. 사진으로 보거나 먼 거리에서 보았을 땐 몰랐는데 막상 탑 밑에서 위를 올려다보니 현기증이 날 정도였다. 물론 철제이고 현대 기술로 만들어졌다. 로마의 유적들처럼 오랜 세월의 노력과 예술적 가치는 없었다. 단지 상징성만 있다는 생각이 들었다.

· · · · ·

다음날 런던으로 갔다. 유럽에서 국경을 넘는 것이 그리 어려운 일이 아니었다. 버킹엄궁의 겉모습만 관람했다. 바티칸과 바로 이곳 버킹엄궁은 과거의 역사와 현재의 역사가 함께 어우러진 곳이었다. 그리고 하이드 파크 공원에 갔다. 왕실 토지를 일반 시민에게 공개한 공원이라는 것이었다. 도심 한가운데 공원에 끝없이 펼쳐진 커다란 나무들이 가득했다. 그 속에서 사람들이 한가롭게 자연을 즐기고 있었다. 자전거를 타는 사람, 잔디밭에서 책을 보는 사람, 도보로 산책하는 사람들 모두 휴식을 제대로 즐길 줄 아는 사람들이었다. 나는 부럽기까지 했다. 사람들에게서 여유가 느껴졌다.

여행하는 동안 나는 삶을 즐긴다는 것이 무엇인지 새삼 다시 느꼈다. 10일간 꿈을 꾸고 깨어난 것만 같았다. 여행을 끝내고 아침에 출근하는데 내 얼굴엔 다시 어두운 그림자가 드리워졌고 스트레스에 다시 짓눌렸다. 나는 하늘을 우러러봤다. 아, 안타까운 삶이여! 이런 삶을 언제까지 끌고 가야 하는가! 나는 막막했다. 한탄만 할 수밖에 달리 방법이 없었다. 어떻게든 서둘러서 이 난관을 벗어나고 싶기만 했다. 여행을 끝내고 스위스에서 샀던 맥가이버 칼을 전 과원들에게 나누어주었다. 그러면서 다시 현실에 서야 했다.

여행 다녀온 다음 날 오전에 오랜만에 업무에 집중하고 있었다. 이때 복지자활센터에 배치되었다가 자활기업으로 창업했던 국민기초수급자 이지운 등 3명이 찾아왔다. 그리고 자신들이 그동안 복지자활센터와 자활기업에서 붙이익을 받은 것에 대하여 부상을 받아야겠다는 것이었다. 자신들이 과거에 복지자활센터에서 5년째 자활사업과 전혀 관련 없이 노동력을 착취당했고 자활기업을 창업한 후에도 마찬가지였으며 담당 공무원으로부터도 노동력을 착취당한 것에 대한 진정서를 작성해서 가져왔다. 그들은 복지자활센터의 사업종료와 일부 보조금환수로 만족할 수 없는 것이었다. 자신들의 희생에 대한 보상을 받겠다는 것이었다. 형사와 민사로 처리해야 할 사항이었기에 변호사 상담을 받도록 안내했다. 또한 전년도 것은 정산검사 차원에서 일부 보조금을 환수했고 금년도 것은 준비하고 있음을 설명했다. 그들은 내게 새로운 사실을 말했다. 복지자활센터 송시현 대표가 연말 송년회에서 복지자활센터에서 일했던 국민기초수급자들을 모아놓고 했던 말을 내게 했다.

이상일 전 과장은 장혁준 팀장을 못 잡았는데 이번에 율도국시청에서 제일 샌 기호인 과장을 복지향상과 과장으로 배치했다. 이 기호인 과장은 장혁준 팀장을 확실히 잡아버리고 복지자활센터에서 다시 기존대로 자활사업을 할 것이니 기다리고 있어라, 라고 말했다는 것이었다. 나는 율도국시청 과장 배치 인사를 그자가 하는 것인가? 의문이 들었다. 국민기초수급자들의 인격을 무시하며 그들을 재산증식의 도구로만 생각하며 마치 외거노비와 같이 취급해서 부당이득을 취해왔는데 더는 그럴 수 없게 되었다. 그런데 아직도 그에 대한 미련을 버리지 못하고 있었다.

신임 기호인 과장은 퇴직이 1년 남은 상태였다. 나는 금년도 것에 대해 보조금환수 결재를 올렸다. 기호인 과장은 보조금환수 보고서를 보고 조목조목 따졌다. 물론 나는 환수 증거를 제시하며 답변했다. 이미 전년도에 지급된 보조금 일부를 환수했고 종료조치를 했기 때문에 보조금 환수금액을 최소한으로 했음을 보고했다. 내 목표를 달성했으니 더는 직장 상사와 다툼을 벌이고 싶지 않은 것이었다. 그런데 1차 설명했는데 기호인 과장은 결재하지 않았다. 1주일이 지났다. 나는 국민기초수급자들이 제출한 진정서를 과장님께 보여드렸다. 그리고 지금 환수하는 금액이 극히 일부임을 다시 보고했다. 그래도 결재하지 않았다. 나는 기호인 과장에게 갔다.

"과장님, 이 건에 개입하면 과장님 스스로 진흙탕 싸움에 빠지는 겁니다. 제가 과장님에게 불이익이 되는 상황이 만들어지게 하고 싶지 않습니다. 다른 일반행정으로 생각하지 말아 주십시오. 앞으로 형사사건으로 확대될 수도 있는데 과장님이 나쁜 짓을 한 복지자활센터 송시현 대표를 보호하려다가 오히려 과장님이 어려움을 겪게 될 수도 있습니다."

"장 팀장, 왜 이렇게 상황을 어렵게 만들었어?"

"과장님, 그 말씀은 제가 업무처리를 잘못해서 복잡한 상황을 만들었다는 뜻인가요?"

기호인 과장은 고개를 반대쪽으로 돌렸고 대답하지 않았다. 그 후로 전화를 들고 밖에 나갔다 오는 횟수가 늘어났다. 과장이 사무실에서 전화 통화를 하지 못하고 밖으로 나가는 건 일반 업무와 관련된 것이 아니기에 눈치 빠른 우리 팀원의 관심사였다. 팀원들은 수시로 내게 과장의 동향을 말했다. 이렇게 며칠이 났는데 과장이 결재했다. 상황이 종료되었다는 점에서 안도의 한숨을 쉬었다. 참으로 길었던 기간이었다.

그 후 복지자활센터 송시현 대표와 국민기초수급자 이지운은 우리

• • • • •

지역 신문사에 기사를 제보하여 서로 난타전을 벌였다. 복지자활센터 송시현 대표는 자활사업을 하면서 국민기초수급자에게 최선을 다하여 봉사했다고 주장했고 국민기초수급자 이지운 복지자활센터 대표가 자신들의 노동력을 착취했고 자신들에게 지원되는 시청의 보조금을 가로챘다고 주장했다.

그리고 복지자활센터 송시현 대표는 시청 장혁준 팀장이 자신에게 갑질했으며 자신은 억울하게 누명 썼다는 소문을 유포했다. 그자의 의도는 환수당한 금액도 금액이지만 앞으로도 계속 그 짓을 하고 싶은 것이었다. 이제 사기꾼 짓을 그만둘 때도 됐으련만 조용히 사는 게 살길임에도 그자가 이렇게 공론화하는 것을 나는 이해할 수가 없었다. 내가 모르는 무슨 작전이 있는 것일 수도 있었다. 나는 나름대로 긴장의 끈을 놓지 않고 항상 주변을 살폈다.

이런 상황에서 갑자기 경찰서 수사과에서 전화가 왔다. 수사관은 내게 복지자활센터의 자활사업에 대한 서류를 갖고 출석하도록 요구했다. 나는 처음에는 복지자활센터 대표 송시현에 대해서 수사하는 상황이라고 생각했었다. 그래서 담당 수사관에게 서류와 모든 사실을 진술했다. 단 증거를 확실하게 확보한 부분만을 환수하였음을 진술했다. 모든 사실관계와 위법행위의 증거도 경찰에 제출했다. 그런데 경찰은 복지자활센터 민간 위탁 송시현 대표를 무혐의 처리했다. 이 소식을 들은 나는 헛웃음이 나왔다.

수사관이 나를 조사할 때 참고인 진술조서가 아닌, 신문조서로 조사하겠다고 했던 말이 생각났다. 내가 복지자활센터 대표로부터 보조금을 환수했으니 나는 너무나도 당연히 참고인이어야 했다. 그런데 나를 피의자로 조사한 것이었다. 결국 경찰은 율도국시청 장혁준 팀장이 복지자활센터에 지급된 보조금을 환수하고 종료 행정처분 한 사실이 복지자활센터 대표 송시현에게 갑질했는지, 직권남용 했는지에 대한 수사였다.

내가 경찰 조사를 받고 있을 때 복지자활센터 송시현 대표는 보조금을 환수당한 사실이 억울하다며 행정소송을 제기했다. 그리고 율도국시청에는 고문변호사가 총 3명인데 2명은 다른 지역 출신이었고 1명만이 우리 지역 출신 변호사였다. 바로 고모네 전통 식품 위탁업체 고영심 대표의 동생이었다. 나는 기획실에 다른 지역 출신 변호사를 선임하도록 요구했다. 그런데도 기획실 법무팀에서는 고모네 전통 식품 위탁업체 고영심 대표의 동생을 변호사로 선임했다. 다른 변호사는 선임해 줄 수 없다는 것이었다.

그런데 법원에 제출할 답변서를 보고 깜짝 놀랐다. 나는 팀원과 함께 율도국시청에서 선임한 변호사를 방문해서 법원에 제출할 답변서가 원고인 복지자활센터 송시현 대표에게 오히려 유리하게 작성한 사실을 조목조목 지적하면서 우리 쪽 변호사인지 상대방의 변호사인지 밝히라고 요구했다.

변호사는 불편한 기색을 보이며 말했다.

"장 팀장님, 답변서가 맘에 안 들면 다른 변호사를 선임하십시오."

"율도국시청에서 다른 고문변호사를 선임해주지 않는다는 걸 알고 있는 것이지요? 나는 변호사 없이도 행정소송을 수행합니다. 그 장난 통하지 않을 것입니다."

이렇게 정리하고 같이 간 팀원에게 모든 서류를 챙기도록 해서 두말

없이 돌아서 나왔다. 그리고 기획실 법무팀에 갔다.

"법무팀장, 이번에 선임한 변호사는 피고인 우리 율도국시청의 변호사 아니라 원고인 복지자활센터 송시현 대표를 위한 변호사다. 그러니 선임을 취소해라. 내가 변호사 없이 소송에 임하겠다."

나는 말을 끝내고 바로 나와 버렸다. 율도국시청에서 처음부터 내가 행정소송에서 패소하게 하려 했다는 생각이 들었다. 복지자활센터를 행정처분 할 때부터 또다시 감사팀에서 내 뒷조사를 시작했고 누군가는 내게 그 사실을 전달한다는 것, 간부들이 이 사안으로 나를 핍박하고 있었다는 것, 경찰이 오히려 나를 피의자로 조사했다는 것, 경찰이 복지자활센터 송시현 대표의 범죄에 대한 증거가 있음에도 무혐의 처리했다는 것, 행정소송에서 우리 시청에서 선임한 변호사는 오히려 복지자활센터 송시현 대표에게 유리한 답변서를 작성하여 법원에 제출하려 했다는 것들을 생각하며 고뇌에 빠졌다.

율도국시청과 경찰은 고모네 전통 식품업체 고영심 대표와 복지자활센터 송시현 대표가 다시 국민기초수급자들의 노동력을 착취하고 시청의 보조금을 횡령할 수 있도록 복귀하게 하려는 작전을 벌이고 있다는 생각이 들었다.

나는 범죄자의 보호 세력들에게 나의 존재를 각인시키기 시작했다.

먼저 총무국장에게 갔다.

"국장님, 법무팀에서 이번 사건 변호사를 제가 원하지 않는 변호사로 선임했고 그 변호사는 상대편 원고를 위해서 일하는 변호사였습니다. 그래서 내가 변호사 선임을 취소했습니다. 변호사 없이 소송을 진행하게 됐습니다. 나를 이런 방법으로 방해해도 소용없을 것입니다."

"장 팀장, 앞만 보지 말고 주변도 살피면서 일하게."

"경찰서에서 복지자활센터 대표 송시현을 무혐의 처리했고 율도국 시청에서 소송을 방해해서 패소하게 되면 그 범죄자들이 복귀해서 나쁜 짓을 또 하게 됩니다. 그래서 나는 반드시 무슨 방법이든 다 동원하여 형사처벌하고 행정소송에서도 승소할 것입니다. 지켜보세요."

"이 사람아! 시장님을 중심으로 시청 모든 공무원이 하나가 되어야 하는 게야!"

"사회적 약자를 등쳐먹는 범죄행위에 동참해라! 이 말씀이죠?"

"자네는 앞뒤가 꽉 막힌 사람이야. 그렇게 행동하면 앞으로 많이 힘들 거야!"

이렇게 다시 투쟁의 막이 오르기 시작했다. 복지자활센터 송시현 대표는 지역신문에 공무원에게 갑질을 당했고 불이익 처분을 받아서 억울하다는 기사를 계속 내고 있었다. 물론 기자 명의로 작성한 기사였다. 행정소송에서 사용하려는 기사라고 생각되었다. 나는 진행 중인 형사사건과 행정소송에서 반드시 이겨야겠다고 다짐했다. 그렇게 해서 정의를 바로 세우고자 했다. 이렇게 불통의 하루를 보내고 퇴근하고 있었다. 그런데 교통과에서 행정소송을 2심까지 하며 다투었던 상동 폐차장 이시영 사장으로부터 전화가 왔다.

"장 팀장, 자네는 왜 그렇게 매사에 시끄럽게 세상을 살아?"

"이시영 사장님, 무슨 일인지는 모르겠는데 만나서 대화하죠."

나는 즉시 그 사람 사무실로 갔고 대화가 시작되었다.

"장 팀장, 경찰서 수사관들이 그러던데 자네가 복지자활센터 송시현 대표를 입건해서 형사처벌 하려고 해서 경찰서에서는 어쩔 수 없이 수사를 해왔다. 그런데 혐의가 없어서 무혐의 처리했다. 이렇게 말하더라. 그리고 자네가 공무원이랍시고 선량한 시민을 괴롭히며 갑질을 하고 있다는 신문 기사도 봤다. 세상을 착하게 살아야지."

"이시영 사장님, 이 장혁준이가 정말로 그런 행정을 했다고 생각하십니까? 좋습니다. 앞으로 이 사건이 어떻게 결론 지어지는지 똑똑히 보여드리겠습니다. 오늘 일에 대해서 그때 가서 내게 사과하십시오."

"내가 자세히 알지는 못하고, 단지 경찰관이 하는 말을 듣고, 신문 기사를 보고 장 팀장에게 하는 말이지. 사실이 아니었다면 미안하네."

"아닙니다. 제게 이 사실을 알려준 것만으로도 고맙습니다."

"생각해보니 자네가 교통과에서 근무할 때 참으로 고생 했어. 그런데 또 이런 일이 생겨서 고생하겠네."

나는 산속 농장에서 농작물을 재배하지는 않았지만 자주 가서 쉬었다. 그래서 산짐승들을 경계하는 차원으로 정글도 하나와 공기총 두 자루를 가지고 있었다. 실탄은 비둘기와 꿩을 잡을 땐 산탄이 좋으나 그보다 큰 짐승을 경계할 목적이었기에 외 탄을 사용하고 있었다. 교통과에서 4년 동안 협박과 폭행을 당하던 때에 차에 싣고 다니는 게 습관이 되었다. 트렁크에서 총을 꺼내 기름 헝겊으로 닦으며 말했다.

"얘들아! 시청 개, 경찰 개, 사기꾼 개가 국민기초수급자를 천년만 년 등쳐먹으며 울랄라 짠짜라 개 폼잡으며 살겠단다! 너희를 들고 그들을 상대로 막춤을 추어야 하나? 마지막으로 딱 한 번만 법과 제도를 믿어보자!"

차창 밖을 쳐다보았는데 현실은 암울했고 숨이 막혀왔다. 검은 하늘이 율도국시 지역과 나를 짓누르고 있음에 도전의 기운이 빠르게 전신을 돌아 눈가에 잔 경련이 일면서, 나는 전사(戰士)가 되어갔다. 나는 밤 8시경 경찰서를 방문했다. 강력하게 항의했다. 물리적인 충돌이 발생했다. 나는 정문에 설치된 바리케이드를 넘어가려고 시도했다. 몸싸움이 발생했다.

"나는 서장을 만나야겠다. 막지 마라."

"서장님은 지금 경찰서 안 계신다."

"그럼 서장이 없으면 책임자를 만나야겠다."

"이유가 뭡니까?"

"책임자를 만나서 말하겠다."

"계속 이러면 공무집행 방해죄로 구속할 수 있다. 가라."

"좋다. 내가 바라는 바다. 제발 그렇게 한번 해 달라. 그런 후에 붙어보자. 더 잘됐다. 나는 당신들이 한 짓들을 중앙 방송사, 신문사를 비롯하여 중앙의 모든 기관에 모든 증거를 제출하고, 경찰청에도 항의하겠다. 끝까지 한번 붙어보자!"

경찰관들은 더는 나에게 말을 하지 않고 내 몸을 포박했다.

"너희들이 범죄자를 보호하는 것이 정의 실현이냐? 사회적 약자의 진술을 받았고 증거까지 받았으면서 국민기초수급자의 가슴 아픈 사연을 무시해버리는 것이 너희 경찰이냐?"

대답 없는 나의 외침은 계속됐다.

"너희가 그리고도 시민이 내는 세금으로 월급 받는 것이 부끄럽지도 않더냐?"

나는 폭발했다. 내게 내일이라는 것은 없었다. 체면도 없었다. 울분을 참을 수가 없었다.

． ． ． ． ． ．

"야수는 인간들처럼 생활필수품이나 음식을 저장하지 않는다. 가죽과 털 그리고 튼튼한 육체로 모든 것을 대신한다. 그리고 먹이를 그때그때 찾아내야 한다. 나는 야수의 파랗게 빛나는 눈빛으로 물어뜯을 먹이를 찾아 나설 것이다. 나는 분노에 미친 한 마리 야수일 뿐이다. 나를 이렇게 만든 것은 바로 신 거지 당신들이다."

나는 외치고 또 외쳤다.

"오늘 이곳에 나타난 나를 사람이라 생각하지 말라. 물어뜯을 것을 찾는 야수로 생각하라."

경찰관들이 앞에서, 옆에서, 뒤에서 내 몸을 모두 장악했다. 내게 남은 것은 입밖에 없었다.

"야! 이놈들아! 신 거지가 뭔 줄 아냐? 약자들의 돈을 갈취하는 범죄자 놈, 이를 도와주는 시장 이하 공무원 놈들, 이를 보호하는 너희 경찰 놈들, 다 같이 합심해서 국민기초수급자 돈 갈취하는 거지새끼들의 범죄단체가 바로 신 거지들이다. 이놈들아!"

외치고 또 외쳤다.

"이 범죄를 바로잡는 행정공무원을 거꾸로 엮으려 수사했냐?"

나의 외침은 먼지 되어 허공에 흩어질 뿐이었다. 그래도 악을 썼다.

"내가 왜 이렇게 해야 하냐고? 바로 너희 신 거지 범죄단체 때문에 고통당하는 사회적 약자를 위해서이다. 이놈들아!"

그러나 나중에는 내 입까지도 제압당했다. 어떻게 연락했는지 누나와 매형이 왔다. 나는 누나와 매형에게 이끌려 집에 왔다. 내게 남은 건 이 몸뚱이 하나와 저항 의식 하나밖에 없기에 내가 할 수 있는 건 이게 전부였다.

다음 날 우리 사무실은 정적이 감돌았다. 그 누구도 내게 말을 걸지 않았다. 어젯밤의 상황에 대해서 경찰서에서 통보가 왔으니 이미 다 알고 있다. 나는 경계의 대상이 되어있었다. 주차장 옆 야외 흡연 구역에서 캔 커피를 들고 담배를 피웠다. 담배 연기는 하염없이 피어나 너울대고만 있었다. 사무실에서 고아영이 내게 전화했다.

"팀장님, 경찰서에서 찾는 전화가 왔었는데 없다고 했더니 핸드폰 전화번호 알려달라고 해서 알려줬어요."

"아영아, 조금 전에 경찰서 수사과장이라는 사람이 내게 면담을 요구했다. 처리하고 오마."

"팀장님! 제발 참고, 이성으로 해요!"

나를 걱정하는 고아영 팀원과 통화를 마치고 약 600m를 걸어서 경찰서 앞 찻집으로 갔고 수사과장을 만났다.

수사과장은 불편한 내색을 하며 말했다.

"장혁준 팀장, 행정공무원이 경찰서에 와서 그런 난동을 부려도 되는 겁니까? 원하는 것이 무엇입니까?"

"수사과장님, 경찰서에서 정상적으로 사건처리를 했으면 그럴 일이 없었을 겁니다. 일단 말하겠습니다. 첫 번째로 경찰이 인지 수사를 했고 나는 수사에 응했을 뿐입니다. 그런데 경찰은 나 장혁준 팀장 때문에 어쩔 수 없이 이 사건을 수사했다고 허위사실을 유포했습니다. 그리고 장혁준 팀장이 아무 죄가 없는 사람에게 부당한 행정처분을 하고 보조금을 환수했고 경찰이 수사까지 하게 했다는 내용으로 허위사실을 유포했습니다. 이게 경찰들이 할 일입니까?"

"지금 그 말 사실입니까?"

 "제가 허위사실을 말하고 있다고 생각합니까? 두 번째를 말씀드리
겠습니다. 나는 수사관에게 내가 확보한 증인과 모든 증거를 제출했습
니다. 반드시 형사처벌이 이루어져야 합니다. 그 이유는 경찰에서 증
거를 확보하고서도 무혐의 처리를 했기 때문에 내가 나쁜 공무원이
되어버렸습니다. 이를 바로 잡아주세요. 그리고 그 범죄자는 나의 행
정처분이 억울하다고 법원에 행정소송을 제기했습니다. 행정소송에
서 그 범죄자는 경찰이 수사한 결과 무혐의 처리되었음을 제시하며
나의 행정처분이 잘못되었다고 주장할 것이란 말입니다. 경찰은 그 범
죄자가 행정소송에서 승소하여 국민기초수급자를 계속 외거노비처럼
부리고 율도국시청으로부터 보조금을 받아서 부정을 저지르고 부당
이득을 취하게 하겠다는 것이잖아요! 경찰이 인간의 탈을 쓰고 꼭 이
런 짓을 해야 합니까? 그리고 나는 국민기초수급자의 돈을 갈취한 정
말 잘못된 범죄를 바로 잡았습니다. 그런데 내가 행정소송에서 패하여
법적 책임을 지게 하겠다는 것이잖아요. 어떻게 경찰이 이런 짓을 할
수 있단 말입니까? 그리고 시장 이하 팀원까지 팀장인 나만 빼고 모두
가 그 범죄자를 보호했습니다. 나 혼자 행정처분 했습니다. 그런데 그
범죄자를 무혐의 처리해버리면 내가 시청 내에서 뭐가 됩니까?"

 "내가 수사과장으로서 그런 결과가 나오지 않도록 하겠습니다."

 "이어서 세 번째를 말하겠습니다. 담당 수사관을 바꾸지 마세요. 김
빼기 수법입니까? 지금 담당 형사가 3번째입니다. 어떻게 하나의 사
건을 담당하는 수사관이 2달에 3번 바뀝니까?"

 "율도국시청 장혁준 팀장님의 의견을 종합해서 3개월 이내에 사건
수사를 마무리하겠습니다. 아무 걱정하지 말고 기다려 주십시오."

수사과장은 내게 약속했다. 이렇게 물리적인 행동을 하니까, 그때 서야 경찰이 정상적인 수사를 하겠다니 나는 허탈했다. 힘없는 소시민과 사회적 약자가 믿을 것이라고는 법뿐인데 그 법을 집행하는 자들이 어떻게 저럴 수가 있는지 가슴 아팠다. 수사하여 처벌하기가 불편한 범죄자들은 무혐의 처리하고 밟아도 될 것 같은 사회적 약자들에게만 선택적으로 법 집행을 한단 말인가!

차라리 법을 없애야 한다. 그리고 미국처럼 총기 소유 자유화를 시행해야 한다. 특히 저격용 총을! 그리하여 범죄자, 이를 보호하는 율도국시청, 율도국경찰, 바로 이런 신 거지 범죄단체를 향하여 총을 쏠 수 있는 제도가 구축되어야 한다. 그러면 두 번 다시 사회적 약자를 약탈하고 괴롭히는 짓을 하지 못할 것이다. 법과 제도의 틀 안에서 사회적 약자를 보호하는 일이 너무 벅차서 나는 이런 이루어질 수 없는 망상을 하게 됐다.

3번째 바뀐 수사관이 3개월 동안 집중적으로 수사했다. 복지자활센터 대표 송시현은 약 칠억 원을 횡령하고 이를 이용하여 부당이득을 취한 것으로 경찰 수사가 마무리됐다. 율도국시청의 이 업무 담당 서이예 주무관은 국민기초수급자를 자신의 집에 데려다 노동을 시킨 뇌물수수죄가 적용되었다. 그 후 수사관은 다시 나를 불렀다. 경찰서 앞 찻집에서 만났다. 수사관은 조심스럽게 말을 꺼냈다.

"장 팀장님, 검찰에 사건을 넘겼는데 무혐의 처리하라는 검사 지휘가 떨어졌어요. 어떻게 하면 좋겠습니까?"

나는 조용히 차를 마셨다. 대추차였다. 대추차는 마치 대추 죽이라고 할 수 있을 정도로 진했다. 대추차를 마시고 깊게 호흡을 몇 번 하고 수사관을 향하여 잔잔한 웃음을 지었다. 나는 이 내용이 진짜로 검사 지휘내용인지 아니면 검사를 핑계로 경찰 수사관이 거짓말을 하는 것인지 확인할 수는 없었다.

"수사관님, 이 사건을 조사했으니 모든 것을 다 아시죠? 이 사건은 정말 있어서는 안 되는 비양심적인 범죄 사건입니다. 율도국시청, 율도국경찰, 율도국검찰은 도대체 뭐 하는 존재일까요? 끝까지 사회적 약자를 외거노비 취급하며 약탈한 범죄자를 보호하겠다는 것이잖아요. 모두 그 범죄자와 공범입니다. 신 거지 범죄단체란 말입니다. 내가 강력하게 항의하지 않으면 다시 또 그 범죄자들을 무혐의 처리하겠다. 지금 그런 계산이지요? 손톱만큼이라도, 정말 눈꼽만큼이라도 사회정의를 생각하십시오. 더는 나를 슬프게 하지 말아주세요. 담당 검사에게 보고하세요. 내가 검사 책상에 대가리 처박고 죽는 한이 있더라도 반드시 그 범죄자를 처벌하게 할 것이다. 이렇게 말입니다."

"장 팀장님, 경찰과 행정공무원 관계를 떠나서 한마디 하겠습니다. 지금 이 사건에서 율도국시청 시장, 부시장, 관련 국장, 과장, 팀원 등 시청 사람들은 모두 빠져나갔어요. 더군다나 과장은 국장으로 승진했고 특히 서이예 팀원은 뇌물수수죄 등으로 형사사건이 진행 중임에도 불구하고 이번 인사에서 장혁준 팀장과 같은 팀장으로 승진했어요. 그 과장과 팀원은 승진까지 한 훌륭한 공무원입니다. 지금 장혁준 팀장님 입장을 보십시오. 율도국시청에서, 율도국경찰에서, 율도국검찰에서 온통 짜증 나는 존재입니다. 더럽게 보기 싫은 불편한 미운 오리 새끼 존재란 말입니다."

"안타까운 일이지요. 그리고 좀 불쌍하지요?"

· · · · ·

"장 팀장님도 저렇게 남들처럼 대충 살면서 승진도 해야지요. 사회적 약자를 보호해서 남는 건 아무것도 없고 오히려 피해만 있잖아요. 물론 공무원으로서 자부심은 있겠지만 현실은 엉망진창이잖아요."

"수사관님, 나도 사람입니다. 그런 유혹에 흔들리지 않을 수가 있겠습니까? 그러나 나는 하늘이 무너져도 그런 짓 안 합니다. 내가 이 지역사회에서 설 자리가 없다 해도 말입니다. 시장 개인과 그 선거꾼들을 위한 행정을 해서 승진한 과장과 국장들 밑에서, 승진도 못 한 채 창피 떨면서, 먹고살기 위해서 더럽게 근무하는 일이 생겨도 나는 조금 전에 수사관님이 말한 것처럼 그렇게 공무원 생활을 하지 않을 것입니다."

"장 팀장님, 오해는 마십시오. 장 팀장님의 현재 상황이 너무 안타까워서 하는 말입니다. 나 같은 일개 수사관이 무슨 힘이 있겠습니까? 어쨌든 장 팀장님 잘 버티면서 살아요. 우리 경찰 정보에 의하면 율도국시청 감사과에서 장 팀장님에 대해서 어떤 흠을 잡으려고 뒷조사를 하고 있고 그 범죄자 패거리들이 장 팀장을 가만두지 않겠다며 벼르고 있답니다. 조심하십시오."

"예, 우리 시청 감사과에서 내 뒷조사하는 것은 어제, 오늘 일이 아닙니다. 나도 주머니 털면 먼지야 날 것이고 그 정도에 합당한 징계를 당하면 되겠지요. 파면당할 정도의 흠은 없을 겁니다. 그리고 그 범죄자들이 보복해 오면 그냥 당해야지 뭐 어떻게 하겠습니까! 어쨌든 내가 가야 할 그 길을 끝까지 이렇게 뚜벅뚜벅 갈 것입니다."

"장 팀장님, 잘 알겠습니다. 참, 조금 전에 장 팀장님이 말씀하신 내용은 수사보고서를 작성해서 검사에게 보고하겠습니다."

"예, 수사관님, 그동안 고생하셨습니다."

며칠이 지나서 복지자활센터 송시현 대표는 구속되었다. 복지자활센터에서 송시현 대표가 제기한 행정소송은 관련 형사사건이 검찰과 법원에서 어떻게 처리되는지 결과를 보고 심리하기로 하여 재판이 중단되어 있었다. 이 형사사건의 결과가 행정소송에 지대한 영향을 미치게 된다는 증거였다. 그리고 형사사건이 검찰 수사와 법원의 재판이 진행되는 동안 나는 한 번도 출석요구를 받지 않았다. 검찰에서 조사를 받은 국민기초수급자들은 검찰 수사관에게 율도국시청의 장혁준 팀장으로부터 진술을 받아달라고 요청했었다. 그리하여 명확하게 사실관계를 판단해야 한다고 주장했으나 검찰은 나를 조사하지 않았다. 대신 율도국시청의 장혁준 팀장은 경찰에서 증거 문서를 근거로 해서 진술을 했기 때문에 추가로 진술을 받지 않아도 충분하다. 라는 답변을 했다. 법원에서 재판 중에도 검찰이나 범죄자 변호인이나 법원에서도 나를 참고인이나 증인 신청을 하지 않았다.

법원은 복지자활센터 송시현 대표에게 징역형을 선고하면서 복지자활센터 송시현 대표와 율도국시청이 짜고 한통속이 되어서 국민기초수급자에게 가야 할 보조금을 횡령한 사기 사건으로 규정했다. 또한 복지자활센터 대표 송시현과 이사들에게 율도국시청의 장혁준 팀장에 대한 접근금지 명령을 함께 선고했다. 사건이 종결되었다.

몇 가지 아쉬운 점은 범죄자의 부당이득금에 대한 환수가 제대로 이루어지지 않았다는 것이었다. 그리고 복지자활센터 대표 송시현, 율도국시청의 시장, 간부들과 짜고 온갖 나쁜 짓을 일삼았던 서이에 팀원은 나와 같은 팀장으로 승진도 하고 검찰에서 무혐의 처분을 받았다.

서이예 팀원은 뇌물수수죄보다 국민기초수급자를 보호해야 할 공무원이 오히려 공범이었고 그들을 자신의 집에 데려다가 노동력을 착취한 법률적, 도덕적 책임이 엄청나게 큰 것이었다.

그리고 복지자활센터에서 자활기업을 창업할 때 법인 대표를 안선숙으로 했었는데, 이 사람은 복지자활센터 송시현 대표 밑에서 경리 역할을 하며 보조금 집행 허위문서를 작성한 당사자였다. 그리고 자활기업이 국민기초수급자 5명의 공동지분으로 창업되었기에 이제는 이 회사를 위해 일을 해야 한다. 그런데 대표 안선숙은 과거와 마찬가지로 국민기초수급자를 복지자활센터 송시현 대표의 개인 사업장에 무상으로 투입했다. 아무런 대가를 받지 아니하였다. 나는 이 자활기업 안선숙 대표를 경찰에 고발했었다. 나는 이 사건으로 경찰에서 참고인 조사를 받은 후 사건이 검찰에 넘겨졌다. 나의 경찰 진술은 100% 증거에 의하여 진술된 것이기 때문에 고발자인 나의 진술을 받고 그 후 피의자 안선숙을 조사하면 되는 것이었다. 그런데도 검찰은 나와 안선숙을 동시에 불러서 일괄 조사했다. 있을 수 없는 일이었다. 그리고 나의 진술에 대하여 검찰 수사관은 나를 억박지르고 왜 그렇게 진술하느냐며 나의 진술을 사실과 다르게 유도하는 강압의 행태를 저질렀다. 나는 수사관을 향해 서류를 들어 가리키며 말했다.

"수사관님, 어떻게 이럴 수 있단 말입니까?"

말을 마치고 옆에 앉아 있는 검사에게 갔다.

"검사님! 이 사건은 대한민국의 최하위 삶을 살아가는 국민기초수급자이 돈을 갈취한 사건이고 수급자들이 정상적으로 경제활동을 할 기회를 박탈한 범죄입니다. 정상적으로 수사해 주십시오."

검사는 그래도 아무 말이 없었다. 검사가 청각장애인이었던 모양이다. 그런데 예상대로 안선숙을 무혐의 처리했다. 나는 씁쓸함을 감출수가 없었다. 그러나 두 건의 사건이 동시에 진행되고 있어서 너무 좌충우돌하는 상황이 불편했다. 범죄자 복지자활센터 송시현 대표에게 징역형이 선고되었기에 그냥 참았다. 조폭의 경우에서 볼 수 있는 범죄단체보다도 더 악인들인 바로 율도국시청, 율도국경찰, 율도국검찰, 그리고 벼룩의 간을 내먹는 사기꾼으로 구성된 신 거지 범죄단체와 복지향상과에서 2년 동안의 투쟁은 이렇게 끝이 났다.

사건의 크기는 전국단위 사건들보다는 작았지만, 그 내용을 볼 때 대한민국 최고의 비양심적인 사건이라 생각했다. 이렇게 모든 일이 종결되었다. 이 나라가 법치주의 국가이고 민주주의 국가다. 그런데 6급 행정공무원이 소시민, 사회적 약자를 위하여 법이 올바르게 집행되도록 하는 것은 투쟁하며 피투성이가 되는 상처를 입어야만 이룩할 수 있는 것이었다. 나의 지인들은 하나같이 말했다.

"장혁준, 자네가 모든 걸 다 짊어지고 사는 것처럼 하지 마라. 자네가 다 짊어질 수도 없는 일이잖아. 현실적인 삶도 생각해야지!"

"티끌 모아 태산이란 말이 있습니다. 공무원의 본분을 다하며 공익을 위해 최선을 다하는 하위직 직업 공무원들이 율도국시청을 비롯하여 전국에 많이 있습니다. 그들이 묵묵히 수행한 노력의 결과가 지금 우리가 사는 세상의 근간이라고 볼 수도 있을 겁니다. 작은 물방울이 바위를 뚫듯 언젠간 검은 하늘을 걷어내고 세상이 조금은 밝아질 겁니다."

비록 세상이 바뀌는 모습은 미약하겠지만, 그래도 음지에서 헌신하는 많은 공무원과 함께 노력하면서 살겠다는 생각은 변함이 없었다. 나는 공무원 생활을 하면서 우리 지역사회에서 힘이 있다는 사람들과 적이 되었고 그들이 나를 지켜보고 있다는 생각에 늘 조심하며 생활해야 했다. 강자의 편에 서고 다수에 편승하는 기회주의적 삶을 살았으면 그럴 일이 없었을 텐데, 나는 반대로 살았으니 외톨이의 삶을 초래했다. 내 모습은 초라하기만 했고 너무도 작았다. 지방자치 제도에서 공무원의 본분을 다하는 사람을 보호하는 제도는 없었다.

가슴앓이를 풀어낼 수는 없고 어수선하기만 한 동행은 필요 없었다. 나는 퇴근하고 순대국밥 음식점에 들어갔다. 국밥과 모듬 안주를 주문했다. 술과 대화하며 마시다가 취했다. 그리고 음식점을 나와 깜깜한 밤하늘을 바라보았다.

"검은 하늘을 걷어내기란 끊임없이 다툼을 벌일 수밖에 없는 것이라고, 외로운 길이라고!"

서러운 외침을 토하며 어두운 밤길을 걸었다.

> *길이 없어*
> *만들어 가다 보니 험하여*
> *숨이 차고 헐떡거리는 가슴 붙들고*
> *솟구치는 분노의 화염을 억누르며*
> *거칠어진 삶을 살아온 세월이*
> *그래도 가긴 갔구나!*
>
> *신 거지 범죄단체의 벽은 넘었으나*
> *율도국시청과 지역사회에서*

· · · · · ·

설 자리를 잃어버렸고
곁엔 아무도 없는
만신창이가 되어버렸으니

아! 아프기만 하네!

　나를 바라보았다. 그리고 다시 검은 하늘을 바라보았다. 이렇게 걸으며 홀로 슬픈 춤을 추어야만 했다.

제5장

혹시 했는데, 역시!

[민선 7기]

헌법 제 7 조 제 1 항

여백에 새 삶을 !

제5장

혹시 했는데, 역시!
(민선 7기)

　율도국시청 민선 6기 시장은 나와 관련이 없는 다른 일의 비리 사건으로 파면당했다. 시장이 법원 판결로 파면되어 시청을 떠나는 모습을 보면서 저렇게 허망한 것을, 부정한 짓을 저지르는 자들과 패거리 지어 휩쓸려 다니면서 나쁜 짓을 하고 그렇게 나를 괴롭혔나? 이런 생각에 안타까운 마음이 들었다.

　시장이 파면되고 남은 임기가 짧아서 부시장이 대행 체제를 유지했다. 민선 7기 전국 지방 동시선거가 다가왔다. 우리 지역은 현직 시장이 선거에 출마하지 않으니 더욱 치열했다. 복지자활센터 대표 송시현과 그 법인 이사들은 당선된 민선 7기 시장 선거캠프에서 선거운동을 했다. 그리고 우리 지역정당 시장 후보이기에 당선되는 것은 당연한 결과였다. 복지자활센터 법인 관계자들은 또다시 율도국시청 시장 언저리에서 신 거지 범죄단체를 구성할 모양이었다. 내게 닥칠 보복과

． ． ． ． ．

공무원 생활의 어려움이 예상됐다.

시장 선거가 끝나고 고등학교 친구를 만났다. 그 친구는 시장과 가까운 사이라고 했다. 나는 자영업을 하든 직장생활을 하든 일하는 재미가 있어야 한다고 생각했다. 그래서 지난 나의 공무원 생활을 간략하게 설명하며 이권 다툼에 휘말리지 않고 열심히 일하면서 보람을 느낄 수 있는 부서에서 근무하고 싶다고 했다. 나는 친구의 도움으로 시장 첫인사에서 평생교육과 교육지원팀장으로 자리를 옮겼다.

이제 내가 하는 일은 교육복지 사업이었다. 교육 분야 중에서 지방자치단체장이 관심을 기울여야 할 사업을 적극적으로 추진했다. 시장은 내가 하는 일에 전폭적인 지원을 했다. 나는 기존의 일들은 팀원들이 하도록 했고 신규사업은 전부 내가 했다. 첫째로 고등학교 졸업생 중 대학입학자 모두에게 장학금 이백만 원, 바로 사회에 진출하는 자 모두에게 취업준비금 이백만 원을 지급하기로 했다. 예산부서에서는 근거 없이 예산을 편성하는 문제점을 지적했으나 나는 우선 예산을 세우고 집행하기 전에 근거를 만들면 된다며 설득했다. 예산안을 만들었고 동시에 조례를 만들었다.

내가 모시는 과장은 양종수 과장인데 나보다 나이도 많고 뜻도 잘 맞았다. 나는 일하고 과장은 의회 및 외부를 맡았다. 이 예산은 우리 지역의 꿈나무를 키우는 지원사업이었다. 돈의 액수보다도 우리 지역의 아들과 딸들이 대학 진학 및 사회에 진출할 때 다른 지자체에서 하지 않는 관심과 격려를 통하여 우리 지역 아이들에게 힘을 실어 주는 일이라고 생각했다. 그리고 지역 소도시에서는 해마다 인구가 줄고 학생 수도 줄고 있다. 이 사업을 통해서 다른 지역의 학생들이 우리 지역

고등학교에 유학을 오도록 유도했다. 이렇게 함으로써 지역경제도 더불어 살아난다고 생각했다. 다행히 의회에서 예산과 조례가 통과되었다.

둘째로 초, 중, 고등학교에 코딩 실습 교육을 시행하기로 했다. 이 사업은 초, 중, 고등학생들이 프로그램을 스스로 제작하고 실행하도록 해서 우리 지역 학생들의 미래 문명에 대한 접근성을 높이고자 하는 것이었다. 이 과목은 의무 교육이기는 했지만, 학교에서 이론교육만을 시행하고 있었다. 나는 실습 교육이 진정한 교육임을 강조했다. 어렵게 사업계획을 수립했다. 이 분야에 대한 지식이 부족하여 전문가의 도움을 받았다. 사업계획수립단계에서 예산편성이 끝날 때까지 부정적인 시각도 있었다.

"교육 분야에 대해서 행정에서 너무 깊게 들어가는데! 그리고 이 사업은 교육지원청에서 해야 하는 사업 아니야?"

"이 사업은 IT 분야에 대한 우리 청소년들의 접근성을 높여준다는 것에 의미가 있습니다. 또한 시민의 입장은 시청에서 하는 것과 교육지원청에서 시행하는 것의 구분은 의미가 없는 것입니다. 어디서 하든 우리 지역 꿈나무를 키우는 일이면 된다고 생각합니다."

이런 대화를 나누는 과정을 거치며 최대한 노력했다. 결재과정이나 의회에서 예산심의 중 어려움이 있었으나 잘 처리되었다. 간혹 이 사업의 중요성을 크게 인식하지 않는 분위기도 있었다. 나는 세계적으로 이 교육의 중요성이 부각 되는 시점임을 많이 강조했다.

셋째로 다자녀 가정의 학원비 지원사업이었다. 다른 지역에서 국민기초수급자, 차상위가정에 비교과목에 대한 학원비를 지원하고 있었다. 나는 인근 지자체를 방문해서 벤치마킹했고 사업계획서를 만들면서 심혈을 기울인 부분이 있었다. 요즘 가정에서는 아이를 많이 낳지 않는다. 우리 지역도 노령화 사회가 된 건 이미 오래전이고 아이 보기가 어려운 시대가 되었다. 여성의 사회활동 영역이 커지면서 맞벌이 부부가 늘었다. 부모가 퇴근하여 돌아올 때까지 유치원, 초등학교에서 바로 학원으로 아이를 보낸다. 그리고 부모가 퇴근할 때 집에 데려온다. 사교육비 부담이 너무 큰 것이었다. 아이를 적게 낳는 가장 큰 이유 중 하나라고 생각했다.

마찬가지로 예산부터 세워 놓고 조례를 만들고 보건복지부 승인을 받았다. 예산을 넉넉히 세워서 신청자는 모두 지원하기로 했다. 저소득층에 대한 지원도 중요하지만, 맞벌이 부부의 출산장려 차원에서도 중요한 사업이라고 봤다. 말뿐인 다자녀 가정 지원사업이 아닌 실질적인 다자녀 가정 지원사업이었다. 우리 지역을 아이 키우기 좋은 지역으로 만들고자 했다.

넷째로 다른 지역의 우수사례를 모두 발췌하여 반영했다. 물론 과정은 마찬가지였다. 7월 인사에 이 부서에 왔고 12월까지 모든 업무를 마무리했다. 낮과 밤 그리고 휴일도 없었다. 기존의 하던 일 같으면 이렇게까지 바쁘지 않다. 신규사업으로 무에서 유를 창조해야 하는 일이기에 집중력이 필요로 했다. 양종수 과장은 내가 밤이나 휴일에 일하고 있으면 오셔서 나와 식사를 같이 했다. 팀원들은 밤과 휴일이면 교대로 한 명씩 나와 함께 있어 주었다. 나는 직장에서 일하는 즐거움과 이런 훈훈한 동료애를 처음 느꼈다.

그런데 한 가지 신규사업에서 문제가 발생했다. 이 업무는 우리 시청에서 행정 분야를 지원하고 교육지원청에서 교육 분야를 지원하여 민간단체가 주관하여 시민 교육사업을 하는 업무가 새롭게 만들어졌다. 그런데 교육지원청에서 과장과 장학사가 찾아와서 말했다.

"이 사업비는 한 해에 이억 원으로 2년간 4억 원입니다. 이 사업을 자원봉사자에게 주어서 교육사업을 하게 하고자 합니다."

"장학사님, 생각해보세요. 그쪽이나 여기나 같은 법규를 기준으로 예산을 편성하고 집행합니다. 예산, 회계 규정상 그렇게 할 수 없다는 것을 알면서도 자원봉사자에게 사억 원을 지급해서 시민에 대한 교육 사업을 하게 하자는 것이지요?"

"예 그렇습니다."

"참, 대답을 특이하게 하네요. 사고의 방식이 보통 사람들과는 좀 다르네요? 교육계에서 종사하는 사람들이 다 그렇지는 않겠지요? 그건 그렇다 치고 그 사람이 도대체 누구이길래 이렇게까지 무리한 요구를 하는 것입니까?"

"우리 지역 교육기관의 전 수장으로 계셨던 분인데 나중에 말씀드리겠습니다."

"아, 그래요. 그런데 정말로 자원봉사자에게 4억 원을 주어서 교육 사업을 하도록 하는 게 법규상 가능한 일이라고 봅니까? 대화를 할 수 없는 분들이군요. 두 분에게 최종적으로 말씀드립니다. 자원봉사자에게 예산을 줄 방법이 없을 뿐만 아니라 설령 줄 수 있다 해도 뭘 믿고 예산을 준단 말입니까?"

나는 거절했다. 그런데도 그들은 물러서지 않는다.

"그럼 이렇게 하시죠. 이 예산을 교육지원청으로 넘겨 드릴 테니까 그쪽에서 그렇게 예산을 편성하고 집행하십시오."

"그렇게 할 수 없습니다."

"그럼 결론이 당신들은 규정대로 일하겠다. 시청에서 규정을 어기고 해라. 더군다나 시의회 심의도 받아야 하는 상황인데도?"

"시청에서 하면 되잖아요."

"교육자들이 이렇게 뻔뻔한 줄을 예전엔 몰랐습니다."

"말을 함부로 하지 마십시오."

"내가 없는 사실을 말했습니까? 단 교육 분야의 기존의 법인을 선정하거나 신규 법인을 설립해서 오면 보조금으로 지원할 수는 있습니다. 더는 대화할 의미가 없을 것 같군요."

"그분은 우리 지역 교육기관의 전 수장이었습니다. 현 교육감 선거 때 우리 지역에서 역할을 많이 한 분입니다. 믿을만한 분입니다. 그리고 함께 일할 분은 종교인입니다."

두 사람은 끈질겼다. 나는 대화를 마무리하고 보고서를 만들었다. 며칠 후 시장에게 갔다. 시장은 아무 말도 하지 않고 보고서에 전 교육기관 수장의 성명을 썼다. 강인석이었다. 그게 끝이었다. 그리고 시장 측근들로부터 전화가 마구 쏟아졌다. 또 양아치들에게 걸려들었다고 생각했다. 하여튼 시장 선거든 교육감 선거든 선거 브로커들이 항상 문제였다. 그리고 교육지원청 과장과 장학사의 거지 짓은 또 뭐란 말인가! 특정인을 자원봉사자로 미리 내정해 놓고 예산을 달라고 하는 것을 이해할 수 없었다.

그렇지만 시장의 뜻이 그랬기에 그 자원봉사자가 이 사업에 참여하도록 허용은 했다. 단 예산을 그 자에게 넘겨줄 수는 없었다. 그래서 우리 시 예산으로 편성했고 재무회계 규칙에 의거 예산집행을 했다. 그 과정에서 끊임없이 그자들과 충돌했다. 강사수당이 항상 문제였다. 이십만 원 지급 대상 강사를 초빙해서 오십만 원의 강사비 지급을 요구하고 행사나 교육이 있을 때마다 '기타'라는 예산집행을 요구했다. 어떻게 한단 말인가! 어떤 물건을 산다고 예산집행하고 물건 대신 현금을 받아오는 행위를 설령 한다 해도 강사를 초빙해서 강의하는 상황에서 물건을 사야 할 명분도 없었다. 하늘에 돈을 지출해서 되받아와야 하나? 땅에 돈을 지출해서 되받아와야 하나? 아니면 내 월급을 주어야 하나? 참으로 답답할 일이었다. 나는 시장에게 다른 건으로 결재받으러 갔다가 시장이 없기에 비서실장에게 말했다.

"실장님, 제가 교육사업과 관련하여 특정 교육단체의 관련자로부터 시달리고 있습니다. 내 출장 여비는 제 개인 돈이니 그 돈의 사용은 저의 자유의사입니다. 그래서 현금으로 그자들에게 주고 있습니다. 그리고 우리 팀원들 급식비를 그자들의 식비로 지급하고 있습니다. 그러나 그 이상은 해줄 수 없습니다. 내가 이런 말을 하는 이유는 계속 돈을 요구하고 주지 않으면 다른 부분을 건수 잡아서 공격 해오니까 하는 말입니다. 물론 큰돈을 요구하는 것은 아닙니다. 잔돈을 그렇게 요구합니다."

"장 팀장님, 제가 어떻게 할 수 있는 상황이 아니에요. 슬기롭게 대처하세요"

비서실장이 더는 말하지 않았다. 그 이후에도 이들 교육감 선거 브로커들은 끊임없이 시장에게 불평하고 있었다. 이런 불협화음이 있는 상황에서, 12월 말에 우리 지역 교육관계자, 학부모, 학생 토론회가 있었다. 날짜가 정해지고 참석자들 초청장까지 발송했다. 2시간 동안 120명이 12개의 원탁에 앉아서 토론회를 하는 것이었다. 그런데 강사비로 오백사십만 원을 지출하겠다는 것이었다. 진짜 어이가 없었다. 메인 강사 한 명만 강사비를 주고 초빙하면 되는 일이었다. 그리고 각 원탁에는 테이블 대표를 선정해서 토론회를 진행하면 되는 것이었다. 그런데도 고집을 부렸다. 나는 거절했다. 그러나 날짜가 임박해서 어쩔 수 없이 지출했다.

게다가 모든 강사 섭외, 집기 구입 등 계약대상자 선정을 그자가 다 해야 했다. 아! 나는 생각했다. 이것이 바로 말로만 듣던 교육카르텔이구나. 이 사업은 교육부 공모사업에서 선정된 사업이었는데 대전지역에서 이와 똑같은 사업이 있었다. 일천만 원 이상 고액의 강사비를 지급했다는 뉴스가 전국을 흔들었다. 나는 이 사태를 핑계로 우선 사업을 중단 조치했다. 더는 이들의 양아치 짓을 받아 줄 수가 없었다. 대신 법인을 설립해 오면 보조금으로 지급할 것임을 통보했고 그자는 법인 설립을 추진했다. 그리고 보조금 지급 후 정산검사를 시청에서 하게 된다는 점을 안내했는데 교육지원청 장학사가 이것을 내게 따졌다. 왜 정산검사를 해야 하냐는 것이었다. 교육감 선거 브로커나 교육지원청 관계자들이 요구하면 위법이라 할지라도 시청 행정공무원은 무조건 따라라! 이런 명령이었다.

우리 지역에서 특정 교육단체가 세력화하여 교육계를 지배하고 있고 사회단체로 활동하면서 시장 등 지역 정치인들에게 힘을 과시하며 시청 행정 위에서 군림하고 있는 것이었다. 시청은 시민을 위한 행정을 하는 곳인데 교육단체와 몇몇 교육관계자들은 자신들의 사익을 위한 행정을 강요하고 있었다.

이 사업을 추진하면서 지켜보니까 시민을 위한 교육을 한다는 명분으로 우리 지역 교육관계자들의 단합과 세력 형성을 위한 사업이란 생각이 들었고 실제 교육은 뒷전이었다. 그리고 모든 강사선정은 주변 대학에서 시간강사를 하다가 퇴직한 자가 뒤에서 관여했다. 그자는 강사들을 관리하는 포주와 같은 자였다. 포주가 유흥업소에만 있는 줄 알았더니 교육계에도 있다는 생각이 들었다. 나는 일단 이 사업을 잠정 중단했다.

해가 바뀌어 새해를 맞이하여 그동안 준비했던 신규사업의 예산이 모두 확보됨에 따라 일시에 추진했다. 예산 집행과정에서 이러한 교육지원사업에 전 시민이 환영했다. 그런데 예상치 않게 강적을 만났다. 과거에 교사들이 해직을 당하면서도 참교육을 위하여 헌신하신 존경받을 만한 선생님들이 있었고 그분들은 교육단체를 만들었다. 그 단체의 행동에 의아심을 갖게 되는 사건이 발생했다. 그 단체에서 6명이 와서 시장과 면담을 신청했고 나는 그 자리에 배석했다. 그 사람들은 시장과 인사를 나눈 후 말을 꺼냈다.

"우리 단체에서 시장님께 문의할 사항이 있어서 왔습니다. 이번에 추경예산으로 정규 교과목에 대한 학생들의 실력향상을 위해서 교육지원 예산을 확보한 것으로 압니다. 그 예산과 관련해서 할 말이 있습니다."

시장은 나를 바라보며 말했다.

"장혁준 팀장이 그 관계에 대해서 자세히 설명해 봐요."

"예, 평생교육과에서 근무하는 장혁준입니다. 우리 시청에서는 비교과목 혁신 교육 예산과 교과목 학업 실력향상에 관한 예산으로 나누어 교육지원청 혹은 각 학교에 보조금을 지원했습니다. 그런데 학생들의 교과목 실력향상을 위한 보조금 일부를 비교과목인 혁신 교육사업에 사용하고 있었습니다. 그래서 나는 보조목적에 맞는 교과목 교육에 예산을 정상적으로 집행할 것을 교육지원청에 요구했습니다. 그런데 교육지원청에서는 이미 집행 중이니 내년부터 그렇게 하겠다고 했습니다. 나는 교육의 종류로 봐서 분야는 달라도 학생들의 교육에 사용했으니 여기까지는 인정하고 내년부터 정상적으로 하도록 하겠다며 시장님께 보고했고 시장님은 이번 1회 추경에서 교과목 교육 지원에 대한 예산을 추가로 편성했고 의회 심의를 받았습니다. 이 예산을 학생들의 학업 실력향상을 위하여 사용할 계획입니다."

"우리 단체에서는 그 부분에 대하여 항의하러 왔습니다."

시장이 질문했다.

"무슨 내용입니까?"

"학부모들은 학생들이 공부하기를 원하지만, 학생들은 정규 교과목을 공부하여 학업 실력을 높이고자 하는 걸 싫어합니다. 학생들이 싫어하는 정규 교과목에 대한 학업성적을 높이고자 하는 사업을 취소하고 대신 그 돈을 학교에 골고루 나누어 달라는 것입니다. 그러면 우리학교에서 교사들이 알아서 쓰겠습니다."

"담당 팀장인 제가 대답하겠습니다. 이 예산은 조금 전에도 말씀드렸다시피 정규 교과목 지원예산으로 의회에서 심의 의결이 된 예산입니다. 다른 용도로 사용할 수 없습니다. 그리고 각 학교 교장 선생님과 회의를 거쳐 집행 계획을 이미 수립한 생태입니다."

"왜 그것을 교장들과 협의합니까? 우리 단체와 협의해야 하지요."

"*여러분!* 각 학교의 교육 운영은 교장 선생님에게 그 권한과 책임이 있습니다. 그런데 각 학교의 교장 선생님을 무시하고 그쪽 단체에서 요구한 대로 예산을 집행해라. 지금 그런 행동을 하는 것이지요? 참으로 안타까운 현상입니다."

"우리는 시장님과 대화하러 왔습니다. 팀장하고 대화하러 온 것이 아닙니다. 시장님, 지금 팀장이 하는 말이 시장님의 뜻과 같습니까?"

"예, 그렇습니다. 여러분이 오시기 전에 팀장으로부터 보고를 받았습니다. 그리고 조금 전에 어떤 선생님이 말씀하셨는데 교과목에 대하여 학생들이 공부하는 것을 싫어하니 학생들의 실력향상을 위한 예산은 필요 없다고 했어요. 그것은 좀 잘못된 생각이라고 봅니다. 여러분들도 자녀가 있잖아요. 학생들 자신의 미래를 위하고, 우리 지역의 경쟁력을 위하고, 국가의 미래를 위하여 공부하도록 해야지요. 그리고 정서 함양을 위한 혁신 교육 예산과 실력향상을 위한 학업 지원예산에 대하여 밸런스 있게 시에서 지원할 계획이라고 했잖아요. 공부는 공부대로, 정서 함양과 인성개발을 위한 부분은 또 그것대로 지원하겠습니다."

"시장님 그 교과목 교육지원 예산을 시장님 친구에게 사업을 주기 위해서 예산을 편성했다고 들었는데 그렇습니까?"

"담당 팀장인 제가 대답하지요. 이 예산은 액수가 커서 공개입찰을 해야 하는 예산입니다. 특정인과 계약을 할 수 없습니다. 대한민국에 있는 모든 교육 관계 법인은 입찰에 참여할 수 있습니다. 인신공격은 하지 말았으면 합니다."

"담당 팀장은 빠지시죠. 지금 급이 다르잖아요."

"급이 다르다는 말이 무슨 뜻입니까? 교육단체를 형성하고 있으니까 눈에 보이는 게 없는 겁니까?"

분위기가 험악해지자 시장이 내 말을 끊었다.

"계약은 관련 법을 근거로 해서 이루어집니다. 시장이라고 해서 법을 어기고 어떤 사업을 특정인과 계약할 수는 없는 것입니다."

"시장님, 어쨌든 우리 단체는 시청에서 학생들이 하기 싫어하는 정규 교과목에 대한 예산지원을 반대합니다. 그 돈을 각 학교에 나누어 주고 각 학교 교사들이 학생들에게 공부를 시키는 것 말고 그 외 분야에 자유롭게 사용할 수 있게 해주십시오."

듣고 있던 시장은 나를 바라보았고 나는 답변했다.

"비교과목 예산은 이미 기존에 충분히 지원했습니다. 그렇게 할 수는 없습니다. 지금 여기에 오신 특정 단체 소속의 선생님들 6명이 우리 지역 전체 교육을 책임지는 분들이 아니잖아요. 다음에 각 학교의 교장 선생님들과 한 번 더 상의하겠습니다."

"팀장은 빠지라고 했습니다. 우리 단체에서 말하고 있는데 건방진 행동을 하고 있어!"

"시장입니다. 오늘 실무진과 교육단체와 의견이 일치하지 않는 것 같습니다. 다음에 다시 논의 하시지요."

시장은 자리에서 일어났다. 시간이 길어지니까 부속실에서 대기 중이던 민원인들이 들어왔기 때문이다. 결론을 내지 못하고 대화가 끝났다. 나는 어렸을 때부터 학교 선생님의 지도를 잘 받았고 나를 교육했던 선생님들을 매우 존경했다. 그런데 오늘 이 단체 소속의 교사들을 보고는 실망감이 매우 크기만 했다. 과거처럼 참교육에 임하는 모습은 그 어디에도 없었다. 이들에게 이제는 존경받을 만한 교육자의 모습이 없었고 교사 자신들의 이익을 위한 이익단체로 전락해버렸다는 생각이 들었다.

그 후 양종수 과장과 우리 팀의 회식이 있었다. 양종수 과장은 우리가 외부의 잘못된 교육관계자들로부터 흔들리지 말고 보람 있는 교육복지 사업을 하자며 나를 격려했다. 오늘 왔던 교사들은 극히 일부 잘못된 교사들이고 대부분 교사는 아주 성실하게 참 교육에 임하고 있다고 했다. 그러면서 내게 말했다.

"장 팀장, 자네가 처음 우리 과에 인사이동으로 왔을 때 얼굴이 굉장히 어두웠다. 그런데 우리 과에서 일하면서 표정도 좋아지고 얼굴색이 밝아졌다. 여러 건의 신규사업을 몰아쳐서 하느라 고생은 했지만, 열심히 일하는 과정이었고 사실 직장생활이라는 게 이렇게 서로 웃으며 소신 있게 일하면 재미있는 것이다."

"과장님, 맞습니다. 우리 행정기관의 사무실은 과 단위로 만들어져 있습니다. 무엇보다도 과장님의 지휘가 좋았습니다. 과장, 팀장, 팀원들이 이렇게 즐겁게 일할 기회가 흔하지 않습니다."

"장 팀장이 노력하니까 과장인 나와 팀원들이 하나가 되어 오랜만에 즐겁고 보람 있는 공무원 생활을 한 것이야. 그러니 어려운 상황들이 있다 해도 우리 함께 좋은 추억을 만들었으면 하네."

"과장님께서 제 얼굴이 밝아졌다고 했지요? 정말 재미있게 일했고 그 과정들이 내 삶에 활력이 되었나 봅니다. 사실 그동안 참 어려움이 많았습니다. 그런데 이곳에서 일하는 기쁨이 컸습니다."

이렇게 상반기가 지나갔다. 그런데 양종수 과장은 국장승진에서 미끄러졌다. 양종수 과장은 반발했다. 어떻게 열심히 일한 사람은 미끄러지고 일은 안 하고 줄 잘 댄 사람이 승진하는 거냐! 라는 것이었다. 양종수 과장은 명예퇴직했다.

이 와중에서 설상가상으로 민원이 발생했다. 나는 팀원들이 추진하는 기존의 업무에 대해서는 사실 신경을 쓰지 못했었다. 농촌 유학사업이 있었다. 이 사업의 취지는 도시의 학생들이 깨끗한 자연 친화적인 환경에서 하숙하며 초등학교, 중학교에 다니게 하는 사업이었다. 그런데 이영수라는 아이는 '산속 농촌 유학' 시설에서 초등학교 3학년인 10세 때부터 다른 6명과 함께 이곳에서 하숙했다. 그런데 이 산속 농촌 유학 업체는 아이 부모로부터 월 칠십만 원의 하숙비를 받았고 율도국시청에서도 보조금을 받아왔다.

이영수 학생과 어머니의 민원은 이곳 업체 대표가 어린아이들을 학대하고 폭행하며 관리해 왔다는 것이었다. 나는 팀원과 함께 피해 학생을 만났다.

"이영수 학생, 나는 이 업무 담당 팀장 장혁준입니다. 편하게 하고 싶은 말을 해도 됩니다."

"예, 팀장님, 말씀드리겠습니다. 큰아버지가요 평소에 자기 맘에 들지 않으면 때리고 욕하고 했는데 우리는 겁먹은 상태로 살았어요."

"잠깐만요. 이영수 학생! 큰아버지가 누굽니까?"

"예, 여기 사장님이 우리에게 자기를 큰아버지로 부르라고 했어요."

"큰아버지라, 마치 사이비종교 교주 같은 행위네. 알았어요."

"예, 큰아버지는 우리에게 어떤 지시를 하고 이를 듣지 않으면 폭행했어요. 예를 들면 승합차로 우리를 태우고 운전하던 중에 한 아이가 더워서 에어컨 바람 나오는 송풍구를 만지면 못 만지게 했어요. 그래도 만졌는데 큰아버지가 차를 세우고 길가 가로수 가지를 꺾어서 해당 아이를 아무 데나 마구 때렸어요. 손바닥 이런 데가 아니고 눈에 보이는 대로 무차별로 때렸어요. 이런 일이 있고 나면 우리는 무서워서 며칠간은 제대로 말도 못 하고 살았어요."

"그러면 부모님에게 말하면 되잖아요?"

"부모님과 같이 살 수 없는데 어떻게 해요!"

"왜 부모님과 같이 살 수 없지요?"

"부모님은 별도로 가정이 있어요. 그래서 어느 한쪽으로도 갈 수가 없었어요."

"부모님과 같이 살 수 없다. 어떻게든 참고 살아야 했단 말이네?"

"그리고 제가 10세 때 이곳에 왔는데 그 나이에 무엇을 알고 어떤 행동을 할 수 있었겠어요? 때리면 맞고 욕하면 기죽고 밥 주면 먹고 자고 그랬지요."

"이영수 학생, 그 외 다른 사항들도 있습니까?"

"예, 팀장님, 밤에 조명등도 없이 산에 올라가게 했어요. 이곳 시설은 산속에 있는 외딴집이어서 밤에는 집에 있어도 짐승 소리가 나는데 지금은 지났으니까 그렇지 너무도 무서웠어요. 그리고 우리는 그런 일들을 겪고 나면 말을 잘 들었어요."

"혹시 사례가 더 있나요?"

"예, 큰아버지가 돼지우리에서 수컷 돼지를 거세하는데 우리에게 칼을 들고 불알을 까도록 했어요. 무섭다고 안 하면 때렸어요."

． ． ． ． ． ．

"매로 때렸나요?"

"아니에요. 그냥 주변에 있는 것을 아무것이나 잡아서로 때렸고 그런 것이 없으면 손으로 사정없이 때렸어요. 그동안 수없이 많은 일이 있었는데 생각나는 대로 말씀드립니다. 그리고 논밭에서 우리에게 일을 시키고 일을 열심히 하는 사람에게만 핸드폰을 1시간 주어서 게임을 하게 했어요."

"혹시 핸드폰으로 부모님에게 전화하지 못하게 뺏은 것인가요?"

"그건 잘 모르겠어요."

"이영수 학생, 한 가지 물어볼게요. 다른 시설이나 하숙집에 가면 될 텐데 왜 그곳에 계속 있었지요?"

"팀장님, 어린 나이에 어떻게 그런 일을 할 수 있었겠어요. 그리고 우리가 좀 커서 다른 하숙집으로 옮기려 해도 이곳 주민들이 여기 사장 눈치 보느라 우리를 받아 주지 않았어요."

"그럼 이 모든 사실을 그때 말하지 왜 이제야 말을 합니까?"

"저는 산속 농촌 유학에 있는 동안에는 무서우니까 다른 곳에 가서 아무 말도 하지 못했고 지금은 현재 하숙집 사장님이 받아줘서 이곳에 이사해서 거주하니까 말할 수 있습니다."

"조금 전에 지역주민들이 산속 농촌 유학 사장의 눈치 보느라 하숙을 안 받아 준다고 했는데 이곳에서는 왜 받아 주었을까요?"

"이 집은 타지에서 이사 와서 하숙업을 하는 사람이라서 산속 농촌 유학 사장과 인과관계가 없어서 받아 주었어요. 그리고 제 주소를 이 하숙집으로 옮기려 해도 산속 농촌 유학 사장님이 제가 주소를 옮길 수 없게 해요, 지금도 제 주소는 산속 농촌 유학에 있습니다."

"농촌 유학 학생이 있어야 시청에서 보조금을 줍니다. 그러니 서류 상으로 학생들이 산속 농촌 유학 시설에 거주하는 것처럼 했다는 말이네요? 사실과 다른 주민등록을 이용하여 허위로 시청에서 보조금을 받았다는 것이군요."

나는 안타까웠다. 게다가 결손가정의 아이들이 이곳에 있었던 것이었다. 이 산속 농촌 유학 조일수 대표는 이곳에 학생이 없으면 시청에서 보조금을 주지 않기에 아이들을 학대하고 폭행해가면서 억압해 학생들이 이 시설에 있게 했다는 생각이 들었다. 나는 팀원과 함께 아이의 진술을 듣고 이 아이의 어머니에게 전화했다.

"어머님, 아이를 만나고 왔습니다. 어떻게 해 드리면 되겠습니까?"

아이의 어머니는 눈물을 흘리면서 말했다.

"팀장님, 이제 우리 아이는 해방되었는데 앞으로 이런 억울함을 당하는 아이가 없도록 해주시기를 바랍니다. 그리고 우리 아이가 지금 그 지역에서 중학교 다니고 있는데 보복을 당할까 봐서 불안합니다. 민원제기 내용을 비밀로 해주시면 고맙겠습니다."

"알겠습니다. 이 일은 행정처분과 형사사건 두 가지로 구분될 수 있습니다. 부당하게 보조금을 사용하거나 횡령했을 경우를 조사한 후 경찰서에 형사고발 하여 보조금 관련 부분과 아이들을 학대하고 폭행한 부분까지 한꺼번에 처리되도록 하겠습니다."

"예, 꼭 부탁합니다."

이런 억울한 일을 당하고도 아이의 어머니는 아이가 보복을 당할까 봐서 걱정해야 하는 이 사회는 도대체 뭐란 말인가? 이것이 진정 약자들의 삶인가? 나는 안타까운 마음으로 팀원을 데리고 현장을 방문했다. 농촌 유학 현장은 완전히 외딴곳에 있었다. 사람이 죽어 나가도 모를 정도로 깊은 산속이었다. 민원내용을 말하지 않았다. 현장을 확인하기 위하여 왔음을 알리고 한번 둘러보고 사업 진행 상황을 질문했다. 조일수 사장은 정상적으로 농촌 유학사업을 운영하고 있음을 주장했다. 시청에 돌아왔지만 일이 손에 잡히지 않았다. 차가운 물을 계속 마셔도 가슴의 열기가 식지 않았다. 도대체 돈이라는 것이 무엇이고 이렇게까지 하지 않으면 돈을 벌 수 없는 것일까? 행정기관으로부터 보조금을 받아 교육 관련 사업을 하는 사람들이 정말로 꼭 이렇게 해야만 하는 것일까? 나는 사무실 창밖을 바라보기만 했다. 이 사건을 확실하게 정리하겠다고 다짐했다.

나는 신문석 팀원에게 몇 년 동안 정산검사 한 서류를 다 가져오라고 했다. 담당 팀원은 나와 같이 이곳에 왔기 때문에 과거의 상황을 잘 알지 못했다. 정산검사 서류를 보니 보조금의 70%는 환수대상이었다. 허위문서 작성은 물론이고 다른 사진을 첨부하여 근거 서류를 만들었다. 그리고 학생의 진술 대로라면 생활 교사도 없었고 심리치료도 없었다. 농촌체험도 아이들에게 노동을 시킨 것이었는데도 보조금을 지출했다. 허위문서들의 전시회였고 보조금 횡령의 모든 수법을 다 보는 듯했다.

나는 일단 전년도 보조금에 대해 정산검사 했다. 보조금환수에 대한 이의신청을 받고 바로 경찰서에 형사고발 해서 보조금 횡령, 폭행, 학대 등에 대하여 일괄처리 하겠다는 계획을 보고했다. 시장 결재가 난 후 행정절차법의 규정에 따라 산속 농촌 유학 조일수 사장에게 보조금환수에 대하여 3주 이내에 이의신청하도록 공문을 발송했다. 산속 농촌 유학 조일수 사장은 관련자 4명을 데리고 사무실로 왔다. 급하게 온 모습들이었다. 이들 5명은 서로 다른 업체들인데 보조금을 마치 하청공사와 같은 방식으로 집행했다. 보조 대상자가 아닌 자가 보조금을 집행한 것이었다. 이 또한 잘못된 사항이었다.

나는 한 해 보조금만을 우선 정산한 결과이며 상황에 따라서 과거로 거슬러 올라갈 수도 있음을 안내했다. 그들의 표정과 태도를 보니 완전히 긴장하는 모습이었다. 정상적으로 농촌 유학사업을 운영했으면 그럴 필요가 없는 것이었다. 나는 어떤 여지를 남기지 않았다. 단호한 태도를 보였다. 그들이 나간 후 화장실 가는 길에 봤더니 시장실 부속실에 그들이 전부 앉아 있었다. 시장을 비롯한 정치 세력들에게 붙어서 어떻게 해보려고 할 것이다. 또다시 지역 토착 세력들에 의해 좌절감을 느끼게 될 수 있다는 생각이 들었다.

산속 유학 조일수 사장은 우리 지역을 장악한 토착 세력들과 함께 시장에게 청탁할 것이고 아마도 시장은 잘못된 이 일을 바로잡으려 하는 내 손을 들어 주기보다는 지역 토착 세력들의 손을 들어주는 쪽으로 결정하기가 쉽다. 나 장혁준에게 압박이 통하지 않을 것 같으니 나를 다른 부서로 인사발령 하는 방법뿐일 것이다. 뭔가 내 신상에 변화가 있을 것을 예감했다.

작년 7월에 이 자리에 와서 참으로 열심히 일했다. 일하는 과정도 즐거웠다. 교육복지 사업을 하면서 오랜만에 일하는 재미를 느꼈다. 내가 이제 이 자리도 떠나게 되는 상황이 올 수도 있다는 생각이 들었다. 그리고 양종수 과장님이 명퇴 후 얼마나 잘 지내시는지 연락도 못했는데 전화를 해서 안부 인사를 했다. 그리고 그동안 신규사업을 추진하면서 쌓아두었던 참고자료를 정리했다. 대부분을 버렸다. 꼭 필요한 자료들만 정리해서 서류함에 보관했다. 감회가 새로웠다. 일할 때는 물불을 안 가리고 했기에 다른 부분을 바라볼 여유가 없었다. 허무했다. 3주의 이의신청 기한 마감일에 산속 농촌 유학 조일수 사장이 혼자서 이의신청 서류를 들고 왔다. 그런데 지난번에 왔을 때와는 너무도 다른 태도였다. 참으로 당당했고 여유로움마저 있었다. 범죄를 저지른 사람이 이렇게 편안한 모습을 취할 수는 없는 것이었다.

"장 팀장님, 수고 많으십니다. 허허"

"조일수 사장님 앉으시죠!"

"장 팀장님, 우리 같은 사람들은 우리 지역 교육감의 교육철학에 맞게 아이들에게 친환경적인 환경을 제공하고 혁신적인 사고를 갖도록 가르키고 보살펴 왔습니다. 그런데 장혁준 팀장님이 우리를 의심하고 무슨 나쁜 짓을 한 것처럼 꾸미는 것 같아요."

"조일수 사장님, 혹시 양심의 가책 뭐 그런 것 없습니까?"

"장 팀장이 성실하게 혁신 교육사업에 임하는 나를 괴롭히는 것이잖아요!"

"조일수 사장님, 오늘 모습이 지난번 모습과는 사뭇 다르군요. 뭔가 손이라도 쓰셨나요? 그렇지만 지금까지 어떤 짓을 해왔는지 본인 스스로 잘 알 것입니다. 양심과 인간이기를 포기한 자는 언젠가는 크나큰 벌을 받게 될 겁니다. 천벌 뭐 그런 것 말입니다."

조일수 산속 농촌 유학 사장은 자리에서 벌떡 일어났다. 그러면서 한 손으로 거만하게 내게 이의신청 서류를 주고 나갔다. 나는 팀원에게 주면서 양이 많긴 하지만 스캔해서 전자문서로 접수하라고 하며 문서접수가 완료되면 내가 검토하겠다고 했다. 그리고 팀원으로부터 인사에 관한 소문을 들었다. 신규자 인사발령을 절차상 9월에나 할 수 있는데 서둘러서 8월을 넘기지 않고 한다는 것이었다. 이의신청 마지막 날 8월 25일 오전에 산속 농촌 유학 조일수 사장이 이의신청 서류를 들고 왔고 오후에 예상대로 인사발령이 있었다. 전부 신규자를 배치하는 것이었고 나 한 사람을 본청 내이기는 했지만 있으나 마나 한 자리로 보냈다.

시장은 그 산속 농촌 유학 조일수 사장을 보호하기 위하여 나를 다른 부서로 발령을 냈다는 생각에 창밖을 보며 한숨만 쉴 뿐이었다. 이의신청 마지막 날인 오늘 내가 다른 곳에 발령이 났으니 이의신청 서류를 검토하고 그 증거를 확정하여 형사고발을 하는 것은 불가능했다. 보조금을 횡령하고 어린이를 학대하고 폭행한 사건을 바로 잡을 기회는 박탈되었다. 허탈한 마음으로 있었는데 피해 학생의 어머니에게서 전화가 왔다.

"팀장님, 지난번에 저의 아들 문제로 산속 농촌 유학 업체에 대해서 어떤 처분을 한다고 했는데 소식이 없어서 전화했습니다."

"어머님, 정말 죄송합니다. 전에 제가 행정절차법에 따라 산속 농촌 유학 조일수 사장에게 이의신청 기회를 주어야 한다고 했잖아요. 그 기간이 오늘까지였습니다. 그런데 농촌 유학 조일수 사장이 오늘 이의신청 서류를 가져왔고 제가 오늘 다른 부서로 발령이 났습니다. 지금 인계인수서를 작성하고 있습니다. 후임 팀장이 이 일을 해결하도록 확실하게 업무를 인계인수하겠습니다."

"팀장님, 혹시 이 일을 하기 싫어서 다른 부서로 가신 건가요?"

"그것은 아닙니다. 제가 양심을 걸고 행정처분 하겠다고 했잖습니까? 그 마음 지금도 변함이 없습니다. 그런데 공무원은 인사발령이 나면 이에 따라야 합니다. 있을 수 없는 이 비양심적인 사건을 바로 잡지 못하고 떠나게 되어서 죄송합니다."

"죄송하다고 하면 답니까? 약속을 지키셔야지요! 억울함을 당한 아이의 고통과 어머니의 아픈 마음을 이렇게 외면해도 되는 겁니까?"

나는 이영수 학생 어머님께 정말 죄송했다. 뭐라고 대답할 말이 없었다. 창밖을 보며 한숨만 쉴 뿐이었다.

> 한 어머니는
> 형편상 어린 자식을 직접 키우지 못해
> 가슴에 한이 맺혔을 텐데
> 어린 자식이 10살 때부터 학대받으며
> 살았음을 알았을 때 얼마나
> 이 세상이 저주스러웠을까!
>
> 공무원으로서 부끄러움과 무능력이
> 내 눈을 찌르고 있어
> 세상을 똑바로 바라볼 수가
> 없네!

태풍은 흐느적거리며 강풍과 폭우를 잃었는데, 지진이여, 너도 그러한가? 태풍아! 지진아! 불끈 일어나다오! 외치고 또 외쳤다. 아무리 외쳐보아도 소용이 없는 일이었다. 선거직 시장 체제하에서는 어쩔 수 없는 현실임을 한탄만 했다. 결국 교육복지사업을 추진하면서 함께 노력했던 양종수 과장은 명퇴했는데 나는 씁쓸한 썩은 미소 주절주절 흘리며 평생교육과를 떠나게 됐다.

산속 농촌 유학 업체의 있을 수 없는 천인공노할 짓에 대하여 행정 처분하고 다시는 그런 일이 없도록 해야 했는데 그러지 못한 것이 부끄러움으로 남았다. 그리고 교육감 선거 브로커들과 교육단체가 이익 집단 되어 시민과 학생을 위한 교육이 아닌, 교육이란 명분으로 자신들의 사익을 위한 행태들에 대하여 바로잡지 못하고 떠나온 사실도 큰 아쉬움이었다.

민선 6기까지의 시장들은 해당 사건이 진행되는 동안 나와 대립을 했지만 나를 다른 부서로 인사발령을 하지는 않았다. 그러나 민선 7기 시장은 인사권의 전횡을 통하여 세상을 좀 더 밝게 하려는 나의 행위를 원천 봉쇄했다. 내가 추진하는 교육사업을 적극적으로 지원했기에, 혹시나 했는데 역시나! 이었다.

나는 옥상으로 갔다. 뜨거운 여름 낮의 햇빛을 받으며 걸었다. 그리고 하늘을 바라보았다. 8월의 이글거리는 태양이 나를 내려쳤다. '이 놈아! 부조리를 해결했어야지!' 이렇게 혼내며 나를 숯덩어리로 만들어 버릴 것만 같다. 옥상 바닥에선 뜨거운 열기가 올라오고 하늘에서는 태양 빛이 내리치니 얼굴과 몸에서 땀이 흐르고 겨드랑이에선 땀방울이 맺혀 뚝뚝 떨어지는데 걷고 또 걸을 뿐이었다.

나는 퇴근 후 누군가와 이 답답한 마음을 대화하고 싶었다. 그러나 세상 사람들은 남의 말을 듣는 것에 지루해하고 남이 자기의 말을 들어주기만을 바란다. 그리고 대화 과정이 어수선하여 분위기가 깨진다.

누군가와 진심으로 대화할 사람이 필요했다. 그러나 안타깝게도 없었다. 그냥 걸었다. 광고판의 불빛이 화려하게 반짝거리는 모텔이 눈에 들어왔다. 농산물 고급브랜드화 사업 때 3년 동안 아예 나의 집이었던 모텔이다. 나는 선배가 운영하는 모텔에 가는 게 편할 것 같아서 선배가 운영하는 아름모텔로 걸어갔다.

고속, 시외버스터미널 앞이었다. 버스터미널 건물에 입주한 병원 등 상가 건물의 광고판 불빛이 화려하게 반짝이고 있었다. 저 건물을 보니 마음이 쓰렸다. 저 건물은 율도국시청에서 삼십오억 원의 보조금을 지급하고 터미널 운영자가 오억 원을 자부담하여 총 사십억 원으로 신축한 건물이다. 그런데 터미널 운영자는 10%만을 터미널로 사용하고 나머지 90%의 건물은 임대사업을 하고 있다. 참으로 안타까운 일이었다. 시민의 혈세로 지은 터미널을 그 운영자가 병원 등 다른 목적으로 임대사업을 하고 있다니 그것도 90%를 말이다. 이는 보조금 환수대상이다. 보조목적 외 사용이기 때문이다. 그리고 보조금이 지급된 건물의 경우 시청은 그 건물에 압류 등기를 하여야 한다. 시청은 공매 처분하여 보조금을 환수해야 한다. 그런데 신축 당시의 민선 6기 시장이나 지금의 민선 7기 시장이나 보고만 있다.

그렇다면 시민들은 왜 그냥 보고만 있는 걸까? 시장이 속한 지역정당이 무서워서? 시장이 무서워서? 참으로 알 수 없는 일이었다. 터미널 건물 내부를 보면 조각조각 벽을 설치하여 건물을 신축했다. 처음부터 극히 일부만 터미널로 사용하고 대부분을 임대사업 하고자 했던 의도가 있었던 걸로 보였다. 나 장혁준이가 터미널을 운영한다는 명분으로 건물을 신축하여 임대사업을 하겠다고 보조금을 신청하면 율도국시청 시장은 내게 보조금을 지원해 줄까? 그냥 공짜로 보조금을 줄까? 내부거래를 제의하면 보조금을 줄까? 모를 일이로다! 참으로 모를 일이었다.

모텔에 들어서니 프런트에서 선배가 나를 반갑게 맞았다.

"선배님, 노래방 도우미 2명 불러주고 맥주 사다 줄 수 있어요?"

"장혁준, 무슨 일이야? 그것도 모텔에 와서!"

"아, 예, 하도 답답해서 술 마시면서 누군가와 대화하고 싶어서요."

"알았네. 그렇게 해주겠네. 대신 아무 일 없어야 해!"

"그럴 마음의 여유라도 있으면 좋겠네요"

30대 중반의 여성 2명이 맥주를 들고 들어왔다. 나는 이분들의 할 일을 정했다. 내가 말하는 주제에 대해서만, 대화해 달라고 했다. 신체적 접촉이나 불필요한 행동을 하지 말라고 했다.

"아저씨, 이럴 거면 뭐 하러 우리를 찾았어요?"

"혼자이기가 싫었고 누군가 내 말을 들어줄 사람이 필요했습니다. 술은 마시고 싶으면 마시고 싫으면 안 마셔도 됩니다."

"좋아요. 더군다나 모텔 사장님이 아는 사람이라니 편하고요."

여자들이 처음엔 조심스럽게 행동했는데 시간이 지나면서 경계심을 풀면서 내가 금지한 말을 걸어왔다.

"아저씨, 직업은 뭐에요? 우리가 보기엔 학문이나 예술 쪽 분일 것 같아요. 왜냐면 사람들이 대부분 활동적이고 동적인 느낌이 있어요. 그런데 아저씨는 말도 없고 착 가라앉은 정적인 느낌이 얼굴에도 있지만, 몸동작두 그래요."

"나는 율도국시청 행정공무원입니다."

"그래요? 뭔가 특별한 게 있을 것 같아요. 말해주세요."

"좋아요. 그럼 한 사람은 순이라고 부르고 한 사람은 연이라고 부를
게요. 내가 하는 말들은 그냥 혼잣말의 중얼거림일 뿐입니다."

나는 술잔을 들고 말했다.

"오직 나만을 사랑하고 내 곁에 있어 준다는 당신에게 빠져 인연이
이루어졌습니다. 나는 세상 모든 것이 전부 내 것인 양 부자가 되었지.
불의에 맞서 정의를 실현하고자 하는 의지를 잃지 않았었지. 이제는
정녕 당신을 보내고 당신에 대한 그리움에 허덕이며 나 홀로 불의에
맞서고 그 후유증을 앓아야 하는가 봅니다. 당신으로부터 버림받은 아
픔을 견뎌내야 하는 상황도 버거운데 투쟁의 일기를 한없이 써 내려
가야만 하니 외로움은 끝이 없네. 건배!"

나는 술을 마시고 말을 이어갔다.

"내 처였던 여자가 같은 직장 내에서 다른 남자와 즐거워하며, 애정
표현을 하는 것을 볼 때마다 인내하고 지나칠 수 있는 능력이 키워지
기를 위하여!"

나는 술을 마시고 잠시 침묵했다. 두 사람은 이런 나를 지켜만 보고
있었다. 내 눈가에 물기가 차올랐다. 술잔을 들었다.

"파렴치한 사욕을 챙기고자 하는 짐승들이 걸어오는 싸움 피할 생각
은 없고 이 인생 또 술에 의지해야 하는가? 아름다운 것만 보고 살아
도 부족한 일생인데 진흙탕 싸움에서 벗어날 수가 없구나. 건배!"

울컥하는 마음에 코가 막힌 것처럼 목소리가 났고 그 소리는 잘게
떨렸다. 이 순간은 두 여인이 나를 바라보고 있으니 어쨌든 혼자는 아
니었다. 내게 관심을 기울이는 사람이 있는 것이었다. 술을 마시며 대

화하는 시간은 어느새 2시간이 넘어가고 있었다. 나는 말했다.

"얼마 안 되는 시간이었지만 좋은 시간이었습니다. 고마웠습니다."

술 취한 바보이지만 정중히 인사하고 눈을 감고 침묵에 잠겼다. 그런데 반응이 없었다. 한참이 지났고 누군가 내 뺨에 뽀뽀했다. 잠깐은 머물러 주는 뽀뽀였다. 술에 자신을 맡기고 고개를 푹 숙인 나를 앞에 두고 두 여인은 대화를 나누고 있었다.

"우리가 30대 중반의 나이에 이렇게 노래방 도우미 생활을 하는 것은 나름대로 어려움이 있어서다. 그런데 이 사람도 우리 못지않게 딱하다. 앞으로 일할 때 이 아저씨가 붙여준 이름을 사용하자. 그런데 순이 언니! 이렇게 한 여인을 못 잊어 고통스러워하는데 세상에 그 계집 한 명만 있는 것은 아니잖아. 널린 게 계집인데 뭘 그렇게 목을 매는지 도무지 이해할 수가 없어."

"연이 동생, 그건 네가 뭘 몰라서 그래. 너, 혹시 뼛속 깊이 사랑한다는 말 들어봤어? 지옥에 빠진 사랑! 그런데 문제는 멀쩡한 사람도 이런 사랑을 해 버리면 미쳐버린다는 거지. 자신을 조금이나마 남겨 놓고 사랑해야 하는데 자신을 다 주어버렸거든! 이 아저씨가 이런 깊은 수렁에 빠져버린 게 아마도 그런 이유일 거야."

"그런데 순이 언니, 고통을 이겨 보려는 사람은 어쩌면 그 고통에서 못 벗어나. 발버둥 치면 칠수록 더 깊이 빠지게 될 거야. 사기꾼들은 남의 것을 탐하거나 구걸하는 것이지만 어쩌면 이 아저씨는 사랑을 동냥질하는 거지라고 볼 수도 있겠다. 좋아, 난 결심했어. 나는 앞으로 전대루 이런 사랑은 하지 않을 거야."

"어이구, 그것이 그렇게 마음대로 된다더냐? 그것이 그렇게 마음대로 된다면 이 아저씨가 이러겠어? 우리가 처음 이 아저씨를 봤을 때 그냥 점잖은 아저씨로만 봤잖아. 그런데 지금까지 우리가 봐온 이 아저씨의 눈을 기억해봐. 울고 있었어. 그리고 차라리 나를 죽여주소서! 라고 말하는 것 같았어."

"언니는 왜 그렇게 생각했어?"

"그것은 이 아저씨의 얼굴과 전신에서 흐르는 기운이 아주 비관적이었어. 그리고 눈의 깊이가 장난이 아니었어."

"그게 뭔데?"

"뭐라고 딱 꼬집어 말하기는 어렵지만, 사람들에겐 기쁨에 찬 눈빛, 남을 이용하려는 계산적인 번들거리는 눈빛, 놀이를 즐기는 눈빛들이 있는데, 이 아저씨의 눈빛과 행동은 너무도 무거웠어. 천근만근!"

"무겁다! 순이 언니, 혹시 자살하려는 사람과도 같은 눈빛?"

"비슷한 것이긴 한데 번민에 휩싸인 모습, 심리적 고통에 지친 모습 그런 것에 가깝다고 봤어. 게다가 부정한 짓을 하는 자들과 대립하고 있는데 그들에게서 밀리며 당하고 있는 것 같아. 조금 전에 건배할 때 들었잖아. 아마 이 아저씨 견디기가 힘들 거야."

"순이 언니, 그래서 아까 이 아저씨에게 찐하게 뽀뽀했어?"

"연이 동생! 이 아저씨가 처음부터 우리 손목 한 번 잡지 않았어. 우리를 천하게 대하지 않고 우리의 인격을 존중해 주었단 말이야! 게다가 이 아저씨의 건배 제의를 듣고 안됐다는 동정심이 생겼어. 그래서 이 아저씨 뺨에 뽀뽀했지. 안타까운 마음으로!"

"이 아저씨가 처한 모습에서 동병상련의 마음이 들었나 보다."

"외로워서, 혼자 있을 수가 없어서 우릴 앞에 앉혀 놓고 마음을 달래는 모습이 안쓰러웠어."

"언니! 이 아저씨가 우리와 같이 있는 동안 내내 두 눈에 슬픔이 가득했어. 힘든가 봐!"

"그래, 이런 사람은 빗소리만 들려도 하염없이 눈물을 흘리며 미치도록 서러움에 떨지. 그리고 술을 마시지. 이렇게 눈물과 비와 술이 범벅이 되어 밤을 새우곤 하지. 여인에 대한 그리움과 겹쳐지는 배신감 그리고 나쁜 짓 하는 사람들과 대립하며 생긴 상처가 치유되지 않고 끊임없이 파생되니 견디기 어려운 것이지."

"언니, 이 아저씨와 우리가 언젠가는 이렇게 처한 힘든 상황에서 벗어날 수 있을 거야. 우리를 흔들어버린 것들을 극복하고 행복하게 살 수 있을 거야."

순이가 몸이 흐트러져 술잔만 움켜잡고 있는 나를 흔든다.

"아저씨! 세상의 반이 여자야. 새로운 인연을 만들어 봐요. 그리고 나쁜 짓을 하는 자들을 계속 혼내 줘요. 좀 힘들면 어때요! 어차피 이미 힘들어져 버린 것 같은데!"

"순이인가? 좋은 말이야. 노력해야지."

이번에는 연이가 말했다.

"아까 불의에 맞서 싸운다고 했는데 그것은 무슨 말인가요?"

"그래, 조선시대에 우리나라 인구의 60%에 가까운 사람들이 노비였다는구나. 그때는 노비의 자식도 역시 노비였고 그 자식의 소유는 여노비의 주인 소유였단다. 여노비를 양민 남자에게 시집 보내고 아이를 낳으면 그 아이를 재산으로 증식했지. 노비의 자식, 빚에 팔려 간 사람들이 대부분의 노비였지. 그런데 우리 돈 오만 원 지폐에 나오는 신사

임당도 노비 300구를 소유하고 있었고 이이 율곡에게 19구를 상속했다는구나. 물론 대부분 외거노비였다고 하더라."

"왜 단위가 명이 아니고 구입니까? 그리고 외거노비가 뭔가요?"

"사람으로 취급하지 않고 재산으로 보아서지. 소는 두, 닭은 수, 노비는 구 이렇게 취급했단다. 그리고 소 한 두에 노비 3구와 교환하는 재산적 가치였단다. 사람이 소 한 두의 가치도 안 되는 것이었지. 그리고 외거노비란 각기 독립적으로 살면서 오라면 오고 가라면 가고 또 돈 벌어서 상납해야 하는 노비를 말한단다."

"정말 너무해! 그런데 왜 지금 그 말을 해요?"

"사람을 사람으로서 그 인격을 존중해야 하는데 사람을 재산증식의 가치로 보는 사례를 말하는 것이란다. 행정, 교육계, 일반 사람들도 일부 그러더라."

"요즘 세상에도 그런 사례가 있어요?"

"사회복지법인에서 국민기초수급자를 재산증식 도구로 취급한 사례가 있어서 내가 이를 행정처분 하는데 많은 고통을 받았단다. 그리고 교육자들도 교육을 핑계 삼아 부당하게 돈벌이 수단으로 삼는 사례가 있었단다. 또 농촌 유학이라는 제도가 있는데 10세 정도의 어린이를 대상으로 시청으로부터 보조금을 받으며 하숙업을 하면서 학대하고 폭행하는 사례가 있었단다."

"그런데 그게 노비와 무슨 연관성이 있어요?"

"신분상으로는 노비가 아니나 실질적으로는 사람들의 인격이 무시되고 이용되어 재산증식의 도구가 되었다는 것이다. 신분만 다를 뿐이지 조선시대 외거노비의 신세와 같은 상황으로 볼 수도 있는 것이었지. 또 생각하기 나름이지만, 공무원들이 상납하여 승진하는 것도 비슷한 사례라고 볼 수도 있다. 승진해야 나름 스트레스 덜 받고 살 수 있으니 오라면 오고 가라면 가면서 상납이라도 해서 승진해야 하잖아. 지방자치단체 공무원 한 사람이 퇴직할 때까지 통상적으로 3번에서 5번 정도 승진한다. 승진할 때마다 상납하기로 하면 평생 그 승진 권한을 가진 자의 재산증식 대상이 되는 것이지. 마치 외거노비의 신세와 다를 바가 뭐가 있겠어! 일부 지자체에서는 인사철이 되면 '인사 장사'라는 말을 쓰기도 한단다. 마치 경매와도 같이 말이다. 못 쓰고 못 입고 알탕갈탕 모아서 바치는 것이지. 다만 전부가 다 그렇지 않은 게 천만다행이란다!"

"정말 너무 슬퍼요. 수사기관과 언론이 있잖아요."

"전부가 다 그런 것은 아닌데, 선거에서 당선되어 지방관이 된 자들과 그 선거 브로커들은 말이다. 만약에 사건화되면 권력기관과 유착해서 그 상황을 무마해버린단다. 또 일반 사람들은 증거가 없고 뭔가를 하려 해도 처와 자식에게 피해가 있을까 봐서 참고 산단다. 말단 공무원이 이를 개선하려 하면 그 공무원을 매장해 버린단다. 난 내가 맡은 업무에 대해서 검은 하늘을 걷어내고자 최선을 다했단다."

"아! 그래서 아저씨가 이렇게 고통스러워하고 누구와도 말을 할 수 없는 처지가 되어버렸군요!"

"그래, 그들은 선거를 통해서 당선된 사람이니까 다수의 사람으로부터 지지를 받고 있으니 내가 어디 가서 이런 말을 할 수 있겠냐?"

조용히 듣기만 하던 연이가 우리 세 사람의 술잔을 채우며 말했다.

"우리 건배해요. 검은 하늘을 걷어내고 싶어요!"

· · · · ·

술을 마시고 나서 연이가 말했다.

"아저씨나 우리가 이 검은 하늘에서 벗어날 날이 올 겁니다. 어쩌면 아무 생각 없이 살아버리는 것이 사실은 가장 멋지게 사는 것일 수도 있어요. 노력해도 안 되면 모든 것을 포기해 버리고 웃으며 살아요. 우리가 일하는 게 뭔지 알지요? 진짜 슬픈 것은 우릴 하나의 상품으로 취급하는 것이지요. 우리에겐 인격이라는 것은 없답니다. 조선시대의 외거노비와 같이 말이에요. 우리나 아저씨의 미래에 좋은 일이 있기를 바라게요. 안녕히 계십시오."

두 여인은 그렇게 나갔다. 비록 처음 본 사람들과 몇 시간의 공간이었지만 나름 빈자리가 느껴졌다. 비록 지금은 나가고 없지만 나는 그녀들에게 한마디 했다.

"두 분은 반드시 인격을 존중받는 위치에 서게 될 겁니다."

처음 보았고 앞으로도 볼 일이 없는 사람이거늘 관심 가져주니 고마웠다. 나도 언젠간 검은 하늘 아래에서 벗어날 수 있으리라는 희망을 품고 살아보련다. 이렇게 중얼거리며 잠이 들었다.

출근길 엘리베이터 거울 앞에서 유심히 내 얼굴을 바라보았다. 무표정이라 생각했는데 찡그리고 인상을 쓰고 있는 모습이었다. 눈빛은 잔잔했으나 눈꼬리가 올라가 있고 이마에 주름이 겹쳐지고 너무 늙어버렸다. 삶이 힘들었나 보다. 그렇지만 한 번 피하면 두 번 피하게 되고 나중엔 갈 곳도 없게 될 거야. 투쟁의 과정과 마녀사냥에 본래 모습이 보이지 않게 될지라도 할 수 있는 날까지 직업 공무원의 본분을 잊지 않을 것이다. 그 적이 아무리 힘 있는 강자라 할지라도, 다수의 세력을 거느리고 있다 할지라도 당당하게 맞서 투쟁의 춤을 출 것이다. 오늘 하루에 또다시 이어질 고난을 생각하며 뚜벅뚜벅 율도국시청으로 향했다.

나는 재정과에서 자리를 잡았다. 조금 불편한 점은 지난날 감사과에서 팀장으로 근무하면서 내 뒷조사를 하는 등 내게 압박을 가하며 못된 짓을 했던 사람이 승진해서 과장으로 있다는 것이었다. 처음부터 나를 바라보는 느낌이 좋지 않았다. 앞으로 근무하는 과정들이 쉽지 않겠다는 생각이 들었다. 인사이동에 따른 송별식 겸 환영식 회식 자리가 있었다. 나는 주무 팀장이었기에 식사 자리가 정리되자 행사를 진행했다. 나도 이번 인사에서 온 사람 중 한 사람이었다.

"지금부터 행사를 시작하겠습니다. 먼저 과장님의 말씀을 듣고 가신 분과 오신 분의 소감을 듣는 순서로 진행하겠습니다."

그런데 과장이 내게 인상을 쓰며 큰 소리로 말했다.

"장 팀장, 뭘 벌써 시작해!"

"예, 과장님 알겠습니다. 잠시 후에 하겠습니다."

나는 조용히 자리에 앉았다. 직원들이 고개를 까우뚱했다. 얼마 후 봉사활동 후 회식을 하기로 했다. 나는 지난번 사례가 생각나서 회식 진행을 좀 늦췄다. 그런데 과장이 내게 짜증을 내며 말했다.

"장 팀장, 오늘 직원들 고생했다고 내가 격려의 건배 제의라도 하고 식사를 해야 할 것 아냐?"

"과장님, 알겠습니다."

"그리고 내가 과장을 나이롱뽕으로 단지 알아?"

"죄송합니다."

즉시 사회를 보며 회식을 진행했다.

그 후로 계속해서 내가 앞으로 가면 앞으로 간다며 면박을 주고 내가 뒤로 가면 뒤로 간다고 면박을 주었다. 어떻게 할 수가 없었다. 그 후 주무 팀장인 나를 모든 과 행사나 업무에서 배제했다. 한번은 의회 조례개정 심의 때 나더러 직원만 데리고 갈 것이니 따라올 것 없다고 했다. 나는 과장의 뜻에 따랐다. 그래서 그 후 의회 행정 사무감사, 예산안 심의, 업무보고 등 모든 상황에서 나는 사무실을 나와 차 안에서 앉아 있다가 직원에게 전화해서 의회 일정이 끝난 후에 사무실에 들어왔다. 팀원들 앞에서 창피했고 나 자신이 한심스러웠지만, 과장이 상사이고 내가 하급자이기에 어쩔 수 없었다. 과거 공무원 생활의 후유증은 참으로 질겼다. 그렇지만 부끄럽게 인생을 사는 건 내가 아니고 그 사람이라는 생각으로 참고 살았다.

그리고 팀원들은 내게 말했다. 여기는 어떤 업무추진 방향의 결정이나 이권 다툼이 없고 신규사업도 없으니 그냥 편하게 근무하며 팀원들 관리만 잘해주면 된다고 했다. 일상적인 업무는 팀원들이 다 알아서 한다고 했다. 나는 팀원들의 권유를 받아들였다. 한가한 생활이 내 생리에 맞지 않았지만 어쩔 수 없는 일이었다. 나는 시간 여유가 많다보니 동료들과 저녁 술자리를 같이하기도 했다. 오로지 일만 하며 살아왔는데 나름 세상 돌아가는 말들을 듣기도 했다. 그런데 듣지 말아야 할 말을 듣게 되었다.

재정과 동료들과 저녁 식사를 하고 이만춘 팀장과 둘이 호프집에 갔는데 대화 중에 이만춘 팀장이 내게 질문했다.

"장 팀장님, 혹시 '이준수 파'에 대해서 알아요?"

"이준수 파? 처음 듣는 말인데! 나는 사실상 일에만 신경 쓰고 살았어. 그 외 정보는 잘 모른다네."

"이런 말을 하면 장 팀장님이 불편할 텐데. 괜찮겠어요?"

"지금 내가 불편하고 안 할 게 뭐가 있겠는가?"

"좋아요. 장 팀장님이 긴 세월 동안 김지아 팀장하고 함께 살았잖아요. 김지아 팀장이 장 팀장님하고 헤어지고 노정기 팀장과 사귀다가 얼마 전부터는 이준수 팀장하고 사귀고 있어요."

나는 깜짝 놀랐고 이제 대화의 시작이니 잠자코 듣고 있었다.

"그런데 이준수와 김지아는 시청 내에서 시장에게 딱 붙어있는 측근이잖아요. 시장 취임 이후 두 사람은 과장으로 승진했지요. 그런데 이준수 팀장이 빨리 과장으로 승진했지만, 김지아 팀장은 완전 초특급으로 승진했어요. 많은 사람이 의아하게 생각했었지요. 그런데 여기에서 특이한 건 이준수 과장하고 김지아 과장이 사귀는 형식이 아니라 김지아는 이준수의 여자라는 겁니다. 이준수가 오라면 오고, 가라고 하면 가는 상황인가 봐요. 김지아는 이준수에게 종속된 여자라는 것입니다."

"이 팀장, 어떻게 그런 일이! 정말인가?"

"장 팀장님, 어떻게 그런 일을 거짓으로 말하겠어요?"

나는 멍했다. 눈앞에 모든 것들이 거꾸로 서 있는 것 같았다. 술집 가구들이 마구 돌았다. 가슴이 울렁거려 진정제가 필요했다. 나는 테이블에서 일어나 통로에 서서 서성거렸다. 정신을 좀 차리고 싶었다.

"그래, 그렇단 말이지!"

나는 혼란에 빠졌다. 내가 지금 무슨 세상에서 살고 있는지 한탄하는 마음 크기만 했다. 지아는 노정기와 그리 길게 사랑을 나누지는 못했다. 두 사람은 약 1년 정도 내게 아픔을 주었는데 갑자기 노정기가 췌장암으로 사망했다. 그리고 장례 행렬이 시청 광장에서 노제를 지내고 있었는데 노정기 부인이 보였다. 이를 지켜보는 내 머릿속에 삶의 허무가 가득하기만 했었다.

노정기 팀장이 지아와 관계를 맺고 있을 때 노정기의 부인이 날 찾아왔었다. 그 부인은 전부터 나와 안면이 있는 사람이었다. 우리는 함께 음식점에서 저녁 식사를 하며 술을 마셨는데 내게 항의했었다.

"장혁준 씨, 댁의 부인을 잘 관리했어야지요. 어떻게 내 남편에게 이럴 수 있단 말입니까?"

"댁의 딱한 사정을 모르는 건 아니지만 오히려 피해자는 나입니다. 같은 직장에서 댁의 남편이 나를 알면서도 내 아내를 탐낸 것입니다. 그 이후로 나는 직장생활을 하면서 두 아이를 혼자서 키워 왔습니다. 오히려 내가 해야 할 말입니다."

"장혁준 씨, 그럼, 내가 두 사람을 간통죄로 고소하겠습니다."

"그러지 마십시오. 그런다고 해서 뭐가 해결됩니까? 그리고 그들이 처벌을 받고 나면 오히려 면죄부를 받은 것처럼 행동할 것이잖아요"

"장혁준 씨, 그러면 이대로 두고만 봐야 합니까?"

"댁이 고소하면 나도 고소합니다. 그러면 양쪽에서 고소하게 되는 것이지요. 그들을 간통죄로 고소해서 교도소에 보내 화풀이를 한들 그게 무슨 의미가 있겠습니까? 나는 반대합니다. 이 상황을 이슈화하고 싶지 않기 때문입니다. 그들만 웃음거리가 되는 게 아니고 우리까지도 웃음거리가 된다는 말입니다."

내 말을 들은 노정기 팀장의 부인은 한없이 울기만 했었다. 나는 자리를 끝내고 대리운전을 불러서 노정기 부인을 보내드렸다. 그때는 간통죄가 없어지기 바로 직전이었다.

그 후 시장 선거가 시작되면서 이준수 팀장과 김지아 팀장이 붙어 다녔었다. 두 사람이 시장 후보 밑에 있으니 당연하게 생각했었다. 지아가 팀장에서 과장으로 승진한 것을 진심으로 축하했었다. 그런데 노정기가 죽고 나서 이준수의 여자가 되어 시장 언저리에 달라붙었다는 것이었다. 지아는 도대체 시장 그리고 이준수와 무슨 역학관계를 맺고 있단 말인가? 나는 또 다른 의문을 가지게 되었다. 나는 혼란스러운 마음을 제어할 수가 없었다. 내가 마시는 술잔이 입에 있는지 코에 있는지 알 수가 없었다. 내가 얼마나 더 뒤틀리는 삶을 살아야 끝이 날지 모르겠다. 직장이라도 다르다면 그녀와 그녀의 주인 남자들을 보지 않아도 되련만 찢어지는 마음으로 너희를 봐야만 하니 어찌 이다지도 나에게 헤어날 수 없는 고통이 지속되는지 모르겠다. 지금까지 살아오면서 내가 다른 사람 앞에서 이렇게 시궁창에서 굴러다니는 천한 사람이 되어본 적이 없었다. 숨이 막혔다. 술잔을 들고 또 들었다.

"장 팀장님, 이미 지난 일이잖아요. 그냥 그런 일도 있는가 보다. 하세요. 모르는 것 같아서 말했어요. 말하지 말 걸 그랬나 봐요."

"아니야. 나 자신이 부끄러울 뿐이네."

"장 팀장님은 남편으로서 오랜 세월 진실한 사랑을 했다고 봐요. 다만 김지아가 시청에서 쉬운 여자가 되어버려서 장 팀장까지 더불어서 하찮은 존재로 퇴색되어 버린 것 같아요."

나는 다시 과거의 인연에 의하여 맨정신으로 있을 수 없는 괴로움에 빠졌다. 나는 지금도 지아와 같은 공간인 율도국시청에서 근무하고 있다. 처음에 복도에서 마주치면 지아가 애써 외면하면서 뭔가 양심에 꺼리는 듯 몸짓이 있었다. 그러나 시간이 지나면서 지아는 당당한 모습을 보이며 나를 외면하더니 나중에는 나를 보며 웃기까지 했다. 그러면 내 눈가에 남는 것은 맺히는 이슬이었고 그 이슬방울은 내 가슴을 치고 나를 무너뜨렸었다. 그런데 이 지경까지였단 말인가? 지아, 그대는 도대체 어느 정도까지 망가질 것인가? 대답할 들을 수 있는 대상이 없으니 내 심정을 허공에 뿌리기만 했다.

그동안 살아오면서 맨몸으로 비바람 맞으며 거친 광야를 헤매듯 공무원 생활했다. 그런데 내 모든 것을 다 바쳐 사랑했던 지아가 내 눈물의 씨앗이 되었다. 긴 세월 동안 보아 온 지아는 순수한 사람이었다. 도대체 무엇이 문제인가? 무엇이 지아를 저렇게 만들었는가? 난 어지러움에 휘청거렸다. 순간 덮쳐온 현기증에 주변의 잡을 것을 급히 찾았다. 손에 닿는 것이 아무것도 없었고 길바닥에 널브러졌다. 정말이지 지독한 중병이다. 나는 홀로 시내를 관통하는 하천가 벤치에 앉아서 손에 들린 소주병에 입을 맞추고 담배 연기를 안주 삼고 있었다. 하늘에 밝게만 떠 있는 달과 별들을 보며 말했다.

"하늘이여! 밤하늘을 수놓은 환한 빛으로 지아를 보살펴 주세요. 지아가 나를 외면할지라도 자신을 아끼며 살도록 해주세요."

외침을 토하며 걸었다. 마신 술이 과하여 시간과 공간의 지도를 잃어버렸다. 내가 어디에 있고 어디로 가고 있는지를 몰랐다. 아무 생각 없이 걸었다. 사람들이 보이지 않았고 깜깜한 곳에 접어들었는데 나는 '어'하고 낙하하여 '쿵'하며 떨어졌고 엄청난 고통에 아무 행동도 하지 못하고 고통에 떨기만 했다. 지하 입구였는지 공사장이었는지 모르겠다. 내가 어떻게 집에 왔는지도 모르겠다. 바지와 티셔츠가 일부 찢어지고, 핏자국이 있었고, 팔과 다리는 찰과상이었으며 갈비뼈 골절이었다. 숨 쉴 때, 기침할 때, 몸을 움직일 때마다 통증이 심했다. 잘 때도 돌아누울 수도 없었다. 그렇지 않아도 하루하루가 제정신이 아닌 지옥인데 몸까지 상했다. 이제는 지아의 망령에서 벗어났다고 생각했는데 다시 과거의 악연에 얽매이고 말았다.

지아를 만난 이후 나는 행복했고 지아의 배신과 이별에도 오랜 세월 지아를 향한 사랑을 멈출 수가 없었다. 이별 후 3년 동안 혹독한 아픔을 겪었는데 아직도 부족한가 보다. 먹고 살아야기에, 어린 자식을 키워야 하기에 이놈의 직장 떠나지도 못하고 그 꼴을 지켜봐야만 했는데 이는 참혹한 형벌이었다. 내가 무엇을 하면 될까? 무엇이든 할 터이니 이젠 벗어날 수 있으면 좋겠다. 하늘을 보며 빌었다.

그녀는 독을 품은 꽃이었나?
작금에 그 독을 토해내고 있건만
언제 끝이 날지 알 수가 없네!

3년 동안 아픔의 형벌을 받았는데
아직도 부족하다면 살면서 눈물에 흘려보내고
그래도 부족하다면 죽어 먼지 되어
그 인연을 바람에 실어 보낼 터이니

이제, 그만 그 중독에서
풀려나게 해주소서!

언제까지 이렇게 일그러진 모습으로 살 수는 없다. 넘어지면 일어나고, 또 일어나야 한다. 어린 자식을 부양해야 하는 홀아비로서 정신을 차리고 다시 현실에 섰다. 그런데 나를 평생교육과에서 근무하게 해주었던 박형섭이라는 친구로부터 연락이 와서 저녁 식사를 했다.

"혁준이, 자네가 일을 참 열심히 했고 경력도 보니까 6급 팀장으로 17년째 근무하고 있더라고. 그래서 내가 자네 승진에 대해서 좀 알아봤어. 그런데 자네를 승진시키는 것에 대해서 반대하는 사람들이 너무 많아. 시청 내부에서나 시청 밖에서나."

"형섭이, 나는 업무추진 과정 외에는 그 누구와도 악연을 맺은 바가 없어. 과거에 범죄행위를 저지르고 나로부터 행정처분을 받은 사람들이 내게 보복의 행위를 하는 것일까? 오랜 세월 지아를 자신의 곁에 두고 싶었던 시장이나 이준수 과장 같은 사람들이 지아에게 나의 파멸의 모습을 보여줘서 자신들이 나보다 더 우위에 있다는 것을 보여주고, 승자의 쾌감을 즐기고자 함일까? 시 교육 예산을 맘대로 주무르고 교육을 빌미로 나쁜 짓을 하고 사익을 챙기고자 하는 자들의 보복일까? 어떻게 생각하는가?"

"시장이 내게 한 말이야. 자세한 것은 나도 몰라."

"자네 덕분에 교육 분야에서 보람을 느끼며 일했어. 그리고 내가 부탁하지 않는데도 승진 문제를 알아봐 주었다니 고맙네. 그리고 나는 직업 공무원의 본분을 다하고자 노력하며 근무했어."

"시장과 그 주변의 힘 있는 사람들은 그렇게 생각 안 해."

"그럼 한 가지만 부탁할게. 나의 승진 문제는 시장의 고유권한이니 그에 대해서는 왈가왈부할 필요가 없지. 다만 나의 공무수행에 대해서는 강자의 눈으로 보지 말고 양심의 눈으로 봐주면 고맙겠네."

"그래, 그건 내가 알지. 나름대로 공무원의 본분을 다하려고 노력했다는 걸 알아. 그렇지만 대외적으로 적이 많으니 하는 말이야. 그리고 승진을 도와주지 못해서 미안하네. 그리고 앞으로는 가능하면 힘 있는 사람들하고 대립하지 말고 근무하게나. 그리고 상황에 따라서 요령도 부리고, 계산속으로 행동도 하면서 직장생활을 했으면 좋겠어."

"걱정해줘서 고맙네. 친구! 내가 끝으로 한 가지만 더 말할게. 우리 나라에는 선거에서 당선된 시장, 교육감, 국회의원 등 여러 종류의 정무직 공무원이 있어. 그리고 행정, 교육, 경찰, 검찰, 법원 등 여러 종류의 직업 공무원이 있네. 이들 모두는 헌법 제7조 제1항 공무원은 국민 전체에 대한 봉사자이며, 국민에 대하여 책임을 진다.라는 헌법 정신에 맞게 공무에 임해야 할 의무가 있다고 보네. 그런데 고위직으로 갈수록 국민에 대한 봉사가 아닌 개인 사익에 더 관심을 가지고 일하지. 특히 정무직 공무원들의 비리는 아주 지독하지!"

"내가 정무직 공무원 또는 직업 공무원들에게서 헌법에 그런 게 있다는 말을 들어본 적이 한 번도 없네. 그리고 자네는 지금까지 100% 다 그렇게 근무했는가?"

"나라고 해서 그동안 근무하면서 실수나 잘못이 어찌 없었겠는가? 다만 최선을 다해 노력했네."

"아무리 헌법에서 그렇게 정했다 해도 대충 해버렸어야지. 자네가 정무직 공무원들, 권력기관의 공무원들과 대립하며 근무하니까 힘들게 공무원 생활을 한 것이잖아. 그리고 자네 처도 다른 남자에게 가버렸잖아. 내 생각에 자네는 실패한 인생이라고 봐!"

"그 말도 일리는 있는 말이네. 그렇지만 나 개인의 사익을 위해 그들과 대립하며 고통받았고 가정 또한 파괴되었다면 부끄러운 일인데 내가 형평성 있는 행정 그리고 사회적 약자를 위해 일하는 과정이었어. 내 지난 공직생활에 대해서 자부심이 있다네. 아무도 알아주지 않아도 말이야!"

식사 자리가 끝나고 좀 걷고 싶어서 터벅터벅 걸었다. 늘 칼날 위에서 언제 쓰러질지 모르는 위태로운 삶을 사는 처지로 고슴도치처럼 신경을 곤두세우며 살았다. 그러다 보니 이 외로움을 함께할 사람 또한 없었다. 나는 걸으면서 갈망하는 눈빛으로 하늘을 바라보았다.

하늘이여!
이리 치이고 저리 치여
찢어진 걸레만도 못한 처지가 되었고
한 걸음 한 걸음 걷는 것조차
힘겹네!

더는 내줄 게 없을 때까지
모두 내주었는데
이젠 마지막으로 남겨둔
공무원 신분마저 내주려 하네!

그런데도 모자란다고 하면
그냥 허공만 바라보아야만
하는가?

아, 슬픈 눈!

이런 현재의 삶을 더는 연장해서는 안 된다고 생각했다. 나를 자유롭게 해서 남아있는 내 인생의 여백에 새로운 삶을 채워야 한다고 생각했다. 타의에 의한 것이든 나 자신에 의한 것이든 이젠 속박에서 벗어나야 한다고 생각했다. 사랑의 고통에 따른 외침과 악인들에 대한 분노의 외침은 나에게 부메랑 되어 되레 나를 치고 있었다. 과거의 악연들이 내 영혼을 갉아먹고 있으며 나의 몸을 상하게 하고 있었다. 당뇨병의 악화와 헤어날 수 없는 스트레스로 합병증이 오기 시작했다. 잇몸이 망가졌으며 이의 뿌리도 심각하게 상했다. 눈의 시신경도 상했다. 결정적으로 며칠 전 새벽에 쓰러졌고 가까스로 119 구급대를 불러서 병원에 실려 갔다. 병원에서 2주간 혈전제로 치료하며 동시에 혈당을 조절하고 퇴원했다. 119 구급대 소방관들이 내 생명을 구했다. 불철주야 시민의 생명과 안전을 위하여 고생하는 소방관들에 대한 고마움이 컸다. 나는 소방관들의 고마움을 생각하며 며칠 동안 외출하지 않고 집에 있으면서 내 인생을 어떻게 해야 하는지에 대해서 고민했다. 이 고난에서 헤어나고 싶었다. 일단 나를 저 멀리 있는 세상에 던져보기로 했다. 수없이 많은 반복된 삶을 살아왔던 우리 지역을 탈피하여 낯선 공간, 낯선 사람들 속에 나를 던져서 나무가 아닌 숲을 보는 인지력이 내 삶에 반영되도록 하고자 했다. 휴가를 냈다. 8월에 재정과에 왔는데 지금은 12월 중순이었다.

우선 가슴에 막힌 것이 뻥 뚫리도록 넓은 시야와 물결치는 바다에 가고 싶었다. 서해안에서 장소를 검색했고 부안 변산반도로 방향을 잡았다. 먼저 내소사에 들렀다가 변산해수욕장을 거쳐서 격포에서 1박을 하기로 했다. 내소사에 도착했다. 내가 다녀봤던 절의 입구는 대부분 소나무와 활엽수들이 많았는데 거대한 전나무가 양쪽에 위압감을 느낄 정도로 높게 서 있었다. 양쪽에 우뚝 선 전나무들이 나를 반기는 듯했고 상쾌함이 느껴졌다. 날씨 탓도 있었지만, 나무와 숲의 영향이라고 생각했다. 내가 절에 자주 가는 건 대부분 공원으로서 자연경관이 수려하기 때문이었다. 오랜 세월 먼저 저승에 간 우리 조상들의 애환이 묻어나는 곳이기도 했다. 지친 마음을 바로 세우고 격한 울분을 잠재우기에 괜찮았다. 여느 절의 모습과는 달리 대웅전은 단청을 안 한 모습이었고 나무 조각의 형상이 내 눈엔 도전적인 모습으로 보였다. 지금까지 내 공무원 생활의 모습을 보는 것 같았다. 여유로운 모습으로 나 자신을 돌아다보며 주변 경관을 즐겼다.

변산해수욕장으로 출발했다. 길은 꼬불꼬불한 2차선 도로였다. 도롯가에 잡목들은 우거지고 간혹 잘 치장된 묘들이 보였다. 그런데 어렴풋이 보일 듯 말 듯 보이는 저 앞의 묘는 봉분도 작았는데 죽어서도 외로워 보였다. 죽음의 냄새가 물씬 풍겼다. 나는 차를 길가에 세우고 바라보았다. 누구의 묘인지는 모르겠지만 죽어서 자연의 품속에 완전히 안겨버렸다. 옆에 나란히 누워있는 묘가 있다면 덜 외로울 텐데, 저 묘는 홀로 있는 모습이 너무도 조용하고 쓸쓸했다. 묘 주변의 나무들이 바람에 흔들리며 마치 물결이 출렁이듯 너울댔고 나뭇가지의 소리가 요란했다. 모든 것들에 초연한 모습이었다. 나도 언젠가는 일부나마 세상사에 초연한 모습을 가지게 될 수 있으리라고 생각했다. 나는 대상이 뭐든 대화하며 까맣게 타들어 가는 가슴앓이를 터트려 보고 싶었다.

"허어! 이제야 겨울다운 날씨군. 이런 날씨에 인적이 끊긴 자연을 느껴보는 것도 괜찮을 거야."

나는 고개 숙여 나를 내려다보았다. 그리고 말을 이어갔다.

"그래, 사람이 산다는 건 결국 저 묘처럼 죽어가는 과정일 뿐이듯이 삶의 아픔도 이 자연의 매서움도 내 삶의 한 과정일 뿐일 거야."

"그래, 우리 자신을 조금은 가볍게 만들어 보자꾸나."

혼자 대화하는 동안 햇빛은 간헐적으로 비쳤다. 구름 사이로 햇빛이 잠깐 쏟아졌는데 그 폭은 좁았고 레이저 광선처럼 직사되어 내게 왔다. 그 햇빛의 모양이 나의 마음을 시원하게 했다. 햇빛을 받으며 주위를 둘러보는데 자동차도 사람도 없는 무인도와 같았다. 아무 곳이든 사람들이 있는 곳에 가고 싶었다. 그런데 이 한 몸 마땅히 갈만한 데가 없었다. 그냥 걷다 보니 모든 것들이 내가 걷는 만큼 뒤로 그리고 과거로 지나갔다. 깊은 정적을 깨는 나무를 두드리는 딱따구리의 소리가 들렸다. 저 소리를 어느 누가 나를 찾는 핸드폰 진동 소리라고 생각하고 싶었다. 그렇지만 시간이 흐를수록 내 마음은 겹겹이 세상과 담장이 높이 쌓이기만 했다.

검은 하늘 아래에서 살아왔던 내 마음의 울어 대는 소리만 퍼지고 있고 듬성듬성 서 있는 나무들 사이로 불어오는 바람은 죽은 자의 혼이 한을 울부짖는 것처럼 쉭쉭 소리만 내고 있다. 겨울나무 가지에 몇 개 남은 잎이 바람에 펄럭이다 떨어지는데 아쉬운 마음이 크게 일었다. 나는 휘몰아치는 바람에 부대끼며 두 손 불끈 쥔 상처투성이 짐승처럼 우뚝 서 있기만 했다.

그러다가 나 자신에게 말했다.

"이젠 과거의 인연들을 그냥 스쳐 지나간 바람이라고 생각하세."

"그러면 참 좋지. 그런데 그게 잘 안 되네. 마냥 이렇게 과거에 사로 잡혀 살아서는 안 될 텐데!"

"그래, 여인의 사랑으로 살아있음을 즐겼고 여인의 사랑으로 감싼 방탄복 입고 악인들과 투쟁했는데 그건 고독을 잊은 삶이었지. 그런데 이젠 사랑은 아픔이 되었고 투쟁은 분노를 내게 남겼고 넓기만 한 세상에 이 한 몸 기댈 만한 곳조차 없고 나뒹구는 술병들 사이에 쓰러져 잠드는 게 일상이 되어버렸구나!"

"우리 어떻게든 일어나 보자고!"

이렇게 내면의 대화를 나누며 걷고 또 걸었다. 그러면서 자연풍경에 한 걸음씩 더 가까이 다가갔다. 지난 세월, 가슴 때리는 철렁하는 울림의 무거움에 주저앉고 말았던 적이 수없이 많았었다. 속에만 넣어두고 속앓이를 하면 종국엔 터져버리고 말 것이기에 겨울 풍경 속에서 스스로 위로하면서 아픔을 저 넓은 세상에 뿌려대고 있다. 지금의 나로 서는 이 자연 속에서 원기를 회복하는 것 말고는 다른 선택의 여지가 없었다. 보아주는 이 없는 외로운 길가 갈대가 차가운 바람에 떨며 춤을 추는 모습이 순간 나의 시선을 끌었다.

"그래, 저 갈대처럼 살자. 받은 상처가 있거든 조금 아파하고, 조금 분노하다가 흔들어 털어내고 다시 우뚝 설 수 있을 거야."

나의 다짐을 허공에 던져보고 변산해수욕장으로 갔다. 주차장 부근에 소나무가 울창했고 벤치가 있었고 바로 옆에 구멍가게가 있었다. 겨울이라선지 문을 닫았다. 따뜻한 자판기 커피 한 잔을 들고 벤치에 앉았다. 바닷가에 서니 햇빛이 살아났다. 바다 쪽에서 햇빛이 내게 정면으로 비추고 있었다. 소나무 사이로 바다와 지는 해를 바라보았다.

트렌치코트가 바람에 펄럭였다. 내 마음과 육신으로 겨울 바다의 찬 바람을 느끼고 있었다. 바닷가 자연현상에 나를 맡긴 채 나 자신을 더욱 세밀하게 관찰했다.

"나는 한 여인과 13년 동안이나 사랑했다. 아예 처음부터 지아를 나 장혁준이라는 사랑의 사슬로 엮지 않았다면 나처럼 상처 입은 공무원 곁에 있기보다는 다른 남자와 결혼하여 즐겁기만 한 행복을 만끽하였을 텐데! 비록 늦었지만, 지금이라도 본인이 즐거워하는 사랑도 하고 과장으로 승진도 했으니 얼마나 다행인가. 게다가 여인으로서 시장의 언저리에 서게 됐으니 앞으로 공무원 생활도 탄탄대로일 거야. 축하해 주어야 할 일이지."

"그래 장혁준, 또 다른 측면에서 보면 이왕지사 지아를 사랑했으면 영원히 장혁준이라는 사랑의 사슬로 견고히 묶어놓고, 현실의 이익만을 찾아가는 여인이 되지 않게 하고, 끝까지 그녀가 순수를 잃지 않도록 지켰어야 했다."

"그래, 그렇게 생각하니 내가 여인을 탓하고 원망할 자격이 없는 사람이라는 생각이 드네."

이렇게 치유의 대화를 나누는 사이에 저 앞의 바다에서 노을 지는 태양 빛이 바다와 이곳 소나무 숲을 가득 채우고 있었다. 소나무를 두 팔로 안았다. 거센 바닷바람에도 의연하게 서 있으며 당당하게 존재하는 저 위 가지와 솔잎을 바라보았다. 순간 나도 저렇게 의연하게 살 수 있을 것이라는 희망을 품고 격포를 향해서 이동했다. 위도로 가는 선착장이 있고 방파제가 있었는데 방파제에 술과 해산물을 파는 조그마한 포장마차들이 있었다.

．　．　．　．　．　．

"싱싱한 해산물 있어요. 들어오세요!"

나를 빤히 바라보는 할머니가 운영하는 가게에 들어갔다. 왠지 할머니라서 더 정감이 갔는지 모른다. 소주 한 병과 산 낙지, 해삼을 주문했다. 꿈틀거리는 낙지를 소금 기름장에 찍었는데 낙지가 늘어 붙는다. 초장에 찍었더니 낙지가 좀 순해졌다. 소주 한 잔에 해삼 하나와 낙지 하나를 먹었다. 소주를 마시는데 마치 물을 마시는 것처럼 부담감이 없었다.

"이러면 많이 취하는데!"

웃으며 말했더니 가게 할머니가 응수했다.

"그래봤자 소주 한 병만 마실 거니까 괜찮잖아요."

정말 편안한 술자리였다. 그리고 방파제 끝까지 걸었다. 바람이 제법 사나웠다. 등대가 있는 방파제 끝까지 가서 방파제를 형성한 콘크리트 구조물 위에 앉았다. 구조물 밑의 공간 사이에서 바닷물이 찰랑대고 저 앞에서는 파도가 일고 바람이 끊임없이 불어왔다.

"아! 상쾌하다! 우 퓨퓨 아 퓨퓨"

두 팔을 높이 들고 외쳤다. 가슴에 뭉쳐 있는 화 덩어리가 확 하고 날아가는 듯했다. 나는 격포에서 밤을 보내고 아침에 남쪽으로 향했다. 순간순간 생각나는 곳을 찾아가는 여행이었다. 언제인가 인터넷 뉴스에서 선암사에 대한 글을 본 것이 기억났다. 특히 기억나는 것은 대형 종교시설의 측면보다는 인간적인 삶의 정이 녹아있는 곳이라 했다. 선암사는 입구에서부터 여느 사찰과는 다른 모습이었다. 현대적인 건설공사의 흔적이 비교적 적었다. 커다랗게 우뚝 선 나무들이 즐비하게 서 있고 부는 바람에 흔들리며 아우성치는 나뭇가지들이 나를 반

. . . . . .

기는 듯했다. 산속 경관이 수려하고 큼직큼직한 나무들이 울창하여 속이 시원했다. 나는 기분이 좋았고 생기가 일었다.

절에 들어가기 전에 찻집이 있었다. 나는 따뜻한 차 한 잔에 몸을 녹이고 싶었다. 차를 마시며 앞에 펼쳐진 자연 풍경을 감상했다. 수없이 많은 세월이 흐르는 동안 저 숲은 그대로였을 것이고 수많은 들풀 같은 생명은 피고 졌을 것이다. 마찬가지로 나쁜 사람들도, 사랑하는 사람들도 나타났다가 사라졌을 것이다. 이런 영원하지 않은 인생을 살면서 과거 악연에 얽매이기만 한다면 삶의 지도를 찾을 수가 없기에, 이 상처를 치유하지 못한다면 흙이 되고 먼지가 되어도 어두운 그림자에 덮여 허공에 흩어지고야 말 것이기에, 이 자연과의 대화 그리고 수없이 많이 일었다 사라진 선현들의 가르침으로 나를 흔들어 탈탈 털어서 정화하고자 했다.

그리고 본래 하늘은 하나이되 사람들이 보는 하늘은 서로 다를 것이다. 흰 하늘 아래에선 기득권자들이 자만 가득한 웃음을 지으며 겨우겨우 하루를 사는 사람들을 권력과 힘으로 눌러버린다. 이에 하늘이 검다고 생각하는 사람들은 한번 세상이 발칵 뒤집혀야 한다고 생각할 것이다. 그래서 삶의 방식 또한 양극으로 치달을 수밖에 없을 것이다. 앞으로는 살아있는 모든 생명체가 맑은 하늘 아래에서 다 같이 환한 웃음 지으며 살 수 있기를 숲을 보면서 기도했다.

절의 입구에 서니 여느 가정집과 같은 모습이 눈에 들어왔다. 절 입구에서 내가 올라온 길을 내려다봤다. 그런데 갑자기 죽은 커다란 나무가 보였다. 둘레는 성인 2명 정도가 서로 손을 잡고 안아야 할 정도였고 5m 정도의 높이로 서 있었다. 얼마나 긴 세월 동안 살았을지 알 수는 없지만, 사람의 일생과는 비교도 되지 않을 만큼 오래 살았을 것으로 생각했다. 저 나무는 살아서도 죽어서도 이곳 선암사에 들어가고 나오는 모든 사람을 지켜봤을 것이다. 앞으로도 그럴 것이다. 무너져내린 영혼과 찌그러진 육체의 모든 병을 치료하고 다시 이곳을 찾았을 때 저 나무를 거울삼아 나의 모습을 비교해보고 싶은 생각이 들었다. 돌아서서 절의 내부로 들어갔는데 통로는 좁았으며 수없이 많은 세월을 이어온 듯한 한옥 건물들이 차분히 자리 잡고 있었다. 겉치레가 심한 대형 건축물로 이루어진 곳에서 받는 느낌과는 전혀 다른 정감에 나는 오랜만에 정적인 향기에 빠져들었다.

은은하게 피어나는 향 내음에 심신은 편안했고 쉬어가고 싶은 생각이 들었다. 자연 친화적인 그림과 풍경소리는 고적한 이곳에서 벤치에 걸터앉은 나그네에게 살아있음을 일깨워주고 있었다. 작은 돌들로 계단을 만든 모습도 소소한 정겨운 모습이었다. 한옥 건물들을 연결하는 길은 마치 어릴 적 시골 동네의 골목길 같았다. 담장이 없는 것만 달랐다. 어릴 적 내가 태어나고 자란 시골집이 생각났다. 내가 초등학교 2학년 때 우리 부모님은 기존의 초가집을 철거하고 기와집으로 신축했다. 동네에서 유일한 기와집이었다.

집을 신축할 때는 부모님을 돕기도 했다. 진흙에 잘게 자른 짚을 혼합한 흙을 기다란 나무 주걱 같은 도구로 흙을 퍼서 올려주면 나무 사다리를 집 기둥에 대고 그곳에 올라선 부모님은 그 흙을 받아 벽에 발랐다. 어린 나는 힘이 부족하여 한 번에 올리지를 못하고 양팔을 옆구리에 붙이고 온몸을 이용하여 물기까지 있어 무거운 흙을 올렸다. 그래도 즐거웠고 재미있게 도왔다. 그리고 아래채 헛간에 살림살이 도구들과 옷 그리고 학교에 다니는 교과서 등 전 생활용품을 보관했었다. 그런데 헛간에 화재가 발생했다. 나는 밤을 환하게 밝히며 타는 모습들이 무서웠다. 마을 사람들이 모두 모여 한 줄로 서서 양동이를 날랐고 화재는 진압되었다.

평소 먹고살기가 힘든 시대임에도 5남 1녀를 키우며 학교에 보내는 부모님은 생활필수품을 넉넉하게 갖추지 못했는데 그나마 다 타버렸다. 나는 학교에 다닐 책도 옷도 없었다. 부모님이 마을의 다른 가정에서 얻어온 헌 옷을 입고 낡은 책을 들고 학교에 다녔다. 그래도 새집에 사는 것에 대한 기대가 컸기 때문에 나는 부끄럽다거나 창피하다는 생각은 하지 않았다. 잠을 잘 곳이 없어서 부모님은 마당에 덕석을 깔고 주무셨으며 나는 동네 다른 집에서 잠을 자고 살았다. 그래도 밥은 우리 집 마당 평상에서 먹었다.

지금은 홀로된 어머니가 그 집에서 살고 있다. 91세이신 어머니는 도시에서 살지를 못한다. 아파트 엘리베이터 타는 방법을 알려드려도 매번 잊는다. 출근하고 아무도 없는 집에 혼자 우두커니 있지를 못했다. 그리고 사람들이 낯설어서인지 노인당에도 가지를 않는다. 그래서 고향 집에서 홀로 사신다. 평생 농사일만 하며 살아온 어머니 손은 지금 내 손보다도 더 거칠다. 여자 손이라고 볼 수 없을 만큼 손가락 마디가 굵다. 시골에 홀로 남겨진 어머니를 생각하면 안쓰럽다. 어르신 유치원에 가시라고 해도 아니 가신다. 돈 든다는 것이다. 동네 어르신들하고 어울리기도 하고 교회에도 다니는 어머니는 주로 밤에 적적하다고 내게 자주 전화했다. 어머니는 수도 없이 했던 옛날이야기를 꺼낸다. 공통화제가 별로 없는 어머니는 시시콜콜한 말들을 하고 나는

· · · · ·

장단을 맞추며 들었다. 어머니는 5남 1녀 자식 중에 막내인 나를 특히 좋아했다. 어느새 세월이 훌쩍 흐른 지금 나는 도시인이 되었고 어머니는 시골에서 홀로 살면서 자식들의 소식 기다리며 살고 계신다. 이곳 선암사의 모습들에 옛 생각에 빠져들었다.

다시 현재로 돌아왔다. 지금 내가 겪고 있는 타의에 의하여 억압된 구속에서 벗어나는 것도 쉬운 일은 아니다. 또한 내 속에서 발생한 속박에서도 벗어나는 것 역시 쉬운 일이 아니다. 그렇지만 어려서부터 들풀처럼 자랐고 비를 피하는 것도 추위를 버텨내는 것도 혼자 헤쳐 왔다. 나는 능히 또 다른 인생을 세상에 펼쳐 나갈 수 있으리라 생각했다.

선암사에서 내려오다가 승선교 위에 섰다. 눈과 얼음 사이로 졸졸거리며 흐르는 물줄기를 바라보았다. 아래로 내려가면서 흐르는 물줄기를 바라보고 있으니 내 속에서 무언가가 빠져나가는 듯했다.

"그래, 내 속에 응어리져 있는 모든 것들이 저 흐르는 물처럼 모두 빠져나가 버리면 좋겠구나!"

홀로 중얼거리던 나는 지금까지 내가 해왔던 공적 업무에 대해서 거듭 생각했다. 선거에서 당선된 정무직 공무원인 율도국시 시장, 교육감은 자신들의 선거꾼들 그리고 권력기관과 유착하여 법과 제도보다 더 위에서 검은 하늘을 드리워 놓고 유권자인 시민을 무시해버렸다. 내 업무의 영역에서 권력을 쥔 지방관들의 횡포는 막았으나 그에 따른 상처와 고통은 크기만 했고 그들의 마녀사냥에 당할 수밖에 달리 방법이 없었다. 그들 토착 세력은 일반 소시민의 삶을 피폐화하는 원흉이었다. 그들은 겉모습을 미소로 포장하고, 시민을 위하여 봉사하기

느커녕 자신들의 사익을 챙기며 시민의 인격을 철저히 무시하는 행위를 일삼고 있다. 정말 대책이 없는 어처구니없는 일이다.

우리 선조들의 현명한 지방제도가 떠올랐다. 조선시대에 지방관은 임기제로 했으며 출신지에 지방관을 임명하지 않는 상피제를 적용했다. 즉 지방 토착 세력과 유착하여 시민을 착취하지 말고 약자를 괴롭혀서 갈취하지 말라는 제도였다. 그런데 지금은 지방자치제랍시고 선거를 해서 지방관을 뽑는다. 선거에서 당선만 되면 못된 짓을 수도 없이 자행하고 실질적으로 견제받지 않는 무소불위의 권한을 행사한다. 어찌 보면 법과 제도를 탓해야 한다고 볼 수도 있다. 이러하니 직업공무원은 시민을 위해 일해야 하는데 거꾸로 선거에 당선된 정무직 공무원인 시장과 교육감 그리고 그 측근들과 선거 브로커들을 위하여 일하게 되고 그들에게 상납하고 승진할 수밖에 없는 처지가 되어버린다. 상납도 하지 않고, 그들을 위하여 일하지도 않고, 오로지 헌법 제7조 제1항에서 정한 공무원의 본분을 성실히 수행하면 나, 바로 장혁준처럼 된다.

또한 뇌물죄는 받은 자나 준 자 모두를 처벌하니, 받은 자야 당연히 입을 다물겠지만, 뇌물을 준 자도 입을 닫아버린다. 그러니 권력을 쥔 자들은 마음 놓고 뇌물을 받아 챙긴다. 안전하게 뇌물을 받을 수 있는 상황을 법이 만들어 준 것이다. 그러니 사후에 적발되면 뇌물을 받은 자나 뇌물을 준 자, 둘 다 처벌해야 하지만 뇌물을 준 자가 적발되기 전에 자진신고 하면 그 처벌을 면제해야 한다. 이렇게 되면 뇌물을 준 자가 언제 공개해버릴지 모르니 권력을 쥔 자는 함부로 뇌물을 받기 어렵게 된다.

정말 시민을 위한 행정과 교육이 이루어지려면 기초자치단체장과 교육감을 임명제로 해야 한다. 일부 지자체의 경우 어떤 측면에서는 자치단체장과 교육감 선거제도는 '도둑놈 양성제'와도 같다. 다시 말해서 '도둑놈 양성제' 선거에서 당선만 되면 신 거지 범죄단체를 구성해서 도둑질하라는 법에서 정한 제도라고 볼 수도 있다는 것이다.

이런 생각을 하는 나의 내면에서는 갈등이 일고 있다.

"혁준이, 겨우 민주주의 꽃이라는 지방자치를 하고 있는데 그건 다시 생각해봐야 하지 않을까?"

"그럼 선거에서 당선된 정무직 공무원인 시장과 교육감이 지역 토착 세력과 유착하여 사회적 약자와 소시민을 착취하고 시민의 혈세를 도둑질하고 매관매직하는 것을 마냥 보고만 있어야 한단 말인가? 지역 정당의 1당 독재 체제하에서 영원히 이어질 이 부조리를 그냥 두고 봐야만 하는가? 얼마 전에 뉴스를 봤는데 지방자치제가 시행된 이후 전국적으로 선거에 당선된 8% 이상의 선거에 당선된 정무직 공무원인 지방관들이 비리에 연루되어 파면되었고 기타 형사처벌까지 받은 사실을 합한다면 20%가 넘는다고 나오더라. 이는 상대방이 있고 그 증거가 있는 상황들의 경우잖아. 상대성이 없거나 증거가 밝혀지지 않은 경우까지 합하면 선거에 당선된 지방관들이 얼마나 많은 비리를 저지르고 있느냐 말이다!"

"지방자치제를 시행한 지 얼마 안 되니 시행착오의 과정이고 과도기라고 생각하면 안 될까?"

"헛소리 마라. 내가 민선 1기부터 민선 7기까지 겪으면서 보니까 갈

수록 더하고 더 지능적으로 변모하더라. 즉 세월이 흐르면 좋아지는 게 아니라 더한단 말이지. 일반 시민들도 '어떤 놈이 당선되나 마찬가지야.' 그러면서 그냥 포기해 버리고 있잖아! 민선 1기부터 지금까지 지방자치제는 풀뿌리 민주주의가 아닌 비리와 추태의 향연이었다. 시민들이 모르고 있는 사실들이 너무도 많아."

"어찌 장혁준이가 세상 모든 것 전부를 책임져야 한다고 생각하는가? 그냥 내버려 두란 말이야. 사회적 약자를 착취하더라도, 소시민이 낸 세금을 도둑질하더라도, 지방의 권력기관과 짜고 현대판 노비를 부리더라도, 매관매직하더라도 그냥 두라고!"

"그렇지만 할 말은 해야겠네."

"정 그래야 속이 풀릴 것 같으면 말하게."

"또한 국회의원 선거를 소선거구제로 하다 보니 지역정당의 현상이 생기고 지역에 따라서 지방정치는 독재정치가 펼쳐진다. 국회의원, 시장, 시의원 모두 지역정당의 공천만 받으면 말뚝을 꽂아도 당선된다. 그래서 견제가 이루어질 수 없는 1당 독재 체제가 되어버린다. 그러니 한 번 선거 브로커는 영원한 선거 브로커이고 국회의원과 시장이 바뀌어도 그런 양아치는 항상 그대로 존재한다. 지역을 지배하는 정당이 바뀌지 않기 때문이다. 그러하니 지방관 선거제를 폐지하고 시장, 교육감과 그 선거꾼들을 위한 행정과 교육에서 탈피하여 시민을 위한 행정과 교육이 이루어지도록 해야 한다. 그리고 시민을 위하여 일하는 공무원도 인정받는 사회가 되어야 한다."

"혁준이, 물론 알아. 지역을 경계 삼아, 진보와 보수라는 이념을 경계 삼아 네 편과 내 편을 나누어버린다. 그리고 이를 선거에 이용해버리지. 그래서 지역정당에서 말뚝만 꽂으면 국회의원이든 시장이든 당선된다. 이는 유권자들이 그 경계의 논리에 속아 넘어가 버려서 네 편내 편이 이미 정해져 버렸다는 것이다. 유권자인 시민을 위하여 일하는 정치인을 뽑아야 하는데도 말이다. 이 얼마나 안타까운 일인가? 우리나라 모든 시민은 지역정당 또는 이념 정당 정치인들에게 선거 때 표를 사기당하고 있다고 볼 수도 있다."

"그건 그래. 그러니 당선된 정치인이 유권자인 시민을 위한 정치를 하지 않고 권력을 잡은 자기들을 위한 정치를 해 버리지. 권력을 편하게 나누어 먹어 정치세력을 유지하는 것이기도 하지. 이는 개선될 리가 없는 사안들이야."

"맞아! 선거에서 당선된 일부 정무직 공무원들이 이렇게 쉽게 돈 벌고, 명예를 얻고, 거들먹거리며 논두렁 깡패 짓 할 수 있는데 이를 포기하기엔 너무도 아깝겠지?"

"그래, 그들은 권력기관과 지역 토착 세력화해서 신 거지 범죄단체를 형성하고 양아치 짓을 계속하고자 할 것이니까 법을 개정할 리가 없는 거야."

"그러니까 유권자인 시민들만 병신 되고 마는 거야. 정치를 잘못해도 지역정당과 이념 정당의 공천을 받으면 또 당선되니 시민이 무섭겠어? 시민을 손바닥 안의 미물인 것처럼 쥐락펴락하며 관리해버리지. 겉으론 유권자인 시민의 인격을 존중하는 것과 같이 포장하고 실제로는 유권자인 소시민을 조선시대 외거노비와도 같이 취급해 버리지. 그래서 유권자인 시민은 인격을 무시당하고 어떤 절실한 개인적인 일을 하기 위해서는 상납도 해야 하는 게 현실이 되어버렸지. 게다가 시민이 낸 세금을 도둑질해 가버리고 말이야. 물론 전부가 그런 게 아니니 그나마 다행한 일이긴 해."

"법과 제도가 개선되지 않는다면 시민혁명이 일어나야 한다고 봐."

"맞아, 4.19 혁명, 5.18 민주화운동, 6월 항쟁 등은 중앙 정치의 민주화운동이었다. 앞으로는 지방정치에 대한 시민혁명이 일어나야 해. 예를 들면 지방관들의 폭거에 견디지 못해 전국에서 시민들이 동학농민혁명을 일으켰던 것처럼 말이다."

"그래, 지역사회에서 선거직 지방관과 권력기관으로 형성된 범죄단체를 깨기 위하여 시민혁명이 일어나야 한다. 그리하여 지역의 소시민이 행복한 나라가 되어야 하고 사회정의가 승리하는 사회가 되어야 하는 거야! 다만, 먹고살기 바쁘다 보니 그냥 되는 대로 시류에 편승해서 살아버리면 되지 뭐하러 머리 아프게 그런 것들을 걱정하며 사냐! 라는 의식이 우리나라 시민들 머릿속에 이미 박혀있다는 것이 걸림돌이기도 하지."

언젠가는 많은 시민과 하위직 직업 공무원이 합심하여 검은 하늘을 걷어낼 때가 오리라고 생각했다. 지금은 시민들이 먹고살기가 힘겨워 미쳐 관심을 두지 못했지만, 하위직 직업 공무원들이 힘이 없어 어찌하지 못했지만, 마냥 방치하지만은 않을 것이리라 생각했다. 승선교 아래에서 불어오는 바람이 차갑기만 했다. 나는 터벅터벅 걸었다. 저기 멀리 보이는 내 차가 반갑다. 이번 여행길의 유일한 동반자다. 이렇게 나를 치유하고자 하는 여행을 마치고 귀향했다.

휴가 기간이 남아서 우리 지역의 뒷산이며 시내가 한눈에 들어오는

• • • • •

고산에 올라가 보기로 했다. 평소에 자주 바라보았던 곳인데 실제로는 한 번도 올라가 보지 못했다. 느릿느릿하게 주변을 두리번거리며 걸었다. 안경을 오래 착용하여 시력에 맞지 않게 되어 시력에 맞는 새 안경을 착용했을 때와 같이 주변에 건물과 사물들의 모양이 새삼 다르게 보였다. 시내를 벗어나 산길을 올랐다. 길이 잘 나 있었다. 관광지에서 볼 수 있는 그런 시설들은 없지만 소박하고 꾸밈이 없는 등산로였다. 굵고 높게 서 있는 소나무가 즐비했고 참나무와 산벚나무도 있었고 시민들이 많이 이용한 흔적들이 있었다. 등산로의 길이 장비를 동원한 인위적인 것이 아닌 사람들의 발로 다져진 모습이 정겹게 느껴졌다. 천천히 걷는 걸음으로 2시간 정도 걸었더니 정상에 도착했다. 편한 마음으로 앉았다.

주변을 둘러보니 숲이 내게 말했다.

"장혁준, 이 사람아! 전쟁터에서만 살다가 이제라도 자연의 품에 안기니 얼마나 좋은가! 이제 어떻게 살 것인가?"

"글쎄요. 아직 많이 남은 생인데 어떻게 살아야 할지요!"

조용히 주변 숲을 둘러보다가 저 먼 시내에 시선을 던지니, 지난날 인생이 책장 넘기듯이 상념 속에서 되새겨진다. 내 눈이 촉촉해지며 안경에 습기가 끼어 저 멀리 내가 사는 동네가 뿌옇게 보였다. 조그마한 저곳에서 그리 오랜 세월 부대끼며 살아왔던가! 탄식이 절로 나왔다. 뒤에서 불어오는 바람은 잎이 없는 활엽수의 나뭇가지를 휘저어 쉭쉭 소리를 내고 내 옷자락까지도 펄럭이며 지나갔다. 마치 나의 지난 과거가 이 한 줌의 바람처럼 쉬이 지나간 듯 허무했다. 한 세대를 애타게 살았던 떠도는 한낱 가냘픈 나그네의 모습이었다. 지금까지 적지 않은 인생을 살아오며 분수에 넘치는 욕심을 부려 본 바가 없었다. 주어진 대로 거두고 거둔 대로 살아왔다. 그런데 지금 내 상황은 엉망진창이 되어버렸다. 저 멀리 내가 사는 동네를 바라보며 김밥을 꺼내 씹자 입 안에서 감도는 미각은 설익은 밥알이 겉돌 듯 따로따로이다. 왈칵 뱃속에서 신물이 올라오면서 코가 시큰거리고 설움이 솟아 올라왔다. 홀로 떠는 나의 애환이 흘러내렸다.

　마치 영원한 젊음으로 거침없이 검은 하늘을 걷어내며 앞으로만 전진할 것만 같던 내가 이젠 과거를 되돌아본다. 사랑의 상처에서 나온 피눈물은, 사회악을 막아서다가 괴롭힘을 당하여 가슴 깊은 곳에서 터져 나온 포효는, 험난한 길을 혼자 뚫겠다고 이리 뛰고 저리 뒹굴다가 곤두박질쳤던 과거였다. 그리고 열심히 살았던 인생이었다. 나는 그동안 내가 살아왔던 도시를 향해 외쳤다.

　"참 공무원으로 살고자 노력하며 치열하게 살아온 것이었다고, 옳고 그름을 알 수 없는 세상에 한 번쯤 변화가 필요했기에 파문이 일도록 돌 하나 던진 것이었다고, 술잔을 부여잡고 살아왔는데 눈물이 술잔에 뚝뚝 떨어지니 그건 아픔을 함께할 사람이 없는 외로움 때문이었다고!"

　듣는 이 없고 대답하는 이 없는 외침을 저 먼 곳에 던져보고 하산해서 시내로 들어왔다. 남은 휴가가 4박 5일이었다. 농장에 가서 과거의 인생을 정리하고 새로운 삶을 설계하고 싶었다. 전통시장에 가서 쌀과 김치 등 반찬을 샀다. 농장에 왔다. 그동안 잠깐씩 들렀지만, 숙박은 처음이었다.

첫날밤부터 짐승들이 악, 악, 소리를 지른다. 때로는 먼 곳에서 때로는 농막 바로 옆에서 소리를 지른다. 잠을 설쳤다. 냄비 밥을 하니 막 밥을 했을 때 냄새가 구수했다. 저녁은 국물이 생각난다. 라면을 끓여서 밥을 말아 먹었다. 이곳에선 훌륭한 만찬이었다. 그러다가 반찬이 다 떨어지면 달걀을 생으로 먹었다. 음식을 즐기는 게 아니고 살아야 하니 먹는 모습이었다. 아침 식사는 식은 밥에 물을 넣고 끓이기도 했다. 죽이 되기 전까지 끓이면 밥은 씹는 맛도 있고 그 국물은 시원하여 제법 괜찮았다. 술안주로 먹었던 북어 대가리를 구운 후 간장에 넣었다 먹으니 괜찮은 반찬이 되었다. 마치 원시인과도 같았다. 사람 세상에서는 하루 세끼 먹는 모습은 어쩌면 어울리는 즐김의 문화였다고 볼 수도 있다. 그러나 여기에선 살기 위해서 먹는 식사였다. 때가 되어서 밥을 먹는 게 아니었다. 배가 고파서 밥을 먹었다.

설거지하기 위하여 물을 끓여 그릇, 수저, 젓가락을 담아 밖에 내놓았다. 잠시 후 설거지를 하려다 순간 깜짝 놀랐다. 수저 등의 그릇이 접착제를 발라놓은 것처럼 손에 달라붙었다.

"흐흐 설마 설거지하는 내 손까지 얼어 붙어버리는 건 아니겠지!"

중얼거리며 싱겁게 웃었다. 물이 얼면서 생기는 접착력이 새삼스러웠다. 끓인 물인데도 그랬다. 추위가 대단했다. 이틀이 지나니 눈이 왔다. 농막 안에서 쭈그리고 앉아 한없이 밖을 바라보았다. 계곡 바람 따라 눈들은 농장 밑에서 위쪽으로 휘청이다 어느새 위에서 아래로 휘청인다. 눈들은 바람 부는 방향으로 그냥 존재했다. 위쪽으로 휘청이어도 눈이었고 아래쪽으로 휘청이어도 눈이었다. 앞으로 저렇게 살아보련 다고 다짐했다. 눈보라에 섞이고 싶어서 밖에 나가 걸어보았다. 휘청이는 눈보라에 나를 맡겼다. 그리고 생생하게 떠오르는 나의 과거도 이 바람과 눈에 맡겼다. 밤이 되니 가로등도 없고 인적도 끊겨 어둠의 세상이었다.

농막에 들어와 양초를 켜니 들어오는 외풍에 촛불이 흔들렸는데 나도 따라 흔들렸다. 이렇게 3일 동안 자연현상에 나를 맡겨보았다. 인생의 여백에 새로운 삶을 그리고 싶었다. 마지막 날 밤에 나는 명예퇴직을 생각했다. 공무원으로서 제대로 된 삶을 살았다고 생각했는데 패배자와 같은 모습으로 시청을 떠나야 한다고 생각하니 잠이 오지 않았다. 농장 밖으로 나가서 한없이 서성거렸다.

과거 악연들의 흔적이 하룻밤의 꿈이었으면 좋겠다고 생각했다. 무엇으로부터도 여유로울 수 있는 자유, 바로 그 자유가 내 인생의 지도가 되어주면 좋겠다고 생각했다. 앞으로 내게 선한 인연이 다가온다면 반갑게 맞이하고 지나친다면 웃는 얼굴로 배웅할 능력이 필요하다고 생각했다. 사회악을 저지르는 악연을 만났을 때도, 그것이 억겁의 무게가 되어 아무리 큰 역경이 내 삶을 짓누른다 해도, 웃으며 투쟁할 수 있는 능력이 필요하다고 생각했다. 어떤 엮임을 억지로 맺고 끊으려 하지 않고 내 삶에 머무르다 스쳐 지나가도록 하는 자유인이 되면 좋겠다고 생각했다.

그렇게 재탄생하여 눈 감았다 안 뜨면 그만이고 숨 쉬다가 안 쉬면 그만인 내 일생을, 삶의 무게를 짊어지기가 버거울지언정 그에 구속되어 얽매이지 않고 창조주가 준 내 일생을 꿋꿋하게 살고 싶었다. 내가 소유한 시간을 훨훨 타오르는 불꽃처럼 꽃 피우며 살고 싶었다. 그렇게 자유인이 되어 내가 가진 시간을 다 소비하고 종국엔 평화로운 웃음 가득 지으며 흙이 되면 좋겠다고 갈망했다.

명예퇴직을 망설였던 나는 결국 결심을 굳혔다. 새벽이 되어 피곤하기는 했어도 잠을 잘 수가 없었다. 출근 준비를 마치고 걸어서 농장을 내려갔다. 구두를 신고 양복을 입은 나는 발길을 재촉했는데 길이 얼어 미끄러워서 넘어졌다. 그래도 괜찮았다. 약 400m를 걸어서 내려온 나는 차를 타고 출근했다. 평소 같으면 1시간 30분이면 율도국시청에 도착하지만, 길이 미끄러워 2시간이 지나니 율도국시청에 도착할 수 있었다.

명예퇴직을 신청했다. 결국 이렇게 쓸쓸한 모습으로 시청을 떠나게 되었다. 시청에서 주차장까지 약 150m 거리를 걸으면서 마주치는 사람들에게 밝은 웃음과 기분 좋은 몸짓으로 인사하며 지나쳤다. 그리고 3년 전에 지아가 내게 주었던 이혼서류에 도장을 찍어서 변호사 사무실에 주었다. 이렇게 지금까지 붙잡고 있었던 과거의 인연을 정리했다. 그리고 시골 어머니를 찾아뵙기로 했다. 홀로 계신 어머니는 내가 시청에서 계속 근무하도록 기회 있을 때마다 말씀하셨다. 그런데 그 기대를 저버렸다. 어머니와 같이 며칠 있고 싶었다. 어머니가 좋아하는 생선과 닭고기를 샀다. 어머니와 함께 밥도 먹고 텃밭에 남아있는 도라지도 캤는데 땅이 얼어서 곡괭이를 사용했다. TV도 같이 보고 어머니와 한 이불 속에서 잠을 잤다.

"아들, 너 무슨 일 있지? 쉬는 날도 아닌데?"

"어머니, 죄송해요. 시청에서 나왔어요. 다른 직업을 알아볼게요."

．．．．．．

"내가 그렇게 시청에 붙어있으라고 당부했는데도 사표를 냈냐! 얼마나 힘들었으면 그랬겠니! 괜찮다. 괜찮아!"

"어머니, 정든면 지역에 사놓은 토지가 있잖아요. 거기에서 1년 사계절 동안 극기 훈련을 통해서 나를 다시 튼튼하게 만들게요. 그러면서 과수원을 조성할게요. 그 후 새로운 모습으로 올게요."

"엄마 없는 어린 너의 새끼들은 어떻게 하고!"

"누나가 1년 동안 맡아준다고 했어요. 평소에 애들이 누나 집에 자주 가 있어서 괜찮을 것으로 생각해요."

"그럼 됐다. 아이고 불쌍한 내 새끼!"

어머니는 내 어깨를 잡고 흔들며 눈물을 흘렸다. 울 어머니는 해가 뜨든 달이 뜨든 언제나 내 편이었다. 어머니는 두 손으로 중년이 된 내 얼굴을 쓰다듬었다. 나는 어머니께 차마 눈물을 보일 수가 없어서 겨우 참으며 웃음을 보였다.

우리 집은 가난에 찌들었고 어머니는 농사일에 체력이 바닥나 논바닥을 기어 다니며, 밭두렁에 걸려 넘어지며 일해서 번 돈으로 나를 귀하게 키우고 교육을 받게 했는데 현재 내 모습이 어머니께 너무 죄송스러웠다. 어머니와 2박 3일을 함께 했는데 어머니 옆에서 이틀 밤을 자면서 돌아누워 어머니 몰래 소리 없이 울다가 잠이 들었다.

나는 그동안 온 열정을 다 바쳐 헌법에서 정한 공무원의 본분을 다하고자 최선을 다했고 양심이 가라는 대로 일했다. 그러나 율도국시청에서 시민을 위하여 열심히 일한 대가를 기다리는 건 헛된 망상에 불과했다. 시청의 대부분 간부가 나보다 공무원 후배이거나 나이가 어린 사람들이다. 나이 어린 사람 밑에서 또는 공무원 후배 밑에서 근무를 할 수는 있다. 그렇지만 '인사 경매'에서 낙찰받아 승진한 후배들 밑에서 근무한다는 것에 대한 괴리감에 더는 버틸 수가 없었다. 그리고 외톨이 신세가 된 것도 그렇지만 끊임없이 시장과 대립해 온 나에 대한 간부들의 싸늘한 눈초리는 나를 견딜 수 없게 했다. 그리고 못된 짓을 일삼는 시장 밑에서도 더는 근무하고 싶지 않았다. 게다가 지아가 승진과 유희를 위해 자신을 천하게 굴리는 모습을 더는 볼 수 없었다. 나는 심리적으로도, 육체적으로도 무너져버렸다.

간암 투병 중이며 자식 잘되기를 바라기만 했던 어머니에게 면목이 없었다. 한심한 나의 처지에 대한 것이기도 했고 무능한 사람 취급받는 이 못난 자식의 모습이 어머니께 정말 죄송한 것이었다.

집에서 나오는데 도로까지 따라와 배웅하는 어머니께 그만 집에 들어가시라고 손짓을 해도, 어머니는 한없이 서서 나를 바라보기만 했다. 걷다가 뒤로 돌아서서 어머니를 바라보니 조심해서 가라고 손짓하신다. 어머니를 이렇게 뒤에 두고 걸으면서 차오르는 감정을 억누르려 하늘을 보다가 끝내 울어버렸다. 끝

검은하늘

지 은 이 : 월하인

발 행 일 : 2021년 10월 15일

펴 낸 곳 : 정화출판사

등록번호 : 638-95-01343(2021.09.01.)

주   소 : 전라북도 김제시 요촌길 172

전   화 : 063-544-6007, 010-8669-6007

메   일 : ky9809@daum.net

ISBN : 979-11-975955-0-9 03810

※ 책값은 뒤 표지에 있습니다.